曾進豐 著

經驗與超驗的詩性言說
——岩上論

岩上近照

《詩脈》書影

更換的年代

水龍頭壞了　換一個

電燈壞了　　換一個

電視機壞了　換一個

永脈壞了　換

汽車舊了　換

房子舊了　換

肝臟壞了　　換一個

腎臟壞了　　換一個

心臟壞了　　換一個

妻子舊了　換

丈夫舊了

孩子壞了

不能更換

任其作惡

岩
上

詩作手稿

著述目錄

- 《激流》（台北市：笠詩刊社，1972 年 12 月）
- 《冬盡》（台中市：明光堂印書局，1980 年 5 月）
- 《台灣瓦》（台北市：笠詩刊社，1990 年 7 月）
- 《愛染篇》（台北市：台笠出版社，1991 年 5 月）
- 《岩上詩選》（南投市：南投縣立文化中心，1993 年 10 月）
- 《詩的存在——現代詩評論集》（高雄縣鳳山市：派色文化出版社，1996 年 8 月）
- 《岩上八行詩》（高雄縣鳳山市：派色文化出版社，1997 年 8 月）
- 《更換的年代》（高雄市：春暉出版社，2000 年 12 月）
- 《岩上短詩選》（香港九龍市：銀河出版公司，2002 年）
- 《針孔世界》（南投市：南投縣文化局，2003 年 12 月）
- 《忙碌的布袋嘴——岩上兒童詩集》（台北縣永和市：富春文化出版公司，2006 年 1 月）
- 《詩的創發》（南投市：南投縣文化局，2007 年 11 月）

獲獎紀錄

- 吳濁流文學獎第一屆新詩獎：一九七三年四月
- 第二屆中興文藝獎章新詩獎：一九七九年五月
- 第二十一屆中國語文獎章，一九八七年
- 中國文藝協會新詩創作獎章：一九九〇年五月四日
- 第二屆中國詩歌藝術學會編輯獎：一九九七年十月
- 第三屆南投縣文學獎文學貢獻獎：二〇〇一年十月六日
- 第十一屆榮後台灣詩人獎：二〇〇二年二月

建構台灣現代詩圖象（代序）

　　一九七〇年代末，在猶對創作充滿熱情的慘綠年少，我參與了第一屆「鹽分地帶文藝營」活動，在會場裡首次與岩上相遇。時隔二十餘載，當年講座的內容，雖早已不復記憶，然而岩上對於詩歌創作的執著，無疑在當時深深激勵了一名少年的創作欲望與能量。

　　寫詩的理想雖已在歲月遞嬗中，成為年少時的殘夢，然而其後因緣際會，邁向學術研究之路，我依然秉持對於詩歌的喜愛，繼續從事現代詩探索及研究。幾度在研討會會場裡與岩上相遇，無論是做為台下的聆聽者或台上的論文發表人，始終不曾與他有過直接的交談與接觸。

　　直至轉往屏東教育大學服務，開授「現代詩」課程，期間與幾位同好商討，開始有編寫《台灣文學讀本》的發想。基於對岩上詩歌的認識與喜好，特於書中選錄《岩上八行詩》裡的〈舞〉一詩，進行賞析導讀，從此與岩上之間有了書信的往來與交誼。二〇〇四年，我應聘至中正大學台灣文學研究所任教，擔任「台灣現代詩研究」課程的講授，期間曾敦請岩上蒞校，現身說法為碩博士生講述其詩創歷程，該堂講座受到學生的熱烈回應，也充分展露了詩人誠懇篤實的真性情。二〇〇五年，我轉調高雄師範大學國文系，配合「現代詩選」、「現代詩研究」課程需要，籌辦系列「詩人現身」活動，陸續邀請當代知名詩人蒞校演講，岩上再度接受邀約（先後另有向明、鄭愁予兩位應邀），發表專題演說，同樣獲得極大的肯定與迴響。

　　岩上從事現代詩創作超過半世紀，為「笠」詩社主要成員之一，主編《笠》詩刊多年，創辦「詩脈」詩社，發行《詩脈》季刊，出版詩集七冊，頻獲大獎，但他所得到的關注卻遠不及實際創作的成果，此或與其個性內向、自居邊陲，且不汲汲於主流文學圈有關。詩壇喧囂競逐之風由來已久，動輒自詡為「大」詩人，更盛行吹捧標榜，然而在詩論的鑽研以及詩作錘鍊上，真正著力用功且卓有成績者，實在寥寥可數。作為台灣一九六〇年代重要詩社之一，「笠」詩社高舉現實主義的旗幟，然而其中成員對於現實主義的內涵，體會則各有殊異，許多詩作往往僅及於表象書寫，專力於鄉土語言的使用，卻欠缺深刻思維作後盾。岩上一方面認同現實主義的理念，另一方面也接受現代主義與超現實主義的洗禮；尤為難得者，他能融合以上諸種元素於詩作中，從而使其作品兼具生命的厚度與文學的深度。質樸內斂的岩上，可說是處於前行代與新生代之間的橋樑，詩路歷程豐富，詩作亦斐然可觀，不過，在現代詩史上，身影卻孤單寥落，筆者認為理應得到更為公允的評論與定位。

　　作為一名現代詩研究者，過去我所關注的焦點，多集中於「藍星」、「創世紀」諸成員的作品；近幾年由於教學所需，遂有機會更進一步接觸本土詩學。我所認知的台灣現代詩精神，應該不是狹隘的本土主義，不是虛浮無根的倡論空談，當然更不是流於謾罵控訴的粗俗口號。要深入建構現代詩學譜系，對於台灣五、六〇年代詩人、詩社、詩論及詩風的重新梳理，絕對是基礎而必要的工作。岩上詩作的研究是一起步，未來我將循此繼續深掘本土精神與外來思潮的交匯，從而重繪完整而宏廓的台灣現代詩圖象。

曾進豐　於高雄師範大學

二〇〇七年十月

目錄

第一章　緒論

第一節　岩上與台灣詩壇之關係

　　岩上（一九三八──）本籍嘉義朴子，成年後因工作關係，移居南投草屯。他生逢戰亂，四歲喪父，童年即流離失所，飽嚐貧困苦難；復成長於戰後蕭條、百廢待舉以及政治氣氛詭譎異常的環境中，目睹二二八事件，親歷了長達四十年的戒嚴白色恐怖時期。岩上的命運乖舛，在肉體與精神的內外煎熬裡，慘澹悲苦地走過「鬱卒年代」。[1]

　　對於生命始終感到無比痛苦，卻又不得不努力為生存打拼，於此同時，對文藝之熱情亦漸漸地萌發滋長，舉凡美術、電影、詩等予人美感驚喜的藝術，他都廣泛涉獵、浸淫悠遊。早在一九五〇年代後半就讀台中師範時期，岩上即自發性地涉足現代詩領域，大量閱讀詩集並嘗試習作與發表。[2]一九六二年服兵役期間，開始有計畫地寫作，[3]從此穩健、孤獨地跋涉於詩途，迄今足足有半個世紀。

---

[1]　岩上〈鬱卒年代〉短文，追記戰後十年（民國四十四年）進入台中師範就讀，那一段苦悶的歲月，孕育了終生的漫漫詩途。《聯合文學》150 期，頁 14。

[2]　一九五五年十二月於台中買到紀弦主編的《現代詩》秋季號第 11 期，是真正接觸到現代詩的開始。見〈生活裂縫中綻開一些花朵〉，《文訊》雜誌 35 期，1988 年 4 月。一九五六年發表第一首詩於《奔流》文藝 1 卷 3 期，題為〈孤影〉。之前一直以為一九五七年發表於《新新文藝》的〈黃昏〉為第一首（見〈鬱卒年代〉），至近日整理舊資料始發現〈孤影〉原稿，遂更正了先前的記載。

[3]　岩上〈生活裂縫中綻開一些花朵〉，見同註上，頁 224。

如以詩齡分，岩上和李魁賢、葉維廉、林泠等人相同，「應屬比『前行代』略為年輕的中年的一代」。[4]他曾多次提及：「走上寫詩這條路，主要的原因是我一直想人生在世，總希望有一種東西呈現我生命的意義、記錄我成長的歷程、表達我存在的意義。」[5]由於經濟的匱乏，岩上在個人志趣上放棄美術選擇了詩，又因為成長過程中充滿失落感、孤獨感，現實的淒風苦雨加重內在的壓抑情緒，使其詩作瀰漫一種灰色的基調，流露出人生悲苦之滋味。

岩上的文學觸角廣闊，詩之外尚且越界書寫散文、評論；跨足主編《笠》詩刊，創立「詩脈社」，發行《詩脈》詩刊；負責籌備在日月潭舉辦的一九九五年亞洲詩人會議，多次出席全國及國際性詩人大會；並經常擔任「全國巡迴文藝營」、「南投縣文藝創作班」及「兒童文學創作研習營」講座；長期關懷兒童文學，還一度當選「台灣省兒童文學協會理事長」、「南投縣文化基金會常務董事」，又於二〇〇四年擔任中正大學駐校作家。然而，詩仍是岩上此生的最愛，迄今他已出版詩集七種、詩選二種，加上未結集者，詩作近千首。作品並被譯成英、日、韓文等，選入國內外選集數十種，更曾榮獲各種大小獎項（見本書扉頁）。

台灣詩評界長期以來一直存在著盲目吹捧、互相標榜的奇特現象，某些評論者獨鍾特定「群體」或「個體」，盡是鋪陳無聊空洞、隔靴搔癢的文字，甚至對於「孤集」作者，或已停筆二、三十年者，仍賜予桂冠，卻從不問其詩作質量如何。根據筆者長期的觀察統計，頗富盛名者如余光中、紀弦、洛夫、羅門及張健等，出版詩集

---

[4] 向明〈也是一面鏡子——淺談岩上的「割稻機的下午」〉，《岩上詩選・附錄》（南投市：南投縣立文化中心，1993 年），頁 169。
[5] 陳瀅州〈孤吟岩上與獨行郭楓的另類交響〉，《文訊》雜誌 246 期，2006 年 4 月，頁 72。

都超過二十種，有些甚至達三十冊以上；陳千武、巫永福、向明、蓉子、林亨泰、李魁賢、席慕蓉等，也都有七到二十冊之譜，[6]這些自然是名實相符的詩人。不過，詩壇亦不乏僅有詩集一、二者，詩作雖不甚了了，卻汲汲於自封名銜、自矜身價。再有詩評家基於私人情誼護航稱揚，「大詩人」遂充斥詩壇，才華且執著於詩業，無怨無悔跋涉於詩路者，反而不獲青睞，以致於身影寥落，這是台灣詩評界的反淘汰現象。

　　岩上以嚴謹的態度，尋求生命的瞬間顫動，苦心經營且斐然有成，「然而他未曾普遍被重視畢竟是一樁事實，這多少和他極少參與詩壇活動有關，卻也顯示我們詩評界的某些不良現象。」[7]李瑞騰知賞相惜之餘，洞見了詩評界此一畸形發展，卻是欲言又止，不忍苛責。向明也認為這是詩壇非常不公平的一面，「常常誤認慣常公開露面的就是大詩人，詩寫得好，其實不然。」[8]簡政珍同樣為岩上受到詩壇的忽視而抱屈，不禁發出「台灣的批評界到底是怎麼一回事？」[9]的嘆息。詩評家向陽、蕭蕭、丁旭輝、陳去非等，皆曾撰文論述岩上詩作風格特色，多所肯定讚譽，他卻依然孤獨。究其原因，一方面是因為個性低調又堅持風格，未能迎合文學風潮；另一方面，則是緣於蝸居山城邊陲，遠離台北中心，又鮮少參加筆

[6] 參閱張默《台灣現代詩編目：1949-1995》（台北市：爾雅出版，1996年1月）及《台灣現代詩集編目：1949-2000》（台北市：台北市文化局，2001年9月）。又對岸劉福春於2006年6月出版《中國新詩書刊總目》，收錄最為完備，值得參考。

[7] 李瑞騰〈爬行在灰白牆壁上的影子──為岩上詩集《冬盡》的出版而寫〉，《冬盡‧附錄》（台中市：明光堂印書局，1980年5月），頁221-240。

[8] 向明〈也是一面鏡子──淺談岩上的「割稻機的下午」〉，見同註4，頁170。

[9] 簡政珍〈去除裝飾性的抒情──評岩上的詩集《針孔世界》〉，《笠》詩刊第245期，2005年2月，頁68。

戰論爭所致。不過，詩既為呈現生命、表達存在，則盲目的掌聲與
迎擁便屬多餘。

　　岩上個性內向，且一路從平實出發，力求步履穩健，直到新世
紀後始備受矚目。桓夫在為《激流》作序時，即指出「岩上並不屬
於天才兒童式的詩人」，[10]趙天儀認為「他的詩是功力型的逐漸地
成熟的作品。……岩上不是屬於咄咄逼人的那種類型，他是頗為穩
健的，在誠摯的語氣中，有一股確切親和的力量。」[11]向陽說他「早
熟而晚綻」，乃緣於他對詩的「高度期許」及創作上的「自我節
制」。[12]陳康芬更篤定的判斷：「就詩人質性來說，岩上是更近於杜
甫，而非李白。」[13]誠然，岩上是「質樸」、「穩健」、「誠摯」的；
自持甚嚴是他的書寫態度，從不故弄玄虛，不標新立異，堅持絕不
粗製濫造，一如他在《更換的年代・後記》所說：

> 小的時候備嘗艱苦的生活，養成我珍惜僅有；常反躬自省
> 以求清醒而識別是非。善與惡；白與黑；有與無；實與虛……
> 的對峙抗衡，存在著矛盾；現象世界與內心的世界之間的
> 憧憬內來外往的衝突。心繫的美意，希望詩還是詩，而不
> 是非詩的嗟嘆贅語或膚淺強辯的口水。[14]

---

[10] 桓夫《激流・序》（台北市：笠詩刊社，1972 年 12 月），頁 7。

[11] 趙天儀〈現實與超現實的結合——論岩上的詩與詩論〉，《靜宜人文學報》8 期，
1996 年 7 月，頁 70。

[12] 向陽〈冷凝沉鬱論岩上〉，（嘉義：中正大學「第一屆嘉義文學學術研討會」
論文，2004 年 12 月 17 日），頁 1。

[13] 陳康芬〈台灣現代鄉土的詩眼與詩心——試論《岩上八行詩》與《更換的年代》
的書寫意義〉，《台灣詩學季刊》第 39 期，2002 年 6 月，頁 147。

[14] 岩上《更換的年代・後記》（高雄市：春暉出版社，2000 年 12 月），頁 276。

詩人面對的是無限深沉的心靈領域與浩瀚無邊的時空，詩作才是唯一的存在。岩上不改一貫的堅持，詩就是詩，詩是座標是位置是一切，是他堅卓的人間形色。

第二節　岩上的詩創淵源

一、現代主義的激盪

　　岩上在接受筆者專訪時表示，他並沒有特別受到某位前輩詩人的影響，不過，在覃子豪與紀弦之間，較喜歡前者穩健典雅的詩風，也讀過徐志摩等人詩作，手抄冰心《繁星》，至於外國詩人接觸最多的是歌德作品，其次是印度泰戈爾的《漂鳥集》。換言之，不論是國內一九五〇年代風行的現代主義和存在主義思潮，或是大陸一九二〇、三〇年代的浪漫「新月」，乃至國外的現代詩作，都是他吸收汲取的養分。桓夫說：

> 岩上的詩，雖於《笠詩刊》第十三期才出現，但他追求詩的行為，早在紀弦主編的《現代詩》時期即已開始。他吸收了《現代詩》的新詩精神，觸及余光中主唱的《藍星》詩刊的唯美形式，並嘗試過張默主持的《創世紀》詩刊所推行的超現實主義技巧的運行。[15]

從「現代詩」、「藍星」、「創世紀」到「笠」，這是台灣現代詩史的遞進軌跡，也是生在台灣的詩人們必經的歷程，岩上當然也不例外。紀弦發行《現代詩》季刊，組織「現代派」，強調「橫的移植」

---

[15]　桓夫《激流・序》，見同註10，頁5。

與詩的「知性」；覃子豪、鍾鼎文、余光中等成立「藍星詩社」，延續「抒情傳統」；洛夫、張默、瘂弦三人共同創辦「創世紀詩社」，提倡「超現實主義」，一九五〇年代的台灣詩壇，就此形成三強鼎立之勢。整個詩壇籠罩在現代主義、超現實主義的巨幕之下，張默曾指出：「五十年代中後期，歐美各國新興或過時的浪潮，諸如存在主義、超現實主義、現代主義紛紛襲擊台灣新詩壇，一度強調知性、唾棄抒情主義的詩作大行其道。」[16]岩上於此時涉足詩領域，或多或少受到感染，作品也流露著浪漫與超現實想像的風姿。

　　現代主義在詩藝的表現上，頗有可取之處，諸如運用暗示、象徵、意象、烘托、對比、意識流等發覺人的內心奧秘，透析人的意識活動，的確豐富了詩作的內容，但是他們對現實的疏離、否定生存的環境，則顯然是一種病態扭曲的心理，尤其超現實主義詩人，過份熱衷於現代精神的追求，反對一切藝術規律，否定語言、形象的任何意義，終而掉進玄想、迷幻、神秘而蒼白的深淵，脫離現實越來越遠，走向一種荒謬怪誕、虛無隔絕的路途。現代主義並非洪水猛獸，奉行寫實主義的「笠」詩社，杜國清、白萩傾向「象徵」，林亨泰傾向「超現實」，也就是說他們仍常兼用「超現實」、「象徵」與「即物」的表現手法，使作品在風格上呈現多元的變化。[17]然而，它的極端化，「將使台灣文學失去主體性」，李魁賢說：「強調現代主義會走向國際主義，國際主義以後會被西方的美學理論殖民化，

---

[16]　張默〈櫛風沐雨說詩緣〉，《台灣現代詩概觀》（台北市：爾雅出版社，1997年），頁112。

[17]　陳去非〈站在草地上生活的人——讀《岩上詩選》〉，《笠》詩刊第245期，2005年2月，頁73。

殖民化以後會失去對現實的關心。」[18]如此失去主體性，自然將失去台灣精神，那麼將是台灣詩的困境與危機。

現代主義雖是時代風潮，席捲了整個詩壇，然而岩上高度自我覺醒，並不追求無意義的流行，不盲目地耽溺於某種流派，而是「量自己的尺寸，製作自己適身的衣裳，且舞我自己的姿勢。」[19]正如陳千武所說：

> 他以絕對單獨者的姿態，周遊於不同詩社所塑造的詩型。然而，他的詩底意欲，卻不讓他耽溺於某一階段的不成熟裡。他把年輕的衝力持續下來，不但不追從無意義的流行，且十分了解詩人不單單追求美，必須深入未知的領域裡挖掘真實。[20]

岩上汲取現代主義的表現技巧，主要在形式設計、表意修辭、語法構辭等方面的變化，而其中用最多的就是「即物性」手法。可貴的是，他入乎其中且出乎其外，創造了個人獨特的風格。

二、「笠」下基調

台灣現代詩自從一九二〇年代新詩運動發生以來，就有寫實的主流傳統，[21]賴和、楊守愚、楊華的農民詩、女工詩，及稍後的「鹽

---

[18] 岩上〈飽滿的果實——詩人李魁賢介紹與訪問〉，《笠》詩刊第 218 期，2000 年 8 月，頁 111。

[19] 岩上《激流・後記》，見同註 10，頁 94。

[20] 桓夫《激流・序》，見同註 10，頁 5-6。

[21] 1921 年起，台灣文化協會及《台灣》、《台灣民報》等，皆陸續介紹新詩作品；《台灣民報》從 1924 年起，逐期發表施文杞、楊雲萍等人詩作；台灣第一個文藝雜誌《人人》於 1925 年創刊，即刊載新詩，其中大都以現實主義作品為主。

分地帶」詩人郭水潭、吳新榮等，也是以社會現實作為關注的重心；一九四二年詹冰、林亨泰、錦連等成立「銀鈴會」，更是標榜寫實主義，可惜的是，此後二、三十年間，由於高壓文藝政策的箝制，反共文藝的鼓吹，加以西方思潮的席捲，寫實路線被迫瑟縮一隅，微弱地呼息。一九六四年以本省籍詩人為主的「笠」詩社成立，其崛起象徵台灣現代詩的覺醒，「意味著戰後台灣文學本土意識的萌生」，堪稱台灣詩文學精神的標竿，正如李魁賢所說：「二次大戰後，台灣詩在現代主義運動過程中，不幸導向了精神虛無和曖昧模式的偏差方向。……重拾現實精神失落的甲冑，回到重視語言表現的機能，講求計算法則的精確性，《笠》可以說是開啟先河。」[22]不僅對於一九六〇年代沉寂的詩壇頗有振奮的作用，更是「七〇年代鄉土文學思潮的根源」。[23]

　　此時岩上因白天教書，晚上奔波到大學進修，生活、學業兩頭忙，詩思全部扼殺，直到一九六六年應聘入草屯中學任教，生活漸趨穩定，才重拾詩筆，又經桓夫引介，加入「笠」詩社，終於「確定詩的創作和研究將是我終身志業」。[24]從此與詩結下不解之緣，創作量大增，詩風逐漸確立，此時距離發表第一篇詩作已有十年之久。

　　「笠」詩社向來主張詩人要介入生活，從現實生活中挖掘詩的素材、內涵，有著強烈「入世」的創作理念。「基本上是以現實主義的藝術導向，而以生活、鄉土、社會、藝術的結合呈現出作品的

[22]　李魁賢〈重刊《笠》前一百二十期序〉，《時代的眼，現實之花》（台北市：台灣學生書局，2000年9月），頁40。
[23]　陳鴻森〈台灣精神的回歸——《笠》詩刊一百二十期景印本後記〉，見同註上，頁26。
[24]　岩上〈鬱卒年代〉，見同註1，頁14。

特色，以生活性、現實性和藝術性為笠詩刊的風格。」[25]要求詩需有現實精神的「真」、社會批判的「善」及藝術追求的「美」，反對詩朝向精神虛無、雕琢華辭、晦澀曖昧的方向發展，而要能夠承載厚實且深刻的歷史現實。強調詩的現實性和社會性，富有鄉土色彩和批判意識，更致力於「時代性」與「本土化」詩學的建構。多年來堅守台灣本土意識的立場，呈現台灣人如斗笠的純樸、篤實、原始美以及勤奮耐勞、不屈不撓的意志，「笠」社這種寫實主義的創作思想，與岩上深深契合──「那是生命的脈流／源自亙古歲月的奔波／朝夕的向望／才有潮汐的交感／／不是偶然的牽扯／乃兩極必然的吸合」（〈漩渦〉，《更換的年代》頁 208）。

　　真實地書寫「台灣經驗」，展現台灣文學精神的主體性，始終是「笠」社耕耘的方向與目標，此與岩上整體創作關注的層面及展現的色調並無二致。論者謂：「岩上的詩文學實踐，可以說是一種結合土地、生命與語言的創作面向，這種創作面向，也正是《笠》詩刊創立以來，積極建立台灣本土詩文學所強調的使命感。」[26]換言之，岩上的詩作，完整呈現出「笠」社的集團性格。

　　岩上在獲得「榮後台灣詩人獎」時接受專訪，談到「笠」社同仁之特色與影響說：「陳千武的批判性、林亨泰的冷澈知性、白萩的語言實驗、趙天儀的平實溫婉、李魁賢的穩健感性和詹冰、錦連早期的新銳等，以及同輩年輕詩友作品都會瀏覽品讀，而間接產生互動影響。」[27]同仁間彼此互動影響是必然的，但從岩上作品中鮮

25　杜國清〈笠詩社與台灣文壇〉，鄭炯明編《台灣精神的崛起──笠詩論選集》（高雄市：春暉出版社，1989 年），頁 185。
26　陳康芬〈詩的現實與超越─試從《笠》的文學精神與歷史軌跡評論岩上詩的實踐意義〉，《笠》詩刊 245 期，2005 年 2 月，頁 95。
27　莫渝〈十問岩上──專訪岩上〉，《岩上的文學旅途》，頁 21。

少看到別人的影子。走過現代主義，加入「笠」社行列，成為主幹之一，作品雖顯現「笠」的集團性格，卻也保有個人獨特的風貌，正如桓夫所言：「便就『超現實』裡發現了『現實』，以超現實加現實的成果構成詩，遂建立了他自己的詩的風格。」[28]就此而言，岩上的詩作是沒有門戶之私的。

三、「詩脈」的交響

　　岩上於加入「笠」社後，寫作的基調與方向從摸索到確立，在與「笠」社同仁頡頏並馳之際，並未杜絕與其他詩社的交流，例如在一九六九年元月發行的《創世紀》第二十九期就有作品刊登，之後陸續和洛夫、張默、瘂弦等結識，同時也在《中外文學》、《新文藝》、《中華文藝》、《幼獅文藝》等刊物上發表詩作，詩風益趨多元。

　　一九七六年是岩上詩路歷程上極重要的一年，是年四月他應聘主編南投青年月刊，當選青年寫作協會南投縣分會理事長，七月，更結合詩友王灝、鍾義明、洪錦章、胡國忠等成立「詩脈社」，發行《詩脈》季刊，第一期出版發行後，向陽、李瑞鄘、李瑞騰、老六、張萍珍、張子伯、李默默等人旋即加盟，劉克襄則於第六期發行時加入。岩上暫時離開「笠」詩社，另組「詩脈」，是一個頗值得觀察的轉折。「詩脈」組成的潛在遠因，據岩上所言：「從繁華中退離，在寧靜中觀照，從而捕捉詩思。」[29]覺醒地走自己的路，

---

[28]　桓夫《激流‧序》，見同註10，頁6。

[29]　岩上〈詩脈的流數──詩脈社簡介〉，《詩的存在：現代詩評論集》，頁151。

揚起另一面旗幟，對前行代詩人展開挑戰，也為詩壇注入一股清流，鼓動了中台灣詩壇不小的波瀾。

岩上在《詩脈》創刊號發表〈詩脈的律動〉一文，提出創社的三個願望：

1. 繼承中國詩的傳統，一脈相承，使詩的命脈永遠律動綿延奔流。
2. 探討詩的來龍去脈，把握詩的本體，建立正確客觀的理論批評根據。
3. 以精心誠意的態度為詩把脈，希望對詩及詩壇的某些病態有針砭的作用。[30]

此篇宣言強調《詩脈》的精神但求詩之展現，追求詩生命的真實；不管是民族性、社會性、鄉土性以及現實的、超現實的，甚至是音樂的、繪畫的，皆應作妥貼的調和。一九七六年年七月《詩脈》季刊創刊號發行，至一九七九年三月出版第九期後停刊，「詩脈社」的精神律動與走向，始終以此為歸趨。必須特別說明的是，此時尚處國府戒嚴時期，禁止使用「台灣」兩字，所以「繼承中國詩的傳統」一句，只是文化上的延續傳承，其潛在的回歸精神，無疑是指向「台灣鄉土」。

同期，岩上又發表了重要論文〈論詩的存在〉，探索詩的意義與位置，對於詩存在的本體作原理性的掘發與闡述。文中處處可見他對於過多僅停滯於現實層面、進行浮面陳述之詩作，是不甚滿意的。更早在一九七三年六月發表〈詩的來龍去脈〉一文時，他也表

---

[30] 《詩脈》季刊創刊號，1976 年 7 月，頁 1。

示：「把現實的現象直接鋪陳，詩的種子必死於現實的盆景裡。」[31]
主張寫實、回歸傳統及本土精神，追求意識與藝術完美結合，才是
詩該有的律動與理想歸宿。「笠」社同仁作品，有部分趨向尖銳的
批判及諷刺，雖然舒暢卻近於吶喊，對於語言的駕馭尚欠缺純熟，
句法不夠精鍊，而使詩作落於言詮且有張力不足之現象。反觀「詩
脈」同仁則是：「作品雖各具風騷，實際上卻能在殊異中共趨於詩
質的把握，掌握了詩的實在性，可說是彌之六合，斂之方寸。」[32]
岩上在此特別標舉「詩質」的把握及詩的「實在感」為「詩脈」的
最大特色，已不單單是對同仁的肯定，更是個人詩觀的再次表達。

　　將近三年的「出走」，不是逃離或斷絕，而是為了更好地反觀
與回望，因此，「詩脈」並不至於與「笠」形成對峙抗衡的局面。
唯綜覽二文，發覺岩上與「笠」詩人之間的隱約疏離，是嗅得出一
些氣息的。探究其原因，作品已現蛛絲馬跡，陳去非在賞讀《岩上
詩選》時，明確地指出岩上詩作「語言意象及語法構詞，明顯受到
當時（一九六〇至七〇年代）流行的現代主義（超現實主義）的影
響，諸如〈草原〉、〈海岸極限〉裡的疊詞與類句以及對偶形式設
計，〈海誓〉、〈夕暮之海〉、〈海岸極限〉裡的排比語法與構詞
等。」[33]陳氏所舉詩例屬〈愛染篇〉十四首系列，而〈愛染篇〉首
見於《詩脈》季刊第六期，連載至第九期，岩上以極豐富的想像力，
巧妙的藝術手法，創造出洋溢音樂美、深具感染力的情詩。這或可
解釋為岩上不願沾滯於寫實主義的呆板，過於屈從意識形態；也不
滿寫作宛如議論叫囂，或直露淺薄，他矻矻追求「關懷人生而不流

[31]　岩上〈詩的來龍去脈〉，《冬盡‧序》，頁9。
[32]　岩上〈詩脈的流數——詩脈社簡介〉，見同註29，頁154。
[33]　陳去非〈站在草地上生活的人——讀《岩上詩選》〉，見同註17，頁74-75。

於吶喊，落實於現實而又展現想像力」[34]的詩美標準，而有另闢蹊徑的意圖。

第三節　岩上對「笠」的回歸與創作信念

一、岩上對「笠」的回歸

　　岩上與「笠」詩社的主張其實同中存異，就中有層次的差別與境界的開拓，或許可作如是觀，岩上的加入「笠」社，「便就『超現實』裡發現了『現實』」，而出走「笠」社另組「詩脈」，則在「現實」中具現了詩素與詩質的提昇，開創出藝術成就的另一種可能。岩上與「笠」社淵源深厚，再次的回歸，洵屬強烈的認同與期許，「他們交融現代主義的手法和現實主義的觀照，以新即物主義特殊效果而呈現具有生活現實感和藝術美感的詩風作品。」[35]重返「笠」社的岩上，不只在一九八三年六月發表〈笠〉一詩，更自一九九四年起主持《笠》詩刊編務直至二○○一年止，長達八年之久。

　　岩上在〈《笠》的存在──兼為笠詩刊一百二十期重印而寫〉一文中，再度凸顯「笠」的精神態度及其時代意義：

> 在精神上《笠》傳續台灣文學的火種，表達被禁錮壓迫的悲情與反抗；在態度上《笠》熱愛本土，有著強烈擁抱台灣的意識；在性格上《笠》具有草根性在野性格；在作法

---

[34] 簡政珍論岩上語。〈去除裝飾性的抒情──評岩上的詩集《針孔世界》〉，見同註9，頁68。
[35] 岩上〈《笠》的風雲──笠詩刊社的位置與進程簡述〉，《台灣史料研究》9號，1997年5月，頁94-97。

> 上《笠》面對台灣生存環境的現實，不寫虛無飄渺的作品；
> 在理念上《笠》以人道的精神期求民主與人權的平等對待，
> 不寫僅呈現極端個人奇想、光怪陸離的作品。[36]

最後還總結地說：「《笠》的存在就是台灣詩文學的存在」。「笠」社屹立詩壇，穿越了上一世紀五〇、六〇年代的反共文藝與現代主義，經歷七〇年代的回歸本土、八〇年代的戒嚴解除，隨著台灣意識和文化自主性的提升，「笠」集團漸居台灣詩學主導性的地位，昂首闊步地面對九〇年代及世紀末的種種挑戰，穩健地走過悲情、反抗，轉而為成熟、欣然地迎向廿一世紀。如此豐碩的成果，岩上以〈四十美得一枝花〉稱之：「風風雨雨原是詩文學的資源／或直述賦予／或比喻象徵／都是開了花／結了果／的真實存在」，四十年纍纍的果實，「渾圓而美滿」地「腴沃了台灣詩文學的基地」。[37]「笠」的堅持代表著台灣人不認輸的韌性精神，足以提升為台灣詩文學的標誌，作為台灣詩文學的精神隱喻，這同時也是岩上個人的堅持與執著。

　　由此可知，岩上在「笠」社的出走與回歸之間，實不能視為理念的悖離或情感的淡化，而僅僅是對詩質、詩藝的執著探求，詩觀、詩境的深化與擴大而已。趙天儀嘗針對岩上的創作淵源與歷程，做過觀察、歸納，得出如下的結論：「岩上從『現代詩』到『笠』為其成長的過程，在『詩脈』中逐漸地成熟，並且在『笠』持續地發展。」[38]這樣的脈絡頗符合事實，岩上終究是落腳在這塊美麗的土

---

[36] 岩上〈《笠》的存在——兼為笠詩刊一百二十期重印而寫〉，《笠》詩刊第 220 期，2000 年 12 月，頁 133-134。

[37] 岩上〈四十美得一枝花〉，《笠》詩刊第 241 期，2004 年 6 月，頁 23。

[38] 趙天儀〈現實與超現實的結合——論岩上的詩與詩論〉，見同註 11，頁 65。

地上，永遠成為「笠」下的一員，以血汗灌注生存的大地，追求台灣詩精神的原點，共同為建構具主體性的台灣詩文學版圖而努力。

二、「岩上」筆名所涵攝的創作信念

艾略特說：「詩是許多經驗的集中，是集中後所發生的新東西。」[39]詩人把現實世界中的一切經驗加以吸收、消化而成為個人主觀的情思，這就叫做「入」，然後又能將這種主觀情思推出來，使它成為客觀的意象，這就叫做「出」，[40]能入且能出才是成功的詩人，而詩就不僅是「經驗」的指涉與抒寫，同時也包括「超驗」的想像與象徵，是詩人浩瀚心靈世界的體現。

岩上說：「我喜歡在岩石上眺望遙遠的海天，所以就取用了這個筆名。」[41]一方面，「岩上」蘊含堅毅如「石」、勇往「上」進之旨，有質樸自然、不假雕琢地植根現實的寓意，此乃寫實的動人的「經驗」世界；另一方面，「石」也象徵著複雜微妙的生命意義，是透過靜觀、直覺、內省而產生啟示的「超驗」狀態。海德格爾〈詩中的語言〉寫道：「石頭正在言說，痛苦本身有言辭。沉默了很久以後，石頭現在對追隨陌生的靈魂的漫遊者講說它自己的力量與堅忍。」[42]石頭的言說是存在的言說，是寧靜的也是召喚的言說，它以沉默的方式言說自然的奧秘，召喚著人們造訪原始的寧靜；岩上

[39] 艾略特〈傳統與個人才能〉，卞之琳譯《艾略特詩學文集》（北京：國際文化出版公司，1989年），頁8。
[40] 洛夫〈詩的欣賞方法〉，《洛夫詩論選集》（台北市：開源出版公司，1977年1月），頁8。
[41] 岩上〈筆名的數理〉，《笠》詩刊第21期，1967年10月，頁36。
[42] 余虹《思與詩的對話──海德格爾詩學引論》（北京：中國社會科學出版社，1991年），頁182。

藉著「詩」訴說生命的奧秘實相、人間的悲喜榮枯,「風吹雨打日曬,我的詩／乃生命歷經風霜的絕句」(〈我的詩,黏死在街道的牆壁上〉,《更換的年代》頁 168),以近乎寂靜無聲的姿態,召喚讀者進入他的精神底層,等待一種以心會心的感動:

> 你必需以心的律動
> 來觸撫我
> 每一片貝葉
>
> 才能瞭解
> 風雨中
> 我發出的語言(〈樹〉,《針孔世界》頁 89)

　　本書旨在研究岩上的詩學體系及其創作實踐,既宏觀歷史時代背景與詩壇風潮遞變,也微觀細究詩人生命歷程與情感波痕,不僅涉及相關的理論分析,更聚焦在詩文本的詮解剖釋;對於作品進行整體精神內部的深度探勘與挖掘,力求透過詩想脈絡的掌握,復歸詩意、詩旨的核心,藉以探測詩人的經驗與超驗世界,敲響血淚的歌聲、咀嚼長廊的寂寞滋味。

第二章　客子光陰：岩上的詩路進程

引言

　　岩上嘗表示因為家貧不得已放棄繪畫，選擇寫詩：「因為總希望有一種創作能呈現我生命歷程的軌跡，在思想精神領域中代表我存在的意義。」[1]王灝認為岩上的詩業不純粹是感月吟風的浪漫行徑，也不是自我感性情懷的抒發，多年的執著經營，「這種行為及行動本身，應該已經成為一種對自我生命型塑的工作。」[2]岩上的創作過程，實即他對生命的探索歷程；其詩路的發展脈絡，正與生命的波瀾起伏緊密相連。

　　岩上自述道：「開始我的詩從自我意識出發，之後漸漸走出自我；然後自我和現實的觀照與關懷並轡而行，而後，又回到自我，……這是人生歷練的成熟，大體上我的詩呈現了這樣的軌跡。」[3]筆者擬依循這樣脈絡觀察，再衡酌其詩集之發行年代，略以十年為一區隔，將岩上自一九五六年迄今的詩創迴轉歷程分作五個階段，嘗試勾勒出轉折變化的關鍵，並標誌各個階段的主題特

---

[1] 莫渝〈十問岩上──專訪岩上〉，《岩上的文學旅途》（台北市：財團法人榮後文化基金會，2001 年 2 月），頁 20。

[2] 王灝〈從激流到更換的年代──岩上詩路小探〉，見同註上，頁 9。

[3] 莫渝〈十問岩上──專訪岩上〉，見同註 1，頁 22-23。

徵。此分法必然未臻完美,但至少比純以詩人年齡或詩集區分,[4]來得周延且符合實際。

第一節 一九六〇年代:個人情懷的抒發

岩上正式有計畫地寫作是一九六〇年代開始的,處女詩集《激流》所收錄的 41 首詩,幾乎全在這個時間範圍裡。此時期的作品多半侷限於小我觀照,尚無力於關注社會,主題圍繞著自我意識,流露個人情懷,僅是茫然情緒的宣洩、悲苦人生的顯影。詩人面對現實生活的霜風雪雨,在現實與心靈的激戰裡,不斷地淬火自勵,企圖超越自我極限,並且藉著詩作紀錄生命旅程中的驚濤駭浪,刻寫斑斑印記,這或許是詩集取名《激流》的原因。

此期題材偏重在生活感發,內容則傾向於生命歷程的探索,集中有不少自我審視、省思之作,如〈激流〉、〈星的位置〉的自我鞭策與尋求自我徵象,〈香爐〉、〈劈柴〉的積極惕勵、內省沉思。尤其是〈激流〉一詩深刻揭示了生命底層的波瀾:「不管流失的／歌聲,是用血淚譜成／既已撕碎的願望／也要堅守一股／初貞的潔白」(《激流》頁 52),充滿了年輕的生命思維,奮力衝破命運的困頓,堅持理念,那怕是荊棘滿佈,阻難重重。類似的自覺性告白尚有〈鉛球〉、〈蟬〉等生命投射的無奈與悲涼,〈荷花〉、〈梨花〉的孤獨心聲與孤寂心境,以至於〈無邊的曳程〉之煎熬試煉及自我肯定,詩計有「十三步」,僅摘錄數節以見一斑:

---

[4] 陳去非〈站在草地上生活的人──讀《岩上詩選》〉一文,依詩人年齡(年代)為據,將岩上自 1969 年至 1989 年之創作風格,分作「青年時期初期、青年時期後期、中年前期、中年後期」,顯然過於粗疏。《笠》詩刊第 245 期,頁 72-93。

我的沉淪在冰河的底流

所有的風貌都成為異種的壓力

惟冬眠的冷血裡

燃燒一把不遜的火焰（〈二步〉，頁78）

一切的召喚在內燃中延續

眼睛或者軀體都在僵死中回魂

齎集的是一場屠殺的賭注（〈五步〉，頁80）

你將看到

無奈的手勢

無邊的黑夜

將因一顆頭顱的固執而變白（〈十三步〉，頁84）

　　〈香爐〉更是省思、探索的箴言，一開始從對事物（香爐）外表的觀照：「總要展露／遼闊的心胸」，漸至內在的自我省察：「內省就是一盞夜黯中的／明燈」，即是生活的感發與對生命的探勘。類此對於生命深層思考的特殊傾向，不僅是《激流》全書的精神母題，也貫穿往後所有的創作，換言之，「生命」之課題成為岩上詩的主調與基本精神。

　　岩上初涉現代詩壇，對於藝術技巧即甚為關注，如〈激流〉化被動為主動的語法，使得詩句節奏鏗鏘，充滿張力，展現了激流的澎湃氣象；許多詩句更可看出高度修飾鍛鍊的苦心，如〈髮〉：「我的瘦骨又瀕臨渴慕的涸井」、〈蔓草〉：「以荊棘的手投刺／盲視的太陽」以及〈三月〉：「一手提著夜色／一手握住斷髮」等的動詞操作，顯現對於技巧性的高度追求。此外，岩上特別講究語言的「準確

性」，追求語言的新關係，創發新的意義，予人驚訝、異質的感動，如〈創傷〉：

> 但爬起來的相互扶持
> 是膠一樣的緊密
> 就像這個疤痕緊緊地
> 粘在肌膚
> 在衣裳的遮掩下
> 誰知那曾經是一段旅程的哭聲（《激流》頁 37-38）

把受創的生命和患難扶持的兩個個體，比喻為疤痕和肌膚的緊密關係，是貼切而巧妙的。又如〈拉鍊〉一詩，以拉鍊的攤開聯繫於人離別的腳步，這是全新的經驗與感受；〈強力膠〉裡那種擦拭不得、捧棄不離的無奈底暗示，皆是透過精確的語言，給人異質的驚喜感。至於〈正午〉、〈黃昏〉、〈教室的斷想〉、〈星的位置〉等，則是超現實色彩濃厚的作品；〈無邊的曳程〉及〈我的朋友〉以詩組呈現，詩人與自我心靈的神秘對話，既有整體意念的連結，也可分離各自獨立，皆透過精心錘鍊的藝術技巧，創造了豐富的內蘊意涵。

　　一九五〇、六〇年代正值現代主義和存在主義思潮激盪的時期，岩上多少受到影響，然而在「瀏覽了許多詩的百貨公司，觀賞了許多詩的舞台表演之後，我發現那麼多美麗的外衣都不適合我穿；那些舞步我都拙於傚倣。我量我自己的尺寸，製作自己適身的衣裳，且舞我自己的姿式。」[5]廣泛地汲取各種主義的養分，閱讀眾多名家作品之後，力避因襲模仿，走出頗具「自覺性」的孤獨途徑。岩上揚旗出發，態度溫和嚴謹，在激流裡迎向生命，積極尋找

---

[5]　岩上《激流・後記》，頁 94。

自我的「位置」，而「『即物』的處理手法和超現實主義的表現方式是這時期的主軸。」[6]傾向於「浪漫寫意」，不見崢嶸銳氣，但在藝術表現上，則展現了「高度技巧錘鍊的詩語言」。[7]

第二節　一九七○年代：鄉土意識的展現

一九七○年代中華民國退出聯合國，中美、中日斷交，台灣幾乎成為國際孤兒。在缺乏國際援助的情形下，島內民心因之自覺振奮，經濟隨之迅速轉型，農村人力大量湧進都市，造成農村的快速凋零老化。文學方面也由一九五○、六○年代西化的現代主義風潮，逐漸回歸現實、本土主義路線。岩上第二本詩集《冬盡》，收錄一九七一年十月至民國一九七七年三月作品六十首，內容分為七輯：「陋屋詩抄」、「伐木」、「冬盡」、「海岸極限」、「蚯蚓」、「山與海」和「竹竿叉」。

由於本土意識抬頭，又由於岩上長期居住於窮鄉小鎮，遂將農村的事物、景象與農民生活，一一擷取入詩，以鄉土物事作為精神母題，整本詩集呈現出濃厚的鄉土色彩，如「陋屋詩抄」、「冬盡」和「竹竿叉」三輯，完全以家鄉草屯為書寫核心，展現擁抱鄉土的企圖心。工商業興起，社會變遷，經濟結構急遽改變，傳統農村生活遭受嚴重衝擊，在在引發詩人關懷，如〈松鼠與風鼓〉記錄農村轉型、農業蕭條的景象；〈割稻機的午後〉淡化農村機械化變革之事實，濃彩重墨地描繪農忙時節；〈溫暖的蕃薯〉則是為台灣發出

---

[6]　陳去非對於岩上創作歷程的分期雖稍嫌粗略，唯探討各期風格衍變，扼要歸納，仍不失為精確卓見。〈站在草地上生活的人──讀《岩上詩選》〉，見同註4，頁74。

[7]　丁旭輝〈試論岩上詩作的語言風格及其變化〉（上），《國立中央圖書館臺灣分館館刊》，8卷2期，2002年6月，頁88。

悲情詠歎與熱愛溫暖的隱喻；至於〈那些手臂〉更是對大地生機的
關懷，蘊含濃郁悲情色調。

　　岩上並不是浮面的歌詠鄉土，而是與這塊土地血肉相連、相依
為命，感受土地的脈動、聆聽人民的聲音，表達真切深沉的關注，
並深刻地掘發鄉土精神內涵。主題詩〈冬盡〉，寫農村凋敗景象，
語言文字精揀細擇，遣詞用字見其用心，試讀以下詩句：

> 林間又幡起了蹣跚的醉姿
> 依然顫抖
> 風的腳步
> 蟹行掃過胸平的原野
> 狎近風乾了涓滴的峽谷
>
> 大地軀體
> 流產了一個太陽
> 在遠遠的西山昏黯死去
> 貧血的四肢在八方垂落
> 臨終的眼睛
> 投續存的微光於側身的顏面（《冬盡》頁 100-105）

形容詞、動詞的使用獨具匠心，結尾三句：「冷死了的冬日／將從
地窖裡復甦／露臉」，冬盡春來，象徵復甦、新生，在詩路進程上，
寓含摸索、茫然階段的結束，有破繭而出、重新出發的無限喜悅。

　　一九六○年代作品多指向「自我」，染「有我」之色，偏於嚴
肅生命的探索，予人「沉重」印象；一九七○年代則心胸開闊許多，
開始觀照台灣社會鄉土，散發無比「堅韌」、「鮮活」的氣息。詩人
由悲苦的人生感懷導引出對命運的思索，視野漸從自我的觀照轉向

關懷整體現實環境；另一方面，萌發對於鄉土的情懷，農村用具、鄉間小動物皆成為關注焦點，精神回歸本土，所以有「詩脈社」的創立，嘗試著尋求台灣文學的血緣，重建台灣詩學的系譜。命運的主題持續發展，只是此時多了一種擁抱鄉土的情懷，趙天儀評論《冬盡》說：「他從鄉土的意念出發，在現實與超現實之間，有一番自我的掙扎與抉擇。」[8]然而，那畢竟是一個「不可說、不該說」的年代，人人噤若寒蟬、恐懼猜忌互不信任，所以詩中多閃爍、暗示之語，甚至不得不以「男女愛情」帷幕遮掩，阻絕一些不必要的麻煩，抒情意味濃厚的〈愛染篇〉因此誕生。

　　岩上詩學理論的發表多在一九七二年《激流》出版之後，《冬盡》恰巧作為詩觀之具體實踐成果。一九七七年爆發「鄉土文學論戰」，當時討論的範疇主要圍繞著小說、散文，詩壇幾乎是不曾參與的，然而，在此之前，岩上已寫了不少關注鄉土的作品，同時從中提煉出悲憫的人道襟懷，《冬盡》可視為「鄉土詩」創作的先行典律，更重要的是，岩上在回歸鄉土中找到自己的「位置」。丁威仁非常肯定《冬盡》在岩上詩創歷程的意義與價值，他認為：「《冬盡》開啟了岩上詩歌主題的宏觀格局，這樣的宏觀格局在岩上此後的詩集均有深入而細緻的寫作誕生，而《岩上八行詩》正是以成熟的語言系統中去反省《冬盡》所開創的哲學性命題。」[9]指出《冬盡》在岩上詩創歷程的關鍵位置，實際上，岩上在〈詩脈的流數——詩脈社簡介〉一文曾有如下的斷語：

---

[8]　趙天儀〈冬盡春來的甘苦——評岩上詩集《冬盡》〉，《時間的對決——台灣現代詩評論集》（台北縣：富春文化出版公司，2002 年 5 月），頁 221。

[9]　丁威仁〈岩上《冬盡》詩集裡「血」的意象研究——兼論此詩集的位置與價值〉，《笠》詩刊第 220 期，2000 年 12 月，頁 96。

　　　　岩上的詩在著與不著之中捻出詩絲，從縝密的結構秩序裡
　　　　脈注生命的悲情和激越的精神，語言縱收峻切而淵沛，結
　　　　束了以前的姿態而以另一奇異嶄新的風貌出現。[10]

此文於《詩脈》停刊後（一九七九年三月）發表，但說的是七〇年
代的岩上，隔年，「象徵由死亡而復甦的一個轉機」[11]的《冬盡》
詩集即出版。此番的自剖，可以看出岩上在詩作語言文字與精神內
涵的自覺要求與自我期許，同時也預示了詩風轉變之契機。

第三節　一九八〇年代：大我凝視與國族認同

　　岩上於《冬盡》〈後記〉裡，思索往後的創作路向時曾說：「虛
實相剋相生相盪是我詩藝的第一義；擴大個人意識為中國的台灣意
識成為主宰詩情詩意的靈魂。」[12]一九八〇年代邁入中年的岩上，
不論是道家水柔與回歸自然的精神、易理陰陽變化美學、佛禪的靜
思清趣、西洋哲學的知性思辯，以及多年太極拳演練的體悟，都深
深影響其創作理念，詩學認知已迥異於從前。除了詩藝的精進突破
外，在詩情詩意上，關懷的層面也由小我轉向大我，從鄉土擴及國
家民族，闊步邁向新的旅程，展現一番嶄新氣象。
　　一九八〇年代乃是台灣經濟富裕、政治改革、社會型態變動最
為激烈的年代，「在這一個大轉捩的年代中，前後葉的台灣表現出
兩個截然相異的面貌，最明顯的當然是政治變遷，以一九八七年國

---

[10]　岩上〈詩脈的流數──詩脈社簡介〉，《詩的存在，現代詩評論集》，頁153。
[11]　李瑞騰〈爬行在灰白牆壁上的影子──為岩上詩集《冬盡》的出版而寫〉，《冬盡‧附錄》，頁240。
[12]　岩上〈從生活裂縫中綻開的花朵〉，《冬盡‧後記》，頁199。

民黨政府解除戒嚴為界，前葉為威權統治時期，後葉為改革開放時期。」[13]戒嚴解除，萬年國會宣告解散，民主思潮蓬勃發展，社會政治問題叢生，岩上有著「憂台灣之情懷」，他說：「近年來臺灣不論是在社會、教育、政治、道德等變化很大，雖然戒嚴解除了，政治民主化意念逐漸提高，社會也帶來不安……，兩岸問題未能解決、道德淪喪、文化精神品質低落，等等都衝激著關懷台灣文化、文學的作者。」因此他不放棄詩人的責任，堅持以詩提出問題、進行批判，《台灣瓦》正是時代觀照下的產物，不只是「為自己的心路歷程留下點滴的痕跡；也為這時代紀錄一些觸感，不敢說能作為時代的見證，卻也表示一份關注。」[14]以詩指向時代社會，深入地觀照台灣的山川風土及各階層人民的現實生活，並思考台灣人的文化特質何在？顯然岩上已擴大個人意識為台灣意識，且完全確立了寫實的風格。

　　《台灣瓦》表達了詩人「生於斯、長於斯」的土地認同，集中有熾熱的擁抱，也有淋漓的批判，緊緊扣住時代，更提醒台灣人民要有能屈能伸、永不認輸的精神。如〈台灣瓦〉以民屋瓦片為素材，藉具體實物喻指抽象的文化意涵，透過象徵手法，表現臺灣民族性格的脆弱與淺薄，詩的結尾寫道：

> 吸水而虛胖的軀體
> 一時壓重了支架
> 不久在強烈太陽的搜刮下
> 又漸漸乾瘦下去（《台灣瓦》頁 63-64）

---

[13] 林淇瀁〈八〇年代現代詩風潮試論〉，《台灣史料研究》10 號，1997 年 12 月，頁 99-118。

[14] 岩上《台灣瓦・後記》，頁 150。

康原解析道:「〈台灣瓦〉表達台灣子民的命運,表象上台灣是富裕的,但那只是一種『虛胖的軀體』,用『強烈的太陽』象徵那一群剝奪台灣資源的過客們,台灣將在他們的搜刮下,乾瘦下去。」[15] 這是對於台灣歷史悲劇的深刻省思與自覺,冷靜的文字底下潛藏的伏流是對這塊土地無比的摯愛。

　　此外,〈路沖〉、〈死巷〉抗議環境髒亂、物欲橫流;〈登集集大山〉、〈重遊法雲寺〉、〈重登碧山岩〉、〈破窯〉、〈土牆〉、〈籬笆〉等,描寫鄉土風物,表達愛鄉愛土之情,同時也慨嘆台灣純樸美之漸漸消失;卷四「貓聲」寫現代人的精神壓抑、焦慮與徬徨,〈思鄉病〉與卷五「接大哥的信」裡的〈老兵的刺青〉、〈老芋仔手中的鞋子〉等,同樣表達因戰爭而滯留兩岸的老兵,生活的淒楚與割不斷的鄉愁;〈油漆工人〉關懷低層小民生活並嘲諷社會的虛偽;〈自己說〉痛斥混亂的政治戲碼;〈移民加拿大〉凸顯台灣治安敗壞,紛紛被迫移民的無奈;〈股票市場〉寫盡追逐金錢的醜態;卷六〈根之蛀──國中放牛班導師傷痛詩〉十四首,更以激切的語調、憤怒的詞彙,批評國中教育的徹底失敗,透顯詩人內心難以抑遏的傷痛。

　　《台灣瓦》洋溢濃厚的台灣鄉土情懷,更觸及兩岸歷史的傷痛,具有強烈的時代意義與精神。在語言風格方面,「更平易簡潔而貼近寫實,去除形容修飾的枝蔓,目的企求以更清晰的內涵呈現詩的肌理,對惡露的社會現實百態才能達到犀利的批判作用。」[16] 除去詞藻的裝飾,以淺白明朗的文字直接陳述,確實達到了鞭撻諷刺的效果。岩上於創作的路途上似乎面臨瓶頸,再度陷入低潮徬徨,孤寂感益增深廣,此從〈後記〉裡可窺見端倪。然而,種種的

---

[15]　康原〈詩的時代精神──小論岩上詩集《台灣瓦》〉,《岩上詩選‧附錄》,頁185。
[16]　岩上應台中教育大學邀請演講〈我的詩觀我的詩〉講稿內容。

困境與瓶頸，都在離開國中教職後得到解脫，簡單的山居生活，讓一切都淡化了。

詩集《愛染篇》，收錄一九五〇至八〇年代的愛情詩作，卻遲至一九九一年才出版，據作者所言，宜歸入七〇或八〇年代作品討論之。[17]其中，卷二「海岸極限」十一首皆選自《冬盡》詩集，而卷一中的〈重遊法雲寺〉已見《台灣瓦》。《愛染篇》是拘謹不苟的岩上浪漫情懷的徹底裸露，是靈魂細微的顫動，如〈讀妳的眼睛〉、〈海岸極限〉的熱烈纏綿，〈手印〉、〈海誓〉的堅貞承諾，皆輕淡柔美，洋溢著溫馨幸福的氛圍。不過，集中更多的是刻畫愛情的失落與傷痛，如〈燃燒〉、〈傷口〉、〈戀情〉、〈生命的箭頭〉等，或是自卑自苦的煎熬，或是慘烈犧牲的情傷，總之是淒絕苦絕、痛徹心肺的青春印記。

《愛染篇》雖然題材內容凝定為抒情詩，卻不專寫轟轟烈烈式的速成愛情，而是在情傷的撫慰之餘，企圖透過情愛媒介以觀照命運，王灝說：「對於情詩，岩上是寄託著比較大的一種企圖，……因為唯有賦予情詩另一種比較高層次的生命消息，也才能把情感這個主題深化，……把愛情當作是一種對生命苦寂及悲憾的對抗，是他基本的詩的態勢。」[18]顯露愛之深染，痛之更切，呈現岩上對生命「悲情」的感受，流露知性的哀愁。語言潔淨無塵，音調清柔舒

---

[17] 〈岩上答客十三問〉之四說：「（《愛染篇》）以早年的作品為多，而非八〇年代的作品。」見本書附錄。如卷二「海岸極限」，全部選自《冬盡》各卷，即屬於七〇年代所作。岩上於〈台灣瓦詩集後記〉又說：「從一九八〇出版第二本詩集《冬盡》，到現在整整十年。十年間寫了約百首詩，收錄在本集裡五十九首，其餘均屬抒情作品，另擬結集《愛染篇》。」這些該是八〇年代作品。見《台灣瓦》頁149。

[18] 王灝〈點亮慰藉的星芒——小論岩上情詩中的詩情〉，《岩上情詩集‧愛染篇》（台北市：台笠出版社，1991年5月），頁114。

緩，色澤明亮淡雅，在理性寫實之外，不乏感性的溫柔，整體展現為靜謐、成熟含蓄的抒情風姿，堪稱是岩上「抒情語言的高潮與總結」，[19]其後的《岩上八行詩》、《更換的年代》與《針孔世界》裡，「兒女私情」之作幾乎不復得見。

第四節　一九九〇年代：入世針砭與人生感悟

一九九〇年代後現代思潮風起雲湧，詩壇普遍流行去中心化、瓦解主體、顛覆既有；舊有的規矩、形式秩序一概被否定，電子網路詩大量出現，「玩」詩蔚然成風。岩上於此時則以厚積勃發之姿，為詩壇投下驚喜的變數，《岩上八行詩》及《更換的年代》於世紀末相繼問世，前者以制約、簡單詩型反撥紛亂複雜的潮流，後者以衝突、逆反之思，清醒冷峻地觀照時代，截然不同的兩種風姿，共同架構不凡的藝術顛峰，再度鞏固詩人的殊異座標。

《岩上八行詩》共六十一首，均為詠物詩，皆是單字命題、兩行成節、四節成篇，呈現出嚴格統一、單純律整的固定形式。同時，在固定的形式中賦予無窮的變化，這變化建立在行與行之間的關係，也表現在節與節之間的關係，並置、順呈、遞進、轉折，或頡頏、或互為因果、或互相辯證，有時是飛躍跳動的千姿百態，有時是起、承、轉、合的傳統秩序。語言雖仍維持一貫的平易簡潔，且更傾向散文化敘述，「然而內在的張力更為加強，形成一種冷靜濃縮，充滿批判力、辨析力與哲理性的語言。」[20]可謂是語言與形式

---

[19] 丁旭輝〈試論岩上詩作的語言風格及其變化〉（下），《國立中央圖書館臺灣分館館刊》，8卷3期，2002年9月，頁113。

[20] 丁旭輝〈論《岩上八行詩》的內在結構〉，《台灣詩學季刊》第39期，2002年6月，頁153。

的完美結合，它不但創造了岩上詩藝的高潮，就整個台灣現代詩的發展而言，更是繼一九八〇年代向陽《十行集》[21]之後再一次的開創探索和甘美收穫。

　　岩上一向喜愛易理的格物析理和老莊哲思的道體，他嘗試以易學的陰陽虛實變易美學，融入詩想，以八卦的形象來架構八行詩，透過新即物主義技巧，以現實中某種事物或單一事項來詮釋其中的變化，表現對人生哲思的感悟，整體的內容是詩人內在心象和外在物象的交感共演，呈現八荒九垓之所有。現實的形象轉化成意象，奔騰的情感昇華為智慧，將思想滲入詩行，詩因而有了哲學的厚度。岩上說：「對於人的生、死；對愛與恨；對人生、對宇宙、對政治、對過去與未來，我幾乎都在這一本詩集內有所表達。」[22]又說：「我故意用四平八穩的東西來表現我顛覆四平八穩的東西；我生活的不定，我對生、死與未來一種茫然！我的人生看法，我的悲哀、我的痛苦、我的孤獨、我的寂寞。」[23]寫出整個人生的感受、人生真理的有限法則。其結構之特點，不僅僅是詩的行數與語言的限制，而是以固定的形式裝載活的，可以膨脹的、可以收縮的內容。就詩的特點來說，它要求形式的有限性和內容的無限性，即以最凝煉、最精省的形式，容納最多的內涵。[24]它是形式設限的挑戰，更是語言錘鍊的最佳演示。四段剛好可表現起承轉合，所以無論一字放寬為八行，或八行濃縮為一字，在收放、濃縮擴增之間，巧妙變化需有不凡的功力，就八行詩本身的形上意涵而言，一個字一首詩

---

[21]　向陽《十行集》（台北市：九歌出版社，1984 年）。

[22]　岩上自述。〈岩上八行詩作品研討會記錄〉，《笠》詩刊第 203 期，1998 年 2 月，頁 177。

[23]　岩上自述。〈岩上八行詩作品研討會記錄〉，見同註上，頁 178。

[24]　古繼堂〈充滿生活哲理的詩篇─評岩上詩選集《岩上八行詩》〉，《笠》詩刊第 204 期，1998 年 4 月，頁 90

就象徵一個完整的物世界，物之本質在語言形式秩序中自給自足，運繞無限生機，素樸之中饒富存在的無限意義。同時，「我與物的對流或換位，在詩中處處有我的存在。」[25]在物我交媾之間，反觀自我，判斷沉思辯證，掘發深層的理思與詩的要妙，無限的探索悠遊在有限形式之中。此外，詩中多「問號」也是《岩上八行詩》的特色之一，岩上喜歡在詩中發問，篇首篇中篇尾皆可，處處問，時時問，諸如〈臉〉、〈鞋〉、〈秤〉、〈河〉、〈樹〉、〈燈〉、〈床〉……，據統計全集計有二十八問。一字一世界，一花一天地，探問天地世界的無窮變化，作暮鼓晨鐘之鳴，其命意在於：「以醒眼之姿，效拈花示眾。」[26]至於最後一首〈岩〉，相隔一年多才寫，則顯然與筆名有關，闡述個人人生觀，有《易經》「未濟」卦之寓意，表示他是滾動的石頭，還會繼續往前。

　　一九八〇年代萌芽發展的「台灣意識」，至此已然確立，政治上台灣積極尋求國際的認同，文學上也大聲疾呼「台灣文學」的獨立自主性，岩上則以《更換的年代》發聲表態。這是他的第六本詩集，主要收錄一九九〇年代進入二十一世紀之前的作品一百五十七首，共分十卷，以十面輻射之姿，指向多元且混亂的時代社會，以意識對物象直接干預，對於那些層出不窮的問題，光怪陸離的病態景象，進行嚴厲的批判與諷刺。題材、主題從鄉村轉移到都市，從台灣擴大到國家民族，甚至從國內跨越到國外國際，空間層面涵蓋廣闊，約略可歸納為「自我存在的探索與感觸」、「家園關懷與社會批判」、「都市的觀察與反思」三大類型。[27]卷五「獅子與麻雀」、

---

[25]　岩上《岩上八行詩・後記》，頁124。

[26]　謝輝煌〈疑問號裡醒眼──岩上《岩上八行詩》讀後〉，《笠》詩刊第212期，1999年8月，頁131。

[27]　丁旭輝歸納為「小我的體悟與感觸、大我的關懷與批判、都市的觀察與反思」，

卷六「建築與重疊」、卷七「隔海的信箋」、卷八「無人島」，屬第一類；卷二「國旗」、卷三「玩命終結者」、卷四「地震與土石流」，宜納入第二類範疇；「都市的觀察與反思」主要集中在第一卷「更換的年代」，以及卷六的一小部分。至於卷九「無盡的路」可說是疏離冷漠的現代社會所滋生的流浪意識，是另一種鄉愁；卷十「菩提樹」是紅塵的抽離與跳脫，也是前九卷詩作內在矛盾掙扎之後的「和諧」演出。

　　從《台灣瓦》開始，台灣社會的種種負面現象，就和詩人心靈產生強烈的衝突，他愀然憂心，延續到《更換的年代》更是激烈。王灝說：「他（岩上）不得不從出世的生命思考，走到入世的社會批判上來。」[28]面對「更換的年代」，岩上保持不變的關懷，以入世的態度，焦灼的心情面對社會，在客觀寫實與主觀意識的對立衝突之下，進行理性批判。岩上一向認為詩不能拋棄社會和時代，要能關懷現實、反映人生，亦即在精神體認上不能逃避現實。他在〈後記〉說：

> 我關心國家前途和社會現實狀況。而政局不穩、經濟浮泛無根，社會動盪不安，治安惡化，就是宗教界純淨的也不多，天災人禍層出不窮，人心敗壞，無惡不作。一九九九年九二一大地震之後，更體現所謂世紀末的惡露。[29]

不論是戒嚴時期、白色恐怖、二二八事件，或兩岸開放、國家認同、民主風雨，乃至社會亂象、詩壇怪象、宗教迷象，以及道德沉淪、

筆者參酌其說並將文字略作更動。〈試論岩上詩作的語言風格及其變化〉（下），見同註19，頁116。
[28] 王灝〈從激流到更換的年代──岩上詩路小探〉，見同註1，頁144。
[29] 岩上《更換的年代‧後記》，頁275。

天然災難等等，台灣現實社會與政治歷史中的種種衝突、矛盾、荒謬、無奈，一一揭露展現。

岩上秉持知識份子介入現實的態度，在濁世中清醒觀照，愛恨交加，遂多逆向反思，正如李魁賢所說：「岩上以冷言嘲諷以及逆向思考的手法展現詩的魅力。」[30]或暗示反諷，或迂迴轉折，文字依舊理性冷靜、平易簡潔。至於如此「冷眼熱心」的觀照與感觸，所展現的特有風貌，向陽認為「表現出了與唐代詩人杜甫相近的『沉鬱頓挫』風格。」又說：「岩上的社會批判之作，用情極深，沉鬱之極；但在方法上則能透過詩結構的承轉，迂迴跳接，留給讀者想像空間；且在他慣用的正反對仗形成的張力上，交相為用，現象和心象、事理和心理相間相融，這才使他批判社會現實的詩作不致流於膚淺平白。」[31]緣於詩人「憂天下襟懷」之灌注，詩的內涵遂厚實邃密；因為藝術技巧的熟稔運用，詩作的張力亦飽滿，每每具有暮鼓晨鐘般的警醒效果。

另一方面，岩上仍保持了個人心靈的清明與抽離現實的孤絕，在現實的「衝突」之後，追求非現實的「和諧」境界，乃有一系列洋溢禪意、禪趣的詩篇，諸如〈睡蓮〉、〈菩提樹〉、〈涼意〉、〈落盡〉、〈不盲的世界〉等，皆表現出與大自然和諧融合的欣喜，而生清醒澄澈的無限智慧。〈碧山岩眺望〉結尾三行說：「人人只管往高處攀爬／回望目眩／如何辨識阡陌中的方向」（頁261-262），有如先知之言；尤其本書以〈黑白〉始，對比五色令人目盲的年代，而以〈不盲的世界〉終，見作者用心之巧妙。從目眩而不盲，有矛盾阻塞趨於明亮順暢之暗示；敞開心胸與外在世界交通，擁抱陽光的色彩與

[30] 李魁賢〈詩的衝突〉，《更換的年代‧序》，頁1。
[31] 向陽〈冷凝沉鬱論岩上〉（嘉義：中正大學「第一屆嘉義文學學術研討會」論文，2004年12月17日），頁15。

繁花的燦爛，耳聞目接一片祥和美好。顯然已擺脫塵世糾葛，跨越宿命黯淡，迎向坦然適意的溫情人間。

　　世紀交替之際，年過耳順的岩上，詩藝已臻成熟，而以《岩上八行詩》、《更換的年代》兩冊詩集告別舊世紀，其中雖有部分舊風格的延續，但更多的是新境界的創造，「《岩上八行詩》的成就，在於開發有限形式中的無限詩想，既具體又抽象地詮釋出『詩──我』輝映的無所不在哲理；而《更換的年代》則是將『詩──我』落實於現實社會生活與大千世界中，在客觀描述與批判文字中，暗自演繹真理的存在。」[32]《岩上八行詩》於形式上突圍，創造了形式回歸的典律；《更換的年代》於內涵上充實加密，開發了台灣現代鄉土寫實的新途徑。又前者是出世而超然的旁觀，後者則是入世而執著的注視，[33]既出世感悟又入世批判，看似矛盾不協調，卻又恰巧融構出道儒合一的詩人真實形象。

第五節　廿一世紀：反歸真我的可能

　　《針孔世界》於二〇〇三年出版，共分七卷，收錄從一九七九年至二〇〇三年，凡二十五年間的作品七十六首。卷一「風景」（1979-1981），詩五首，抒發自然景色遞變下的心情波濤；卷二「陶與鄉野」（1990），詩二十五首，為畫家王輝煌畫作題詩。卷三「小詩集錦」（1993-2000），詩八首，皆屬三、四行短詩，最長不超過六行。以上三卷宜分別納入前幾期討論。卷四「針孔世界」，詩十

---

[32] 陳康芬〈台灣現代鄉土的詩眼與詩心──試論《岩上八行詩》與《更換的年代》的書寫意義〉，《台灣詩學季刊》第 39 期，頁 145。

[33] 郁馥馨〈對整體生命的探問和思考──訪問岩上先生〉，《文訊》雜誌 215 期，2003 年 9 月，頁 78。

六首，卷五「旅日詩抄」，詩十一首，卷六「性愛光碟風暴」，詩九首，卷七「黑白數位交點」，詩二首，這些才屬新世紀作品，觀照性與批判性極強，尤以卷四、卷六為最。《針孔世界》收錄之作品，時間跨度極大，涵蓋了岩上各時期的創作主調，藉此可略窺其風格之多樣性及變化之痕跡。

　　論者以為《針孔世界》中以表現「台灣本土形象」的詩，最令人動容，充分傳達了詩人「對土地的摯愛」，[34]如〈黃昏之惑〉流露對土地的眷戀，〈流失的村落〉、〈兩岸洪水〉寫土石流災情，〈土角厝〉為親切的鄉情，〈深沉的聲音〉、〈有夢最好〉是台灣歷史的縮影與省思，〈籠中鳥〉則足以驚醒長期被殖民的台灣人民，在在蘊含著詩人的國家土地認同意識，可以說是《冬盡》、《台灣瓦》之延續及深化。至於語言藝術方面，以去除裝飾性的文字，充分展現獨特想像力，如寫景詩〈秋意〉與〈風景〉、寫實詩〈針孔世界〉與〈遠不如一隻死象〉等；妙用對比反諷，增加詩的戲劇性張力與批判的強度，如〈站牌〉：「站牌已站不住自己的牌位」的雙關暗示，如〈警察與貓〉、〈性愛光碟風暴〉的淋漓反諷，皆是冷肅抒情、冷靜展示，予人寬廣的想像空間。

　　岩上維持一貫的「自我省思」特質，不斷思索、嘗試創新變化，在《更換的年代》詩集〈後記〉中，曾提及：「有幸就要跨上二十一新世紀，未來的詩是否隨著時代起伏？或另闢蹊徑探索內心的風景？現在自己也無法預測。」[35]新世紀以來，岩上的創作力更為旺盛，「企圖用一些數位的觀念來寫詩，企圖用更簡鍊的、更沒有裝

---

[34] 林政華〈對土地的摯愛──岩上詩集《針孔世界》的重要主題〉，《笠》詩刊第245期，頁63。
[35] 岩上《更換的年代‧後記》，頁276。

飾性的語言，冷靜地寫出。」[36]此類作品部分見於《針孔世界》卷
七，〈黑白數位交點〉允為範作。完全擺脫束縛，隨心所欲出入語
言格式，指出社會混亂，是非不明，表現出迥異於《岩上八行詩》
的哲理思辯，而有詼諧趣味，是極具創發性的試探。此外，復將視
界擴及國際，觸及「戰爭」議題，站在人道主義的立場，關心落後
國家人民的困苦生活，表現了悲天憫人的胸懷，寫了不少到過西
歐、日本、中國、印度、蒙古旅遊見聞的「旅遊詩」。[37]〈黑白數
位交點〉、〈天空的心〉及上述所有的「旅遊詩」，還有近作〈鐵窗
歲月〉、〈眼睛與地球的凝視〉，[38]皆是龐大的短章詩組，語言的創
發及技巧之運用，揮灑自如，更見新境。二○○六年初出版了《忙
碌的布袋嘴——岩上兒童詩集》，頗有返老還童，回歸初我天真之意。

　　岩上鑽研老莊、易理，浸淫佛學、西洋哲學，加上三十多年風
雨無阻的研練太極拳，深體虛實剛柔、變與不變及相生相剋的道
理，當能洗盡鉛華，更為冷靜地觀照自我，在平凡平淡的生活事物
中，展現超脫與禪悅的清涼滋味。晚近詩作一改昔日風貌，不僅關
懷人類的生存空間、台灣詩精神的建構，也因深研命理、洞悉命數，
不再為命運所擺弄，積極地闡釋生死體悟，達到樂天知命的超凡境
界，其詩境自又是另一番風景了。

---

[36]　岩上語・陳瀅州〈孤吟岩上與獨行郭楓的另類交響〉，《文訊》雜誌 246 期，2006
　　年 4 月，頁 74。

[37]　有〈旅日詩抄〉11 首、〈印度之旅〉11 首、〈西歐之旅〉20 首、〈蒙古之旅〉12 首。

[38]　〈鐵窗歲月〉38 首，發表於《笠》詩刊 258、260 期，頁 72-88，頁 52-53。〈眼
　　睛與地球的凝視〉30 首，載於《創世紀詩雜誌》149 期，2006 年 12 月，頁 81-86。

第三章　存在，秩序：岩上的詩學體系

引言

　　岩上嚴肅探討詩的問題，始於《激流》出版之後，正值被稱為台灣現代詩「批評時期」的一九七〇年代。當時詩壇掀起了一場論戰風暴，緣於現代詩在經過超現實主義的洗禮之後，本身的問題暴露而出；另一方面，釣魚台事件之後，台灣人民普遍高漲的民族意識反映到文學上，要求清算文學的西化傾向，而現代詩恰是「全盤西化」的典型，於是引發大規模的批評浪潮。其中，激起最大波瀾的莫過於關傑明、李國偉、唐文標等學者的文章，他們先後在《中國時報》、《文季》、《龍族》撰文攻擊現代詩的拖沓雜亂、晦澀空洞、脫離現實生活，指斥現代詩移植國外思想界的頹廢情緒和病態呻吟，全盤否定了現代詩的存在價值。當時，不少詩人因而停筆，退出詩壇，岩上則冷靜下來思考一些詩的本質問題，陸續寫下了〈論詩想動向秩序〉、〈詩的繪畫性〉、〈詩的感覺與經驗〉、〈詩的來龍去脈〉等理論性的文章。[1]

　　這些詩的副產品，經過二十多年才結集成《詩的存在：現代詩評論集》。書中針對詩壇的奇特亂象，詩作的品質與風氣，皆有獨特的觀察與批判，所提諍言精闢準確，頗值得詩壇借鑑與反省。全書分作四輯，多方闡述個人詩觀，自成體系，而其基本架構即建基

---

[1]　岩上〈生活裂縫中綻開一些花朵〉，《文訊》雜誌 35 期，1988 年 4 月，頁 225。

於第一輯「詩論」之中。作者於〈後記〉中說道：「基本上，我的
詩觀從第一輯的文章中可以明顯看出來，我對詩的本體論、鑑賞論
及批評論。」[2]

　　第一輯「詩論」是岩上詩學的核心，重要原理原則皆已蘊含其
中，其他三輯分論作家、作品，還包括數篇兒童詩的鑑賞批評，也
多少表達了部分詩觀。陳千武認為這一本現代詩評論集，「引導讀
者對詩創作的思想有了新的認識，能夠了解詩是什麼的問題。」[3]向
陽評述道：「這些篇章，……對於詩的虛與實、有與無，提出詩人
來自創作、來自現實與虛構的靜觀自得之作。因此，這本《詩的存
在》可以說就是岩上整體詩觀的一個呈現。它標誌出詩人岩上對於
詩的本體論述，同時也展現了相較於七〇年代青年詩人群高標的
『唯寫實論』更為沉穩的『從現實出發而拋棄現實』的新現實主義
觀點。」[4]王常新則明白指出岩上的詩論與「笠」社主張一致，是
「屬於現實主義的大眾化詩學的範疇」。[5]三人都扼要地勾勒出全書
精髓，不論是譽為「新現實主義」或「大眾化詩學」，對於岩上紮
實綿密、深具洞見的詩學理論，同表肯定。

　　此外，岩上並經常有意無意地在詩集〈序〉及〈後記〉裡談詩
論藝，披露想法；或以詩「論詩」、「話詩」，藉由詩的語言及形式
傳達詩觀、詩法，這也是詩學體系的一環。《詩的存在》中的篇章

2　岩上《詩的存在：現代詩評論集》（高雄縣鳳山市：派色文化出版社，1996 年
　　8 月），頁 349。
3　陳千武〈詩的存在──看岩上著《現代詩評論集》〉，《台灣日報》副刊，1996
　　年 10 月 2 日。
4　向陽〈為現代詩把脈──評岩上《詩的存在》〉，《聯合文學》12 卷 12 期，1996
　　年 10 月，頁 165。
5　王常新〈現實主義的大眾化詩學──評岩上的《詩的存在》〉，《笠》詩刊第 198
　　期，1997 年 4 月，頁 124。

大多完成於一九七〇、八〇年代，距今已有二三十年了。時空更迭，其後之觀察體會更見深入，評斷的基準也稍有變動，這些零星論述原本散見報章期刊，目前已蒐羅成集，即將付梓，書名《詩的創發》，允為前集之延伸與拓展，更是創作實踐之深刻省思。

　　岩上針對追求詩的本質、探討詩的展現方式、創造詩語言的新關係以及如何發現詩的存在等方面，提出原則性的論說，並展示個人完整的詩學見解。本章將依循上述路徑，分從「本體論」、「創作論」、「批評論」三大面向進行考察，以作為其後各章論述之基石。

第一節　本體論

　　詩是什麼？詩存在於何處？覃子豪為詩下了義界：「以最精鍊而富有節奏的語言，將詩人對世界的一切事物的主觀的意念，予以形象化和意境的創造，而能給讀者一種美感的，就是詩。」[6]詩本是抽象的存在，不受時空限制，飄忽而神秘，所謂「一沙一世界」，客觀世界中的美麗多姿多采，小者如鳥叫蟲鳴，日昇月落，大者如四季的變化，星球的運行，皆是一種內在均衡的美，如果我們沒有打開心眼去感受，就無法經歷多樣的美感經驗；倘若我們有幸去發現到美存在於何方，當它進入我們的內心深處時，所觸發的感動即是一種詩質。詩存在於客觀世界與主觀心靈及其交感中，而詩人即是有能力捕捉並將其轉化為詩作的人。「詩的存在對一般人來說是量多寡的不同而非質的互異，但一般人只是有感而無知，……沒有

---

[6]　覃子豪《論現代詩》（台中市：普天出版社，1971 年 11 月再版），頁 8。

能力賦予詩一種形式。」[7]一般人只能說是「生活的詩人」,而「創作的詩人」則不多。

岩上〈論詩的存在〉一文最初發表於《詩脈》創刊號,全文略分五節:首節,緒言;其二,依詩的存在世界與詩質存在的層次,探索詩存於何處;其三,論語言文字的表現和詩的虛實有無;其四,分析詩存在作者、讀者、批評家及一般人身上時,所產生的不同現象和意義;末節,只有三行文字,簡短作結。此篇洵可視為岩上整體詩學的總論,尤其是第二節,對於詩的本體作原理性的掘發闡述,依層次之高低,探討詩的存在處所,最為精闢透徹:

> A.詩存在於宇宙物象的現實中;
> B.詩存在於人類心靈及其想像中;
> C.詩存在於人類心靈與對萬物萬象觀照融合的感悟中。[8]

首先,「所謂詩存在於宇宙物象之中,是指詩質的存在而言,……沒有詩人,詩仍然是存在的。」詩存在於現實,乃本然的存有,「亦即宇宙萬象的存在實體就有詩的秩序、詩的結構、詩的本體實質的存在。」天地萬物無不各具生機,各具詩生命的存在,現實的萬象是詩最原始的母體,只有依附現實,才能確定詩存在的意義。大自然的變化無窮無盡,因此詩亦無限,而詩人的要務,「是於宇宙龐雜的物象中,去發現自足存在的個體素材,又從有限的自足的物象中發現宇宙存在的無限真義。」詩既存在現實中,素材永無竭盡,詩人的能力就在於「發現」。

---

[7] 岩上〈論詩的存在〉,見同註2,頁40。
[8] 岩上〈論詩的存在〉,見同註2,頁35。

　　這裡岩上所強調的是「詩質」的存有，另外在論及繪畫與文學的源流時又說：「所有的藝術都是詩的，如果不能表現詩的，都不是藝術。」[9]「詩質」乃所有藝術共具的特質，「如果沒有詩質的存在，則其藝術品只不過具有其型類性的外殼而已，必將缺乏生命而黯然。」[10]廣義的美感經驗，是一切藝術的源頭，也是詩的本體，而它就蘊藏於浩瀚的宇宙之中。

　　其次，詩既存在於宇宙萬象中，有賴詩人的發現，然而，這樣的發現不僅是透過「肉眼」的觀察，更需要「心眼」、「真眼」的體會。岩上說：「唯有人類才能發現詩的存在，因為人類具有超乎萬物的智慧與靈性，具有洞悉萬物天道與真理的能力。有了這種獨特心靈心態才能發現詩的存在，亦即人類心靈原本具有詩質的基因存在，才能感悟詩在宇宙中的存在，……所以詩是存在於人類心靈之中的。」[11]前者謂詩質的「本然」存在，此則指人類心靈對於萬物的主動感受與投射，所開拓出一個無邊無際的廣漠世界，它是超時空的、想像的與非現實的存在。

　　岩上指出詩存在於人類心靈及其想像中，又可細分作兩個不同方向的層次：「一是向萬物萬象投射所產生的心靈頓悟；一是人類自身性靈的煥發所作自由馳騁與自掘。」[12]亦即一是介入外在環境，碰觸萬象之後產生的投射感悟；一是純粹心靈活動，冥想、沉思，精神的挖掘。前者是對客觀物象恆久的凝神觀照，後者是心靈的感悟昇華，即藝術心靈短暫的與世隔絕，使生命在靜默中吐露光

---

[9]　岩上〈淺論詩與畫的語言交集與分歧〉，《台灣詩學學刊》1號，2003年5月，頁132。
[10]　岩上〈論詩的存在〉，見同註2，頁43
[11]　岩上〈論詩的存在〉，見同註2，頁33-34。
[12]　岩上〈論詩的存在〉，見同註2，頁34。

輝。二者皆是無盡的歷程、永恆的探索,詩的花朵就在這沒有終點
的路途中恣意的綻放。這裡所談的是藝術心靈的誕生,亦即美學上
所謂的「靜照」,宗白華說:

> 靜照的起點在於空諸一切,心無掛礙,和世務暫時絕緣。
> 這時一點覺心,靜觀萬象,萬象如在鏡中,光明瑩潔,而
> 各得其所,呈現著它們各自的充實的、內在的、自由的生
> 命,所謂萬物靜觀皆自得。這自得的、自由的各個生命在
> 靜默裡吐露光輝。[13]

再次,人類心靈可以感受宇宙萬象變化的無限生機,因為發現
和創造才確定詩的存在,詩人則是在「心」「物」之間架起一座座
橋樑,聯繫物我,交感融合,「至於『物我兩忘』之境界,是心物
之交輝,如觸電的火光,來自實體的觸發。」[14]此之謂:「詩存在
於人類心靈與對萬物萬象觀照融合的感悟中」。詩人面對天地間的
無窮物象,心靈激盪莫名的感動,經過時間的醞積、沉澱,讓情感
一一迴流,再透過文字符號的書寫予以表現,遂有了詩的存在。《岩
上八行詩·後記》又說:「我與物的對流或換位,在詩中處處有我
的存在,但不做太多個人性的殊相奇想,而盡量還原物項的本體共
相特質。在物我交媾之間尋求詩的要妙。」[15]這樣的「融合論」,
與古典詩學中由嚴羽開創,經王士禎、王夫之、王國維一脈發展的
「妙悟主義」不謀而合。他們一致認為:「詩的本質,在於具體表
現透過詩人的心靈所反映的外在世界,以及在於顯示出感情的內在

---

[13] 宗白華〈論文藝的空靈與充實〉,《美學散步》(上海:上海人民出版社,1981
年 5 月),頁 21。

[14] 岩上〈論詩的存在〉,見同註 2,頁 35。

[15] 岩上《岩上八行詩·後記》,頁 124。

世界。」[16]因為詩的目的不在於陳述思想，而在於呈示一種細微的心理狀態，一種靈魂顫抖的聲音。所以，詩心不是純理性的分析，不是照相般的映現，而是應該包括人的神秘內心世界。

　　岩上又說：「在述及『詩存在於宇宙物象的現實中』時，……僅以宇宙物象存在本體而言，則宇宙物象的存在應該是『道的』、『實的』、『有的』存在；而『詩存在於人類心靈及其想像中』是『靈的』、『虛的』、『無的』存在。易言之，前者是現實的；後者是非現實的。」「詩的行動是從現實進入非現實；從非現實落入現實；與現實與非現實交錯的存在，這是詩存在的真正領域。」[17]詩不能止於酖戀現實，再現色相世界而已；也不能一味地逃避現實，耽溺於自我心靈世界，應該是實體的「有」與虛象的「無」融合交匯行動的存在──「根植於現實，但必須從現實超越」，[18]然後復歸於現實之中。

　　詩和現實的關係若即若離、不即不離，既不能擺脫現實、割捨現實，但也不能永遠停留在現實的表象世界裡，關切現實而不為現實所縛所限，這就是岩上所反覆強調的詩的「現實性」之真諦。他說：「心理距離提昇了美感的意象，意象中的現實是詩的現實性。」現實性是經過想像的現實，它不一定真的發生，但卻能讓人感受且接受。諸如山河草木等現實東西，或嬉笑怒罵等具體形象，「這些概念由聯想、想像提昇張力，使它發展為『意象』，這種意象中的現實，就沒有一定的空間性、時間性，這就是藝術中的現實性。」[19]程大城在論及文學「美的情緒」之產生緣於「意識距離」時嘗說：

---

[16]　劉若愚著，杜國清譯《中國詩學》（台北市：幼獅文化事業公司，1977 年 6 月），頁 134。

[17]　岩上〈論詩的存在〉，見同註 2，頁 35。

[18]　岩上〈詩的來龍去脈〉，見同註 2，頁 64。

[19]　岩上〈詩的現實性〉，《笠》詩刊第 222 期，頁 131-132。

「凡和人類的現實生活不接近的東西，或者說凡與人類的意識有距離的事實，在人類的智性中（或者說心理上）都被認知為新奇的事實。這種新奇的事實，才能因慾望促使理解能力發生是非判斷，產生美的情緒。」[20]故現實性意味現實的抽離，而不是現實的拋棄，詩人必須從生活中提煉、錘鍊出詩的美感；在現實與非現實之間，創生具象化、人間化、生活化的藝術作品。

第二節　創作論

一、詩是悲劇的產物

　　岩上〈詩的存在〉一文，結語只有三行文字：

　　　因為詩存在於現實，才令詩人感到詩存在的艱難而繼續奮鬥；
　　　因為詩存在於非現實，才令詩人迷戀而落入詩的陷阱；
　　　因而詩不能給人什麼，只給了一條自逸而自沒的河流。[21]

詩既讓人清醒地在艱難現實中持續奮鬥，又令人易於陷入非現實的廣闊神秘世界而無法自拔，所以說只給了人「一條自逸而自沒的河流」。此種看似矛盾其實高度自我醒覺的觀點，很能道出詩的真諦，以及詩人創作的不得不然。岩上一再地表示，人生如果美滿，詩可以不寫，詩是從痛苦中創作出來的，是「生活裂縫中綻開的一些花朵」。[22]「詩的可恨在於無法完全掙脫現實的枷鎖」，現實生活中種種的不幸與災難，透過詩予以撫平消解，寫詩就是填補生活的縫

---

[20]　程大城《文學原理》（台北市：黎明文化事業公司，1973 年），頁 93。
[21]　岩上〈詩的存在〉，見同註 2，頁 44。
[22]　岩上〈生活裂縫中綻開一些花朵〉，見同註 1，頁 222-226。

隙。詩因此成為一種救贖，亦是一種自證。這樣的觀點與洛夫所言：「攬鏡自照，我們所見到的不是現代人的影像，而是現代人殘酷的命運，寫詩即是對付這殘酷命運的一種報復手段。」[23]並無二致；也和周夢蝶詩觀：「將事實之必不可能者，點化為想像中之可能：此之謂創造。」[24]如出一轍。

西脅順三郎《詩學》云：「人感到『無常』，感到人存在的宿命的死亡，感到人存在本身的寂寞感那種絕對的憂鬱，感到有限世界中一切存在的宿命的憂愁。因此詩是憂愁性的。」[25]詩是憂愁性的，詩在於抵抗生命中的孤寂，詩乃悲劇的產物。「詩，不斷地追尋語言的新關係，以產生美感填補人生的缺憾；而萬物和心象卻不斷激盪變幻，詩遂成為悲劇的影樣。」[26]「詩原本就是悲劇的產物，缺乏悲劇情懷的人是不配寫詩且辦詩刊的。」[27]詩是詩人的靈魂被現實猛力錘擊所爆出的火花，也是詩人思考的軌跡和精神生活的記符，詩往往帶給詩人很大的痛苦，「這種痛苦就像癮毒一樣時時在體內流蕩發作」，幾次想要斷棄，畢竟又連接起來。「這種無法捻熄的生命的花火，……不斷地從心底深處爆射出來。」[28]而詩人必須忍受詩的凌遲，試著與它和平共處，直到它成為生活的一部份。寫詩是詩人真誠的與內在自我的對立，林亨泰稱之為「密室裡的孤獨作業」，[29]寫詩是自己的淪落，詩成為詩人的理想。

[23] 洛夫〈我的詩觀與詩法──《魔歌》詩集自序〉，《洛夫詩論選集》（台北市：開源出版公司，1977 年 1 月），頁 155。

[24] 〈周夢蝶詩話〉，《周夢蝶世紀詩選》（台北市：爾雅出版社，2000 年 4 月），頁 4。

[25] （日）西脅順三郎著‧杜國清譯：《詩學》（台北市：田園出版社，1969 年），頁 2。

[26] 岩上〈詩是語言的創發──關於詩語言的思考〉，見《針孔世界‧自序》，頁 15。

[27] 岩上〈「詩脈」一年雜感〉，見同註 2，頁 161。

[28] 岩上《激流‧後記》，頁 93。

[29] 林亨泰說：「文學家……必須孤獨一個留在想像式的密室進行意象化的作業。」

詩是人類精神的光束,詩人是光的追求者,雪萊說:「創造的心靈正如一塊將要熄的炭火,一些看不見的影響,如不時起落的風,將其喚醒成瞬間的光輝。」[30]當詩人面對人生沉思,看到人世幻滅的本質,而能在創作時得到瞬間的快感與充實,這種創作的衝動與喜悅,「猶如頸項感受刀刃的冰寒時,還用嘴巴尚有的餘溫吐出此時此刻的存有。寫詩正如即將墮入黑暗前,面對最後一絲光線的淺笑。」[31]創作就是一種瞬間的狂喜,在那一剎那,詩人照見了「永恆」。這種瞬間的狂喜,成為一股內在驅動力,令人無法抗拒,「長久以來就有一種投擲的衝動:/投一塊石頭於水中讓它發出戰慄的聲響;/或者把自己投入飄渺的凌虛的時間裡……」(〈鉛球〉,《激流》頁72)。類此無可抗拒的衝動,終究成為自悅的法則,以至於不惜「殉詩」。

寫詩是因寂寞難遣,寫詩是為了驅趕生活的荒涼,滋潤無聊的生活,詩人一直生活著,所以總是在寫。從心理學觀點來看,詩人們就是在建構人類靈魂的避難所,企圖尋求解救之道,以彌補現實之不足。[32]人生既是有限的格式,是不可規避的悲劇,詩人只能學習普羅米修司,以反覆不斷的生命燃燒,證明詩的存在,詩人的存在。岩上說:「激流的音響常是由於受到現實的阻礙或挫折而嘔出的血淚,但午夜夢回靜聽那潺潺的水聲,或將發現這個世界也有其

〈詩人與語言的三角對話——林亨泰‧簡政珍‧林耀德會談〉,見簡政珍:《詩的瞬間狂喜》卷三〈詩的對話〉(台北市:時報文化出版公司,1991年9月),頁317。

30 雪萊〈詩的辯護〉,轉引自簡政珍〈詩的哲學內涵(代序)〉,《意象風景》(台中市:台中市文化中心,1996年5月),頁14。

31 簡政珍《詩的瞬間狂喜》,見同註29,頁92。

32 洛夫〈超現實主義與中國現代詩〉,見同註23,頁88。

真實可愛的一面。」[33]生命的缺憾通過創造力予以化解、超越，詩讓人找出那原始的感動性，尋得生命的真實美好。

二、詩在虛實有無間

　　岩上衍繹《老子》：「道在有無之間」的說法，提出「詩在虛實有無之間」的論點。「有」為現實，包括小我和大我，「無」為超現實，意指超脫本我的想像。「詩存在現實中，但現實中的諸現象並非就是詩，詩與現實的差距，必須依賴詩人的心靈透視力藉語言去連接與調配。」[34]詩在於有無虛實擺盪間，「實」是眼所見，屬「有」；「虛」是心所感、所思維，屬「無」，唯有虛實相濟、有無相間，才能構成完足的意象。岩上說：「詩的構成意圖從自我出發到外在社會存在的現象；或從外在現實的現象刺激詩人內心的感受經驗，兩者之間，存在著對抗的矛盾。」[35]在不斷的衝突、妥協中，完成了詩的創作。以下略分三方面討論：從「有」到「有」、從「有」到「無」及從「無」到「有」。

（一）從「有」到「有」

　　詩由現實出發，超越現實後，又拉回現實，「詩像放出去的鴿子又飛回它的籠子裡」。[36]換言之，詩人從日常生活中挖掘素材，經由思考想像提煉後，以具體可感的意象表達出來，這種詩明朗、

---

[33]　岩上《激流‧後記》，頁 94。

[34]　岩上〈詩的來龍去脈〉，見同註 2，頁 63。

[35]　岩上〈詩的語言與形式〉，《岩上八行詩‧序文》，頁 2。

[36]　岩上〈詩的來龍去脈〉，見同註 2，頁 64。

曠達而有實境，給人親切之感。岩上以「林」及「森」兩個會意字
作說明：「林」及「森」是由實感的意象「木」構成自身的實際存
在（一片森林），而其形成的字（林、森）的含蘊比「木」字更具
彈力，此之脈絡即是從「有」到「有」。[37]

　　從「有」到「有」泛指一般的寫實主義作品，如岩上〈隔岸洪
水〉一詩：

> 河水急湍奔流
> 你看著我們的房屋流走
> 我看著你們的田園淹沒
> 我要涉水過去　過不去
> 你涉水過來　過不來
> 我想擁抱你
> 你想擁抱我
> 不是為了愛多一層
> 只想抱在一起哭一場。（《針孔世界》頁 116-117）

對於每逢大雨必至的土石流，久居南投的詩人感受特別深刻，詩中
直接擷取許多具體意象來表現災民欲哭無淚的哀痛，河水奔湧、房
屋流走、田園淹沒，怵目而驚心；涉水、擁抱、哭泣，想像皆不可
得，束手無助而無奈的心情卻又如此具體。再如環保詩〈寂滅的山
坡〉，雖然是批判山坡地慘遭濫墾濫伐，詩人的內心憤怒、沸騰，
但仍以冷靜的筆調制約，傳達出更為深沉的哀痛與對大自然無盡的
關愛。這種詩從「有」到「有」，淺顯易懂，真切而感人。

---

[37]　岩上〈論詩的存在〉，見同註 2，頁 37。

　　現實人事如過眼雲煙，如果一首詩僅是單純表象的複述，直接鋪陳表面的現實，一旦時空更迭，也將消失得無影無蹤。許多寫實主義詩作，從現實出發隨即掉入現實的窠臼，往往出之以情緒的激昂，抗議、吶喊甚至謾罵，如同政治報告、新聞報導，甚至類似文告、檄文，欠缺文學的美感，讀之索然無味。類此從「有」到「有」的寫實詩作，若是創作者稍不留意或者偷懶，便可能製造出一些劣質品。而且這種鴿子飛出去必然會回來的機械性循環，「久而久之令人有鬆弛而厭倦之感。」因此，詩需要有「冒險的驚喜」與「緊張」，如同放出去的鴿子沿途經歷風雨所阻，冒險犯難、千辛萬苦，在煩憂期待中安全地飛回牠的籠子裡。這種刺激、懸疑和緊張的狀態，是詩迷人之所在，也才是從「有」到「有」的現實主義優秀作品。

（二）從「有」到「無」

　　詩是從現實出發而拋棄現實，但並非完全的抽離現實，而是以一條若隱若現的「細線」牽引著。岩上以小孩手中的風箏為喻，他說：

> 詩的風箏從小孩的手中飛出，飄揚在空中，成為美麗生動的個體……我們只見拋棄了現實的手而飄逸在空中的風箏，對於在現實（手）與超現實（風箏）之間的一條細線，卻因「距離」的關係而被「隱」著了。
>
> 詩的可貴乃在於它拋棄了現實的枷鎖，卻留下一條不被注

意的細線又把它繫住，使它不致飄去無蹤，而它看來是不
被牽連而自身既足的有生命的個體。[38]

詩人內心自由馳騁於廣大無邊的想像空間，即由實象推衍出虛象之
進程，它並不是完全脫離現實。它就像是「羚羊挂角，無迹可求」，
那被「隱著」的風箏的線就是「迹」。「這種詩超詣，流動而飄逸。」
它是從「有」到「無」。

　　岩上認為指事字發揮了詩存在的最佳實例，「因為指事字是由
一個具象字體和一部分抽象符號所構成，符合了道在陰陽之間，詩
在有無之間的妙趣。」[39]例如：「『本』作為木之根，仍可見象，作
為『立國之本』、『做人的根本』引申之意解時，其意乃屬抽象之意
念。就此『本』字的結構含義是由實象進入虛象；由『有』到『無』
的過程，詩的存在行動清明澈現。由實象而指向一個遼遠的思考心
存的國度，這種由『有』現實的依靠到想像世界，詩的展現遠比
『木』、『林』、『森』單純存在於『有』的實象中更超越而靈秀。」[40]
雖然它自身的存在並不外顯，不易被常人所發覺，一旦經過藝術的
發現，深入開掘後，便覺詩意盎然。換言之，由現實客觀環境的刺
激，引發詩想，擷取意象，表現內在心靈的世界，即是從「有」到
「無」的創作過程。

　　岩上這一類的詩很多，如〈香爐〉：「希望像一個香爐／不管有
無嬝娜的／香火／總要展露／遼闊的心胸／／也許你的膜拜已躬
成倒蓋的杯葵／也許你的匍匐已癱成一甕的灰燼／／面對著靜定
的／眸光／內省就是／一盞夜黯中的／明燈」（《激流》頁39-40），

38　岩上〈詩的來龍去脈〉，見同註2，頁66。
39　岩上〈淺論詩與畫的語言交集與分歧〉，見同註9，頁132。
40　岩上〈論詩的存在〉，見同註2，頁38。

香爐是具象物，詩人賦予抽象的意念，進而悟到「內省就是一盞夜黯中的明燈」，這就是從外在觀照返回向內省察的清晰軌跡，從有到無，役物使物，外在的物象變成了內在感受的註腳。再如〈激流〉：

> 來自蒼鬱的森林，或者
> 崢嶸的峭崖
> 延伸而來的
> 難以承受的無奈
>
> 遂以自己的
> 軀體立在橫心的弦上衝射出去
> 讓那些圍剿而來的
> 巖石與山壁
> 濺出嚎啕的顫慄
>
> 不管流失的
> 歌聲，是用血淚譜成的
> 既已撕碎的願望
> 也要堅守一股
> 初貞的潔白（《激流》頁 52-53）

以全知觀點寫奔騰流水的遭遇，借用擬人手法，賦予河流生命，進而把自己跟激流合而為一，物我交融，流水的無奈、顫慄與堅貞，一一化作成為心靈的律動聲響。意象突出，語言緊湊有力，寫物寓志，詩因此而有生命感。本詩雖然表現較為曲折，但意象仍然具體，仍是立基於「有」。

　　《岩上八行詩》雖為詠物詩作，但皆被賦予抽象的哲理性，正是從「有」到「無」的典型詩例。舉〈弦〉為例：

把自己拉緊
才能發出鏗鏘的律動

把自己放鬆
悠然自得不再有音樂

拉緊容易繃斷
放鬆則懈弛慵懶

弦如繩索架在生死的兩頭
自己則是走索的人（頁 104）

弦之兩端宛如生、死兩頭，人則搖搖晃晃行走其上，思索著「平衡」之道。「緊」、「鬆」代表兩種人生觀，一則奮鬥進取，一則庸碌懶惰，人也在「鏗鏘的律動或不再有音樂」與「緊繃或鬆懈」之間矛盾掙扎。琴弦是具體存「有」，思索則屬於抽象虛「無」了。

（三）從「無」到「有」

　　詩從「無」中來，在「有」的現實中凝定。「雖說現實是詩的生命，但詩的引發並非完全由現實中得來，面對著空茫寂滅的想像世界，詩人可由他獨特的感應力與技巧把詩捏造出來，從『無』處以觀照天地道體之深微，融入詩人敏銳的心靈以之出現詩。」[41]岩上以指事字「旦」作說明：

　　　　「旦」字，說文云：日見一上，一地也。……「日」是實
　　　　象，太陽乃人人可見，「一」是虛象，地平線是虛象，因為

---

[41]　岩上〈詩的來龍去脈〉，見同註 2，頁 66。

地實際並非一線，……所以其詩的存在行動是由「無」到
「有」的過程。從虛無的黑暗中昇起的太陽普照大地，呈
現旦的意義，詩的存在由是而落入現實的意象。[42]

「無」是道的一種潛藏力量，亦指詩人原始的精神內涵。詩人以獨
特的想像力去發掘內心深埋的思想與情感，引發詩的產生，這種詩
純屬個人主觀心理的湧現，精神的發光，容易流於隱晦玄秘，模糊
迷離，故仍應以客觀的現實作為依靠，才不致於成為個人的夢囈。
亦即無中生有也需要過去的記憶與經驗，作為引燃的火種。

　　岩上說：「所謂落花無言，水色漣漪，漣漣漪漪，浮現作者內
心深藏的詩思，是也。」這種詩類似於司空圖所謂的「不著一字，
盡得風流」，「不著」就是「無」，以至於「從無可知的想像世界拉
入現實，故能含蓄，而盡得風流，淺深聚散，萬取一收。」這種詩
有如空際翱翔，不易捉摸，但「其可愛處也就是這種不定、或然中
的驚懼。」[43]茲以名作〈舞〉詩為例：

　　一節一節把自己的筋骨拆散
　　重新綰結編練成為一條繩

　　摔出繩變成蛇，而柔成水
　　水中的魚，躍出為鷹

　　飛翔盤旋，旋出飄忽的雲
　　嘩啦如雨，下凡又蓮花化身回歸成洶濤

42　岩上〈論詩的存在〉，見同註 2，頁 38。
43　引號文字皆見岩上〈詩的來龍去脈〉，《冬盡・代序》，頁 13。

　　　舞就變，變肢體成意象語言

　　　舞出自己，變易幻滅（《岩上八行詩》頁 54）

林亨泰讚賞此作「意象語言」變化經營成功，肯定詩人發揮語言凝
定的制約功能，使得想像力不至於開展到歸趨難求。繼而歸納想像
力在詩中表現的特徵有四，其三為：「想像力的意象可將思考以視
覺的形態呈現，亦即所謂『思考的意象化』。」[44]所謂「思考的意
象化」，指透過想像力將思考凝聚為具體的意象，創造了一個全新
生命的意象，從而掌握表層無法窺見的深層世界，也就是岩上自己
說的：「意象隨舞姿的變化來詮釋『舞』所要表現的人生的幻滅。」[45]
表現了變易美學的特質和人生多變幻的真義，此詩即是從「無」到
「有」的完美演出。

　　詩的展現，不論是從「有」到「有」、從「有」到「無」或從
「無」到「有」皆與「有」（現實）不可分割，都離不開現實生活；
岩上認為後兩者才是詩的理想國度。詩的存在就是實體的「有」與
虛象的「無」融合交匯行動的存在，至於從「無」到「無」是無的
放矢，將不知落於何處，純屬個人無意義的行為，成為飄盪不定的
幽魂。「完全脫離現實的幻想不是詩。……缺乏共通性的以致完全
無法了解的文字屍堆，猶如夢囈，不知所云。」[46]以幻覺「造」詩，
充其量只是令人嫌惡的劣詩、偽詩，詩要能感動讀者，前提是不能
偏離一般人的美感經驗太遠。詩人藉由想像力穿透現實，進入到現
實的底層，挖掘所謂的「真實」，讀者透過感覺和體會，而有情感
共鳴，其軸心就是「現實世界」。詩不能從「無」到「無」！像一

---

[44]　林亨泰著、林巾力譯〈岩上的「舞」〉，《笠》詩刊第 220 期，2000 年 12 月，
　　　頁 83。
[45]　岩上〈詩的創作與技巧經營〉，見同註 2，頁 131。
[46]　岩上〈詩的來龍去脈〉，見同註 2，頁 69。

九五〇、六〇年代流行的超現實主義詩作，重視表現技巧，又過於強調意象經營，往往堆砌意象、錯亂組合，讀者看到的只是一堆閃爍的語言，艱深費解的文字屍塊，凡此皆已落入從「無」到「無」的狀況，美感喪失殆盡。

岩上認為：「唯有那淒美的非現實的世界才能提昇我們的想像，洞開我們的心竅，觸發我們的理想而導向美的境界；而也只有現實才是最可靠的存在，讓我們看得到，觸得到，是故偏向一方都是詩的不幸。」[47]詩藏在有無虛實之間，「它的位置由詩的素材和詩人心靈的感觸來決定。素材如燃燒的木材，而詩是火。……詩如火，有光有熱，需要木材才能燃燒，更需要詩人心靈的點火才能燃燒。木材是實的；心靈是虛的。實的是象，虛的是意，交匯燃燒是火的光與熱，是詩境的演出。」[48]這種創作觀，「既反對了不重視對外在物象進行描述的超現實主義，又反對了把現實的現象直接鋪陳的自然主義。」[49]趙天儀謂之「現實與超現實的結合。」[50]

三、詩是語言的凝定

語言是詩生命的原點，「詩實質的力量是來自語言組織新的關聯的力學所產生的美感的震撼力。詩所要表現的一切全部要由語言來承擔，語言對於詩的重要，如拳架之於拳，全部的功夫都來自拳架，拳架錯誤，功夫就使不出來。」[51]岩上引笛卡兒的話：「語言

[47]　岩上〈論詩的存在〉，見同註 2，頁 36。
[48]　岩上〈詩的創作與技巧經營〉，見同註 2，頁 122。
[49]　王常新〈現實主義的大眾化詩學－評岩上的《詩的存在》〉，見同註 5，頁 125。
[50]　趙天儀〈現實與超現實的結合－論岩上的詩與詩論〉，《靜宜人文學報》8 期，1996 年 7 月，頁 65-73。
[51]　岩上〈從生活裂縫中綻開的花朵〉，《冬盡・後記》，頁 197。

是唯一的記號和隱藏在身體中思想的唯一表徵」，強調「語言的思
考，其實就是詩的思考。」[52]換言之，詩的語言就是它的思想與情
感，也就是它內容的全部。語言處理失敗，詩也注定失敗，詩人必
須是語言的主人，要能將情感思想凝定於語言，讀者才能透過語言
領略詩中的奇異之美。

　　詩的語言特重創發性，但它同時兼具著冒險性與毀滅性，詩人
的使命，就在於創造語言，創新語言的關係，即日人西脅順三郎《詩
學》中所謂的「新的關係」，[53]實際上也就是尋求語言新的組合與
想像的關係，語言產生新的關係，才能發現新的天地並獲得創作的
喜悅。林亨泰認為詩創作在消極方面：「應當從語言（或說文字）
的一切物質條件（字義、文法、語氣、措辭法等等）的束縛逸脫出
來。」積極方面：「必須在語言（或說文字）的本質中，建立起存
在與存在的一種全新的關係即『秩序』。」[54]一首詩的成敗，端賴
於語言的承載含孕和傳達放射的能量；若有找不到適當的字眼來說
明的思想，也必然是一種飄忽不定、難以捉摸的幻想。詩思必須在
語言上凝定，才不至於成為無岸之河，氾濫成災，岩上以「放風箏
如要享受那種駕馭的快感，手中那條隱而不易見的細線要掌握住」
為譬，風箏繫於長繩的一端，飄然升空御風翱翔，另一端卻被牢牢
地抓在手中，不致被風吹走，這條線等同於詩創作中語言的凝定。
詩的語言是切斷、跳躍的，所以「詩人不能僅僅是個柴夫，而必須
是個劍客。」[55]其差別就在於柴夫只是不斷地重複機械式的能力，

[52]　岩上〈淺論詩的思考與精神生活〉,《笠》詩刊第 237 期，2003 年 10 月，頁 127。
[53]　西脅順三郎《詩學》說：「所謂詩是想像亦即意味發現新的關係。」「詩作的目
　　　的在於發現『新的關係』。」見同註 25，頁 5-6。
[54]　林亨泰〈詩人當他在創作時〉,《找尋現代詩的原點》（彰化市：彰化縣立文化
　　　中心，1994 年 6 月），頁 35-36。
[55]　岩上〈詩人與劍客〉，見同註 2，頁 11。

而劍客則必須擁有掌握瞬間變化的反擊能力；前者是單一制式、枯燥乏味的，後者則是變動不居、驚奇連連的；前者僅是使用語言，後者則是表現語言。岩上說：「詩的語言，其準確性必須如劍法在處處設想的敵對中進行，雖然表面上看來只不過是單一的指向，實則在語言意指的過程中，已散發了無數的禦敵的力量與期待瞬間變幻中立即反擊的潛能；亦即詩語言在不斷地使用中是同時四面八方埋伏著破壞的力量，而既已使出的語言乃同時又殺掉可能圍殺而來的敵對的破壞份子。」[56]詩語言的運用講求精確、簡鍊、生動、鮮活與優美，更要有象徵性、暗示性，詩人要懂得披沙揀金，尋求精確簡鍊且富有張力的語言。

　　雖然有些詩的美感難以言傳，但語言仍肩負表現意象的職責，所以除了具有意義性外，又需具備什麼特性呢？李元洛認為詩的語言美是由「具象美、密度美、彈性美、音樂美所構成的。」[57]岩上則認為詩的語言要具備形相性、節奏性、創造性、虛構性和美感性等五種質素，分述如下：

1.形相性

　　文學的語言必須是形相的，而非概念的、抽象飄忽的，形相就是將概念具體化，唯有形相的組織才能適切表達意象，進而產生藝術美感，而詩人的本領就在於語言的「概念與形相」轉化間顯現。岩上說：

---

[56]　岩上〈詩人與劍客〉，同註上，頁12。
[57]　李元洛〈語言的煉金術——論詩的語言美〉，《詩美學》（台北市：東大圖書公司，1990年2月），頁563-690。

能用清晰具體的語言創造鮮明的意象最好，才能給詩可懂
的指向，給人產生再造的情境。詩的本質原本就是混沌，
如以含混雜亂不清的囈語去組成，只是語言垃圾的堆積
而已。[58]

能以簡單潔淨、具體生動的語言傳達詩的巨大感染力，才是成功的
語言策略。如孟浩然詩：「移舟泊煙渚，日暮客愁新。野曠天低樹，
江清月近人。」（〈宿建德江〉）形相的組合具體鮮明、新奇自然，
情景相生，允為千古不朽的佳構。歐陽修《六一詩話》載梅堯臣謂：
「必能狀難寫之景如在目前，含不盡之意見於言外，然後為至
矣。」[59]這就是充分掌握語言形相的特質，透過新奇的組合，使得
意象晶瑩飽滿，景色推置眼前，而達到審美共感的藝術功能。詩語
言貴能組合為具體意象，岩上批評碧果的詩「語言的亂用如溪底的
亂石」，[60]就是指其語言凌亂怪誕、曖昧模糊，既無任何秩序可言，
更缺乏形相性，故弄玄虛，宛如築起一道道高牆，阻絕了讀者的接
近，這樣的詩就只能自我陶醉，無法分享。

2.節奏性

節奏性可區別為有形與無形兩種，傳統詩的格律、平仄押韻及
現代詩中疊字疊句的應用，都屬於有形的節奏性；而無形的節奏
性，則存在於詞彙、句法的輕重急緩，或者是句型、句式的長短安
排，它隨著作者的情緒高低起伏，隱而不明，然而卻比前者更為高
妙。節奏性、音樂性本是詩的表現方法之一，現代詩雖無格律限制，

---

[58] 岩上〈再談詩的語言〉，《笠》詩刊第 223 期，2001 年 6 月，頁 106。
[59] 清·何文煥輯：《歷代詩話》（北京：中華書局，1981 年 4 月），頁 267。
[60] 岩上〈溪底的亂石──「辭尚體要論碧果」讀後〉，見同註 2，頁 137-150。

但它內在的節奏感還是存在的，岩上舉余光中〈江湖上〉為例，說明疊句不斷出現，遂形成了一種反覆的節奏性。此外，他在〈釋析覃子豪的「夢的海港」〉、〈評黃勁連詩集「蓮花落」〉及〈鹽的和聲——黃勁連詩集「蟑螂的哲學」〉等三篇文章中，一再地闡釋「節奏性」的意義：

> 現代詩的節奏是指詩的詞彙，句法的輕重、高低、抑揚、頓挫的音節，與隱藏在詩中情緒的旋律，和其只能感覺到而不能看到的韻味，……而這種內在的節奏音樂性才是活潑的、有生命的。[61]

　　例如分析〈夢的海港〉一詩的音節說：「這首詩每行都有三個音組……當我們誦讀時自然有一種諧合的韻律感，這種內在的節奏來自句子本身音節的抑揚、起伏的變化，……這種由詩句本身自然流露的音籟，自由地表露了詩的音樂性效果。」詩的節奏，隨著詩人的情感、詩意的傳遞而有所不同，或流暢或空靈或遲重，岩上作品不乏令人驚喜的表現，如：「靜靜的／黃昏的海洋／一朵／花／白了一陣」(〈瓦浪上一朵小花〉)，節奏舒緩柔和，傳遞了一股親切而溫暖的氣息。再如〈海岸極限〉、〈草原〉、〈海誓〉等情詩，都是清新流蕩，旋律優美的佳構。

3.創造性

　　梅堯臣嘗說：「詩家雖率意而造語亦難，若意新語工，得前人所未道者，斯為善也。」[62]葉維廉對於語言的發明性，有精到的見

---

[61] 岩上《詩的存在——現代詩評論集》，見同註2，頁235-242、281-292、293-310，引文見頁241。
[62] 清‧何文煥輯《歷代詩話》，見同註59，頁267。

解：「沒有發明性的詩語易於弛滯，缺乏鮮明和深度，但這種發明
性必須以境和意為依歸，即所謂『因境造語』、『因意造語』，一旦
詩人過於重視語言，而變成『因語造境』，而以『語境』代替『意
境』，便是語言之妙的走火入魔。……現代詩中的失敗作品，便是
讓『語』控制了意──傳統所謂以詞害意是也。」[63]岩上也認為語
言的獨創性是文學中最難也最可貴的部分，他說：「語言本身就具
有創造性和無限性。語言將因時因地而改變，詩人的特殊使命在於
創造語言，而不在於撿拾語言的牙慧。」[64]大凡詩的語言來自於生
活用語，詩人必須要有能力從中撮取轉換，才能創造文學感人的魅
力。若詩人使用語言像劈柴一樣準確，卻只是既定動作的一再重
複，那是惰性的表現；詩人對於語言，要像劍客一樣，必須「劍及
履及」，要百分之百的準確，而且要帶有緊張感，不斷創新變化，
避免語言的僵化腐朽、陳腔濫調，假使過於安逸就會失去冒險性，
自然就不再帶給讀者驚喜的感受了。詩人應該勇於嘗試與實驗，以
創造新的語言：

> 詩的語言與語言的融合的結構有化學的作用，……化學作
> 用是本質的變化，……詩因為語言的切連才產生飛躍性的
> 思考，詩因為語言融合的化學作用才產生新的異質感
> 受。……詩比散文更具緊張感、更具危險性，如走鋼索，
> 要帶有破壞舊有語言重新塑造語言的精神和冒險性。[65]

---

[63]　葉維廉《中國詩學》（北京市：生活・讀書・新知三聯書店，1992 年 1 月），
　　　頁 269。

[64]　岩上〈再談詩的語言〉，見同註 58，頁 105。

[65]　岩上〈淺談詩與散文〉，《笠》詩刊第 221 期，2001 年 2 月，頁 120。

詩人應捨棄冗詞贅句，追求準確經濟、簡鍊生動，讓「詩的語言產生飛躍的張力，如鳥以翅膀飛行。」但也不能「標新立異，用詰屈聲牙的語彙，費解難懂甚至不可懂的晦澀語言，企圖以製造詩的奇異效果」[66]。擺脫熟知陳調，重新揀擇語言、調配語言，組合全新的關係，令人獲得新的經驗和驚奇的發現，即如英國詩人柯勒律治（Coleridge, Samuel Taylor，1772-1834）所說：「予日常事物以新的美感」。例如〈語言的傷害〉第二節：「拿鐮刀的語言／偏偏在我低頭的時候／來刮我的鬍子」（《激流》頁 35），鐮刀是農業時代的重要物品，是鄉間習見刀具之一，「拿鐮刀的語言」非常新奇，但語言為何拿「鐮刀」，而不是別種刀呢？「鐮刀」意象源於古希臘神話，它本是時間之神克拉諾斯的武器，克拉諾斯用它閹割了自己的父親烏拉諾斯，因此鐮刀就成了殘酷無情的象徵，後來進一步成了無情時間的象徵。莎士比亞《十四行詩》中不斷出現的鐮刀，就象徵著時間的毀滅力量，至於本詩中，鐮刀的殘酷暴露無遺，則其「傷害」之深不難想像。語言新鮮創異，予人驚喜美感。

4.虛構性

文學語言具有虛構性（又稱誇張性），它是不能用科學眼光加以分析的；如果文學的功能純粹只是現實世界的再現，那存在於人類心靈世界的詩質將不具意義。所幸人類具有不受時空限制的思考力及想像力，所以能在心靈中另外開拓一個廣漠的世界，而虛構性即是詩語言中想像力的高度呈現。岩上藉李白的「君不見黃河之水天上來」（〈將進酒〉）及「白髮三千丈，緣愁似箇長」（〈秋浦歌〉）為例，說明文學的可貴不在於如實地描繪眼睛所看見的，而是利用

---

[66] 岩上〈再談詩的語言〉，見同註 58，頁 106。

想像力捕捉素材成為意象,讀者則需「求之於意象之外」,也就是能夠「狀難寫之景,如在目前。含不盡之意,見於言外。」

　　岩上八〇年代以前的作品,較注重超現實的想像及技巧的鍛鍊,語言的虛構性也特別明顯。如〈激流〉第二段:「遂以自己的/軀體立在橫心的弦上衝射出去/讓那些圍剿而來的/巖石與山壁/濺出嚎啕的顫慄」,語言精鍊,誇張奇想,使得詩的張力瞬間倍增。〈蹉跎〉更是整首超現實奇想,藉著突兀虛構的語言,製造強勁的內在張力。

5.美感性

　　詩的語言具備了上述四種特性,卻「不能給我們美感的經驗,則所有的努力都是徒然的。所以文學的語言必須具有美感性,有了美感性語言才有味。」[67]岩上強調詩語言的創造必須給讀者一種或多種美的感受、感動,如人性的善美、情愛的甜美和生命的甘美等,至於美感經驗的獲得,將涉及心理距離、移情作用、外射作用等美學理論,對此岩上雖未進一步闡明,但從前述之文字中當可窺知其意旨。此外,岩上嘗於其他論評篇章中觸及語言的美感性問題,例如在〈詩的創作與技巧經營〉一文談到詩的要素有三,第一就是「有美感」,他說:「詩的創作是一種藝術的表現,所以它必須給我們美感,也就是藝術的或心靈的快感。」[68]試加蠡測,其所謂語言的「美感性」乃統攝作品的整體,含括語言詞彙的選用、調度、排列、組織的關係,以及透過各種藝術手法的精心設計,所創造的具體意象與蘊含的飽滿意境,從而使讀者產生審美愉悅情感。

---

[67] 岩上〈詩與語言〉,見同註 2,頁 29。

[68] 岩上〈詩的創作與技巧經營〉文中認為詩的要素有三:(一)有美感,(二)有驚奇感,(三)有意象。見同註 2,頁 120。

　　統而言之，詩貴創新，創新凝定於形式，凝定是詩表現的準確性；詩是無可知的，但語言卻是它存在的依靠，唯有語言才能使關係凝定，「語言的創發就是詩，⋯⋯詩的原點是語言的創發。」[69]岩上強調唯有不斷地進行思考組織，破壞與重建，建立語言新的關係，同時也體認到語言的冒險性與毀滅性，才算真正捕捉到了詩的要眇。

第三節　批評論

一、詩思動向秩序

　　詩從思考中獲得，詩思要不致紊亂，有組織有秩序，方能引發詩的完成；沒有「秩序」的詩，結構必將潰解碎裂。由於詩想動向巧妙不一，詩作散射的魅力也各具姿采，有些足以振聾發聵，有些則叫人迴腸盪氣。對於詩想推衍歷程的把握，岩上深入創作情境，微觀詩思脈動，提出「詩想動向的秩序」一詞。

　　發表於一九七二年二月《笠》詩刊第四十七期的〈詩的貝殼〉短文，針對「詩想動向」已有精彩的論述，摘錄於下：

> 所謂詩的有體是由詩想動向所波動與環結而成，奠基於內
> 在的構成力。因詩想的動向力所形成的詩的內在組織，必
> 然形成繁複的詩型：有的成輻射型；有的成輻輳型；有的
> 如海浪的起伏聯綿；有的如鳥翼的頡頏；甚至如溪畔的亂
> 石；如大廈的堆砌⋯⋯，而絕非僅僅如網狀者，如成網狀

---

[69]　岩上〈詩是語言的創發——關於詩語言的思考〉，《針孔世界・序》，頁13。

的簡單組織，實在是所有文體的最根基的結構，並非詩唯一的專利品，怎能以固定的型態去歸納詩的世界！何況詩的可貴在於飛躍性的形成，「藕斷絲連」實具有深長的意義。[70]

一年之後，岩上又於《龍族詩刊》第九期評論專號發表〈論詩想動向的秩序〉長文，正式提出了最具代表性的詩想秩序四類型：箭矢型、輻輳型、輻射型、波浪型。

1.箭矢型

岩上以桓夫〈摩托車〉為例，指出此詩「詩想的動向都在現實的意象中進行，而且進行的方向是直線發展的。在詩想的進行中，我們不知道作者的意圖是什麼，一直到最末才把『哀愁』的主題點出。」這就好比是射箭一般，一直要到箭矢中的，我們才知道它的命運，一首詩的詩想推衍尚未到達某處妥當的意念時，我們也無法知道詩的意味意旨。該詩的構成素材都是現實中的，而且是順時性的遞進，一個摩登女子騎上摩托車，馳騁在繁華的城市裡，直到結句「長長哀愁」才涉入「虛」的情感，岩上說這就像是「聽到箭矢中靶心的聲響一樣的快感」。[71]

「箭矢型」的詩想秩序是直線的，表現直接有實感，意象如串珠般緊密勾連，一貫而成，通常於詩行的結尾才展現出詩的奧妙，這種詩的優點就是主題明朗易懂；缺點則是往往不能表現更複雜的詩境，難以營造緊張拉鋸的氛圍，易患平鋪直敘之弊。

---

[70] 岩上〈詩的貝殼〉，《笠》詩刊第 47 期，頁 15。
[71] 岩上〈論詩想動向的秩序〉，見同註 2，頁 77。

2.輻輳型

透過意象不同的組合排列，以貼切地表現內在思維，總是詩人努力追求的目標。陳植鍔將意象的呈現方式分作并置式、跳躍式、疊加式、相交式及輻合式等五類，其中「輻合式」又分三小類，即「詩歌意象猶輪輻之聚軸心（中心意象）者曰『輻輳』，猶輻條之由軸心向外擴張者曰『輻射』，猶條屏書畫之排列者曰『聯幅』。」[72]所謂輻輳式結構，即所有意象全都圍繞著一個中心意象，宛如輪輻之向軸心縮合，以逼出詩的主旨或高潮（Climax）；而以一個中心意象為基礎，向外在客觀景物放射、擴張與延展的，稱為輻射式；至於所謂的聯幅式意象組合，就是每一句意象獨立，自成一體，聯合而成一個完整的畫面。岩上則特別標舉輻輳、輻射兩種形式。

岩上以余光中〈雙人床〉作為輻輳型詩例，認為「『雙人床』所拈出的種種意象本來是各自獨立的，分散而互不相關的，但經過詩人巧妙的應用，把這些散開的意象歸入戰爭與愛情這兩個組織裡而向『床』上集中旋入，這種詩想推動著隨時爆開的意象而造成向心力的秩序。」這就像車輪的眾輻向車轂集中，一個意象一個意象齊奔中心。輻輳型的特點是：「所有意象或理念的進行是從四周向內集中，如萬箭穿心，如千川歸海，……表現效果明朗易於感動。」[73]亦即透過無數個意象的交集、烘托，漸入漸深，形成高潮；如眾星拱月般地突出焦點，主要意象因而有放大、膨脹的效果。

這種詩想動向的脈絡，由四面八方向中心點匯集，最具震撼力道。岩上認為羅門的許多較長的詩篇，均可作為輻輳型的代表，特

---

[72] 陳植鍔〈意象的組合（上）〉，《詩歌意象論》（中國：中國社會科學出版社，1990年8月），頁65-88。

[73] 岩上〈論詩想動向的秩序〉，見同註2，頁80-81。

別是名詩〈麥堅利堡〉可謂典型。[74]惜未能再予詳釋，筆者特以〈傘〉
詩為例闡述之：

　　　　他靠著公寓的窗口
　　　　看雨中的傘
　　　　走成一個個
　　　　孤獨的世界
　　　　想起一大群人
　　　　每天從人潮滾滾的
　　　　公車與地下道
　　　　裹住自己躲回家
　　　　把門關上

　　　　忽然間
　　　　公寓裡所有的住屋
　　　　全都往雨裡跑
　　　　直喊自己
　　　　也是傘

　　　　他愕然站住
　　　　把自己緊緊握成傘把
　　　　而只有天空是傘
　　　　雨在傘裡落
　　　　傘外無雨[75]

---

[74]　岩上〈論詩想動向的秩序〉，見同註2，頁82。
[75]　羅門〈傘〉，《羅門詩選》（台北市：洪範書店，1984年7月），頁327-328。

本詩的意象中心就是「傘」，所有的意象從四面八方齊向圓心匯集，層層環繞，以表現詩人內心深處廣漠的孤寂感。大陸學者盛子潮分析說：

> 詩的第一節由「雨中的傘……」想起躲在屋子裡的孤獨，第二節用超現實的手法把所有的住屋說成「傘」，意指所有人都是孤獨的，最後一節「天空是傘」，把整個宇宙擬喻為一個孤獨的人。宇宙→房子→人構成一個由外向內的同心圓。[76]

很能切中詩想的流動秩序，揭露詩人創作的思想脈動。實則，這種輻輳式的意象結構，也就等同楊牧所謂的「反三角形的形式」。[77]

3.輻射型

此一詩型以洛夫〈石室之死亡〉為例，詳盡且精彩地深入分析。岩上先引述林亨泰的評論：「就一行一行的意象來說雖然是很精彩的，但以通篇而論，則各個意象並不太相互協調，雖不至於各個支離破碎，卻不能不說以它自身作為獨立的表現之時，則其促進它形成一個整體的力量是太脆弱了。」雖然贊同林氏觀點，卻進一步指出「這實在也就是輻射型所以異於他種型態的特色。」緊接著岩上仔細分析道：

---

[76] 盛子潮、朱水涌《詩歌形態美學》（廈門市：廈門大學出版社，1987 年 12 月），頁 83。

[77] 楊牧〈唐詩舉例〉一文在分析柳宗元〈江雪〉時說：「柳宗元取的角度是反三角形的形狀，由大向小；先是龐然廣闊的千山，逐漸縮小為萬徑，然後我們看到一條孤舟，孤舟上一名披簑戴笠的漁翁，更小了，最後是一條釣絲細微地幾乎不可辨識地垂向落雪的江水。」見葉維廉主編《中國現代文學批評選集》（台北市：聯經出版事業公司，1976 年 8 月），頁 401-402。

　　　　〈石〉詩共分六十四節，每一節立分兩段，每段均為五行，
　　　　如果把五行一段視為一個基數，則每一個基數可視為易卦
　　　　中的一個卦，每節前段是上卦，後段是下卦，八八六十四
　　　　卦（節），是一個頗賦數理的定數。……就這篇詩的六十四
　　　　節的數目來說，它由最初的兩節（陰陽一對）形成二數之
　　　　乘冪的演算而得來，就有陰陽始分，天地立判，宇宙萬物
　　　　自是而滋生的意向。這就是它有著從裡向外作成爆炸性的
　　　　張力秩序。[78]

首先就〈石〉詩的表面形式架構立論，指陳其符合《易經》陰陽卦
爻的特殊意涵，而產生一種由裡向外的輻射力量。其次，就內容而
言，「每一意象都來自一個共同的基準的點，這個基準點就是作者
內在精神的境地，它是一個思想的、感情的、意識的、智慧的、情
緒的……等等人格的總合體，一個屬於精神的詩的混沌。」認為洛
夫想表達的是：凡人無法逃避死亡的悲劇命運，因此乃能勇敢面對
死亡，對死亡進行詮釋，並且與「戰爭」聯想結合，形成特殊意象。
故其詩想動向的秩序是輻射式的，讓「死與戰爭」之主題意識混沌
般地交替湧現。

　　輻射型的詩，「也像輻輳型一樣有一中心點，但這個中心點較
為曖昧，因為這種中心點是詩的引發點，而非詩的焦點。……這種
類型的詩想動向像陽光向四面八方散射，它的詩想流向的秩序恰與
輻輳型相反，可說是一種逆流。」[79]它由一個中心主意象，向外衍
生出若干意象群，這些意象群所以拓展延伸主要意象的內涵，繁複

---

[78]　岩上〈論詩想動向的秩序〉，見同註2，頁85-86。
[79]　岩上〈論詩想動向的秩序〉，見同註2，頁87。

紛紜，詩境深邃奧秘。欲操持此手法者，要有冒險精神與挑戰的勇氣，同時更要有雄渾的表現力，才能創生佳構。

4.波浪型

　　岩上認為這是最可信賴的詩型，且被廣泛使用。「這種類型的特色就是詩想動向的秩序如波浪的起伏連綿，行雲流水，飄逸旨遠，無始無終，語言節奏空際回響。」它特具飛躍性、節奏感、音樂美，可兼併以上各類型的優點，「而無箭矢型過直；輻輳型過顯；輻射型過澀之缺點。」[80]針對白萩名作〈雁〉，分析其內在詩想的推衍動向，讚許道：

> 跌宕起伏，頡頏曲折，如海浪綿延相逐，無始無終，以「雁」這個詩題的單獨意象，就能給我們一種飛翔的感覺。這首詩一開始就把我們的注視力透過「雁」的活著仍然要飛行的姿態，而躍入無邊際的天空裡，把我們的感覺隨著雁的飛行做成心靈共應的波律。，……詩想意象的推進，時高時低，躍動超脫，天空與地平線連續出現造成的波谷，形成一種波浪式的優美的秩序律動。[81]

〈雁〉一詩在具有連綿性與易變性的主題陳述中，表現了歷史性與生命感的藝術課題，詩人的情感輔以語言的節奏感，自然波動宛如人生起伏，達到內容形式的和諧統一。此外，岩上在鑑賞「笠」社同仁江自得〈垃圾〉一詩時，除了指出該詩以「反覆」及「持續音」的形式技巧達到音樂感外，且說：「波浪式的詩思動向加上節奏效

[80] 岩上〈論詩想動向的秩序〉，見同註2，頁90。
[81] 岩上〈論詩想動向的秩序〉，見同註2，頁89-90。

果,更能形成垃圾堆積意象的音與象的雙重效應。」[82]指出該詩內在一種持續性的撼動,在「時間之海裡漂盪」,詩韻律動宛如波浪。

岩上肯定瘂弦也是擅長此一詩型的詩人,認為收錄在《深淵》中的許多作品都是如此,「在語言飛躍的活力上,瘂弦可說發揮了這種詩型『起』(飛躍)的極致;但他因深受超現實主義的影響,故在『伏』(著)的一面,雖具有『霧裡看花』之美,卻難免『歸趣難求』之嘆!」精闢洞見,褒中略含貶意,緊接著又引瘂弦〈詩人手札〉裡的話:「總之,要鯨吞一切感覺的錯綜性和複雜性。如此貪多,如此無法集中一個焦點。這企圖便成為《深淵》。」[83]以此作為探索這種詩想動向的扶杖,尤其指出「無法集中一個焦點」,此即波浪型的特徵所在。

要之,「人的思考千變萬化,詩想亦千迴百轉。詩的本身本來就無所謂類型,然而宇宙萬事萬物的進展,無不有秩序;詩因思考而得,自不例外。」[84]能知其脈絡便能認清對象,掌握了詩人詩想的動向,不但能了解創作思考的歷程軌跡,透視詩人的創作心理、情感波動,更有助於判定詩的優劣,這也就是岩上在文章開頭所說的:「對於詩想動向的探討,使我們在創作中操縱詩的準繩時,不致不知所措或踰矩;也可使我們在欣賞鑑別詩的時候,更能透視詩人的心機。」[85]前半就創作者而言,後半則針對「接受者」而說,強調唯有了解詩想動向的秩序,才能發現詩的真正要眇。例如岩上在分析楊喚〈雨中吟〉就指出:「全篇詩思的動向是虛——實——虛」的秩序,因此而看出此詩「非止於敘景記事,而是把詩的意旨

---

[82] 岩上〈江自得的詩藝表現技巧〉,《笠》詩刊第 251 期,2006 年 2 月,頁 179-180。
[83] 岩上〈論詩想動向的秩序〉,見同註 2,頁 90-91。
[84] 岩上〈論詩想動向的秩序〉,見同註 2,頁 91。
[85] 岩上〈論詩想動向的秩序〉,見同註 2,頁 72。

提升到嚴肅的歷史的課題，亦即人生的課程，一種作為詩人的不斷
探求的歷史的使命感。」[86]

二、詩的理想與共享

　　岩上說：「我重視現實，也喜愛非現實的想像」，所以「好詩」
要具備：「有人間味、有生活體驗的真、要有想像的美感、要有探
索人生的思維、語言的掌握要準確，並且要具有語言的魅力和創新
能力。」[87]詩的內容主題，必須落實在現實人生，要有現實性、社
會性、人間性，語言方面則要求準確以及原創性。

　　成功的詩人，應當有拓荒的勇氣與冒險的精神，不能自甘墮落
於安逸之中，因為「任何創作性的作品，均由自我毀滅、自我肯定
的實驗冶煉而來。」經過不斷的磨練、挑戰、嘗試與實驗，從冒險
中獲得驚喜。然而，實驗應建基於原有的成果上，而不是一味地否
認過去，完全騰空。在〈詩與實驗〉一文中，岩上對於一九五〇、
六〇年代的台灣詩壇，在超現實主義思潮席捲下，迷戀於「自動語
言」的書寫，製造出大批令人無法理解的實驗詩，予以嚴詞批判：

　　　　詩人進入實驗室想別出心裁，閉門造車，固然可喜，但實
　　　　驗的本身在其創造性的背面同時也帶有等值甚至過量的毀
　　　　滅性。修練不成仙，走火入魔，反為妖道，……過去詩壇
　　　　部分詩作者把咒語、夢話當作異質的詩來展覽，使得讀者

---

[86]　岩上〈釋析楊喚的「雨中吟」〉，見同註 2，頁 232-234。

[87]　王宗仁〈「笠詩社與台灣現代詩發展」：專訪岩上〉《笠》詩刊第 241 期，頁 57-58。

　　宛若吞食迷魂藥，迷迷糊糊不知所云，就是這種假借實驗，以實驗家自居，躲在實驗室誤吞仙丹中毒的結果。[88]

　　岩上是一位勇於實驗創新的詩人，同時也是一位極具思考性、批判性的詩人，他反覆地省思，認為實驗是手段而非目的，不能本末倒置，將實驗活動過程視作成果，隨意炫示唬人。現代詩絕非少數自命為心靈的貴族者的專屬，詩人不能躲在虛榮的象牙寶塔中，更不能把自我關在暗晦冷僻的角落裡，製造一些莫測高深的偽詩。實驗要有點鐵成金之術，避免誤入非詩迷陣，自誤誤人，所以他於文末提出了誠摯的呼籲：「那些經年累月躲在實驗室倒翻實驗瓶而無成品的詩作家，應該暫且脫下你的工作服，走出室外曬一點陽光，用你的真眼看看周遭的一草一木，然後我們說：現代詩的實驗階段應該結束。」[89]要這些人走出閉門造車的牢籠，走出超現實的蒼白虛無，感受大地的氣息，關懷生活的種種（包括現實中的自然環境與社會現象），這就呼應了岩上一向所堅持的理念：「詩的生命來自現實生活中的經驗」，「只有現實的萬象才是詩最原始的母體，也只有現實的萬物才是詩的浪子流浪回歸的岸邊。」[90]唯有這樣才是理想的詩。

　　岩上在〈建築〉一詩裡「以詩論詩」，完整地陳述一首好詩的標準：

　　　瓦解的
　　　語言，使聳起的大廈崩潰
　　　偷工減料的思維

88　岩上〈詩與實驗〉，見同註2，頁6。
89　岩上〈詩與實驗〉，見同註2，頁9。
90　岩上〈論詩的存在〉，見同註2，頁33。

故意架構不存在的夢境
一磚一瓦
一條鋼板一粒螺絲
一旦失去力學的牽引
解剖學裡
也分析不出含義

創意，使心弦緊張
走鷹架容易目眩
惰性死亡
我們需要生活的陽光
不存在的圖騰
塗鴉於囈語中的口沫
頑童的積木
堆砌文字的屍體

新鮮的氣流
需要生命的窗口
我們吐納大地流血流汗的氣息

一座大廈
一首詩
完整的
力與美的建築（《更換的年代》頁 159-160）

　　《岩上八行詩》〈序文〉說：「詩的構成意圖從自我出發到外在
社會存在的現象；或從外在現實的現象刺激詩人內心的感受經驗，
兩者之間，存在著對抗的矛盾。詩通過語言的使用，在矛盾的空間

裡掙扎而後妥協完成。」[91]〈後記〉又說:「面對誤解自由等於放縱的動亂無常的世界,適度的節制是必要的;面對語言解體、散亂的無詩世界,以平穩平易的形式呈現詩的可觀。」[92]將序文、後記及本詩合觀,可以清楚看出岩上以一首詩去類比一座大廈,特重結構的宏偉,內涵的蘊藏以及令人驚奇的創意;瓦解的語言、偷工減料的思維、不存在的夢境、塗鴉的囈語,都是堆砌文字的屍體;詩與大廈一樣需要生命的窗口、新鮮的氣流。批評那些躲在超現實主義帷幕裡的人,大量製造的劣詩、偽詩,晦澀、不知所云,那是夢囈,是虛幻而不存在的:「有很多的語言/夾在歷史冊頁中發霉/……聱牙難懂」、「有很多的語言/……如重大工程舞弊案一樣/一件件腐爛發膿」、「有很多的語言/如口水/溺斃了真理」(〈語言〉,《更換的年代》頁161)。夢囈胡言、詰屈聱牙,或謾罵粗鄙、缺乏詩味的語言,令人深惡痛絕,我們要的是「生活」的、「陽光」的,是「生命」的、「大地」的,是力與美的充分結合展現。

台灣現代詩已走過將近一世紀了,應該落實於時代、土地與人民,要表現出「人的特性」,必須能夠「共享」。岩上說:

> 如果詩只酣戀於現實,則其作品只不過再現了色象世界而已,作為人的存在意義與特性將泯滅無餘;如果詩只醉淫在自我的心靈世界而與外界無涉,則詩的帆船亦將茫然無靠而自沉,其詩僅是自我陶醉而已。[93]

岩上又引述 T.S.艾略特的話說:「如果一首詩是完全屬於作者一個人的,那麼它是使用私人的而不為他人所知的語言所寫成的

---

[91] 岩上〈詩的語言與形式〉,《岩上八行詩・序文》,頁2。
[92] 《岩上八行詩・後記》,頁124。
[93] 岩上〈論詩的存在〉,見同註2,頁35-36。

詩，一首只屬於作者的詩，根本就不是詩。」[94]詩雖然是想像，但不能專屬個人的幻覺，詩植根於生活，必須涉及客觀的存在事實，要透過殊相表現共相，表達普遍的共同情感，也就是說一首好詩要能讓讀者興起參與的心理。

　　詩人對詩要「具有道德上的責任感，那是詩人應有的誠心與真摯。」換言之，「詩是有所表現的，有表現才能令人共享，既為共享就應對其作品負有藝術的責任。」[95]詩壇上充斥的眾多浮華、錯覺、幻想、虛偽化的作品，全因為詩人思想的「不誠實」與缺乏「責任感」所致。岩上本身在這方面是徹底實踐的，桓夫就察覺並肯定的說：「他（岩上）的責任感面對著經驗，便變成鏡子或過濾器。經過鏡子反照出來，或經過過濾器過濾之後，而產生的有意義的語言，顯出獨創性的注意力和體驗能力，……。」[96]詩人苦心經營意象，藉具體物象以象徵內在情感，將抽象情感形象化，讀者才能披文入情，共感共享。

　　岩上詩學立論紮實，可以引為創作參考，亦能作為評詩之標準。所以他對於碧果那種孤芳自賞、高不可攀的詩作，就提出了強烈批判：

> 碧果如想真正成為一個詩人，最起碼對其作品要先令人有共享的機會。如果僅僅以這種曖昧、迷離、怪誕的語彙，如溪底亂石一般地排列來嚇唬人是行不通的。我們實在不能瞎認，凡是存在的即為傑出的。[97]

94　岩上〈詩的來龍去脈〉，見同註 2，頁 68。
95　岩上〈詩與實驗〉，見同註 2，頁 8。
96　桓夫《激流・序》，頁 7。
97　岩上〈溪底的亂石—「辭尚體要論碧果」讀後〉，見同註 2，頁 149。

　　陳千武說：「詩若缺乏秩序的境界，詩語便會顯露精神分裂症狀，很像精神病患者說的不連續語言一樣，令人費解。」[98]碧果的詩炫人耳目，卻又不知所云，只能歸於偽詩、劣詩之列。詩不能完全摒棄讀者，「詩人應當考慮讀者的立場，詩人從讀者的立場著想，就應該寫重視讀者經驗的詩，這樣就易於為讀者接受而產生共鳴[99]。」詩的內容要表現大眾的生活經驗，思想感情，要能觸動讀者的心靈，共鳴共感才有可能是好詩。

　　其次，岩上特別強調詩的「彈性」。詩人聞一多說：「詩這東西的長處就在它有無限度的彈性，變得出無窮的花樣，裝得進無限的內容。」「本來『詩的語言』之異於散文，在其彈性。」[100]岩上認為一首詩彈性的大小，關係到作品的輸出與欣賞者的接受，好的作品必然是彈性適度、鬆緊和諧的。任何一首詩無不以其外延力與內含力震撼讀者，「詩的外延力與內含力的調和構成詩的力，……彈性的有無與大小是一首詩存在價值的淵藪，所有詩的語言的切斷、接連、散射、集中、相剋、飛躍……等等的努力實都為了詩的彈力的振幅而存在。」詩的語言必須講究「彈性」，加強語言的彈性美，才能引發讀者想像迴旋的空間，而彈性宜大小適中，即要掌握好「度」。「彈性太小的詩作必顯得生澀、堅硬，無法使欣賞者進去共享，讀之形同嚼蠟，其緣由必在於語言缺乏詩思的能力；彈性過大的詩作雖然容易使欣賞者走進去，卻也容易顯得鬆弛、乏力，流於

[98]　陳千武〈難懂的詩〉，《現代詩淺說》（台中市：學人文化出版社，1979年），頁22-23。
[99]　王常新〈現實主義的大眾化詩學——評岩上《詩的存在》〉，見同註5，頁127。
[100]　聞一多〈文學的歷史動向〉、〈怎樣讀九歌〉，《聞一多全集》（台北市：里仁書局，1993年9月），頁205、280。

平鋪直述，無法感動心靈。」[101]從這樣的觀點出發，對於拾虹的〈拾虹〉一詩，他提出強烈的批評：

> 這首詩缺乏彈性，除了表現技巧的平鋪直敘與鬆弛無力外，就內容而言也只不過表明自我偏激的人生態度而已，其曖昧與不正常的愛情，實缺欠詩應有的共通性，無法含蘊欣賞者共享詩再現的情韻。[102]

詩語言呆板凝滯，毫無內縮外延的彈性空間，同時，詩中表現偏頗扭曲的愛情觀，大眾無法與之共享。類似此種強辯、說明、缺乏彈力的作品，索然無味。不管是對於碧果詩語言的雜亂、詩思的背離現實，或是拾虹詩語言的平板、詩思的異端偏頗，他們的缺失一則過於虛無晦澀，一則流於平淡乏味，過猶不及，皆無法「共享」美感經驗，不能感染人意，皆屬「非詩」。

三、詩的出位與失位

「出位之思」一詞，源自德國美學用語 Anders-streben，指一種媒體欲超越其本身的表現性能而進入另一種媒體的表現狀態的美學。[103]美國詩人龐德（Ezra Pound, 1885-1963）說：「不同的藝術之間實在具有『某種共同的聯繫，某種互相認同的質素』。」、「有一種詩，讀來彷彿是一張畫或一件雕塑正欲發聲為語言。」[104]錢鍾書〈游雪竇山〉詩云：「天風吹海水，屹立作山勢。……我嘗觀乎

---

101 岩上〈從詩的彈性談拾虹的傑作〉，見同註2，頁271。
102 岩上〈從詩的彈性談拾虹的傑作〉，見同註2，頁272。
103 葉維廉〈出位之思：媒體及超媒體的美學〉，見同註63，頁146-183。
104 轉引自葉維廉〈出位之思：媒體及超媒體的美學〉，見同註上，頁146。

山，起伏有水致。……乃知山與水，思各出其位。」[105]如同山有水
致，水有山勢，他認為不同學科之間存在著相通性，特標「出位之
思」，意謂打通藝術各門類之間的界限，強調各種不同媒體的藝術
形式之間的共通性觀念。他說：

> 材料固有的性質，一方面可資利用，給表現以便宜，而同
> 時也發生障礙，予表現以限制。於是藝術家總想超過這種
> 限制，不受材料的束縛，強使材料去表現它性質所不容許
> 表現的境界。譬如畫的媒介材料是顏色和線條，可以表示
> 具體的跡象；大畫家偏不刻跡象而用畫來「寫意」。詩的媒
> 介材料是文字，可以抒情達意；大詩人偏不專事「言志」，
> 而要詩兼圖畫的作用，給讀者以色相。詩跟畫各有跳出本
> 位的企圖。……這種「出位之思」當然不限於中國藝術。
> 若照近代心析學派的說法，藝術家的挑選某種材料作為表
> 現的媒介，根本是「出位」的心理補償。[106]

葉維廉指出古典詩歌常使意象重疊或並列，以表現詩的空間
性、立體感，構成雕塑美時，舉「雞聲茅店月，人跡板橋霜」（溫
庭筠〈商山早行〉）為例，解釋意象的自然呈現，使得詩如繪畫和
雕塑一樣，謂即：「英國十九世紀末美學家裴德（Pater）曾經論及
藝術中的 Anders-streben，錢鍾書所謂『出位之思』（詩或畫各自跳

---

[105] 錢鍾書〈游雪竇山〉四首，見《槐聚詩存》。此處轉引自龔剛〈出位之思與文
學研究〉一文，《錢鍾書：愛智者的逍遙》（北京：文津出版社，2005 年 1 月），
頁 76。

[106] 錢鍾書《談藝錄》（台北市：書林出版公司，1988 年），頁 86-87。又錢鍾書對
於超媒體研究（跨藝術門類的研究），可參〈中國詩與中國畫〉、〈讀《拉奧孔》〉
等文。

出本位而成為另一種藝術的企圖）。」[107]錢、葉二人基於中國傳統美學的立場予以再詮釋，使得「出位之思」成為一個詩學普遍性的概念。本文專指「詩畫相通」，藉以闡述岩上所特別重視的「詩的繪畫性」。

　　古人常言：「詩是無形畫，畫是有形詩。」「文者無形之畫，畫者有形之文，二者異迹而同趣。」[108]古希臘詩人 Simonides of Ceos 也早有「畫為不語詩，詩是能言畫」[109]的說法，詩和畫各具特殊性，但也有其共同性，王維的詩與畫「異迹而同趣」，達到了「詩中有畫，畫中有詩」的審美境界。詩要能超出詩之外，創造文字以外的境界，努力靠攏「繪畫」，實乃古今詩人的共同追求。但繪畫和詩歌在功能上畢竟有其區別，萊辛（Gotthold Ephraim Lessing，1729-1781）《拉奧孔》即曾反覆申說，其主要論點謂：「繪畫宜於表現『物體』(KÖrper)或形態，而詩歌宜於表現『動作』(Handlungen)或情事。」亦即繪畫只表達空間裡的平列（nebeneinander），不表達時間上的後繼（nacheinander）；語言文字能描敘連串活動在時間裡的發展，而顏色線條只能描繪出一片景象在空間裡的鋪展。[110]黑格爾（Georg Wilhelm Friedrich Hegel，1770-1831）也說：「繪畫不能像詩或音樂那樣把一種情境、事件或動作表現為先後承續的變化，而是只能抓住某一頃刻。」[111]詩畫同質，但同中仍存在著差異，

---

[107] 葉維廉〈中國古典詩與英美現代詩──語言、美學的匯通〉（原以英文發表在 1974 年 3 月之 Comparative Literature Studies XI,1，中文收錄在《文學評論》第一集（台北市：巨流圖書公司，1975 年），頁 367-408。

[108] 分見郭熙《林泉高致》第二篇〈畫意〉、孔武仲《宗伯集》卷一〈東坡居士畫怪石賦〉。

[109] 轉引自錢鍾書〈中國詩與中國畫〉，《七綴集》（台北市：書林出版公司，1990 年 5 月），頁 6。

[110] 萊辛《拉奧孔》13-16 章，李拉（P. Rilla）編《萊辛全集》第五冊，頁 108-115。

[111] 黑格爾著，朱孟實譯《美學》（台北市：里仁書局，1982 年 3 月），第三冊，

或許就在於二者描述「動靜」的不同，朱光潛說：「圖畫敘述動作時，必化動為靜，以一靜面表現全動作的過程；詩描寫靜物時，亦必化靜為動，以時間上的承續暗示空間上的綿延。」[112]繪畫只能表現那「包孕豐富的片刻」，而無法表達整個事件或情節的發展步驟。總之，詩中有畫，但它的「時間性」又非畫的「瞬間感」所能完整呈現。

岩上說：「詩中有畫，是語言高度形象性的內在風景。」[113]「詩的繪畫性應該是以文字語言的意義所指涉的畫境，其與意象、意境並同孳生，是內在的影像；而不是利用文字符號所羅列的圖式。」[114]繪畫性重在內涵意象而非直接訴諸外在視覺印象，真正的繪畫性，意指運用各種繪畫的原理技巧，透過語言文字所形成的內在意象之呈現，達到具有圖畫的空間性、立體感的審美特質。至於「繪畫原理」的運用，透視法、投影法、幾何畫法、輪廓法等較為常見，其中又以透視法運用最為普遍、且達到最好的效果，岩上認為它是「神餘言外，無以並比。」

那麼如何在詩中應用繪畫原理呢？岩上以繪圖原理中最常見的「透視法」作說明。透視法（perspective）又名遠近法，它的原理為凡是景物距離愈遠者，其形象愈小；反之，距離愈近者，其形象愈大，也就是把眼前的立體景物看作是平面的方法。例如孟浩然〈宿建德江〉詩句：「野曠天低樹」，是因天遠而樹近，人在野曠遠眺，使空間的距離感消失，立體景物被拉成平面觀看，實際上天是不可能低於樹的。杜甫〈絕句〉：「兩個黃鸝鳴翠柳，一行白鷺上青

頁 295。

[112] 朱光潛《詩論》（台北市：國文天地雜誌社，1990 年 3 月），頁 175。

[113] 岩上〈淺論詩與畫的語言交集與分歧〉，見同註 9，頁 137。

[114] 岩上〈論詩的繪畫性〉，見同註 2，頁 116-117。

天。窗含西嶺千秋雪，門泊東吳萬里船。」這是詩，更是一幅畫。
畫中顏色鮮明，形意移位有動感，後兩句運用繪畫透視技法，泯除
距離，將遠近景物移置同一平面，所以窗能含，門能泊。再如沈佺
期的「曉月臨窗近，天河入戶低」、王之渙的「黃河遠上白雲間」
皆是，至於杜甫不朽的名篇佳句：「星垂平野闊，月湧大江流」，更
是意象傾斜移位產生動力，造成美的畫面和詩意。[115]

　　這一類的例句在古詩裡很多，但在新詩中並不多見。岩上以鄭
愁予山水詩作為例，驚喜地發現鄭氏在飄逸溫柔之餘更見絕妙畫
工，如「每夜，星子們都來我的屋瓦上汲水」(〈天窗〉)、「風吹動
／一枝枝的野百合便走上軟軟的虹橋。」(〈北峰上〉)、「夜靜，山
谷便合攏了」(〈秋祭〉)等詩句，皆是透視法遠近交錯的觀照。[116]至
於岩上詩作，亦常見繪畫手法的運用，如〈夕暮之海〉將燃燒的落
日與「鮮紅」而渾圓的滴血互喻，在那焦軸之珠裡，驚見寧靜的「影
子」，在潮湧浪嘯之後「黑夜」來臨，而那漁舟在夜色中「點亮」
了盞盞希望，整首詩頗具光影繪畫效果。再如短詩〈六月〉：「六月
的太陽／頻頻垂問池中出水的荷花／熱不熱」(《針孔世界》頁
87)，短短三行，太陽、水池、荷花意象疊置，構築了一幅遠近層
次立體感湧現的「夏日蓮田」畫。

　　丁旭輝認為岩上《更換的年代》中〈丟不去的風景〉最後一段：
「你已掉入／酒槽的底層，離家的汗酸／很遙遠的，暈眩／在畫幅
中，我們只找到你一滴／孤絕」及〈無盡的路〉開頭第一段：「聽
你敘述流浪／異國的風雪／常掛在冷月的樹梢上」，皆融詩意入畫
境，是詩人繪畫性詩論的最佳實踐。[117]筆者認為那只是借景抒情，

---

[115] 岩上〈淺論詩與畫的語言交集與分歧〉，見同註 9，頁 134。

[116] 岩上〈論詩的繪畫性〉，見同註 2，頁 104-105。

[117] 丁旭輝〈試論岩上詩作的語言風格及其變化（上）〉，《國立中央圖書館台灣

有敘述景物之意圖，繪畫性恐未必有，倒是〈穿越防風林〉一詩的
結尾，才真正具備詩的繪畫性：

> 而夜遲遲不來
> 海從我們的腳下升起
> 浮標了的
> 我們的手臂
> 緊緊握住了海與天的漂盪（《愛染篇》頁 65）

夜（天）、人、海之間皆必有相當之距離，但詩人運用繪畫技巧的
透視法，撤去了彼此之間的距離，使之接連在同一個平面上，所以
海能從我們腳下升起，我們被浮標了的手臂也才能握住海與天，這
就像李白〈送友人入蜀〉：「山從人面起，雲傍馬頭生。」的道理一
樣。此外，像情詩〈讀妳的眼睛〉，陳去非分析道：「這首詩若改以
電影鏡頭來處理，則自第三行起就會出現『疊攝』（double
exposure）：影像重疊的特殊效果，將兩個不同的時空（實景：妳
的眼睛與幻境：海浪、沙灘）呈現在同一畫面上。」[118]文字的「出
位」已不單單是繪畫技巧的運用，更加入了電影手法，因而構成令
人驚豔的圖景視境。〈草原〉一詩在美妙輕快的旋律之外，同樣有
實景幻境疊合的特殊效果。

　　岩上深知繪畫性並非詩的必要質素，因為在應用上，有它表現
的邊際：「一、繪畫性在詩境中只能獲得空間的靜態效果，無法表
現時間延續的效果。二、繪畫性只是詩中的局部，不能取代詩境的
全部。三、繪畫性的應用只限於寫自然景物，對於非具象的哲理、

分館館刊》，8 卷 2 期，2002 年 6 月，頁 87-97。
[118] 陳去非〈站在草地上生活的人——《讀岩上詩選》〉，《笠》詩刊第 245 期，
　　　頁 85。

敘事之類的詩無能為力。」[119]換言之，繪畫性是一種豐富詩語言的工具，不能當作詩作的全部。再者，詩中運用繪畫原理但求妥貼，避免弄巧成拙、喧賓奪主，反而模糊詩的主題，掩蓋詩的意境，例如一些徒具皮相的圖象詩、符號詩，[120]都有嚴重「失位」之弊。

　　除了以上三項批評主軸外，岩上更主張一個詩評者應有基本修養，且當以宏觀的角度面對時代詩人與詩作，進行清晰而嚴正的評判，避免謬解充斥。因為所有的評論都將是文學史的某一點，某一段的觀察水平，如果被扭曲偏離是極度危險的，這是文學評論者該思考的問題。詩評者要能了解詩的真義、洞悉詩的存在，摒除個人好惡，擺脫情誼護航，更不能信口開河，要言之有據，「不能作無知識和無理論依據的判斷；而直覺的判斷源自於創作實際的體驗者，往往又比僅基於理論收集歸納的判斷更能刺中詩的要妙。」[121]身兼詩人、詩評者，同時執矛掌盾的岩上，頗能秉持詩學原則，發出金石聲響。

結語

　　岩上完整建構的詩學體系，可謂深具辯證性與穩妥性。王常新經詳細比較後精準地指出：「他（岩上）不同於現代派的林亨泰和

---

[119] 岩上〈論詩的繪畫性〉，見同註 2，頁 117。
[120] 林亨泰首先在《現代詩》第十三期發表符號詩〈房屋〉、〈車禍〉，藉文字的放大、縮小、排列及其他符號來造成外在的視覺效果，後來白萩繼起且發揚，最常被討論的詩作如〈流浪者〉、〈蛾之死〉。白萩又發表〈由詩的繪畫性談起〉，文中一再強調繪畫性存在於表層的「以圖示詩」，未曾注意到詩內在意象的繪畫經營及意境的形成。林、白詩作及白文皆見白萩《現代詩散論》（台北市：三民書局，1972 年 5 月），頁 1-25。
[121] 岩上〈論詩的存在〉，見同註 2，頁 42。

本土主義的趙天儀，而比較接近主張『現實經驗論的藝術功能導向』的李魁賢。」[122]要言之，岩上主張詩以現實為土壤，以生活經驗為內容，強調詩的人味、人性、人間性，同時注重詩的表現技巧，追求詩的藝術美感，在意識與美學之間取得最佳平衡，是為其創作、鑑賞及批評的最終準據。

---

[122] 王常新〈現實主義的大眾化詩學——評岩上的《詩的存在》〉，見同註 5，頁 128。

第四章　風景，世界：岩上詩的題材展現（上）

引言

岩上認為詩是一面鏡子，它不僅表現詩人的情懷，同時也照映出周遭芸芸眾生與詩人所處的社會形態，所以：

> 如果把個人的意識擴展，把詩的觸鬚伸張，則詩人的良知應該是社會意識的抽樣，詩所扮演的歷史意義也和其他類型的藝術一樣，在詩人敏感的撫觸、撞擊、凝視中表現了部分文化的脈流。[1]

基於此，其詩依循著兩條主線發展，一是自身的生命歷程，包括生命的成長及感悟；二是時代的社會變動。第十一屆榮後台灣詩人獎〈獎詞〉謂：「詩人岩上……詩風多變，隨著不同時期，關懷兮主題或生活兮感發、鄉土兮關注、社會兮觀察佮批判，有多采多樣兮表現。」[2]這些深層課題又可扼要地歸納為「內思型」及「外爍型」兩大類，[3]亦即出世的生命思考及入世的社會批判。

---

[1] 岩上〈從生活裂縫中綻開的花朵〉，《冬盡・後記》，頁198。

[2] 見《岩上的文學旅途》（台北市：財團法人榮後文化基金會，2001年2月）。

[3] 王灝〈從激流到更換的年代——岩上的詩路小探〉，《台灣詩學季刊》第38期，2002年3月，頁144。

　　岩上始終是一個深情敏感且頗具「思想」的生活詩人，詩歌題材選擇多樣，挖掘的議題深刻綿密，詩想流動擴散而繽紛，構築了豐繁廣闊的詩歌世界。從《激流》到《針孔世界》，所涉及的素材包括鄉土人情事物、社會現象與都市群像、政治議題與兩岸關係、命運命理的思索等，惟緣於時代環境的變遷及個人生命閱歷之轉折，不同的年代、階段中，所關注的主題不盡相同，如《激流》、《冬盡》偏重在生活的感發及悲苦人生的感懷；《台灣瓦》多以鄉土事物入詩，具體刻畫台灣形象；《愛染篇》透過曲折的愛情，以觀照生命的滄桑；《岩上八行詩》藉由固定的形式，淋漓抒發「不擇地而出」的哲思感悟；《更換的年代》聚焦於混亂脫序、光怪陸離的社會現象，對於災難不斷的台灣既憂心也痛予針砭；《針孔世界》則囊括各期主調，持續觀察批判，且兼及深層文化的省思。以下擬從「生活感發與生命探索」、「情愛滄桑的詠歎」、「田園模式的變奏」、「現實社會的觀照」、「哲理的思索與感悟」等五個面向切入，探測岩上詩作的壯闊風景與波瀾世界。

第一節　生活感發與生命探索

一、日常事物寫生命實相

　　生活就是詩的豐富礦藏，脫離生活的詩缺乏骨血，缺乏人情滋味，注定夭折。詩中最難處理的就是「現實」，然以生活入詩卻是詩的根本，更是詩人不變的追求與鍛鍊。詩人向明就說：「我堅持以生活入詩，更以精鍊的生活語言來表現詩。在生命的意義上有所

探索，在嚴肅的問題上有所堅持。」[4]岩上亦然，其詩心完全著眼於現實生活，生活是觸發是媒介，詩則成為生命的深刻印記。

　　況周頤《蕙風詞話》曰：「吾聽風雨，吾覽江山，常覺風雨江山外，有萬不得已者，在此萬不得已者即詞心也。」[5]風雨江山、時序的變遷，皆所以興發「萬不得已」的詩心。岩上也說：

> 天體運行，日月星辰的變移，寒暑易節，水中的魚躍，空中的鳥飛，花開花落，雲聚水流，一砂一石，一座山一滴露……等等萬物萬象，無不各具生機，各具詩生命的存在。[6]

天地四時的遞嬗，山河草木的轉變，詩人生活其中，目擊耳聞，心必有所感、所悟，萬物萬象一一擷取入詩，如描繪花草植物的〈荷花〉、〈梨花〉、〈蔓草〉、〈蘆葦〉、〈蝴蝶蘭〉、〈夾竹桃〉、〈木棉花開〉等，寫大小動物的〈螃蟹〉、〈蚯蚓〉、〈獅子〉、〈麻雀〉、〈海螺〉、〈鷺鷥〉、〈老鷹〉等一系列動物詩，[7]歌詠四季、月份的〈夏天〉、〈七月之舌〉、〈秋意〉、〈秋風〉、〈六月〉、〈三月〉、〈春遊〉等，以及頌美自然山水的〈穿越防風林〉、〈風景〉、〈海洋夕色〉、〈錦繡山河〉、〈草原〉、〈邁入原野〉、〈山徑〉、〈觀音山〉、〈久久連峰〉、〈蘭嶼之歌〉等等。

　　《激流》中〈我的朋友〉七首，就充分展露生活的無奈，如〈藩籬〉的隔絕與自囚；〈璀璨花朵〉的自欺心理；〈被震掉了〉的卑微

---

[4]　向明〈向明詩觀〉，《向明：世紀詩選》（台北市：爾雅出版社，2000 年 4 月），頁 4-5。

[5]　況周頤《蕙風詞話》（台北市：世界出版社，1966 年）。

[6]　岩上〈論詩的存在〉，《詩的存在：現代詩評論集》（高雄縣鳳山市：派色文化出版社，1996 年 8 月），頁 32-33。

[7]　岩上《更換的年代》卷五「獅子與麻雀」為動物生態集，從〈蜜蜂〉到〈蟬〉共二十首。此外，尚有不少動物詩作。

存有。這都是生活的真實，再如〈儘管〉：「然而我們總得上床／我
們總得把軀體癱瘓」（頁 17），流露生活的疲憊與命運「不得不」
的悲劇性。岩上勇於正視生活現實，進而沉思生命本質，背後那一
股潛藏的自覺伏流，激盪澎湃，最是驚人。如此的生命底層波瀾，
〈激流〉一詩有明白的宣示，那怕是被碎裂撕毀，也要堅持理念（初
貞的潔白）。向陽說：「生命的意義、生活的體驗、生存的位置，在
此一激流映照之下更加清晰。」[8]與此類似的主題經常出現，〈蘆葦〉
一詩有如生命頌歌：

> 歲月隨著岸邊的流水
> 從青澀中
> 翻白，我們的
> 顏面，迎風震蕩悸顫
> 飄搖啊
> 是裔裔的慾望
>
> 飄散著棉薄的芒芒絲線
> 絲線綁著不死的種子
> 大雨洪患之後
> 秋煞襲來
> 泠泠的石礫，我們
> 在堅硬裡鑽覓一縫根存的依慰

8　向陽〈冷凝沉鬱論岩上〉（嘉義：中正大學「第一屆嘉義文學學術研討會」論
　　文，2004 年 12 月 17 日），頁 9。

聽水聲泠泠

悠悠的

是生命脈注的告白（《針孔世界》頁21）

在浩瀚的寰宇中，脆弱的蘆葦顯得多麼微不足道，但它始終搖曳著不屈的身姿，鑽覓生長的契機，那泠泠石礫、泠泠水聲，不正是堅毅的歡唱歌詠？詩人以蘆葦自喻，詠物寓志，其主題乃在於沉思生命的實相。

　　岩上也藉著詠物發出悲憫情懷，如〈風鼓〉喻人類慾壑難填，〈不是垂釣〉感嘆人類成為時間之網的獵物，〈蔓草〉象徵人類的生存競爭，〈語言的傷害〉表達人類善於自欺以及懦弱的心理等，而這種悲憫推展到極致，往往含有自憫的意味，亦即由觀照外物轉而內省自我，如〈樹枝〉：「所有的花無不痛切擁抱果實／果實終究要跌碎地撞擊地心／葉子們也焚燒自己化為鬚根中的血球／樹枝哦！／唯你舞亂的手／向低沉的天空披示了什麼？」（《激流》頁66），表面上傷感樹枝的一無所有，實際上，「在詩的底層依稀對人類存在的意義發出了詢問，間接的隱含著對自己生存的無奈寄予自憫。」[9]還有〈青蛙〉一詩，控訴人類的貪婪殘暴，憫青蛙之慘遭不幸，此詩所蘊含的悲憫意識和周夢蝶的〈菱角〉如出一轍，周詩以「上帝啊，你曾否賦予達爾文以眼淚？」[10]收束，間接哀憐人們的無知，二詩不都輾轉暗示了人之所以令人悲憫處！

[9] 王灝〈流變的聲音──讀《激流》集談岩上的詩〉，《笠》詩刊第66期，頁72-73。
[10] 周夢蝶〈菱角〉，《孤獨國》（台北市：藍星詩社，1959年4月），頁23-24。

二、命運命理的叩應

　　王灝認為《激流》詩集中大部分的詩作目的在於：「企圖透過詩來挖掘自我，探究生命，或是抒發自己對世界的看法。」[11]數十年後，於論述岩上詩路演變時，再度指出：「詩人在詩中所扮演的角色或是關懷者、觀察者、批判者，但是其終極的角色屬性應該是生命的探索者。」[12]此乃知音之言。「生命探索」不僅是《激流》的主旋律，也是岩上創作的基調，詩創的原型。

　　〈激流〉末節三句：「既已撕碎的願望／也要堅守一股／初貞的潔白」，即是自我生命的積極投射，與現實人生密不可分；到了《冬盡》更有系列的思索，蕭蕭就認為《冬盡》中輯一「陋屋詩抄」與輯七「竹竿叉」共二十九首詩，正是悲苦人生的寫照。[13]由悲苦孤寂的人生感懷，導引出對生命奧秘的探索，「命運」成了重要主題之一。諸如〈啊！海〉、〈海洋的屋頂〉、〈大地的臉〉、〈不盲的世界〉、〈天空的眼〉、〈儘管〉、〈璀璨的花朵〉、〈不是垂釣〉、〈竹竿叉〉、〈藩籬〉、〈我的朋友〉等，皆圍繞著命運主題，感其匆促無常、悲涼無奈。人的命運與存有，既是「不得不」，卻又必須完全「介入」；和世界交相碰觸正如弓與弦的摩擦顫動，最是親密也最危險，有人平步青雲，有人坎坷崎嶇，有人接受命運安排，有人與命運搏鬥！「因為／海／波濤的持續／我才看清自己生活的不安定／因為生命激盪的短促／我才抓住時間的雙槳」（〈啊！海〉，《冬盡》頁 28），既有人生起伏的滄桑感，更有積極奮鬥的樂觀性。命運絕不只有一

---

[11]　王灝〈流變的聲音──讀《激流》集談岩上的詩〉，見同註 9，頁 67。
[12]　王灝〈從激流到更換的年代──岩上的詩路小探〉，見同註 3，頁 142。
[13]　蕭蕭〈岩上的位置〉，《冬盡・附錄》，頁 208。

種姿態樣貌，命運是永遠挖掘不盡的場域，岩上詩作就宛如一首激盪澎湃的命運交響曲。

　　岩上感嘆自己命不好，因而對命理產生濃厚興趣，後來更轉而鑽研《易經》，潛心於命數的解析。經歷過艱苦的童年歲月，承受生活的試煉與苦難，經常思索命運的軌道，尋求現實與心靈的平衡。有詩題〈命運〉云：

> 命運吐給我唾沫
> 我讓風吹乾
> 命運淋給我雨水
> 我讓它隨意滑落
>
> 命運擲給我一塊石頭
> 我流出一滴血
> 命運擲給我兩塊石頭
> 我流出兩滴血
>
> 命運要我的眼睛
> 我給它眼睛
> 命運要我的肝腸
> 我給它肝腸
> 命運要我的心臟
> 我給它心臟
> 命運要我的靈魂
> 我給它刺刀（《冬盡》頁 38）

透過「唾沫」、「雨水」、「石頭」的臨身，以及「眼睛」、「肝腸」、「心臟」的陸續被取走，具體呈現命運的折磨與挑戰，一次比一次嚴苛，

「我」認命地、忍氣吞聲地照單全收。不過,當命運要掠奪「靈魂」時,「我」是再也不能答應了。認命、順天,但絕對不出賣靈魂。本詩提醒我們對於外在環境種種的剝削與壓榨,難道只能默默接受?甘願被命運捉弄於股掌之間嗎?

　　詩人撫觸身邊的一草一木、一花一果、一磚一瓦,在在引發對生命的重新審視,沉吟著對生命的期許與對命運的掌握,如〈鼎〉的寬宏與包容,〈香爐〉落實於宗教性色彩,由香、杯筊和冥拜行為等關係,傳達對於生命的肯定,從靜觀而自省,富有積極的精神。至於人生的曲折苦澀,岩上以茶為喻,而有:「反正/我的冷暖/已全在你掌握之中/浮泛而後/沉淪」(〈苦澀〉,《台灣瓦》頁 7-8),又有:「浮沉之間/何其短暫/香醇/又豈能久留」(〈茶道〉,《更換的年代》頁 198);表現生命無常難以預料者,莫若〈觀畫〉一詩(《台灣瓦》頁 28)。〈一隻貓等待夜的來臨〉神秘詭異的氣氛之中,充滿了毀滅與死亡的暗示;〈蹉跎〉感受到死亡的無可逃避,墓碑「是我永住的家了」,這和〈墓〉:「人人都想繼續往前走/到這裡卻不得不停留」(《岩上八行詩》頁 12)是一樣的不可抗拒,表達對生命無常的深沉喟嘆,生死的認知,當時間已遠逝,只能坦然接受死亡。詩人理性冷靜到近乎無情,又似乎是在表現人在形體桎梏中的不克自拔,或者是唯有透過死亡,才能不受制於形體,而回復到生命本體,正如〈飛〉一詩結尾所言:「生命無法倒飛/想飛就飛成一隻火鳳凰」(《岩上八行詩》頁 110),要如浴火鳳凰般重生。

　　岩上投入命理研究,表面上似乎是以宿命、認命為因應生命之道,實則不然。他相信:「命可以改,但是很難,要先『不要』。」[14]

---

[14]　蔡依伶〈家在草屯,岩上〉,《印刻文學生活誌》1 卷 11 期,2005 年 7 月,頁 140。

人人都要名要利要榮華富貴，有誰懂得「捨」？能夠「放下」？例如〈手〉一詩所揭櫫的深刻哲理：「要知道，必須攤開才能掌握／手，這個世界更需要施捨」（《岩上八行詩》頁48），出生握拳其實一無所有，離世撒手依然空無一物，人生就在手掌開合之間呈現，偏偏想擁有一切，不能捨，放不下。詩人謙卑地告訴我們，只有攤開才能「掌握」，只有「捨」才能得。

三、尋求自我徵象

現代詩人的普遍情結之一，即在於面對遼闊蒼茫的天地，積極地尋找自我徵象。海德格爾說過：「詩人的天職是還鄉，還鄉就是返回與本源的親近。」[15]還鄉就是歸返本源、自我，這是詩人的永恆追求，是無所逃避的「天職」。紀弦〈狼之獨步〉、張默〈豹〉、白萩〈雁〉等，莫不是強烈的自我主體意識融入色彩鮮明的客體對象，狼、豹或雁等意象皆是主觀情思的暗示、精神的概括，自然地成為詩人的特殊標誌。岩上也一直在覓尋座標位置，無時無刻回過眼來向裡看，審視自己的內在。李瑞騰說：「岩上……他渴欲把自己擺在一個『位置』上將自我的形象與實體當作客體對象。」[16]首先，〈星的位置〉就是尋找形象與位置的典型詩例：

> 我總想知道
> 自己的宿命星在甚麼位置
> 有否閃爍燦然的光輝

---

[15] 郗元寶《海德格爾語要》（上海：上海遠東出版社，1995年），頁87。

[16] 李瑞騰〈爬行在灰白牆壁上的影子——為岩上詩集《冬盡》的出版而寫〉，《冬盡·附錄》，頁225。

因此每晚仰望天空
希冀找尋熟悉的臉龐
但是回答我的
都是陌生的眼光

直到有一天
我從流浪的路途回來
把一切的願望都丟棄
只剩一顆乾癟的頭顱
沒入深邃的古井
突然發現在那靜謐且清冷的水底
一顆孤獨的明星
輕輕地呼喚我的名字（《激流》頁 50-51）

宿命與孤獨是本詩的題旨。「位置」就在「深邃的古井」，「孤獨」則是我的名字，「回顧那已逝去的顛頓狼狽的歷程，我當然也想佔有一個位置，但我的方位像寒星那樣淒冷，因為那不是熱鬧的星座，而是孤單的一顆。」[17]可以作為此詩最佳註腳。詩人急於尋求「自我」（熟悉的臉龐），一直行走在路上，將期盼與渴望化作行動，意志篤定堅強，態度積極卓絕。過程卻是充滿茫然與陌生，直到「把一切的願望都丟棄」，慾望減至最低，將所有的名分頭銜抽離後，才驚見真純的自己。天生本具的智慧只有在完全燃燒掉自己後才能顯現，岩上似乎參透了天機，懂得「丟棄」，終能發現「自己」，這和周夢蝶〈消息〉一詩又同出機杼。[18]

---

[17]　岩上《激流·後記》，頁 93-94。
[18]　周夢蝶〈消息〉詩句云：「然而，當我鉤下頭想一看我的屍身有沒有敗壞時／卻發現：我是一叢紅菊花／在死亡的灰爐裡燃燒著十字」。同樣是在孤獨的路

　　《老子》有言：「其出愈遠，其知愈少。」（47章）《莊子》以寓言方式暗示遠遊求道反會迷真喪道：「黃帝游乎赤水之北，登乎崑崙之丘，而南望還歸，遺其玄珠。」（〈天地〉）皆說明本質真實或絕對真理是不假外求的，原來它不在別處，未曾遠離過我們，它就在本心中，智慧唯有復歸自我返回自身。人往往忘記原本具足圓滿的存在的價值，卻矻矻於追求「擁有」和「成就」。白居易詩句云：「我生本無處，心安即歸處。」應該回來作自己的主人，回到「開始」，讓自己聽見或看見屬於自己的真實，才能求得身心安頓，岩上〈桂花香〉一詩傳達了類似的佛教徒的情感意識：

> 什麼季節開什麼花，我不知道，我是不懂花的人。
>
> 我家門口的一棵桂花樹，春天開花夏天開花秋天開花冬天裡也開花。
> 是不是因為台灣四季氣候溫暖如春，不知道。
> 颱風過後也開花，鋸掉它一部分枝椏也開花，
> 它是那麼喜歡開花的嗎？
> 似乎開花是它生命存在的表徵。
>
> 我每天出入門口。
> 她滿臉笑容，花姿盈盈，我卻聞不到一點兒香味，不理不睬，擦身而過。
> 有一天，我旅遊疲憊地回來，遠遠就聞到──門口的桂花香，向我撲身而來！（《更換的年代》頁240）

上跋涉，直到生命終止，才找到人性原初或本真狀態。《孤獨國》（台北市：藍星詩社，1959年4月），頁42。

人們汲汲於向外尋找，卻疏於沿途美麗風光，更遺忘了身旁的溫情，總要等到滄桑歷盡，才知道幸福就在眼下！這不正是：「盡日尋春不見春，芒鞋踏遍隴頭雲。歸來笑捻梅花嗅，春在枝頭已十分。」[19]的道理衍釋。

寫詩是岩上和時間對決、和生命對談的唯一方式，是詩人面對自我、省思存在的積極作為，他要在創造的存有中找到自己的位置。〈歌〉詩唱道：

> 而我是一首歌？
> 一首飛不出去的
> 歌，迴踱在深沉的夜裡
> 俯視著一盞翻閱史冊的
> 孤燈
>
> 猛回首
> 驚見自己的影子爬行在灰白的牆壁上
> 流淌的汗珠
> 滴滴
> 響徹長廊的寂寞（《冬盡》頁 187）

李瑞騰分析說：「『長廊』意象經由『深沉的夜』與『猛回首』一靜一動的意象暗示、烘托，遂得以完成一個象徵：具有時間性、歷史性的詩之道路，輔以『影子的爬行』和『滴滴流淌的汗珠』，適足以表徵如此一個伴著孤燈的歌者是如何借著抑揚歌聲去宣洩他的寂寞。」[20]直探創作主體的心理與精神，抒發無限感慨。孤獨歌者

---

[19]　佚名尼〈詠梅〉，《鶴林玉露》卷六。
[20]　李瑞騰〈爬行在灰白牆壁上的影子──為岩上詩集《冬盡》的出版而寫〉，見

的斑斑歷程是「影子爬行在灰白的牆壁上」，無數個萬籟俱寂的夜裡，一燈相伴寥落，汗珠「滴滴響徹長廊的寂寞」，知賞者杳不可求。「孤燈」象徵詩人的心靈，堅持為詩蒼老，要讓混茫的詩壇變得可親可感，變得清朗有序，「我窺視的／乃燈下批點史冊的那一雙銳利的／眼神」（〈燈〉，《台灣瓦》頁 2），炯炯銳利的眼神是燈是光的延展，它映照出詩人的歷歷白髮，更照亮了詩人為詩「焚身」的悲劇意蘊。

　　其他諸如〈拋物體〉、〈我是我在〉、〈我的位置〉、〈同樣的路〉、〈走路〉、〈昨夜〉、〈荷花〉等自傳性質濃厚的詩篇，都可視為詩人自我徵象的追尋。其中〈我的位置〉一詩最為具體：

　　　　爬起來
　　　　鎗聲又響

　　　　下午三時十五分
　　　　我的位置
　　　　腳朝東
　　　　頭向西
　　　　左手指南
　　　　右手指北

　　　　沒有影子
　　　　我就是影子
　　　　緊仆於大地的胸脯

同註 16，頁 222。

> 靜聽
> 太陽火烈而來的聲響
>
> 這是七月
> 我冰冷（《冬盡》頁 54）

匍匐人生、無朋無伴,「沒有影子／我就是影子」,如此寂寥,才能「靜聽／太陽火烈而來的聲響」。結尾以矛盾語法凸顯寂寞的廣漠深至,那就是我的形象、我的位置。

　　岩上從各種不同的角度,對自我進行探索,思考存在的本質,肯定存在的真實性。早期的作品,流露懷疑、悲觀的態度,而在《更換的年代》中,呈現出宏觀的思索角度與清醒的自我認識,表現出對世界的圓融觀照與體悟。岩上始終抱持以詩填補人生裂縫,藉文字消解世間悲情的信念,堅持在創作中做他自己,因而一種孤獨的歡愉感,充溢於生命底層,正如卡蘿・皮爾森所說:「我們愈是做自己,愈不會感到孤獨。因為擁有自己的人是不孤獨的。」[21]詩就是他的生命和一切。

四、認同血緣系流

　　岩上一直在溯求血緣系譜,探尋自己的來處,確立生命的依歸。李瑞騰以〈跌倒〉、〈清明〉、〈失題〉為例,指出岩上藉此上溯生命之源,認清傳承關係,不僅觸及自我生命的血緣,更提升到歷史文化的回歸。[22]先讀〈跌倒〉一詩:

---

[21] 卡蘿・皮爾森《內在英雄》（Carol S. Pearson《The Hero Within》）,徐慎恕、朱侃如、龔卓軍譯(台北縣:立緒文化事業有限公司 2000 年 7 月初版),頁 99-101。

[22] 李瑞騰〈爬行在灰白牆壁上的影子──為岩上詩集《冬盡》的出版而寫〉,見

孩子跌倒
哭了
傷口流出了血

爬起來
不要哭

你看血裡有什麼
爸爸的影子
還有
爺爺的影子
還有
……

孩子看了這麼多的影子
笑了（《冬盡》頁 34）

透過「傷口流血」將孩子與父親、祖父做生命的鏈結，「血」在此承接「親情」命題，被賦予「血緣」意義。按照皮爾森博士的原型理論，男孩子一出生就會被社會具體的教化成為「鬥士」（Warrior），[23] 在這首詩裡，我們看見了這個孩子（男孩，詩中也只提及爸爸、爺爺）如何被教導成為「鬥士」的過程。跌倒讓孩子認識愛以及成長的契機，了解成長中必經的痛苦與打擊，更因為認清綿延的血緣系流與精神傳承而破涕為笑。〈清明〉一詩則因掃墓追遠觸及血緣：「手從冰冷的墓碑抓落／在青苔深鎖的／斑剝處／一個發響的名字／

同註 16，頁 226-230。
[23] 卡蘿・皮爾森《內在英雄》（Carol S. Pearson《The Hero Within》），徐慎恕、朱侃如、龔卓軍譯，見同註 21，頁 118。

向我凝視的眸撞擊而來／我觸到血緣的系流」，於是展開溯源之旅，試圖在蕪亂的記憶森林裡，在茫然的迷途中，走向回歸的路，走向最熟悉的來處：

> 香焚嫋蕩
>
> 冥紙燔燒
>
> 在這淚泗乾了的餘爐裡
>
> 以顫抖的手撥拾得的
>
> 出現的臉
>
> 驚訝的是熟悉的
>
> 自己
>
> 飄盪在那茫茫的虛映的空際間
>
> 臉
>
> 是一隻斷翼的野鴿子
>
> 寂滅地
>
> 沒入萋萋的荒草中（《冬盡》頁 76）

從列祖列宗的碑頁游渡、漂浮回歸，「回歸的所在便是自我生命本體，……回歸自我即認同生命之源。……換句話說，岩上願意把生命獻給這條綿延不絕的血緣系流。」[24]撥撥家族系譜，亦即認同血緣，回歸自我。〈遷墳〉一詩抱著冰冷的骨灰罈，回憶先人的音容，慨嘆血緣的淒清冷寒：「父親的影像模糊／這一甕屍骨／是我全部的血緣？／我的血緣為何如此清寒？」（《台灣瓦》頁 73）與前作裡熟悉的自己「寂滅地／沒入萋萋的荒草中」，同樣嗚咽淒楚。

---

[24] 李瑞騰〈爬行在灰白牆壁上的影子──為岩上詩集《冬盡》的出版而寫〉，見同註 16，頁 228。

　　以上三詩都是個人血緣的追尋，〈失題〉則是對於國家、民族
的模糊記憶，觸及到歷史文化的傳承意義：

> 眺望西方遙遠的視線
> 在朦朧的水霧中迷失
> 回折的視覺
> 我看到自身的體內氾濫著一股恆古的血河
>
> 剪斷了臍帶令人飢渴
> 童稚的我
> 在哭嚎裡
> 我的手就觸到烽火的溶岩
> 且灼傷了我的軀體
> 啊　母親
> 您的面目也是四分五裂的模糊
>
> 落日使我感悟變色的楚痛
> 晚風捲起了我
> 像一場惡夢
> 在空中漂浮
>
> 我切盼歷歷的跫聲
> 從古道走來
> 就是寒山的芒鞋也是令我矜惜（《冬盡》頁 72）

斷了血緣，斷了傳統，因此也失「題／啼」。對於中國文明、文化
的嚮往與渴求，是一九六〇、七〇年代文人的普遍心情，雖然時空
阻隔，歷史斷層，詩人擁抱傳統的心依舊沸騰。不過，岩上畢竟清

醒地認知到母親的面目「四分五裂的模糊」、感悟到「變色的楚痛」、
「像一場惡夢」，所以這裡的血緣繫聯回歸，也僅止於歷史文化層
面上。再者，戒嚴時期禁止使用「台灣」，只好借文化上的回歸「中
國」，輾轉表達，其精神上是回歸本土的。這種不得已的苦衷，同
樣出現在「詩脈社」的三個願望上。[25]

五、說詩殉詩

　　岩上經常在詩中，表達對詩的看法與追求，雖然不免感傷沮
喪，卻有更多無怨無悔、生死以之的執著。如同〈蟬〉一詩所發出
的鳴聲：

> 面對秋空的無雲
> 預知寂靜後即將來臨的屠殺
> 樹葉們要開始流浪了
> 一隻初秋裡的蟬焦急地張望著
>
> 明知呼吸已夠沉重
> 仍要唱完生命最後的樂章（《激流》頁 21）

蟬作為詩人的化身，沉重呼吸正是詩人的滿腹牢騷，「雨後的寧靜
裡／一支清脆的歌聲唱遍原野／那是我孤獨的心聲」（〈荷花〉《冬
盡》頁 32），不斷地挖掘自我，堅持在無可知的天地裡「唱完生命
最後的樂章」，因為「一支香總要焚成灰燼的」（〈髮〉），詩已經成
為生活、生命的一部份。所以有〈梨花〉的風雨守望、〈激流〉堅

守初貞的潔白、〈鉛球〉在肯定與懷疑中的徬徨掙扎，以及〈拋物體〉、〈我是我在〉由追求、幻滅、否定、掙扎到醒覺、肯定、自我認知，甚至不惜「劈自己為一塊塊柴薪／並以那斧頭迸濺的火星／點燃」（〈劈柴〉），近乎自焚的殉道精神。〈無邊的曳程〉更是其創作精神的總體現，「無邊的黑夜／將因一顆頭顱的固執而變白」（〈十二步〉），透過這些詩作，可以探知岩上對詩的情感，追蹤他寫詩的精神動向。詩心不死，他要繼續嘔出心血，讓台灣現代詩脈流永注不絕。

　　岩上喜歡在詩作中進行詩的批判與詮釋，以另一種型式表達詩學觀點。《更換的年代》卷六「建築與重疊」共有詩三十二首，其中〈建築〉、〈語言〉、〈詩的垃圾〉、〈孤煙火葬場〉、〈我的詩，黏死在街道牆壁上〉、〈大雅路〉等六首，皆整篇或穿插數句「說詩」，表達詩觀，抒發不勝浩嘆的文化悲情。而兩首〈築路〉說：「路是一條修改再修改／漫長的詩句」（《更換的年代》頁 42）、「花掉幾千萬幾億的工程／還不知道詩是什麼／只好造一段算一段」（《更換的年代》頁 266），顯然針對詩的「創作誤區」憂心忡忡。至於詩壇部分詩作，不論是藉著古典包裝，或者以後現代炫奇，缺乏真誠、了無生氣，同樣叫人作嘔，岩上以〈如廁〉為喻，說道：「無關乎廁所的美學／只要不合乎生存的衛生／一樣便秘」（《針孔世界》頁 165）。巧的是藍星詩人向明也有一首〈出恭〉，結尾幾句說：「腹內一陣痙攣／挾泥沙以俱下的／竟有一首／徹夜都消化未了的／現／代／詩」。[26] 不同詩社的詩人，看法竟然如此相似，只能說這是深具「生活化」、「思想性」詩人的共識同憂吧。

26　向明〈出恭〉，《水的回想》（台北市：九歌出版社，1988 年 2 月再版），頁 100。

　　筆耕不輟的岩上，也洞見了詩壇的荒蕪與蕭條，每每在詩裡透露著悲涼感慨。如〈我的詩，黏死在街道牆壁上〉，哀弔現代詩之死、詩人之死，在詩的墳場裡自悼：「我的詩／……／像被拍死的蚊子／一片模糊的屍體」，因為「金錢和性遊戲的鬆綁，比詩浪漫可感」，台灣人民的文化素養膚淺，不懂詩、不喜歡詩，不會正視一首詩的存在，第三、四節寫道：

> 我的詩，純真如赤子之傻
> 呆，背立牆壁茫然目視街景的變幻
> 冰冷的石板有光亮的礦石如玉琢的
> 滑潤。詩除了語言不知跌倒多少精神的
> 住屋，誰有耐心尋覓詩意的手指
> 被釘斃的字詞
> 風吹雨打日曬，我的詩
> 乃生命歷經風霜的絕句
> 卻脫落如不串聯的鈕釦，誰能讀懂曾經精心的針線
>
> 悠閒的人群披著膚淺的形影
> 來來去去，掃街的步伐
> 輕飄如落葉，堆積
> 詩句在牆壁脫落，旋起秋風的蕭瑟
> 街道的人影，沒有人正眼注視
> 一首詩的存在（《更換的年代》頁 168-170）

雖然是歷經風霜、嘔心瀝血之作，終究落得秋風蕭瑟、落葉堆積的命運；把詩黏在牆上更是荒謬，篇篇都是詩人的墓誌、輓詞。詩業慘澹，詩人孤寂淒冷，「遠不如一隻死象」。

　　陳千武有一首近百行的敘事詩〈寫詩有什麼用〉，發表於一九八三年十二月出版的《台灣詩季刊》，以平易質樸的語言，反諷詩的寫作及其存在意義，結尾幾句說：「亞熱帶的太陽把詩曬乾了／褪了顏色的詩篇黏在古屋的牆壁上動也不動／不現代的現代詩改變不了人生／改善不了社會風氣／解救不了民族氣質」，[27]洛夫同樣感嘆：「起興於一陣風，任何詩都比／時間短命／尚且一無是處」，[28]甚而不免要「把一大疊詩稿拿去燒掉／然後在灰燼中／畫一株白楊」。[29]岩上對此感到無比的失望悲觀，身為詩人，當被質問：「喂！什麼是詩／它能吃嗎？」，每每冷汗直冒，不知「詩在那裡／詩人在何處」，沮喪到以為「詩只是口水／和垃圾同類／潰爛在詩人的嘴裡／吐出變成蒼蠅」（〈詩的垃圾〉，《更換的年代》頁163-164），除了自嘲、自寬、自解，還能如何？

第二節　情愛滄桑的詠歎

　　沒有愛，生命就無法與靈魂結合；沒有愛，靈魂便會乾涸枯竭。愛情是人生最美的旅程，「像若即若離的愛情／無須辯駁，美得要死」（〈暮〉，《岩上八行詩》頁116），也是文學藝術的永恆主題。《愛染篇》表現了愛的種種樣態，是「岩上之愛」的大集合，在這之前，岩上詩作中已出現少數情詩，如《激流》中的〈一九六四年四月六日〉，寫初戀的失落悵惘，末二節說道：「總要有千萬個理由終歸無言／那秋波那肌膚那頓頓的／那髮髮的柔情……／竟然凝固一個

27　陳千武〈寫詩有什麼用〉，《陳千武全集⑥》（台中市：中市文化局，2003年8月），頁116-121。

28　洛夫〈高歌與激辯無非為了證明我們的血在霧起時尚未凝結〉，《隱題詩》（台北市：爾雅出版社，1993年3月），頁96。

29　洛夫〈焚詩記〉，《因為風的緣故》（台北市：九歌出版社，1988年6月），頁107。

終止／／仰春日欲泣無淚／原是繁花季節」（頁11），據詩人自道，
女主角是一位台北女師學生。而未收入詩集中的〈一對白鵝〉，其
第一節：「妳問我／連理枝在地層裡／是否盤坐千年／入定成迷／
手掌的交握是否抓住／比翼鳥高飛的翅膀」，[30]連理枝、比翼鳥的
具體意象，顯示詩人沉醉於愛情的甜蜜氛圍，宛若置身天堂。《冬
盡》時期情詩漸次增多，如〈紅豆〉、〈冶金者〉刻畫寂寞相思，而
輯四「海岸極限」全是愛情的旋律，後來大部分收錄在《愛染篇》。

　　《愛染篇》乃透過情感這一題材媒介觀照人的命運；透過愛情
的觀點呈現對生命的感受。岩上的情詩大多是壓抑苦悶型的，或是
傷痕累累的面相以及共患難的生命悲情，歌詠甜美愛情之作相對較
少。本節討論詩作以《愛染篇》為主，但也旁及其他。

一、浪漫想像與等待

　　熱戀中的男女，沉醉在浪漫的愛情中，沐浴在美好的春光裡，
千山萬水，處處印記著甜蜜與欣喜，如：「青鳴啄著陽光／我們把
影子洩落在道旁／狗尾草伸長脖子／把那深處看傻了」（〈春遊〉，
《愛染篇》頁52-53），「不管春去秋來夏長冬短／不管西北東南風
寒雨淒／我們的春天是不受管轄的季節」（〈任性的春天〉，《愛染篇》
頁14-17）。〈海岸極限〉則展現熾熱的情愫：

　　　嚼過黃昏

　　　甘美的夜

　　　就降臨

30　《學生文庫》半月刊第2期，1975年8月，頁34-35。

有風更好
微微的
香的
沙灘的輓輓的
髮的
兩個人的

海

這樣遼闊的
這樣貼切的

我們的心跳
浪濤
我們的願望
波光

腳印
深深的
然後
擦拭
腳印
雙雙的
然後
吞噬
以那一隔之水
以那一水之海
以那深淵

這樣遼闊的
我們
這樣洶湧的
我們
這樣極限的
我們
這樣貼切的
我們
左邊是海
右邊是岸
這裡是我們（《冬盡》頁110）

此詩大量採用排比及單簡句型，類疊反覆，營造重複的、流蕩的浪般節奏，宛如一支美好的海韻。從「兩個人的」、「雙雙的」以及「我們」一詞的疊現，配合前兩節「甘美的夜」、「微微的風」、「沙灘的軟軟的」美景，構成浪漫氛圍，再有結尾：「左邊是海／右邊是岸／這裡是我們」，此時此地，「彼此」才是唯一，世界是僅屬於「我們」的，寫出愛情的神奇及其不可思議性。詩行排列多用「短句」拉開，暗示海岸線的綿長、遼闊，象徵愛情的不斷延展、滋長；語言簡樸純淨，旋律徐緩鮮活，詩情則滂沛感染，搖蕩人心。再如，〈欲仙石門水庫〉、〈夜宴翡翠灣〉、〈溪頭夜霧〉等遊景抒情之作，也都是美麗的情詩，細膩深刻，深具藝術感染力。

　　沉浸在愛戀中的男子，不是滑落在女子雙眸之深淵，就是迷失於髮茨之莽林，所以多歌頌情人明眸及秀髮之作。「夕暮／飛翔彩虹的翎翼／妳的美目／焚燒著一幕城郭」（〈斷掌〉，《愛染篇》頁

50-51），美目如夕暮輝煌，整座城將因而騷動焚燒。又因為它蘊藏無限秘密，所以要一再地〈讀妳的眼睛〉：

> 讀妳的眼睛
> 如讀一封封沒有寄出的信箋
> 只有海的波浪
> 焚毀一字一字的碎片灑於日光下
> 那是海的鱗光
> 妳的心語？
>
> 微動的唇
> 原是我擁有的沙灘
> 疆土的熱愛
> 細細踩履如我脈搏的頻律
> 縷縷抽絲的語言
> 柔軟如沙
> 堅定粒粒
>
> 讀妳的眼睛
> 如讀一片沒有話語的海洋（《愛染篇》頁99）

眼裡藏著複雜費解的心事，澎湃的情意宛如一片沉默深廣的海洋，彼此靈犀交通，心照不宣，一個眼波顧盼流轉，勝過千言萬語。此詩通篇用比，繪聲（海的波浪）繪色（海的鱗光），化抽象為具象，變無形為有形，心語柔軟如沙、粒粒堅定，曲折含蓄而耐人尋味。〈夕暮之海〉同樣是歌頌情人「眼中的海洋」，也以落日喻示燃燒的戀情。

　　愛情的歷程裡，總是有著山盟海誓，期待對方千古不變的承
諾，〈手印〉就是山盟：

　　　用我的手
　　　刻你的名字
　　　在山澗的岩壁上
　　　這靜謐的澗流遂有了我呼喚的聲音
　　　且染紅了滴滴的脈血

　　　直到滿山秋殘
　　　群山孤獨了一棵枯樹

　　　涓涓的溪流
　　　泛載了這份千古癡情的血絲
　　　如紅葉紛紛零落
　　　漂向
　　　那深沈的戀著的大海（《愛染篇》頁85）

用手把心愛的人名字刻在岩壁上，以「滴滴的脈血」見證堅貞癡情，
以手為印，以血為記，以大海為證，深深烙下「岩」石之盟。又有
姊妹篇〈海誓〉：

　　　妳的淚把我化入潮聲
　　　我乃欲嘯的螺殼
　　　朝夕
　　　潮汐
　　　妳我纏綣難捨的歲月

　　那海喲

　　表徵著層疊的誓言

　　一句一句

　　撞擊著劫數的黑岩

　　華髮在簇簇的浪花裡繁殖

　　沙灘掀動妳青春的裙裾

　　走過海角

　　唯你的纖手相攜

　　我說日出也是

　　妳說日落也是（《愛染篇》頁 97）

　　儘管現實多舛，依然立誓纖手相攜，如同層疊的海浪，永恆不變。末二行一唱一和，分據日出與日落，短短十二個字，表達了彼此無以言喻的默契，更有琴瑟和鳴、與子偕老之意涵。千言萬語化作一句誓約，深情款款似海遼闊，「朝夕」表時間的流逝，「潮汐」狀空間的消長；[31]「海角」是空間的擴展，「日出日落」為時間的延伸，兩情相知相惜，任憑時空更迭遞嬗，保證此愛永不渝。

　　愛情的追尋有如流浪的旅途，想著故鄉，計算歸期，以至於思念叢生漫延，〈流浪者〉說出了愛情的流浪。詩人經常想像自己是孤寂的樹，在等待情愛的降臨，如：「我的等待／已成為曠野裡／一棵孤寂的樹」（〈髮〉，《激流》頁 19），進而以樹的特性──根定，譬擬日夜不變的相思，如影隨形。〈影子〉即寫思慕之苦：

31　岩上在另一詩〈漩渦〉裡，同樣發揮了文字諧音的妙趣：「朝夕的向望／才有潮汐的交感」，可以作為此處詮解之參考。《更換的年代》，頁 208。

樹沒有腳

用它映斜的影子走到我的胸膛

樹孤獨地想在我心中植根嗎？

我有腳

卻只能以相思的影子測量愛的距離

我的影子

走過妳的腳印，腳印的千山萬水

妳的胸膛，胸膛的風浪

妳的臉，臉的雲變雨疾

妳的眼睛，以及靈魂窗口飄搖的條條柳絲與花絮

從我到妳仄徑而去的路向

跋涉的

那是我影子

晨曦或者暮昏

樹的根定以及影子的爬行（《愛染篇》頁 91）

把時間上綿綿無盡期的長「相思」，和空間上綿綿遠道的「千山萬水」類比，恰似「要問相思，天涯猶自短」、「靜憶天涯，此情猶短」，[32] 凸顯用情之深之痴，也讓人想起席慕蓉那在佛前求了五百年的〈一棵開花的樹〉，[33] 只是前者「孤寂等待」，後者則已開花而凋零；前

---

[32]　晏幾道〈清商怨〉、〈碧牡丹〉。

[33]　席慕蓉〈一棵開花的樹〉：「如何讓你遇見我／在我最美麗的時刻為這／我已在佛前求了五百年／求祂讓我們結一段塵緣／／佛於是把我化作一棵樹／長在你必經的路旁／陽光下慎重地開滿了花／朵朵都是我前世的盼望／／當你走近請你細聽／那顫抖的葉是我等待的熱情／而當你終於無視地走過／在你身後落了一地的／朋友啊那不是花瓣／是我凋零的心」，《七里香》（台北市：大

者是耽溺的開端，後者卻是失落的悵然。第二節採用轆轤體的句式，且刻意不跨行處理，暗示著「如影隨形」之繾綣深情。

二、自卑與自苦

　　東西方的愛情觀有極大的差異，西方多傾向佔有，東方則懂得給予，所以當對方愛你，則感激涕零，盡全力以愛護對方，承擔一切痛苦；如果對方不再愛你，則對對方依舊崇拜，且益覺自己的渺小卑微，不至於傷害對方，甚至努力成全對方之所愛，岩上的情詩，就表現了這樣的一種東方精神。「只有握著妳的手時／才感知自己的生命／原是一隻在妳眼中飄揚而起的／風箏／無法掙脫你的掌心／也唯有在妳的手中／才能迎風高昇／生態昂然」，伊人的手掌握了我的命運，我因妳而存在，甘願成為愛情的俘虜。卻也因為自卑或者苦於現實阻難而忐忑難安，倍感護持不易：「只因妳手中放出的那條細線／緊緊地拉住了我／而現實是一把冷酷的匕首／那線到底能維繫多久／維繫多久呢？」（〈細線〉，《愛染篇》頁76-77）因為要經歷不盡的劫數，災難如那洶湧的山洪，我們的愛恐將因此慘遭斷裂崩解（〈掌紋〉，《愛染篇》頁80-81）。〈燃燒〉感嘆卑寒身世：

　　　夕暮腐蝕著天空
　　　僅存的時光呀
　　　腐蝕我吧

地出版社，1981年7月初版），頁38-39。

這纏綣的愛情

春春刀割著我激盪而又孤零的

內臟

裸袒如一粒黃熟的橘

垂薄在溼冥的山沿

讓我就此

蒂爛果糜地跌碎吧

落日

欲輝煌而燃燒不起來的殿宇

夕暮呀

是我卑寒的身世

此刻暴斃乃一枝火把

用妳熱情的手

點亮我周身的殘缺

如析薪片片爆燃（《愛染篇》頁 93）

愛情是希望與理想，它能讓生命重新發光發熱，卻也飄忽難以捉
摸，可望而不可即，令人暈眩輾轉耽溺其中，無法自拔且如著魔一
樣苦不堪言；緣於身世的卑微，詩人往往是不敢有任何企求的，「對
著我的戀／沒有任何企求／那是流血一般鮮紅的純潔」（〈戀情〉，
《愛染篇》頁 60）。〈草原〉一詩同樣是自覺極度卑下所發出的期
期艾艾：

讓我萋萋

讓我芳草

讓我貧瘠的地域展現熱情的胸腔

> 你輕輕邁進
> 從日出的曙影到地平地平那邊的落霞
>
> 野花招展飄泊
> 飄個瀟灑的
> 朵朵
> 讓我展露純真的豐腴這有限的地域
> 欣悅的浪波
> 草草徐風，妳的髮
> 花花舞步，妳的頰
> 容妳倩影到處，這是我唯一企求的財富
>
> 葉葉草
> 脈脈花
> 絲絲牽繫著一個戀
> 而妳輕輕邁過
> 輕輕邁過？（《愛染篇》頁95）

用盡最大的努力，以貧瘠有限的地域展露純真熱情，全心全意的付出，只為「一個戀」。然而，這樣深深的愛戀，所換得的竟然是對方的「輕輕邁過」！

從迷惑而幻滅，以至於完全崩潰，面對夭折的愛情，淒苦徬徨，無法壓抑的愛意與憂傷，只好藉由傷口，一字一句的表白。〈傷口〉詩云：

> 自剝的一刀
> 那壓抑著熱烈的愛戀遂有了堅決的噴瀉
> 然後

細汩地流出
千言萬語企求地流出
流出滴滴的訥默

此乃最初也是最後
請別再以愛憐的手撫觸
讓我用傷口說出一個字：
愛
讓我的痛苦從這裡通過
只要度過這個關口就是極樂世界

請不要撫觸
我的傷口
讓它滴滴流逝
那濃烈污穢的思維以及世俗的負累
讓它滴盡
滴盡訥默的愛意（《愛染篇》頁 101）

失戀令人瘋狂、舉措失常，自剄宣洩，以滴滴鮮血詮釋「訥默」愛意，釋放愛戀的壓抑，讓痛苦通過。自苦若此，誠然動人心肺。

三、犧牲與毀傷

愛情令人癡迷瘋狂，總是天崩地裂；令人心甘情願付出青春年華，吐盡心血。用絡絡血絲織染綿綿情愛，終至滿頭髮白亦毫無怨尤。〈髮白〉一詩寫道：

　　而使我瓣瓣髮白的

　　竟是為妳日夜吐露芬芳的

　　絡絡血絲

　　那是花蕊般咳出的字字真言

　　源自生命告白的乳汁

　　滴滴

　　織染一朵

　　白花（《冬盡》頁124）

由血的至紅到髮的成白，正是愛情讓人血盡淚枯而後已的本質。為愛織染一朵白花，一頭白髮，果真「為伊消得人憔悴，衣帶漸寬終不悔」，支付一生來追求、償還情愛，代價何其昂貴！席慕蓉〈疑問〉[34]一詩，也有著同樣的思索。愛可以點燃世界、驅逐黑暗，伴隨而來的，往往是巨大的挫折、打擊與絕望的強烈毀滅性，一命甘願犧牲，直到本身銷毀、化為烏有，〈羽化〉裡說得明白：

　　一座碑墓的冷冽和肯定，我的愛

　　請為我刻鏤一句悼文

　　以妳最親的暱語

　　妳的吻

　　引為我終生未了且最美的詩句，希妳完成（《愛染篇》

　　頁111）

---

[34] 席慕蓉〈疑問〉後半：「而今夜相見／卻又礙著你我的白髮／／可笑啊不幸的我／終於要用一生／來思索一個問題」，《無怨的青春》（台北市：大地出版社，1983年2月初版），頁44-45。

我將因此而麗亮翩爛地進入永恆，這種毫無保留地犧牲自我，成全
被愛者的精神，和「印度夜鶯」奈都夫人〈愛的崇拜〉竟是如此的
相似：

> 捏癟我，哦，愛，在妳光煥的手指間，
> 像一片脆弱的檸檬葉或羅勃花。
> 直到為你而生存或延命的我化為零，
> 只剩記憶的芳香之幽靈
> 讓每一次吹拂的晚風
> 因我的死而變得格外清芬！
>
> 焚化我，哦，愛，像在熾熱的香爐中的
> 檀香木之美質為虔敬而毀滅，
> 讓我的靈魂銷毀為烏有，
> 只留一股深表我崇敬的濃烈香氣，
> 於是每朝晨星會保持這氣息
> 因我的死而讚美你！[35]

詩人體悟到戀情熾熱純潔的具體內涵，為要注之於專一，不惜
以死表明：「流血如果也能注之於專一／我的殉情／也只好用一滴
一滴的聲響去舖陳」（〈戀情〉，《愛染篇》頁 60）、「我倒下，我的
軀體／我流盡，我的血液／這是我的愛／也是我的恨」（〈昨夜〉，《冬
盡》頁 46）、「血，妳全部愛的濃縮／一滴一滴沾蝕著我生命的箭
頭／直到風息林枯」（〈生命的箭頭〉，《愛染篇》頁 109），我痴定
如撲火的飛蛾，我甘願如流星殞落，九死而不悔，愛情的殺傷力，

---

[35] 糜文開譯《奈都夫人詩全集》（台北市：三民書局，1975 年 10 月三版），頁
157-158。

確實蝕骨驚心。這樣的贖罪心情，屢見於前輩詩人周夢蝶的作品中，如〈無題七首〉之七：「只有哀悔與我相對沉默的地方／讓年年月月日日嗚嗚咽咽／亂箭似的時間的急雨／刮洗去我斑斑血的記憶」、〈絕響〉：「讓我用血與沉默證實／愛與罪的價值；以及／把射出的箭射回／是怎樣一種痛切。」[36]為了證明不渝的戀情，流血成為不得不然的唯一選擇。以流血作為殉情的儀式，生命逐漸被沾蝕，凸顯出愛情的毀滅性。

四、性愛與情慾

天地相交化生萬物，肇端於夫婦人倫，現代詩人每每毫不遮掩地頌贊人類最底層最神聖最莊嚴的生命情感——夫婦綢繆繾綣之情，故性愛詩並不少見，「笠」社同仁中，白萩有〈仙人掌〉，尤其《香頌》集中的〈藤蔓〉、〈無止無盡〉、〈二重唱〉等十二首，採用象徵手法，曲折地陳述這種盎然的生命力，更「發揮了無人追隨模擬的特色」。[37]岩上則有〈夜與玫瑰〉一詩，以夜、床、胴體等具象的時地人物，和弄水琴聲、巷戰搏鬥的抽象暗示，描繪魚水之歡的開始到結束：

> 把夜雕刻一朵玫瑰
>
> 誰
> 夜裡縈迴的那個影子
> 伊

---

[36]　分見周夢蝶《孤獨國》頁 57、《還魂草》頁 113。

[37]　陳千武〈白萩詩的性愛〉，《臺灣新詩論集》（高雄市：春暉出版社，1997 年 4 月），頁 251-264。

以薄薄的唇搔癢胴體每一方寸的土地
床
活活地播弄水成豐熟的琴聲
岸

戰爭　已開始進入巷戰的搏鬥
水火　不相融地膠漆著
街道　雙股間我們聞到格殺的歡樂
窗戶　溢開了滑膩的夜色

星
在夜空追逐陷落的種子
手
爬過山崗涉過沼澤
髮
爆炸了忍不住的堤防
臉
把戰後的疲憊翻成笑裂的玫瑰（《愛染篇》頁 54）

將兩性結合比譬為戰爭，[38]山崗、沼澤喻指女性胴體，淋漓描述激烈過程。「雙股間我們聞到格殺的歡樂」、「爆炸了忍不住的堤防」、「戰後的疲憊翻成笑裂的玫瑰」，皆是強烈暗示。第一節鋪陳男歡女愛的挑逗動作，應是源於《易經・咸》卦，《咸》卦爻辭謂：「初六，咸其拇。六二，咸其腓，凶，居吉。九三，咸其股，執其隨，往吝。九四，貞吉，悔亡。九五，咸其脢，無悔。上六，咸其輔頰

38　類似譬喻先見於余光中〈雙人床〉，《在冷戰的年代》（台北市：純文學出版社，1969 年），頁 7。

舌。」《荀子・大略》云：「《易》之〈咸〉，見夫婦……，咸，感也，以高下下，以男下女。」可知此卦內容為描寫男女性愛。咸卦卦象作下艮上兌，艮為少男，兌為少女，少男少女相感，自然是與性相關之象。中國學者潘光旦在靄理士《性心理學》的譯注中說：「有人說起《易經》的咸卦是中國最古老的描寫性交的文字，但譯者以為與其說是描寫性交的本身，無寧說描寫性交的準備。所謂『咸其拇』、『咸其腓』、『咸其股，執其隨』、『咸其脢』、『咸其輔頰舌』，都是一些準備性的性戲要，並且自外而內，步驟分明。」[39]從「播弄水成豐熟的琴聲」一句，更可見其和諧之樂；次節敘交合事；末節則是交合之後的心理狀態，一如《召南・草蟲》之「我心則降」、「我心則說」、「我心則夷」。[40]

　　兩情相悅，其最後的結合是肌膚與精神二者具有，其節拍是激動的。[41]本詩和陳千武的〈髮〉、羊令野的〈貝葉〉第一葉，皆有異曲同工之妙。[42]無論從題目、語言文字或形式安排、節奏經營等，在在可見詩人匠心巧思，讀之明顯可感親密之歡愉（節拍激動），

---

[39] 靄理士著，潘光旦譯《性心理學》（北京：：生活・讀書・新知三聯書店，1987年），頁 469。

[40] 聞一多認為此詩是賦性交合感受的作品，潘光旦則說：「王實甫《西廂記》上『渾身通泰』的說法也很近情。」靄理士著，潘光旦譯《性心理學》（北京：三聯書店，1987 年），頁 83。

[41] 葉維廉語，〈漏網之魚：維廉詩話〉，《中國詩學》（北京：生活・讀書・新知三聯書店，1992 年 1 月），頁 292。

[42] 陳千武〈髮〉：「伏下去，把鼻子埋藏在草叢裡／體味自然散發的香味／感觸上昇的月亮和／沉溺的風景／／聽診地心的血脈鼓動的聲音／像鐵軌上鐵輪的駛過……／（豐滿的，異味而剌鼻的──）／／手擾亂了的草叢裡／在喘息了的餘悸裡」，《陳千武全集②》，頁 117-118。羊令野〈貝葉〉第一葉，第四節：「今夜，七級浮屠更玲瓏了。／築飾以髮髻之姿，在雲中，磬韻／漸杳。惟有耳畔風鈴，搖醒／萬年戰鼓，搖醒赤壁火把。遂／馨馨而鳴，熊熊而燃，夜不再鏽。」，《貝葉》（台北市：南北笛季刊社，1968 年 10 月），頁 53-56。

但不至淪為色情露骨的粗俗。如果說〈夜與玫瑰〉側重於過程的描述，有「賦」有「比」，則〈浣衣〉一詩就更富於含蓄與象徵了：

> 剛睡醒的溪邊
> 含羞草的眼睛注視著
> 透過昨夜纏綿的霧
> 繚亂了床笫
> 從揉搓的手指間滑流而去
>
> 啊，清涼的水
> 畢竟開了花的晨間
> 是全心的開放
>
> 晾起來的衣褲
> 在空中飄盪
> 它曾經抓住過軀體
>
> 那是多麼結實的存在
> 即使在夢裡也能喚出他的名字（《愛染篇》頁 39）

全詩以女性的視角、思想來描寫情愛感受，細膩婉轉且恰如其分。詩中不直接描述昨夜情愛的纏綿，而是透過浣衣一事追憶雲雨場景，含羞的不是含羞草，而是浣衣女子。從清涼的水、開了的花及那風中飄盪的衣褲（曾是結實的存在），隱約暗示昨夜的美好。尤其結句：「即使在夢裡也能喚出他的名字」，寤寐醒夢之間，「他的名字」是唯一的呼喚，誠然引人遐思，而浣衣女子的甜蜜幸福，不言可喻。

　　另一方面，現代人欲壑難填，似乎永不饜足，雖已擁有很多情人，依然覺得空虛、飢渴，所以多耽溺聲色淫慾，放肆「性」而無「愛」的粗野本能，模糊了情感與性慾、人性與獸性。對於這種「魔鬼的誘惑」之墮落，詩人予以嚴厲斥責，其中最為經典的應屬〈性愛光碟事件〉了，「性愛的膽汁」、「性趣得電腦昂奮發燒」、「電視新聞和報紙報導流出來的淫水」、「璩美鳳的性技」等句子，斥其恣意氾濫、貪圖感官刺激，追求肉體上的短暫釋放，嚴重地逾越「禮法」，粗暴地踐踏人倫規範。

第三節　田園模式的變奏

　　張漢良於《八十年代詩選・序》一文中提及八十年代詩所顯示的特色是田園模式（Pastoralism）的各種變奏，他指出：「狹義的田園詩指田園的或鄉土的背景，以及謳歌自然的題材。但廣義的田園模式或原型不僅包括上述二者，還兼及詩人對生命的田園式觀照與靈視，諸如對故國家園、失落的童年，乃至文化傳統的鄉愁。」[43]詩人立足科技文明的現實社會，懷念逐漸式微的或早被淹沒的田園景物與童年生活，乃藉由回憶與想像的交互作用，透過文字媒介在詩中再現一個田園式的往昔；或者批判科技文明殘害人與自然，感嘆文化價值的流失，渴望回歸原始狀態，都可說是田園模式的追求及其變奏。

　　循此定義以觀察岩上詩作，發覺有不少詩篇是符合這個範疇的。岩上是一位真情深植現實泥土，熱情綻放香花麗朵的平實詩

---

[43]　張漢良〈現代詩的田園模式──《八十年代詩選・序》〉，《現代詩論橫》（台北市：幼獅文化公司，1977 年 6 月），頁 159-176。

人，對於鄉土賦予無限的關懷與疼惜，往往撫今追昔，萬端感慨油
然而生。從《冬盡》、《台灣瓦》、《更換的年代》到《針孔世界》，
表現出對這一塊土地的強烈認同與疼惜，擁抱人情、事物，展現濃
厚的鄉土情懷，尤其是對於人性的墮落崩解與文化道德的淪喪，更
感憂傷痛心，以下分別詳述。

一、農村風情寫真

　　岩上隱居山城，長期生活於農村，深情介入農民生活，譜寫了
一首又一首質樸親切的農村曲。節令運轉，春耕、夏耘、秋收、冬
藏，太陽滋養萬物，日出而作日落而息，純樸的農民領受大自然的
恩賜，重複著不變的生活規律。〈日出日落〉、〈冬盡〉、〈割稻機的
下午〉、〈溫暖的蕃薯〉、〈台灣瓦〉、〈叫門聲〉、〈陋屋〉、〈松鼠與風
鼓〉、〈木屐〉、〈竹竿叉〉、〈鼎〉、〈水牛〉、〈蟋蟀〉、〈紅豆〉、〈破窯〉、
〈籬笆〉、〈檳榔村〉、〈土角厝〉、〈農村曲〉等作品，廣泛地描述人、
地、時、物、生活、情緒等，一幅幅鄉野村舍、雞犬相聞的圖畫，
勾勒出農村昔日風光，質樸寧靜中瀰漫著知足惜福的氛圍。先讀〈日
出日落〉：

　　　　晨風的手撫摩過來
　　　　手汗從大地濕潤地上昇
　　　　昨夜的冷意捲在土屋的角隅
　　　　赤足又踢開一朵遮日的雲

　　　　太陽打銅色的履帶輾在發光的皮膚
　　　　力的鹽水在肌肉裡滑流
　　　　喝下的風雨

忍不住的汗滴
淋淺
蒸發

掘著這一壟
掘著那一壟
在這鬆軟片片芳香泥染的土地
埋下希望的種子
埋下不變的宿願
埋下無語

彎腰的
伏下
挺胸的
昂起
鋤頭
握一日的胼手
泥土
掘一日的胝足
日出
日落
在這塊令人仰望令人頂立的土地
芽爆
葉長
花開
果結

田畝參拌了血汗
古道踩爛了腳印
仆下
爬起
這是我們的日子
永不停息（《冬盡》頁96）

農人田間除草彎腰佝背，是千古不變的姿勢，岩上讓它在詩中定
格。耕耘不輟，滿懷希望，「芽爆／葉長／花開／果結」的單純信
仰，「仆下／爬起」的堅定努力，「太陽打銅色的履帶輾在發光的皮
膚」，頂著火球、冒著風雨，汗水淋漓滴下，滲入大地，同時埋下
了希望，辛勤的背後有著平實、敦厚的心靈。再讀〈割稻機的下午〉：

嘎嘎割稻機
一割就是一個下午
從這間厝腳到那座山腳
一大片的稻田
像阿吉仔的頭顱割得光禿禿的

然後放一把火
來個野火燒不盡
一塊癬
一塊癬稻草的灰燼
這就是肥沃
肥沃的瘡

嘎嘎割稻機
一割就是一個下午

從這輛三輪仔到那輛三輪仔
布袋結結實實的
像阿吉仔扛起的肩膀

然後重叩叩地運走
運走一個下午
運走一個大熱的太陽
直運到穀倉休睏

嘎嘎割稻機
一割就是一個下午
從這張笑臉到那張笑臉
都圓嘟嘟的
像阿吉仔媳婦的肚皮鼓得笨呼呼的

然後放田水
放治癢的田水
放春風吹又生的田水

然後一群拾穗的鴨子
喋喋
喋喋地
又把那大地的癢搔起（《冬盡》頁 106）

以「嘎嘎割稻機／一割就是一個下午」兩句，串連了割稻、運稻及放田水三個場景，依序緊湊地進行，絕妙的是巧用譬喻，將稻草的灰燼比為大地的癬、肥沃的癢，田水可以治癢，而那拾穗的鴨子竟成了搔癢者，喋喋地搔起土地的肥沃。詩中有畫面，有擬聲，農村

忙碌與熱鬧風情躍然紙上,同時映照出鄉民樸拙、憨直的典型形象。鄉土人物阿吉仔、阿吉仔媳婦,樂天知足又堅毅,從他們身上映現出農村無限的希望與光源熱度。〈暮色的平原〉同樣寫出夕陽下寧靜豐足的歡樂農村:「絲絲的風/挾著泥土的氣息/絲絲的風/拌著蒸蒸的飯香/絲絲的風/挾著雞鴨鵝牛羊的叫聲/絲絲的風/拌著孩子們迎歸的笑語」(《冬盡》頁92)。

〈籬笆〉乃農村習見景物,詩人也從中看見蒼翠蓊鬱的生命力:

> 隔開內外
> 籬笆包圍著
> 一座古老的厝宅
> 蝸牛一隻兩隻三隻
> ……
> 沿著竹片
> 向密集的嫩葉前進(《台灣瓦》頁65)

腐朽的籬笆,早已失去生命的彈性,卻有瓜藤繁衍蔓生,以及成群蝸牛匍匐前行,兩相對照之下,更見活潑潑的生機。

以上諸作,較偏重於溫馨的樸素的農村風情之描述。此外,岩上也刻畫了農村的艱困與不幸,如〈陋屋〉寫窮苦農家的破舊住居:「雨落在棉被/雨落在/孩子/(爸!這裡有水)/的嘴巴」(《冬盡》頁50);〈溫暖的蕃薯〉反映農村裡失怙的小孩與母親為生活而掙扎的困苦,結尾令人心酸:「太陽出來了/我們回家吧/阿娘/你今天不要再去做工好嗎/我一個人看家足無伴」(《冬盡》頁84);〈松鼠與風鼓〉(《冬盡》頁80)藉由乏味的農村生活、離家出走的女子以及終日唉聲嘆氣的老頭兒,一再重複「誰也管不了誰」

一句，冷漠地「傳達出類似老子『天地不仁』的思想，體現存在本身的本然樣態與殘酷面貌。」[44]此則又是農村的另一面目了。

　　李瑞騰對於詩集《冬盡》曾發出激賞之音，他說：「在《冬盡》集中，岩上頗有擁抱整個鄉土的企圖，……每首詩是鄉土的一個切片，整本詩集則是鄉土各種面貌的總呈現，更可貴的是，對於鄉土諸現象的呈顯，他既能在形象上去刻畫描寫，又能準確掌握其精神內涵。」[45]其中以〈竹竿叉〉最為典型：

　　　　懸乾瘦的肌骨於獨腳的軀體
　　　　切開竿頭的舌
　　　　把語言埋下
　　　　在這深深的地殼裡腐蝕糜爛

　　　　對望
　　　　我們的同類
　　　　無語共舁衣桿上晨起的藍衣
　　　　在陽光的透視下
　　　　褻污的斑點
　　　　暴露無遺

　　　　佛之千手
　　　　斷臂無招
　　　　面風雨的崖壁於遽變的穹下

---

[44]　丁旭輝〈試論岩上詩作的語言風格及其變化〉（上），《國立中央圖書館台灣分館館刊》，8 卷 2 期，2002 年 6 月，頁 93。

[45]　李瑞騰〈爬行在灰白牆壁上的影子──為岩上詩集《冬盡》的出版而寫〉，見同註 16，頁 233。該文又就岩上詩中描述對象之不同，略分作：鄉農生活的特質、鄉間用物的關注及鄉土動物的歌詠三類。

　　飄來飄來的

　　雲

　　隆隆

　　雷

　　響（《冬盡》頁 172-173）

全詩採第一人稱觀點，將物擬人，仍保有其物象本身的功能及特色，同時賦予它多方的指涉，多義的聯想，使得此物之刻畫與描述，不拘限於表象的摹寫，而是深化為內在的、精神的開發層次。「無語共晃衣桿上晨起的藍衣／在陽光的透視下／褻污的斑點／暴露無遺」，隱約指涉某種生命情態的醜陋，由「褻污」一詞可窺其旨。「佛之千手／斷臂無招／面風雨的崖壁於遽變的穹下」，則是對於某種隱忍的、無可如何的生命之感慨。整首詩的精神動向，乃是從現實升至非現實再落入現實，完全符合岩上個人的詩觀。[46]詩人目視現實中的客觀物體，透過感性投射，並將外界事物擬人使它進入非現實的象徵世界，最後再落入第二現實的知性活動中，所以它不僅是鄉土事物的浮面刻畫，而是提升到對人性、對生命底蘊的挖掘，呈現冷澈的知性美。對於這些鄉間用物，岩上並不是單純的詠物，而是如李瑞騰所說：「把它們納入人們的活動空間去表明一種物我之間的關係，或者以人的立場說話，或者將物生命化以物的觀點來寫。」本詩屬於後者，做到了「從物看人而隱含批判」[47]的效果。類似的還有〈鼎〉一詩，可以互相參看。

[46] 林鷺〈從鄉土性作品談岩上的「竹竿叉」〉，《詩脈》季刊第 3 期，1977 年 1 月，頁 42。

[47] 李瑞騰〈爬行在灰白牆壁上的影子──為岩上詩集《冬盡》的出版而寫〉，見同註 16，頁 235-238。

二、童年田園記憶

　　鄉村都市化，環境劇烈變遷，風貌大大地改變，〈土牆〉拆除，〈籬笆〉腐朽，水泥叢林取代木屋瓦舍，吞噬掉原有的寬闊與親切，觸目所及全是〈死巷〉、〈路沖〉、〈屋的異形〉，再也聽不到那響遍「厝邊隔壁」的〈叫門聲〉：

> 所謂叫門聲
> 無非是
> 提高嗓子把名字敲入門扉聲裡
>
> 緊緊地
> 拉近你我之間的距離
> 而讓名字
> 響徹小小的村落。（《台灣瓦》頁 58）

親切的鄉音「響徹小小的村落」，散發雞犬相聞的濃厚人情味，反觀今日老死不相往來的陌生冷漠，對比強烈。「叫門聲」成為岩上深重的長嘆，反映出他渴望脫離功利社會，企圖找回人與人之間的單純與質樸。

　　一九五〇、六〇年代的台灣，農村經常可見到燒窯場，如今都逐一消失，徒留〈破窯〉荒涼地守著斑駁記憶：

> 曾經令天空咳嗽的煙囪
> 依然堅持他直立的傲慢
> 只是喉管已不再發癢
> 曾經燃燒滿腔的熱情
> 卻只留下一些斑剝的壁灰

　　墨墨的表面

　　如烏賊逃竄時宣洩的內臟

　　牛筋草韌性地包圍著

　　野菊花

　　在冷空的窯墩上

　　搖愰著初春的羞澀

　　雞屎藤邁過冬天的風霜

　　貪婪地攀沿窯牆的磚塊

　　一位老人正在採擷那蔓延的藤莖

　　據說那是治咳的草藥（《台灣瓦》頁52）

臺灣經濟奇蹟式地起飛，農業社會快速轉型為工商業社會，人口蜂擁往都市集中，鄉村逐漸凋零萎縮，瓦窯走入歷史，僅剩供人憑弔的遺跡。廢棄的「煙囪」與「喉管」產生聯想，新穎且貼切，而末句「治咳」又與開頭「咳嗽」巧妙呼應，「逼出了『暗示性』，使得結尾呈現『開放性的聯想』。」[48]既是寫實緬懷，又有雙關歧義，達到言盡意不盡的效果。

　　農村經濟遭到嚴重衝擊，農用物如風鼓的被割稻機取代，岩上計有〈風鼓〉、〈冬盡〉及〈松鼠與風鼓〉三詩予以紀錄。第一首並由風鼓的構造及功能，引伸暗示人類的慾壑難填，「面對著黃浪的世界／誰能填飽無底的腹」（《激流》頁13）。童年生長的故鄉已然改變，熟悉的聲音、影像都找不到了，一切只能在記憶裡慢慢回味，〈回不去的故鄉〉說：

---

[48]　陳去非〈站在草地上生活的人——《讀岩上詩選》〉，《笠》詩刊第245期，頁90。

我們已無法回去
望鄉的路已斷絕
故鄉已組合製造成為
一個城市
忙亂喧騰的
佇立在連鎖店和道路如網的
交錯中
找不到可辨認的店仔頭可以問路

記錄了很多號碼，我
並在號碼裡失去座標和方向
我們讀不懂
故鄉的面目，面目更以
不理不睬遺忘的神態，漠視昔日存在的
塵埃，和陌生人的造訪

任何一個角度都找不到
剛踏過的腳印
向誰能問出
剛剛才說過的那一句贅語（《更換的年代》頁 247）

都市文明的發展，模糊了故鄉容顏，一切都在轉變，鄉人竟成了陌生人！

此外，還有〈蟋蟀〉寫農村童趣「鬥蟋蟀」，〈蟹〉、〈蚯蚓〉、〈蜻蜓〉寫農村小物，皆自由諧韻，朗朗可誦，藉以回味消失已久的鄉間野趣。〈內褲〉、〈兩極半世紀〉、〈過年〉、〈隧道口的光〉等，圍繞童年懷舊主題；〈都會月台〉交會遺漏的記憶、遙遠的鄉愁，「往

事隨之無煙的消逝/風景不再遼闊如畫江山/望不見/原野的阡
陌流轉/逆旅不再電線桿的往後飛逝/伴著童謠般的節奏飛揚」
（《針孔世界》頁 113-115），更是時間渺遠、影像支離的濃濃感傷；
而〈一列小火車〉、〈乘坐新營糖廠小火車〉也是跌入熟悉的節奏、
甘美的滋味：「童年腳步，早已遺忘/偷吃甘蔗的甜味//歲月
的確被重新磨亮的/車輪，拋得遠遠的/丟得很滄桑/壓得很有
縐紋」。[49]

三、流失的風景

　　科技文明帶動經濟發展，大肆開發土地的結果，自然環境遭受
嚴重破壞，〈寂滅的山坡〉、〈壟頭山莊一夜〉二詩，點出山林遭到
濫墾濫伐的嚴重性。台灣多年來的天災，多半也是人禍造成。一九
九九年九月二十一日的大地震，剎那之間，山崩地裂、橋斷路塌、
屋倒人埋、滿目瘡痍，全島頓時陷入黑暗深淵，宛如人間煉獄。岩
上雖然有幸逃過浩劫，但目睹災變，含淚忍悲地創作「地震與土石
流」系列，紀錄百般創傷，諸如：〈大地翻臉〉、〈大地的愛與恨〉、
〈如果你心中有愛〉、〈怪手〉、〈災變〉、〈大地震，世紀末生死悲情〉
（詩組）等，關懷家園、哀痛悲憫之情，溢乎筆墨。茲摘錄一些
詩句，藉窺一斑：

　　　一夕之間
　　　層層帛裂

---

[49]　岩上〈乘坐新營糖廠小火車〉，《自由時報·副刊》，2003 年 2 月 11 日。

你埋上層
我埋下層

何其陰暗的深淵
距離
生的近傷
死的遠別（〈地裂〉，《更換的年代》頁 97）

他奪走了我們的家園
他奪走了我們的親人
他奪走了我們的財物
他奪走了我們的家庭
不
他什麼都沒有拿走
他只是翻臉
如翻身而已（〈大地翻臉〉，《更換的年代》頁 103）

倒塌的大樓不僅倒塌了大樓
隨即對城市文明的憧憬
生存空間的實感
產生驚悸和破滅（〈大樓倒塌〉，《更換的年代》頁 105）

從建商大老闆和政客官員
變成監獄裡的囚犯
走了幾月幾年
都是逍遙

> 至於被丟雞蛋和舉白布條抗議
> 臉皮厚的
> 像地層
> 躲藏著震波
> 是最深謀的變術（〈災變〉，《更換的年代》頁 116）

受傷的大地每逢豪雨就發生土石流，災難不斷重演，變色的大地成了永遠的夢魘。〈土石流〉、〈豪雨過後〉已怵目驚心，更有〈流失的村落〉的難遏傷痛：

> 雨的瘟神攻城略地捲席
> 大地
> 跳動成為山洪爆發的土石流域
> 左岸親人？
> 右岸國家？
>
> 沒有天窗只有烏雲
> 囚禁了陽光
> 流失的村落如我空盪的思維
> 暴露在雨淋風暴中
> 成為被惡水沖走的屍體（《針孔世界》頁 111-112）

激問、吶喊，左岸、右岸、親人、國家無處可逃，土石流肆虐讓樂土變惡地，目睹慘狀，何能不悲、不慟？人類強取豪奪、貪婪無度，終究要自食惡果、自行毀滅的。再如〈隔岸洪水〉：

> 河水急湍奔流
> 妳看著我們的房屋流走

> 我看著妳們的田園淹沒
> 我要涉水過去　過不去
> 妳要涉水過來　過不來
>
> 我想擁抱妳
> 妳想擁抱我
> 不是為了愛多一層
> 只想抱在一起哭一場（《針孔世界》頁 116-117）

擁抱只是為了彼此慰藉，竟然連起碼的期待都落空，只因為房屋田園都被沖毀了，詩人既痛且哀，更流露深沉的無力感。

四、文化鄉愁的凝視

　　潛伏在詩人精神內部的文化鄉愁，如游絲般縷縷漂浮迴盪，若有似無，莫可指明，卻又真實存在、無法割捨。因此在富有歷史意識的詩人心靈中，真實或虛設的故鄉，自然成為孤寂心靈的唯一慰藉。

　　岩上以〈接大哥的信〉及〈隔海的信箋〉二詩，記錄切身的傷痕隱痛。兩詩有同樣的註：「我大哥於民國三十五年隨國軍九十五師赴大陸作戰，是二萬多台籍國軍劫後餘生僅存八百多人中之一生還者，現滯留上海。於六十七年中共飄傳單過來，知其未死，遂有書信來往。」前作刻意以每節三行的規律形式，傳達四十年被阻絕的相思期盼。離恨的滴滴血淚，一時之間如浪似潮齊湧心頭，突來的訊息，懷疑是夢中，結尾云：「碎片的語句／如浪濤中的泡沫／夫復何言？」（《台灣瓦》頁 99）這是個人的特殊經驗，也是時代的一個側面。後一作再次記錄秘密曲折通信的經過，詩末兩節說：

有了詳細的地址的信封
和清楚的郵戳印墨
大哥的信
像復活的形體回到了故鄉

大哥的信
繼續從上海寄來
寄回來四十多年悲痛的思念（《更換的年代》頁223）

國共內戰，國民政府擴大「抓丁」，送往戰場，台籍兵或戰死或被
俘虜，生死未卜，音訊全無，卻因為處於噤聲的年代，消息被刻意
地封鎖，家人除了思念，什麼也不能做不能打聽。

　　其次，岩上又將這種時代的悲痛與大陸來台的老兵連結，同樣
關注他們漂泊情愫下所鬱積的濃烈鄉愁，如〈老兵的刺青〉：

四十多年的歲月蒼老
巖石已斑剝
血書只換得一張
從中正紀念堂鬧到立法院的
授田證，一張永遠沒有土地的地圖
價碼仍在空中飄浮

每次脫光衣服
顧影自憐
還有幾根硬骨頭可以
支持

青是青海的青
還是草原的青
是年青的青
還是……
刺青的青

青的字眼
不僅烙剌深入皮膚
也刀刀刻烙在心底，那死去的
年華，像墳塚的磷光
閃閃
向我招手
歸來吧
那永恆的故鄉（《台灣瓦》頁 101）

當年的血性青年，皆已垂暮衰老，一生戎馬，耗費大半青春，臨老卻無所依恃，一張戰士授田證已喚不回消逝的歲月。渺茫的故鄉容顏，只能夢裡拼湊，加上政治環境的大變動，完全失去了立足的舞台，離鄉背井漂泊疏離的情感，以及現實的強烈失落感，使得老兵人人罹患難遣難耐的〈思鄉病〉：

眼球突出的那天
早晨
攬鏡自照
又是東方已發白
太陽依然冷冷從海峽的那邊爬起伐到
孤寂的窗口（《台灣瓦》頁 88）

整夜思念著「海峽的那邊」，輾轉反側，嚴重失眠導致眼球突出，醫生診斷病狀是「甲狀腺分泌過多」。至於為何如此？「你說呢／望穿四十年歲月／沒有返鄉的路／會有什麼樣的症狀？」（第三節），流落異鄉怎能不思鄉？歲月的匆匆，顛跛的軀體，只剩下「四十年發霉的鄉愁，何必提起」（〈老芋仔手中的鞋子〉，《台灣瓦》頁104）。不管是滯留大陸無法返鄉的大哥，或是身在台灣不能回去大陸的老兵，同樣有著「回不去的故鄉」，同樣顛沛流離，岩上設身處地為不幸時代造成的遊子，抒發濃得化不開的鄉愁，實際上也是他本身文化鄉愁的投射變貌。

第五章　風景，世界：
岩上詩的題材展現（下）

第四節　現實社會的觀照

　　岩上關注社會現實的詩作，從七〇年代《冬盡》已現端倪，八〇年代《台灣瓦》詩集，視野則遍及台灣這塊土地，審視社會現象提出問題與省思，流露出無比的焦慮與憂心，此由本詩集〈後記〉可以得知：

> 近幾年來台灣的政治、社會、教育、經濟、民俗、道德……變化巨大，遽變令人難以適應。雖然戒嚴解除了，政治民主化意念逐漸提昇，社會卻也帶來不安，搶劫盜竊四起，犯罪案頻繁，環保問題的嚴重，政情的不穩，反對人士的激烈抗議，國會結構的不合理；大陸已適度開放往來，台海兩岸的問題卻未能適當解決，難題一籮筐；物慾橫流，……；道德的淪喪，物質生活的享受，相對於文化精神品質的低落，等等都直接間接衝擊著關懷台灣文化、文學的作者。[1]

---

[1]　岩上〈台灣瓦詩集後記〉，《台灣瓦》，頁149

此段文字可見岩上關懷層面之廣闊，發而為詩，有時可見其憤怒，有時則心灰意懶，然而，文人的責任感與使命感鞭策著他，讓他不敢逃避也不能逃避，因此《更換的年代》、《針孔世界》又以更大篇幅，對於現實人生投注更多熱情，關懷整個各階層，深情地介入，並進行犀利的批判針砭。要之，現實社會是岩上詩作的重要題材，也是其詩作的一大主題。

一、悲憫邊緣人物

　　岩上真能觸及庶民階層，詩中出現許多卑微小人物，他們默默地忍受命運與環境的磨難，在永遠沒有答案的軌道中運轉著悲苦的一生。岩上以詩刻畫他們滿佈風霜的形象，吐露他們孱弱的聲音，流露出悲憫的胸懷。

　　首先，關懷落在辛勤的勞工大眾身上，為他們塑像。〈那些手臂〉寫為生活所逼、為生存奮鬥的小人物，他們忍受太陽的炙烤，從黑暗中、矮小土屋及飢腸轆轆中伸出手臂，最後則：「手臂／手臂／伸展成為樹／枯槁在／空中」（《冬盡》頁88）。詩以單簡句式排比、類疊及一再反覆的句型，暗示生活的單調與無奈。〈油漆工人〉一詩也是刻畫小人物困頓生活的辛酸：

> 自從把自己交給了刷子
> 我就成為無臉的人
> 達摩面壁九年
> 為要參透禪機
> 我面壁
> 日日只為糊口（第一節）

　　.....................

　　其實我常陷入一間間蒼白的海底洞

　　一不小心，腳架滑倒

　　跌撞一樓樓空盪的回響（第二節節錄）

　　刷刷刷……

　　不管內部如何腐朽

　　刷亮表面

　　也可維持一時的美麗（《台灣瓦》頁96）

油漆工人這一類升斗小民，圍繞在我們周遭，每天一睜開眼睛就是工作，然而橫在眼前的總是一條沒有出路的路（牆壁），永遠抬不起頭，喻指低下階層不得不向現實低頭的事實，說出普羅大眾的辛酸。陳去非對於本詩的詮釋，很能掘發詩旨，他說：

> 這首詩描寫小人物生活的心酸，面對現實生活壓力，油漆匠每日面壁，揮汗工作竟只為掙點微薄的工資以養家糊口。同樣是面壁，相似的場景，卻是兩種截然不同的心情：達摩為要參透禪機，而小人物卻是忙著工作，受困於現實生活，面壁成為工作裡不得不然的一部份。如此強烈的對比，寓有對現實諷諭和無奈的自我解嘲。[2]

達摩和油漆工，一樣面壁兩樣心情，小人物為了餬口不得不置身險境，既心酸又無奈。結尾藉著油漆工人的口，說出現代人一味追求外表的光鮮亮麗，迷失於形式浮華，卻忽略內在的腐朽敗壞，深刻諷刺現實的虛偽假相。除了工農等弱勢族群外，甚至是躲在陰暗角

---

[2]　陳去非〈站在草地上生活的人——《讀岩上詩選》〉，《笠》詩刊第245期，頁91。

落，窮困潦倒的流浪漢，岩上同樣給予關懷，如：「據說有錢的人夜夜換床／行乞者今晚的床在何處」(〈床〉，《岩上八行詩》頁 16)。

其次，聚焦於個別人物，如流落街頭〈拾舊報紙的老婆〉：

> 拖著一輛四輪的小台車
> 拖著早晨茫然的眼神
> 拖著夕色遲緩的步伐
> 拖著大街小巷的喧囂與寧靜
>
> 拖著一個半身不遂的老公
> 拖著一個低能的兒子
> 拖著一個家
> 拖著自己駝背的影子
>
> 拖掉了歲月
> 拖掉了不再爭論的舊新聞
> 拖掉了垃圾 (《更換的年代》頁 229)

第一節點出時間從「早晨」到「夕色」，空間穿過「大街小巷」，緩緩帶出拖著蹣跚步履的殘弱身影、茫然神色；第二節寫老婦的「負重」，半身不遂的老公，低能的兒子，就是她不能拋棄又負荷不起的重重包袱。接連出現八個「拖著」，浮雕老婦疲憊的形象，那宛如遭受詛咒凌遲的生命，又堅定得令人不忍。市街的喧鬧寧靜與她無涉，只是不停地在街頭翻找人們遺棄的舊報紙，而她也就像那垃圾一般，被社會遺忘遺棄。詩人在悲憫之餘，結尾三行再以重複三次「拖掉」賦予老婦人正面價值，她不僅拖掉了歲月（生命），也將社會上的紛紛擾擾、是是非非等「垃圾」，一併給拖掉了，還給社會純淨寧靜的空間。

　　還有〈賣麻糬的阿伯〉，同樣是一輛老舊的腳踏車，以一雙巧妙的手，「揉著捏著數十年的／日頭光／日頭暗／一個麻糬捏造／一個風霜的日子／日子串連在手指間溫飽」，度過困頓的年代，艱苦的生活。詩人為窮苦群眾塑像，懷念那麻糬的美好滋味，不禁又憶起那個惶惶不可終日的恐怖歲月：「也曾經粘著／多吃麻糬／不可說不可說的年代」（《更換的年代》頁 230）。

　　再次，岩上也注意到被社會邊緣化的一群，如〈無屬性的人〉道出妓女的悲慘命運，憐憫妓女處境，其第一、二節詩句：

　　　……………………

　　　無論什麼季節
　　　都以同樣的姿態
　　　迎接你
　　　由你蹧蹋
　　　由你挖掘
　　　這是我的生活
　　　也是我的命運

　　　我是鬆輭的土地
　　　沒有國籍
　　　你帶毒的種子
　　　在我的子宮任意地撒播
　　　你醜陋的面目
　　　進入我的體內放肆地糾纏（《冬盡》頁 166）

瑟縮暗巷的煙花女，蒼白而缺乏尊嚴，慘澹的容顏，枯萎的蓓蕾，奢侈支付買辦的情慾，一次又一次的舒卷，只是展向另一次的淒

然。明天的慰藉，不知是感情失落的遊魂？抑是飢餓的魔鬼？倘有真情，該歸何處？不能抗拒，也無法自由選擇，所以是「無屬性的人」。然而，弔詭的是：那短暫燦爛的笑容，卻拯救無數深陷地獄中的心靈。詩人於結尾處，又賦予她們化妝、粉飾這骯髒世界的功能性，給她們位置：「每天每天／我打扮笑容／為了使這個污穢的世界／看來仍然如此的美麗」，她們跟油漆工人一樣，都扮演著遮掩現實醜陋面的角色。詩人代替妓女控訴，批判醜陋的人慾，這樣的反諷意圖，在鄉土詩〈竹竿叉〉也曾有過。[3]

二、批判社會亂象

岩上於《更換的年代·後記》說：「幾乎這本詩集三分之二的內容，是在批判這個時代台灣的社會光怪陸離的現象。」[4]面對混亂的社會、無奇不有的年代，詩人的內在心靈與現實世界不斷地衝突、拉鋸。不論是道德淪喪、價值混淆、環境髒亂、生活品質低落等亂象，在在令詩人憂慮、失望。如〈死巷〉之中，「茶花女」茉莉，以及人聲鼎沸的補習班，全都擠在一個死胡同裡。出入份子複雜，人人缺乏公德心，到處亂停車，且「突然一陣尿臭濺射過來／推窗／有人在巷內方便」（《台灣瓦》頁67）。既實寫現代都會巷弄的髒亂，也凸顯出台灣社會普遍的自私心態。〈是與不是〉一詩所陳述的種種現象更令人錯愕：

---

[3]　林鷺〈從鄉土性作品談岩上的「竹竿叉」〉說：「這群沉默的大眾支撐起『現實粉飾』的一面」。《詩脈》季刊第3期，1977年1月，頁40-43。

[4]　岩上《更換的年代》，頁275。

> 旅館　　睡覺　　不是
> 茶室　　喝茶　　不是
> 理容院　　理髮　　不是
> 大飯店　　吃飯　　不是
>
> KTV　　火祭場　　是
> 高速公路　　太平間　　是
> 火車　　沙丁魚　　是
> 學校　　罐頭　　是（《更換的年代》頁 8-9）

在「是與不是」的思辨中，道盡都會色情行業的氾濫，及人民不願守法，又愛鑽法律漏洞的劣根性。諸多弔詭的現象，竟已變成我們日常生活的一部分，詩人審視問題、深入核心，大有警示提醒作用，值得深思。

「都市化現象」一直是岩上重要的觀察角度，《更換的年代》中，都市題材大量增加，如〈摩天大樓〉、〈汽車世界〉、〈無人道路〉、〈爭奪地盤〉、〈廢氣戰爭〉、〈城市影子〉、〈在一個連續被強姦的都市〉、〈台北的節奏〉等「城市書寫」，看似客觀冷靜，內裡卻包孕著無比的憂慮，隱藏著深層的關懷。如〈摩天大樓〉寫都市的壓迫性，及其擠壓扭曲、誇大膨脹的種種假象：

> 從大地的肚皮上
> 勃然
> 挺起向天空
> 迎向東西南北風
>
> 他拉風
> 而邁向新世紀的雄姿

　　酷得令人癢癢的

　　矮小的男人,抬頭

　　站一邊

　　一手摘星

　　一手捧月

　　讓獨霸的太陽

　　匍匐在地上

　　影子疲軟的畏縮下去（《更換的年代》頁 12-13）

樓越蓋越高，人越來越渺小，模糊了你我；巨大的壓迫感，使得人萎縮如影子，摩天大樓裡，「駐進一群／看不到屋腳下的人們」,[5]人都麻木到無視於他人的存在，甚至忘了立足之處。置身都市裡，成了「波浪中的泡沫」（〈台北的節奏〉），馬路成了「汽車的輸送帶」（〈無人道路〉），車輛與日俱增，終有一天，我們都得在「汽車攻城的威脅」下戴起防毒面具（〈廢氣戰爭〉）；連站牌也搞得灰頭土臉，「已站不住自己的牌位」（〈站牌〉）；以至於看見一隻蝴蝶飛來，讓我們「想像」遙遠的地方「春天仍然很美麗」（〈春訊〉），這是現代都會人們心靈枯竭的投射，也是對現代文明的深深憂懼。

　　失序的都市，有如一塊大磁鐵，吸引誘惑著人們，無數的靈魂墜落沉淪，拼命追求聲色犬馬、紙醉金迷的生活，也因而衍生出許多問題。山地部落小女孩被販賣為雛妓，原本亮麗的青春瞬間黯然，〈標本〉一詩奏起山城女子的悲歌：

5　　岩上〈台北 101 大樓〉,《台灣現代詩》第 6 期，2006 年 6 月，頁 5。

　　墮入繁華的手掌

　　花就黯然憔悴

　　這是一九七一年

　　春天把閒話花粉般地散開

　　宗族的容顏如土色

　　嘆息在風中播送

　　回鄉的臉

　　只有慈愛的母親以悲痛的手

　　招回

　　深深地收藏

　　一朵花

　　就這樣枯萎而成為鄉人的標本（《冬盡》頁 122）

文化競爭力薄弱的原住民族，嚮往五光十色的花花世界，往往不自覺地迷失陷落，一朵花的提早凋零，成為話題案例，引為殷鑑。

　　岩上閱歷都會的奢華與混濁，不僅羅列千奇百怪的現象，更去思考現象背後潛藏的意義，而有深刻的「文化省思」，如〈黃昏麥當勞〉一詩，認為麥當勞的氾濫，絕非單純西方飲食的攻城掠地，而是文化的入侵：「麥當勞 M 紅色的字號／擋住遊走的時刻／高標豎立／加上黃色誘惑的襯托／特別搶眼／街頭原有的景象為之褪色／呈現一些自卑民族文化的／蒼涼」，漢堡、薯條讓人忘了刈包、肉包的滋味，麵包奶油夾心牛肉是這一代嗜好的口味。面對「麥當勞文化」的強勢滲透，詩人感嘆傳統的漸趨式微，有著一種強烈的文化焦慮。

　　岩上感嘆台灣文化淺薄，如同沙漠的荒涼，媽祖廟前，人人奔跪擦傷膝蓋，佛經梵唱朗朗不絕，「獨不見／孔廟的香火燺煙／不聞琅琅的讀書聲」（〈孔廟理的供桌〉，《更換的年代》頁 178）。滿足口腹之慾，極盡物質享受，但心靈層面相對地貧乏，缺乏文化精神，因此當聽聞電影「臥虎藏龍」（李安導演）榮獲奧斯卡金像獎時，仍不禁質疑：「我們這個淺薄沒有活水的島嶼／虎能臥在那裡／龍能藏在何處」（〈臥虎藏龍〉，《針孔世界》頁 168）。台灣社會人情淡薄，人性萎縮，徹底喪失永恆的價值觀，只知狂熱地追逐金錢遊戲，〈股票市場〉裡的榮景，「像四十年前看歌仔戲」（《台灣瓦》頁 112），一樣專注的眼神，共同創造了台灣經濟的奇蹟，然而它「只是一個蜂巢式的結構體／怕火燒」（〈蜜蜂〉，《更換的年代》頁 136），終究泡沫化，一切都只是幻象。一九八〇年代末的股市現象，凸顯了台灣人的短視近利、搶短線，凡事只看眼前，缺乏長遠的打算，而且總是一窩蜂的盲從。

　　冷漠的年代，輕薄的世代，一切迅速轉換，台灣社會成了俄羅斯輪盤，什麼東西壞了舊了都可以換，即便是人也一樣。〈更換的年代〉末二段：

　　　妻子舊了　　換
　　　丈夫舊了　　換

　　　孩子壞了
　　　不能更換
　　　任
　　　　其
　　　　　作
　　　惡（《更換的年代》頁 6-7）

混亂的世代，一切都在變，不再有永恆的事物，「而不能改變的卻成為惡源，真是荒謬。」[6]末節徹底否定前面，前述的主客衝突至此翻轉為主體的自我衝突，造成錯愕驚奇之感，也加強了諷刺的意味，尤其是末句文字的刻意排列，任由向下沉淪而倍感無奈，更具震撼效果。向陽分析說：「『孩子』除了象徵血緣之外，同時轉喻『下一代』，這是對台灣教育隳壞，導致下一代『作惡』的沉痛指控，岩上透過這樣的轉喻，將這一代透過金錢易物、解決問題，而不重視人格養成的『消費意識』進行了嚴厲的批判。」[7]讀者在愕然刺痛之餘更不免省思再三。

　　岩上的觀照觸角輻射人間世象，除了批判諸多不公不義的現象之外，宗教迷信詐財騙色事件時有所聞，在詩裡亦有所披露，如〈算命〉斥神棍假改運之事以騙財騙色；〈飛碟升天〉寫對世界末日降臨的惶恐心態，嘲諷人們渴望接近上帝，與天地同不朽的荒謬無知。台灣人過份迷信，也表現在每年大大小小的升學考試上，平實冷冷清清的孔廟，「只見考期來臨／那些莘莘學子和陪烤的孝子們／汲汲恍恍／把准考證的影印本／夾在金銀紙裡，排滿了供桌」，提著各式各樣牲品水果，賄賂至聖先師務必幫忙，等到考期過後，「供桌上的塵埃／陪著香柱燃燒後的灰燼一樣冷靜」（〈孔廟裡的供桌〉，《更換的年代》頁178-179），這是台灣社會的怪現象之一。

---

[6]　岩上應台中教育大學邀請演講〈我的詩觀我的詩〉之講稿。

[7]　向陽〈冷凝沉鬱論岩上〉，（嘉義：中正大學「第一屆嘉義文學學術研討會」論文，2004年12月17日），頁18。

三、痛感治安惡化

《更換的年代》中一系列有關社會治安的作品，讀來心驚膽顫，毛骨悚然，如於「玩命終結者」一卷中，剖析亡命之徒陳進興犯罪性格的〈玩命終結者——陳進興告白〉、桃園縣長劉邦友公宅血案的〈九頭公案〉、感傷年輕生命早凋的〈十七歲悲恨的死〉以及紀錄重大社會案件的〈黑夜裡一朵曇花濺血〉等，歹徒囂張挑釁、奪槍襲警，殺人事件接二連三發生，法紀蕩然，治安敗壞已極，處於這樣的環境怎不讓人提心吊膽？

治安的惡化並非導源律法的不足，而往往是因「人」的怠忽，縱然法條多如牛毛，如果執法者尸位素餐，不能善盡本份，其結果自然是每下愈況。〈警察與貓〉一詩，對於身為人民保母的警察有強烈的諷刺：

> 警察在派出所吹冷氣
> 大口大口啃著早餐麵包喝著牛奶
> 昨夜無事，好眠
> 沒有半通報警的電話
>
> 屋外
> 巷弄的臭水溝旁
> 一隻貓　瞪大瞳孔
> 守候一整夜
> 也沒有半隻小老鼠過街
> 午夜裡飆車族一群又一群
> 呼嘯而過

太陽已高掛

牠的雙眼瞇成一線

還要熬過燠熱的一天

派出所的冷氣機

仍然日夜嗡嗡地響著（《針孔世界》頁 180）

冷氣房隔絕了兩個世界，飆車族徹夜瘋狂呼嘯，警察則一夜好眠；如此「被動」的執勤方式，讓違法之徒有生存的空間，卻也迫使人民暴露於危險境地。貓的一夜守候竟一無所獲（老鼠怕被飆車族碾斃），相較於員警的怠於職守而飆車族成群，治安惡化其來有自矣！透過警察與貓的對比，形成強烈的反諷。

　　政府公權力不彰，百姓生活得不到安全無虞的保證，財產得不到保障，也無法安心工作，不得已只好選擇遠走他鄉。離開家園離開「根」，原是辛酸無奈的，台灣人卻一窩蜂地〈移民加拿大〉，莫非以為「加拿大是人間天堂？」實際情形是因為銀樓連續被搶，甚至光天化日下，歹徒也肆無忌憚的突破三四道鐵門；醫師則多次被恐嚇，連賣燒餅油條人家的小孩也被綁架了。非法之徒目無綱紀，公然挑戰法治，人心惶惶，除了出走別無他法。有能力的都移民了，但是「那我們怎麼辦／也移民加拿大／拿什麼？」市井小民面對惡劣的環境，雖然焦慮卻也無能為力。

　　導致治安之惡化，部份原因在於法律的縱容，以及司法審判的缺乏公平性。在〈一切的禍害都無罪〉一詩中，岩上以反諷筆法，批判是非混淆、黑白顛倒。有罪無罪的論斷，在於那些擁有發聲、論述權者的手中，最令人憤怒且震撼的，就在於：

　　　　一切的禍害都沒罪

　　　　因為沒有證據

　　　　沒有證據如何定罪

　　　　有辦法的毀滅證據

　　　　沒辦法的找不到證據（《針孔世界》頁 188）

詩人將邏輯性很強的語言，予以弔詭的處理，藉此顛覆了普世所謂的公道及正義。有權有勢者橫行霸道、干預司法，詩人憤怒至極，只是一再地壓抑情緒，緩緩地說出「只有受害的有罪」，如此斬釘截鐵的語氣，冷靜到近乎無情，實際上心底的怒潮早已蹦發激射。痛斥忠奸不辨，善惡不分，公義蕩然的社會，連司法都淪落至此，治安焉能不壞？類似的詩作有：「只好毀滅證據／做偽證／重新判決」（〈鎮咳〉，《更換的年代》頁 55）。此和「藍星」詩人向明的〈判決〉[8]一詩，同樣表達對司法的不滿與灰心。

四、挑戰政治禁忌

　　戰後的台灣，歷經一九四七年的二二八事件、一九五〇年至一九八七年的戒嚴噤聲和白色恐怖時期，社會環境和政治結構有其特殊性；又由於長期被殖民，橫逆不斷，島民也培養了勇於接受苦難，堅強面對打擊的精神特質，更可貴的是，在苦難中激發了醒覺與認同意識。兩首〈台灣瓦〉，一首發表於一九八四年九月，另一首一九九二年三月刊登在《文學台灣》第二期，內容都是敘寫台灣人民

8　向明〈判決〉：「宣稱／一干被讒言凌虐的／耳朵／罰銀五千／／宣稱／一干讓蜜糖醃漬的／大嘴／賞銀五萬／／大堂上／依然／朗朗的召告／明鏡高懸」，《陽光顆粒》（台北市：爾雅出版社，2004 年 12 月），頁 202-203。

的悲慘命運。後一首採類疊的方式，以淒厲的雨譬喻台灣島三百多年所遭受的災難，流淌不完的哭聲隱喻台灣苦難的歲月，兩詩有相同結尾：「我們在雨中／靠片片薄薄的屋瓦／擋住風雨／台灣的瓦是泥土做的／吸水虛胖／踩踏易碎」（《更換的年代》頁48）。台灣人民個性脆弱，文化意識模糊，似乎一直處於被殖民狀態，詩人希冀台島人民能夠儘早從悲情中奮起，充滿自覺性的反思。〈黃昏之惑〉更發出令人動容的呼喊：「捨不得寸寸用腳踩過／用手搓過的／土地／你知道嗎？／不得不離捨的軀殼／將心繫何處」（《針孔世界》頁26），台灣這個苦難的島嶼，孕育我們的身體，滋養我們的靈魂，是根是依戀之所在。但它在近百年來，歷經殖民、威權統治，人人噤若寒蟬，沉默成為唯一的保命之道。〈籠中鳥〉詩云：

天空遺忘了我們
我們遺忘了翅膀
翅膀遺忘了飛翔

瑰麗的雲彩飛過
險惡的暴風雨
不再侵凌
日出的壯麗
日落的淒美
都遠離了視域

玩著穀子和齒輪輾齧的遊戲
沒有高潮
也沒有衝突
每天平安過日

是否有等待什麼日子的來臨並不重要

用同樣的曲調

唱反覆的歌聲

只要不令人討厭就好（《針孔世界》頁 39）

鳥的麗姿是屬於天空的，鳥的美聲也應該是田野的，一旦被鎖於籠中，只能照著固定的模式做著相同的事，改變自己去迎合取悅主人。同樣的題材與主題，前行代詩人巫永福有〈籠鳥〉詩等數十篇，寫囚禁的苦悶及對自由的憧憬，發為議論，批評一些得過且過之人，其中以〈遺忘語言的鳥〉最具代表性，詩分四節，開頭感嘆：「遺忘語言的鳥呀／也遺忘了啼鳴」，結尾悲憤：「傲慢的鳥／遺忘了語言／悲哀的鳥呀」。[9]巫作稍流於激情吶喊，詩質稀釋到近乎不存在，岩作則相對地冷靜平和，尚保留部分暗示含蓄的美感，唯結尾仍有「說明」與「議論」之嫌。

　　一九四七年二月二十八日起臺灣陸續發生動亂，全島瀰漫著血腥鎮壓，籠罩於詭譎氣氛中，族群撕裂廝殺，同胞手刃同胞，社會菁英傷亡殆盡，人人宛如驚弓之鳥。前行代詩人吳瀛濤、吳新榮、林亨泰、錦連等，皆曾以詩紀錄著個痛絕的傷口，歷史的災難。[10]「二二八事件」發生時，岩上就讀國小二年級，恐怖陰影深植腦海，

9　兩詩分見《巫永福全集》，《詩卷 II》，頁 66-68，《詩卷 I》，頁 7-8。又關於巫永福以「鳥」為主題意象的詩作，見拙文〈論巫永福詩中的鳥獸蟲魚及其象徵〉，《2005 南投文學：巫永福與張文環創作學術研討會論文集》（南投縣：南投縣政府文化局，2005 年 11 月 26 日），頁 101-123。

10　有關吳瀛濤、吳新榮見證二二八的詩作，可參閱莫渝〈流血的春天〉一文，《臺灣新詩筆記》（台北市：桂冠圖書公司，2000 年 11 月），頁 29-34。林亨泰及錦連詩作請參閱李魁賢〈詩人童年中的二二八經驗〉一文，《笠》詩刊第 198 期，頁 108。

驚嚇的心靈始終無法抹消，多年後他寫下〈午時槍聲〉，記錄嘉義
火車站前廣場驚心的一幕：

> 午時
> 阿彌陀寺的鐘鼓啞然靜默
> 釋迦牟尼的眼神也肅穆
> 記得那年那天午時
> 太陽由蒼白再轉為灰暗
>
> 通往吳鳳鄉的吊橋已斜斷
> 拎著溪岸的冷風飄搖
> 記得那年那天午時
> 一群人牆騷動後全部驚愕震倒
>
> 悠緩的八掌溪污水
> 不再清冽
> 帶著哭訴的嗚咽
> 記得
> 那年那天午時
> 一陣槍聲
> 濺出了一灘一灘的血漬
>
> 獨立路中央的紀念碑
> 孤零零的
> 畏縮著矮小三角菱形的姿態
> 張望迅速擦身而過的車輛
> 如冤死的幽魂
> 記得

> 那年那天午時
> ‥‥‥‥‥‥‥‥
>
> 午時
> 石碑的暑影隨太陽而縮短
> 希望那陰影不再伸長（《更換的年代》頁 63）[11]

詩末自註：「一九九〇年十一月廿五日返回故鄉，初見首座二二八紀念碑建於嘉義市近郊八掌溪畔有感。……」詩人以回憶的筆法，追溯歷史現場，訴說「那年那天午時」的恐怖經驗。淒厲的槍響，化為「一灘一灘的血漬」，抽象的聲音轉為具體鮮紅的血漬，逼射滿眼，再現那揮之不去的夢魘。經過長時間的冷靜沉思，詩人盼望一切永遠不再發生，「午時／石碑的暑影隨太陽而縮短／希望那陰影不再伸長」。然而，隨之而來的「白色恐怖」，又是另一場噩夢：「那些父兄青春俊美的年代／愛情何其淒涼／生命何等賤價／每一口基本生存的字詞均無酬勞／遺腹子陣痛的血／分娩叫死的淚／日記家破人亡的斑斑／／被撕毀／模糊的史冊，不忍卒讀的／頁頁，我們／屏息，不敢出聲／用顫抖的白旗／躲過漫長黑夜的噩夢」（〈白色的噩夢〉，《更換的年代》頁 65）。這樣的傷口不能被掩蓋被隱飾，悲慘的過往，揮之不去的黯淡歷史，成為皮膚上的癬、心中的烙印，當然更不能被遺忘。

　　一九六〇年代，陳千武以強烈的歷史意識和現實批判精神，創作了系列媽祖詩十七首，[12] 突破政治禁忌，尖銳諷刺，開啟了八〇

---

[11]　此詩原題〈二二八事件紀念碑觀感〉，發表於《自立早報》（1991 年 2 月 27 日），又見〈二二八事件詩作品討論會記錄〉（岩上主持）及李魁賢〈詩人童年中的二二八經驗〉一文。分見《笠》詩刊第 195 期、198 期。

[12]　陳千武於 1968 年 11 月完成 17 首〈媽祖的纏足〉（日文），七〇年代初譯成中

年代臺灣政治抗議詩的風潮。一九八七年台灣解嚴，萬年國會宣告解散，民主思潮蓬勃，台灣整體社會的變動最為激烈。岩上的政治諷刺詩作則漸次增多，寫真時事，指涉戒嚴時期的威權體制及僵弊的意識形態，筆端更是辛辣。如對作為殖民統治者象徵的機構——總統府——的調侃褻瀆，戲稱那高聳的樓尖是男性生殖器，進而成為「台灣意識」昂奮衝動的觸媒（〈總統府〉），充滿了嘲諷意味；還有〈日月潭斷想〉一詩，透過端上桌的魚懂得翹尾踹擺、潭水的拍岸應和、「原音」的消失等現象，反諷陰威欺壓下只准一種姿勢、聲音與節奏的無奈悲哀。至於〈舉手〉一詩，更是諷刺淋漓：

> 冷氣開放的
> 車站裡
> 人群熙熙攘攘
> 有人看到久別的親友
> 舉手招呼
> 有人因為親友要離開
> 而舉手揮別
> 他們的舉手
> 都是短暫的
>
> 只有
> 銅像，站在車站外的廣場
> 他的身影
> 被烈日蒸蒸的熱氣

文發表於《笠》詩刊。《陳千武全集④》（台中市：中市文化局 2003 年 8 月）。

　　　　烤得發燙

　　　　也不放手（《更換的年代》頁62）

分別以「冷氣／熱氣」、「車站裡／車站外」、「熙攘人群／孤單身
影」、「舉手短暫／不放手」及「流動與寂靜」的強烈對比，反諷威
權統治的僵弊，與白萩〈廣場〉[13]同出機杼。另外，〈石像記〉也
是類似的主題展現，岩上並非直陳其事，而是採取曲折筆調迂迴指
涉，透過比喻或超現實意象呈現，以衝突對立製造矛盾效果，個人
批判則蘊乎其中，極盡揶揄。

　　解嚴之後，很多之前不能說、不能做的，都有了抒發的管道，
但說了有用嗎？真能傳達於廟堂之上嗎？如果答案是否定的，那麼
「說與不說」又有何差異？〈說與不說〉詩中云：

　　　　在不可說的年代裡

　　　　我們苦悶

　　　　如一堆河邊的石頭

　　　　看著芒草

　　　　舉著白旗搖晃

　　　　在可以說的年代裡

　　　　我們仍然苦悶

　　　　像一群無人理會的烏鴉

---

[13] 白萩〈廣場〉：「所有的群眾一哄而散了／回到床上／去擁護有體香的女人／／
　　而銅像猶在堅持他的主義／對著無人的廣場／振臂高呼／／只有風／頑皮地
　　踢著葉子嘻嘻哈哈／在擦拭那些足跡」，《詩廣場》（台中市：熱點文化事業公
　　司，1984年3月），頁25。

　　晨昏聒叫

　　惹人討厭（《更換的年代》頁 40）

不難想像，雖然經過了民主的洗禮，但仍殘留霸權遺毒，銅像穩穩
地矗立，領袖神格色彩不見褪去。

　　台灣的定位，台灣的主體性，一直是詩人所關注的。寫於一九
八九年十二月的〈自己說〉，反映當時的台灣認同現象，到底我們
的國名是台北、台灣或中華民國？自己也說不清楚！（《台灣瓦》
頁 107）處於現今兩岸糾葛紛擾及政爭不休的情形下，人民的國家
認同感何在？雖然台灣意識已然抬頭，問題卻依然存在。〈國旗〉
一詩云：

　　國旗在總統府

　　最高樓頂端

　　飄揚

　　我們遠遠看不到

　　它標示的

　　圖案

　　（那時我們只許遠遠觀望）

　　風雨飄來

　　塵埃飄來

　　民主的浪朝也湧來

　　終於我們可以靠近一點瞻望

　　才看清楚

　　我們高掛的國旗

　　只是一條

> 意象模糊的
> 布匹(《更換的年代》頁 51-52)

代表國家的國旗,是朦朧的意象、意識不清的口號,似乎不再具有崇高的意義。具體的布匹,於威權時代因為「距離」阻隔,遠望是模糊的圖案,民主浪潮湧來後,「距離」消失,卻依然迷離難辨。不過,原本實有的「圖案」已成為虛無的「意象」,隱喻國家認同的模糊分歧。

兩岸議題是台灣政治的禁忌,岩上早在《台灣瓦》中即曾寫下〈兩岸〉一詩:「說我們完全對立/也不盡然/那一條千古悠長的河呀/是我們共有的/愛」(頁 17-18),此時歷史文化意識尚濃烈,還存有藕斷絲連的情感。之後,則涇渭分明,台灣的國家定位更為清晰,如〈飛彈試射〉:「說愛我/為什麼要攻擊我脆弱的海域」「未縫合的歷史傷痕/傷口陣痛/我不是你肋骨的化身/更不是一張棄婦的賣契」,揭穿對岸的醜陋心態與陰謀,駁斥虛情假意,結尾三句:「愛人同志/我已架好了姿勢/接受你的射擊」(《更換的年代》頁 75),以詼諧之筆寓諷刺之意。

長期以來,台灣的存在充滿著不確定性及危機感,至今中國霸權心態並未泯除,兩岸對峙緊張,〈有夢最好〉開頭即說:「為了伊說一邊一國/來生再結緣,似乎來生就在/一場夢的對岸」,中國政府表面甜言蜜語,背地裡架起四五百顆飛彈瞄準此岸,而此岸卻依然陶醉在春夢幻景中,不知「主權的實質何在?」缺乏台灣意識,因此詩人激切地質問:

> 你為自己活過嗎?五百年的
> 滄桑巫雲
> 對岸

又再叫囂糾纏

架起爆筋的飛彈，挺得高昂

彈彈都向著我們的穴門

哪門子的纏綿悱惻？（《針孔世界》頁 182）

對岸武嚇威脅逐漸加劇，我們又豈能「照睡如死豬的鼾聲？」渾渾噩噩的台灣島民，是該覺醒了。除去中國的威脅外，台灣自我主體性無法確立，國際上不能發聲，沒有地位、缺乏尊嚴，所以有〈伯勞鳥〉：「切莫停留／這個沒有主權的／島嶼」（《更換的年代》頁140）及〈跟著路跑的房子〉：「三百多年來在這島上／台灣人卻跑不出去」（《更換的年代》頁 174）的憂心感慨。

五、關心教育現場

岩上長期在教育界服務，他偶會在詩作中表達教育觀點，第一本詩集《激流》中〈教室的斷想〉一詩，表達熱誠的教育愛與使命感。其時岩上擔任小學教職，後來轉往國中任教，對於國民義務教育有更為深刻的觀察與體認。看到台灣畸形的教育體制，以升學為導向，使得那些被升學制度淘汰、被學校放棄的廣大一群，找不到自我的價值，漸漸地也自我放棄了，於是校園變成一個向下沉淪的大染缸，惡質化的校園環境裡，存在著許許多多的怪現象。岩上絕望透頂，乃以沉痛的筆調哀悼教育之死，《台灣瓦》卷六「根之蛀──國中放牛班導師傷痛詩」共十四首，堪為代表。

岩上說那些漠然面對講台，渾渾噩噩不知所云的學生有如「老僧入定／不理不睬」（〈舉手〉，頁 116）；對於無視老師存在而蠢動不安的學生，他按捺不住地發出怒吼：「你們卻堆在那裡騷擾蠢動

／像糞坑裡的蛆蟲／白白的／啃食我的尊嚴／嘔吐一大堆的廢話」
（〈嘔吐〉，頁 118），嘔吐廢話的既是台下的學生，也是台上的諄
諄教者，可恨又可悲。再多的教育理念也挽救不了自甘墮落的學
生，頂嘴、打架、抽煙、賭博、作弊、逃課、性關係隨便；[14]面對
惹不起的「老大」，老師為求自保只能忍氣吞聲；更甚者，搶劫殺
人、結伴喝花酒、搶車毆人橫行校園，岩上認為即使孔子再世，到
現代的國中「放牛」，也會氣絕身亡（〈孔子氣死〉，頁 120），現代
教師又能如何？其中〈吸煙〉一詩，更叫人悲感萬分：

> 我忽然看到蓬鬆凌亂的頭髮下
> 那張臉
> 像眾人可踐踏而荒蕪的臉
> 所有教育投資下的一言一語、一錢一文
> 都堆積成垃圾
> 從迷惘的眼中焚燒飛起（《台灣瓦》頁 130）

有形的、無形的教育投資，都成了垃圾！這些人的明天在哪裡？出
了校園，不是變成社會更大的問題？義務教育竟然淪落至此不堪地
步，岩上縱然痛心、失望，卻又束手無策。
　　「根之蛀」十四首中，以〈書包〉最為深刻動人：

> 你的書包
> 為什麼把帶子切斷弄成這麼短
> 吊起來好看嗎？

---

[14] 　見〈吸煙〉、〈賭博〉、〈考試〉、〈缺席〉、〈親家〉等篇。

（我考進初中時，沒錢買書包，弟弟的養父用帆布縫製一
個書包送我）

你的書包裡
為什麼一本書也沒有？書呢？
（那個與全校同學不同顏色不同形式的書包我整整背過三
年，被書擠破，不知縫補過多少次）

你的書包
為什麼畫著亂七八糟的圖樣，寫一些無聊的字
畫兩把刀，還有骷髏……
什麼意思
（弟弟的養父最近死了，臨終前我去看他，還提起他送我
書包，他只是點點頭）

我小學
書是用布包的（《台灣瓦》頁 126）

書包對於放牛班學生來說，已失去原有的意義，裡面一本書也沒
有，倒是喜歡在書包表面上塗鴉作怪。身為教師的岩上，在不斷質
問學生的過程中，回想起自己當年，如何在艱困環境中學習的情
形。今昔對比，冷靜鋪陳，突顯出放牛班學生的荒誕行徑，尤其結
尾兩句：「我小學／書是用布包的」，不見悲傷字眼，卻有無限悲情。
　　此外，〈模糊一片〉關心學童視力嚴重惡化的問題。他們為了
探索世界，求知識求真理，天還沒亮就趕著上學，結果：「眼睛愈
看愈近／而真相的布幕愈演愈遠／一再加厚的眼鏡片／終於跌破
／世界摔在碎片裡／真理模糊一片」（《更換的年代》頁 58），一切
反而更不清楚了。二〇〇六年三月起，岩上應台中監獄之邀，為受

刑人講授文學寫作課程，近距離接觸一些被社會隔離的人，了解他們身上所背負的種種故事與獄中情況，這些特殊的經驗加上想像，發展為〈鐵窗歲月〉詩組三十八首。[15]化作鐵窗裡人，渴望天空的遼闊，才知道「原來的路好寬敞」（之9）；隔著鐵窗看世界，才看清「人間是翻轉的另一面孔」（之11）；在處處碰壁後，才懂得「世界原本沒有圍牆」（之 15），人是作繭自縛自囚；在遍找無門回應時，終於體悟到「因為走過太多不該走的門／才導致無門吧」（之38）。國中教師退休後的岩上，並未淡化對教育的關懷與付出，他推廣文學不遺餘力，且擴而充之延伸到那些誤入歧途的邊緣人，將教室移到監獄，透過文學潛移默化的功能，讓頑石點頭。因為他相信愛的力量，他對教育始終抱持著希望。

　　二〇〇六年十月發表〈刺青，身體神秘的語言〉一詩，關注現代流行於青少年間的一種次文化現象：

　　　　是不是
　　　　皮膚的傳播器不夠敏銳
　　　　是不是
　　　　語言結構的筋骨解體
　　　　是不是
　　　　心底夢境的魔像通往世界的甬道
　　　　已經堵塞無法出口

　　　　從眼皮　鼻孔　鼻道　嘴唇　舌頭到——
　　　　肚臍　乳頭　陽具　陰唇

15　〈鐵窗歲月〉38 首，發表於《笠》詩刊第 258、260 期，2007 年 4 月、8 月，頁 72-88、52-53。

細膩地挖出私密的蒂底
用另一種圖騰
一針一針刺繡原本訥木的語言

不斷地湧現出去
釋放意指
讓每一塊結構的零件可以兜售
掛上明牌的意符

皮膚是身體傳達的符碼
手臂與腳腿的山河
胸腔與背臀的大地
全部淪陷於統治語言的刺痛之中

被佔據的領土
不知變色的國恨
還沾沾自喜美麗的圖案承包一幅
嶄新的地圖[16]

青少年競相以刺青圖騰，作為溝通、交流的符碼，耍酷耍炫，既是文化的入侵與攻陷，似乎也是時代造成的「失語症」，而這又一次證明教育的嚴重匱乏。此詩結構循傳統「起承轉合」模式，末節提出觀點及感嘆，無須作太多弦外之音的聯想與附會。[17]

---

[16]　《自由時報‧副刊》，2006 年 10 月 18 日。

[17]　此詩選入《2006 臺灣詩選》（台北市：二魚文化，2007 年 7 月），頁 217-219。主編焦桐於賞析中說：「『讓每一塊結構的零件可以兜售／掛上明牌的意符』相當費解。……最後一段有弦外之音。」實際上，詩的意涵於題目已見端倪，詩人採取一貫的「即物」手法，運用暗喻及借喻方式，分析探索「刺青」一事（物），語言文字質樸明朗，淺顯易懂。解詩者恐怕是著眼於符號學術語「意指、意符」

第五節　哲理的思索與感悟

　　詩是現實世界所開出的燦爛花朵,同時亦擁有不侷限於現實本身的心靈能量。「詩人所感悟的哲理絕對是來自於人生,但現實的取材,若是缺乏哲學的厚度,現實事件過後,詩將連同垃圾一樣被丟棄。」[18]岩上在客觀寫實的關懷、觀察與批判之外,詩的基本精神乃是對整體生命的探問與思索,詩中瀰漫著哲思與感悟。王灝說:「即使是以鄉土物事入詩,但在岩上的企圖裡,似乎都會讓它寄寓著哲理的思考。」[19]岩上也曾自述:「我的詩想較接近於對人生哲思的感悟。」[20]換言之,哲理的思索與感悟可以說是岩上在接續生活感發、鄉土關懷、愛情書寫及社會觀照之後的重要主題。

　　錢鍾書曾引乾隆二十二年冬選《國朝詩別裁》〈凡例〉云:「詩不能離理,然貴有理趣,不貴下理語。」說明「以理入詩」、「詩中言理」不失為一種表現方法,然又獨標「趣」字。接著引用僧達觀撰惠洪〈石門文字禪序〉曰:「禪如春也,文字則花也。春在於花,全花是春。花在於春,全春是花。而曰禪與文字有二乎哉。」因而悟得「黑格爾所謂實理(Idee),即全春是花、千江一月、『翠竹黃花皆佛性』之旨,以說詩家理趣,尤為湊泊。……黑格爾以為事託理成,理因事著,虛實相生,共殊交發,道理融貫跡象,色相流露義理(Das SchÖne bestimmt sich dadurch als das sinnliche Scheinen der Idee)。取此諦以說詩中理趣,大似天造地設。理之在詩,如水

及「領土、國恨」等政治意涵較強烈的字眼,所以引發此番玄奧、沉重之想吧。
[18]　簡政珍〈詩的哲學內涵──代序〉,《意象風景》(台中市:中市文化局,1998年),頁12。
[19]　王灝,〈從激流到更換的年代──岩上的詩路小探〉,《台灣詩學季刊》第38期,2002年3月,頁143。
[20]　岩上《岩上八行詩‧後記》,頁124。

中鹽、蜜中花，體匿性存，無痕有味，現相無相，立說無說。所謂冥合圓顯者也。」[21]言理而能情趣盎然，滋味無限，亦為上乘。

哲理是對生活經驗的高度概括和濃縮，許多原本平凡無奇、缺乏特色的詩句，往往由於詩人巧妙的寓入某種哲理，整首詩便畫龍點睛般地活了起來。岩上詩中哲思之可貴，就因為那是介入人生場景，深層思考生活，體切品味之後所產生的智慧與趣味。

一、生命哲理的掘發

《岩上八行詩》乃在固定形式、有限空間裡，表達無窮的精神，寄寓人生的哲理，而予人心靈的顫動。古遠清說：

> 他抱著與萬物共存的觀念，在鼓、秤、葉、雪這些尋常物中溶進自己對生活的特殊感受和體驗，並在這些感受和體驗的基礎上展開想像的彩翅，創作出不與他人雷同的詠物小詩和哲理小詩。[22]

《岩上八行詩》皆以尋常物事為題，從其中開挖不平凡的哲理，表面詠物，實則蘊含深刻；它既是知性的，也是感性的，不僅詩質濃密，且哲思汩汩。當然，對於人生哲理的闡釋與挖掘，並不僅限於《岩上八行詩》，在其他詩作中亦不乏類似的主題探索。底下略從「生命本質的覺察」及「人生抉擇的體悟」兩個面向予以分析論說。

首先，在「生命本質的覺察」方面，例如〈河〉：

---

[21] 錢鍾書《談藝錄》（北京：中華書局，1984 年 9 月），頁 223-231。
[22] 古遠清〈對人生哲思的感悟─評岩上八行詩〉，《笠》詩刊第 204 期，1998 年 4 月，頁 96。

從那裡來的
就往那裡去

而我從高山來
卻往海底去

日日夜夜
奔流不息

你們說我唱歌
還是哭泣（《岩上八行詩》頁4）

塵歸塵，土歸土，那裡來的，就該往那裡去，這似乎是萬物不變的規律，但河流卻非如此，來自高山，奔向海裡，歷程更是高低起伏輾轉變易。人類無法主宰的命運，豈非如河流一般？生命本身充滿無常，蘊藏著巨大的無奈，詩人藉河流為喻，頗有幾分自嘲意味。再如〈岸〉：

不斷划動奔波前行，只為了上岸
何其滔滔的歲月

有人迅速登陸，有人四顧茫茫
何其浩瀚的人生之海

從此岸跋涉到彼岸
何其遙遠的歷程

岸引燃希望之火
岸堆積著失望的灰燼（《岩上八行詩》頁38）

人生如同浩瀚無垠的大海，每個人都努力地泅泳，然而現實是殘酷的，有人成功上岸，有人依舊舉目茫茫甚至慘遭滅頂。「岸」成為「道」的載體，兼有「希望」與「失望」，是原點也是終點。長長的一生如無數個「站」的構成，無數的悲歡離合，連接著大站小站，跨過一個又一個，離開了眼前這一站，永遠都會有新的下一站，到底何處才是長久安歇的終站呢？無解的人生，「揮手想要掌握的全是落塵」（〈站〉，《岩上八行詩》頁 60）。

　　人生在時間撒下的魔網之中，掙扎也好，狂奔也罷，終究無所遁逃。〈網〉一詩感嘆時間消逝的無可如何，進而產生存在意義的思辨：

> 在時間的流程裡，人魚同游
> 隨時撒下，網如死神的魔掌
>
> 細細羅織的複眼，逐鹿中的
> 獵物，盡狂奔於集中的目標裡
>
> 撒出去，手掌的延長一條條
> 緊拉的是自己暴脹的筋脈
>
> 面對茫茫大海的命運
> 泡沫漂浮著逃亡的歷程（《岩上八行詩》頁 70）

明知無法抗拒時間的獵殺，無法抵禦命運強大的力量，最後只能像漂浮的泡沫，消失在無邊無際的大海。散文詩〈時鐘〉，同樣有「日暮」的恐慌與哀感，當驚覺一切已難以挽回，只能「把掛在牆上的鐘拔下，狠狠地摔在地上，大叫：時間沒有錯！」（《更換的年代》

頁 238）說明了人生的本質，流露出生存的悲劇感。以上這些詩作中的哲理表現，正是古繼堂所指的「現實性」。[23]

其次是關於「人生抉擇的體悟」。命運既是如此不可測，難道人生只能隨波逐流，任憑其操弄擺佈嗎？現實人生也許苦多於樂，但是並非全無選擇的機會，如琴弦的鬆緊拿捏，是要奏出鏗鏘華麗樂章，或者不成曲調庸碌此生，端看個人的抉擇（〈弦〉，《岩上八行詩》頁 104）。又好比有人追求無拘無束的自由，也有人渴望平平安安的穩定，因而在屋裡屋外、「囚犯」與「流浪者」之間猶疑徬徨（〈屋〉，《岩上八行詩》頁 10）。人時時有著「抉擇」的無奈，在「開或關」、「隔絕或接納」之間擺盪徘徊，〈門〉一詩云：

> 為了要通過，才造門
> 用來推開和關閉
>
> 為了要關閉，才造門
> 用鎖把自己和別人鎖起來
>
> 如果沒有門就不用開關
> 如果不用開關，就不必鎖起來
>
> 為了要通過，才造門
> 偏偏門禁森嚴不能通過（《岩上八行詩》頁 80）

造門是為了通過，有時卻將自己反鎖在裡面，自閉自囚，形成現代人的庭院深深。門意味著隔絕與限制，開關之間，內外兩個世界，

---

[23] 古繼堂分詩中哲理表現為「現實性」、「辯證性」、「啟育性」三個面向。〈充滿生活哲理的詩篇──評岩上詩集《岩上八行詩》〉，《笠》詩刊第 204 期，1998年 4 月，頁 90-95。

送往迎來，不斷的開開關關，有時通行的門卻難以通過，「門禁森嚴」限制了人們溝通的管道。詩人顯然是在反思「人我」關係，諷刺冷漠與疏離的現代社會。第三節「如果沒有門就不用開關／如果不用開關，就不必鎖起來」，似乎有遁入無門與空門之想，門成了精神世界的象徵。《莊子‧人間世》在論述「心齋」、「坐忘」的原則之後說：「……若能入游其樊而無感其名，入則鳴，不入則止。無門無毒，一宅而寓于不得已，則幾矣。」意即不去鑽營求取仕途的門徑，只要一己心思凝聚全無雜念，把自己寄託於無可奈何的境域，那麼就差不多合于「心齋」的要求了。而佛家把有形世界看作虛無色空，塵世不過是心靈的幻相，真正的門乃是擺脫一切枷鎖桎梏的空門。

　　現代人不斷地在尋找「出路」，卻往往盲目、盲從，不僅容易作繭自縛，更經常在路上迷失。〈路〉中寫道：

　　　　走過一條又一條的路
　　　　走破一雙又一雙的鞋

　　　　路從天邊來
　　　　路向海角去

　　　　阡陌交錯的路
　　　　來來往往過路的人

　　　　有多少人能走出自己的路
　　　　路令人迷路（《岩上八行詩》頁14）

錯綜複雜來來去去的路，帶給人希望，也令人徬徨。全詩八個「路」字，詩人提醒世人在四通八達的路中慎選方向，千萬別誤入歧途！

有關「門」、「路」的思索,《冬盡》裡早有一首〈同樣的路〉,[24]可以說是此一系列詩作的源頭。

　　經過睿智思索、思辯之後所產生的人生哲理,必然是深具「啟育性」的智慧,如〈秤〉一詩:

　　　　肩擔兩邊的重量
　　　　一邊秤錘,一邊物件

　　　　當兩邊增減平衡時
　　　　誰也沒話說,就成交

　　　　這世界紛爭不平
　　　　心房裡的血液竄流不止

　　　　你只增不減,我也只增不減
　　　　人間那有持平的秤呢?(《岩上八行詩》頁114)

有了還想再有,多還要更多,人人只想要「增」,所以,秤不會平衡,怨恨和紛爭更不會停止。詩末雖留下一個問號,卻明白拈出一個「減」字,唯有減少貪念,知足才能平,平則和諧圓滿。凡事能「減」則能趨於「簡」,簡至無可再簡,約至不能更約,極簡極約近於道之「太極」。一無所有才能真正自由,這是人生經驗體悟之智慧,富有啟迪和教育作用。

　　岩上透過詠物,反覆思考生命的本質及人生的抉擇,處處流露睿智與思辨,尤其〈茶〉一詩,寄寓深刻的哲理,令人擊節:

24　〈同樣的路〉後半:「當我把門打開/不管是麗陽或陰沉的天氣/今天又是戰鬥的開始/當我把門關上/不管是勝利或失敗/最主要的我必需休息//不知明天的門該開向何方/但我必需走同樣的路」,《冬盡》,頁30。

用滾燙的水泡出
溪澗的音籟和山野的滋味

你我啜一口，傳流
葉葉手拈的溫香

乾縮之後的膨脹
全在笑談中，轉瞬了浮沉

有的苦有的甘
都是提醒（《岩上八行詩》頁74）

以茶喻載沉載浮、有苦有甜的人生，極為貼切。茶的乾縮與膨脹，恰似人生高低起伏、悲喜苦樂，而這一切都將在「笑談中」歷歷閃過，終歸於雲淡風清。「都是提醒」一語，最耐人尋味。茶之有甘有苦一如人生有順有逆，成功歡愉、挫折苦難都是值得回味的風景。茶的提醒，淡化了生命的悲涼，似乎一切的苦難與不幸，都已獲得了消解與超越。

二、易變太極與水柔

　　岩上自述：「太極拳、易經哲理讓我特別留意到陰陽的相生相剋、對比與平衡的問題」、「打太極拳能夠讓我的心境平靜下來，去更加清楚觀照現實人生的生活；易經的『變』則讓我了解，詩也要隨著時空、語言而改變。」[25]明白指出「太極」、「易學」對於詩創作影響之深遠。實則其淵源甚早，《激流》時期就可見《易經》的

---

[25]　王宗仁〈「笠詩社與台灣現代詩發展」：專訪岩上〉，《笠》詩刊第241期，頁56。

身影,如〈一九六四年四月六日〉詩句:「一爻鳥的高飛／載一顆心是什麼樣的變卦」,寫飄忽易變、令人措手不及的愛情。不過,那畢竟是藉其「詞彙」且僅偶然出現而已,至於整體思想的吸收融入,則有待浸淫日久、體悟更深的一九九〇年代以後了,《岩上八行詩》的創生,就是完全導源於《易》的理念,他說:

> 九〇年代開始,因為我深受易學與老莊哲學的影響,尤其易理的陰陽虛實變異美學,融入我的詩想,因此以太極生陰陽,陰陽生四象,四象生八卦契合我的八行詩結構,以單一字的事物參悟人生的哲思,而有了《岩上八行詩》的詩集。[26]

《易》有變易、簡易、不易三大原則。宇宙變化莫測,人生無常,一切都在變動;變動的規律,用簡便的符號代替表示,則易於辨識;然而,要真正了解宇宙人生的無窮變化,又絕非那麼容易。而且,變是常態,變即不變。《易》主張世界是以乾坤二卦為代表的兩相對稱、並行不悖的天地,其基本動力來自陰陽兩股力量的互相交合、彼此消長。〈繫辭上〉曰:「一陰一陽之謂道。」〈繫辭下〉云:「剛柔相推變在其中矣。」陰陽通過互相對立的「象」,不斷衍生、交融,產生變化,使得萬事萬物「得到順利的發展」。[27]岩上從中得到啟發,嘗試藉兩行四段的八行形式,以萬事萬物入詩,利用「物我合一」、「物我交媾」的技巧,在平穩規則的形式下,變化內在詩思,追求詩的奧妙。

---

[26] 莫渝〈十問岩上——專訪岩上〉,《岩上的文學遊途》(台北市:財團法人榮後文化基金會,2001 年 2 月),頁 28。

[27] 李澤厚〈《周易》的美學思想〉,劉綱紀編《中國美學史》第一卷(台北市:谷風出版社,1987 年),頁 336。

　　首先，《岩上八行詩》中運用許多「對稱詞語」。所謂對稱並非指絕對的對立，而是相對應的互生共存關係，例如天空對大地、春夏對秋冬、蒼綠對枯白、高山對海底、山壑對海洋、屋內對屋外、進來對出去、生對死、哭對笑、過去對未來、快樂對悲哀等等，而這恰巧符合《易經》六十四卦中，每一卦莫不有「對」的原理。如詩集中的第一首〈樹〉就有「上下」、「天地」的對比。再如〈鏡〉：

　　　　沒有過去
　　　　也沒有未來

　　　　現實是我的主義
　　　　動靜立即反映

　　　　歲月的痕跡自己留存
　　　　我也是佛的信徒，一切空無

　　　　只要時時擦拭保持清醒
　　　　永遠我是你孿生的兄弟（《岩上八行詩》頁 18）

過去與未來、動與靜、佛與信徒、孿生兄弟等，皆兩兩相對。鏡子映照出來的是「當下」，同時也是千千萬萬的過去與未來；動的瞬間即是靜；信徒就是萬眾佛；孿生兄弟更互為一面鏡子。簡單對稱的語詞，蘊藏複雜的生機。此外，〈屋〉、〈門〉、〈窗〉、〈眼〉等詩，莫不是在進出、開闔的正反對比相生中運行詩思，這又讓人聯想到〈繫辭上〉所言：「闔戶謂之坤，闢戶謂之乾，一闔一闢謂之變，往來不窮謂之通。」
　　由上面的詩例得知，岩上廣泛運用《易經》陰陽相對、相生的道理，不過這些較偏重於「形式」上的融用學習，實際上，在內容

思想上的吸收變化，更是明顯。岩上將易理的陰陽虛實變易美學，融入詩想之中，例如〈舞〉的結尾：「舞就變，變肢體成意象語言／舞出自已，變易幻滅」，詩句就已明白點出「變易幻滅」，岩上自己更說：「意象隨舞姿的變化來詮釋『舞』所要表現的人生的幻滅。」[28]亦即本詩表現出天地事物生生流轉等變易美學的特質。而〈觀音山〉一詩結尾四句：「凝望／乃風雲變數中不變的寧靜／不在畫面里／而在心境中」（《針孔世界》頁51），同樣觸及變易與不易的道理，深體人生唯一的永恆就是「改變」。

　　岩上長期鑽研《易經》，進而對命理產生濃厚興趣，尤其針對手相奧秘之探求，獨具心得。相關詩作不少，如《台灣瓦》有〈掌握〉，《岩上八行詩》有〈手〉，《愛染篇》有〈反掌〉、〈手印〉、〈斷掌〉、〈掌紋〉，《針孔世界》有〈掌紋〉等，其內容一致是思索易變命運，蘊含生死消長與愛恨對峙的人生哲理。茲摘錄部分詩句如下：

> 手掌像罟網
> 一握
> 盡散失
> 時光的
> 流水（〈掌握〉，《台灣瓦》頁5）

> 要知道，必須攤開才能掌握
> 手，這個世界更需要施捨
>
> 手掌的開合之間，瞬如一生
> 撒手而去，又能掌握什麼（〈手〉，《岩上八行詩》頁48）

---

[28]　岩上〈詩的創作與技巧經營〉，《詩的存在：現代詩評論集》（高雄縣鳳山市：派色文化出版社，1996年8月），頁131。

握緊與張開之間

短如掌紋

長如一生

曲折歧路之間

沒有定數（〈掌紋〉，《針孔世界》頁 93）

人生或長或短，在擁有和失去之間，風雨霜雪誰也無法預料。自以為掌握了一切，其實失去的更多，短短數句，說盡一生曲折，允為智者之言。至於〈斷掌〉結尾三行：「夜星斕／花紅遍／那一瓣是英雄顫抖的斷掌」（《愛染篇》頁 50-51），星夜斑斕燦如紅花開遍，而哪一瓣才是屬於我的呢？我的位置在哪裡呢？如同〈星的位置〉一樣，再次叩問生命的意義，探索存在的「位置」。

　　太極拳源於《易經》哲理及道家精神，講究虛實變化、剛柔並濟、相剋相生相盪。岩上藉著練習太極拳，讓心緒平靜，修練、調適自己，並從中領悟到：「詩蘊層漸的張力與詩思動向脈絡以及縱收不失厥中的道理和拳術中的虛實分明而求中定，有異曲同工之妙。」以拳喻詩，以詩喻拳，「證諸萬物無不在虛實遞變中邁進孳生。」[29]岩上認為拳與詩是相通的，文字表面似乎柔緩，其精神內涵卻是堅毅的，他說：「我講究這種柔中內蘊的力點。寫詩就像打拳，一招一式都要結構完整、氣勢連綿，在安定中求變化，陰陽互動，內在方剛而外相圓柔。」[30]偏重於詩的藝術表現，強調「虛實」的交融變化，例如〈夢〉的前四行：

---

[29]　岩上〈從生活裂縫中綻開的花朵〉，《冬盡‧後記》，頁 197。
[30]　潘煊〈訪岩上〉，《普門》233 期，1999 年 2 月，頁 64。

　　　　生活像斷層的谷底
　　　　夢讓我們走近了森林

　　　　森林的廣闊深邃而迷人
　　　　驚喜如夜鶯的眼神向遠方（《岩上八行詩》頁 34）

岩上說：「『生活』一詞是空洞的，以斷層的谷底來詮釋；夢是虛幻的，以森林的具體來呈現；驚喜以夜鶯的眼神來比喻才有實感，呈現可感的意象來。」[31] 整首詩就是在虛實相映相濟、相拉相盪的變化中，搖曳詩情，孳生美感。再如〈冬日無雪〉開頭說：「冬日無雪／雪降在夢裡的山巔／繽紛又淒美」（《台灣瓦》頁 11），夢裡一切都好，暗指故國神州；現實中冬日而無雪，毋寧是一種缺憾，則顯然是指台灣。不過，詩人隨即在無雪的大地上，展現了冬陽的溫暖，以及母貓、小貓互偎的閒散溫馨，畫面亮麗而寧靜，至於北風呼呼，那是遙遙邊陲的。夢中所見所聞：「依稀還聽到／唲唲的細語」，純然是超現實想像，屬於「虛」境；第二節視角、聽覺皆轉向現實，而有誇張的描寫：「靜靜的巷弄／還可聽到牠們的鼾聲」，重在「實」景；第三節只有兩句：「北風在遠方呼叫／冬日無雪」，上句的空間出現在夢中，是「虛」，下句則是眼下立足之地，為「實」。全詩也是虛實交融，相激相斥，既無純粹寫實之沾滯弊病，亦無不著邊際的玄虛幻想，而能扣其兩端得其環中。

　　太極拳來自《易經》原理，詩中哲理之顯現，同樣在於陰陽虛實之遞變，不擬贅述。倒是《岩上八行詩》有〈推〉一詩，似從「太極推手」著想，末節謂：「推來推去，推不見手／而成無推之推，是謂推之高手」（頁 108），當中也蘊含著人生處世的奧妙哲學。

---

[31]　岩上〈詩的創作與技巧經營〉，見同註 28，頁 129。

　　道家思想方面，岩上主要汲取了老子「水柔」精神。水是文化、文明的象徵，更是智慧的象徵，《論語‧雍也》曰：「智者樂水」。水是人類的啟蒙者，偉大的哲學家常從水獲得啟迪，老子就用它來象徵神聖的「道」。《老子》謂：「上善若水，水善利萬物而不爭，處眾人之所惡，故幾於道。」（第八章）雖然《岩上八行詩》隱含道家思想，但真正符合「水柔」精神的，以〈水〉一詩最為典型。此詩既闡釋了《易》之變與不變，強調萬流歸宗，萬變不離其中之道理，同時也是「上善若水」的最佳詮解：

> 無所謂生，無所謂死
> 不斷易變是千古不變的命數
>
> 不必問什麼流派
> 溫柔的體態，兇狠的性格
>
> 潛伏才是真功夫，滲透每個部位
> 讓你虛胖浮腫
>
> 使你無法消瘦，我是體貼的
> 永不溜走（《岩上八行詩》頁32）

水只會變化形態，不會增減，隨方抑圓，表面柔弱、內在剛強，並有非常強的滲透張力，它給了我們人生無窮的啟示。

三、梵意禪思

　　佛道兩家貴自然法原始重遁世，天真天然任性。道家強調縱身大化與物浮沉，禪宗追求閒靜自適凝神自視，岩上鑽研《易經》，

悠遊老莊，也親近佛法，對於《壇經》別有契應。早期詩作已偶見
相關詩句，如「佛無意／唯海是我神／在晶瑩的螺旋中迴光照映／
金光無際／在海的彼岸」（〈海螺〉）、「指撲太陽焚化一煙落塵／也
是一劫心願」（〈海鷗〉）、「佛之千手／斷臂無招」（〈竹竿叉〉）等，
詩句中更穿插許多佛語、佛物，如比丘尼、袈裟、菩提、青燈、佛
祖、佛經、菩薩、涅槃、空無、輪迴、因果、不知覺的眾生……。
《詩脈》季刊創刊號〈編輯手記〉謂：「岩上的詩在投射外物的晶
瑩意象中，呈露自我凝鍊的禪思。」[32]可見他很早就接觸佛法，至
一九八〇年代已浸淫多年，所以於《冬盡》詩集壓軸〈問〉一詩，
流露淡淡的禪機：

> 天空　空闊不了
> 浮雲
> 雲　雲捲不了
> 飛鳥
> 鳥　鳥轉不了
> 天問
>
> 句句問我
> 問我口口的聱牙
> 什麼時候可以不問？
> 天空
> 什麼時候可以不答？
> 雲
> 鳥（《冬盡》頁189）

32　《詩脈》季刊創刊號，1976年7月，頁52。

問是天問、問天、問我，「不問」還是「問」,「答」了等於「不答」,不問不答就是天空、雲飛、鳥翔，一切自然流行，隨緣放曠，顯現出禪的自在趣味。

岩上經常參訪佛寺，留下了〈法雲寺〉、〈重遊法雲寺〉、〈碧山岩〉、〈重登碧山岩〉、〈碧山岩眺望〉等作品，訪僧參禪，多聞梵唱清音。如〈重登碧山岩〉結尾：「出家的姪女／已不知雲遊何方／我欲言又止／不再提問」（《台灣瓦》頁 57），好似前作〈問〉的延續，緣起緣滅，一切只能隨緣；如〈重遊法雲寺〉一開始即是「鳥鳴山更幽」的清涼禪意（《台灣瓦》頁 48）。一九九〇年代曾經發生女大學生集體剃度出家之事，所皈依的禪寺離岩上住家不遠，他也寫了〈剃度之後——中台禪寺剃度出家風波有感〉，就在「讀孝經的眼淚和誦佛典的口水」、「萬丈紅塵還是極樂世界」、「孤寂的青燈和光圈比永恆」（《更換的年代》頁 77-79）的衝突拉距中展開思辯。而《岩上八行詩》雖然以《易》之思想為主軸，但也有少量的釋門清靜無塵之想，如〈杯〉詩言「空」,〈鏡〉詩說「無」,謂：「我也是佛的信徒，一切空無」（頁 18）;〈雲〉的「變無為有」、「聚散無常」（頁 66）;〈燭〉的「堅持，存有之中的空無」（頁 88），以及〈瓶〉的「千面佛是我，沒有臉」、〈燈〉的「燈亮燈熄／豈非生命瞬息的幻滅」等。《更換的年代》及《針孔世界》中，言說佛理，探究人生因緣的詩作增多，直接以佛家語入題的如〈因緣〉：「今天的海岸／決裂昨日波浪的笑臉／／走在瑰琦的幻境裡／開始誰會有預感／美麗的海景／總是伴著短暫的黃昏」（《針孔世界》頁 125），凡事有果必有因，諸多無常實早已種下因緣。

岩上的禪意趣味，更多表現在寫景、詠物詩裡，如在〈遠眺九九峰〉的千姿萬態風情之後，頗有自得之樂：「靜觀／比入境更富禪意」，這不正是蘇軾〈題西林寺壁〉的最佳註腳！至於為友人陶

藝作品題詩的〈陶之曲〉三首,寫其形神,摹其律動,發揮即物想像的藝術聯想力,更由靜觀體悟而生活潑機趣。如之一:

> 虛無來自塑造的千手
> 千手來自泥土
> 泥土來自大地
> 大地來自靜止的存在
> 存在來自靜止中的旋動
> 旋動來自脈搏
> 脈搏來自心中的顫律
> 顫律來自你的我的他的
> 四面八方的圓圓圍住的
> 漩渦的注視
> 注視中的寧寂
> 請勿撥動
> 那是一泓深潭的水(《針孔世界》頁 77-78)

觸及到沉潛於底層的「真正的寧靜」;還有之二:「澈悟之後的寧靜/實體渦旋之後的空無/定然於變化中的/渾圓」,孕育蓬勃生機;之三:「它原本是空寂的/無/只能禪悟/會心的傾聽/在那圓肚裡的一陣/顫動」,體悟空是冷靜而本真的存在,無是原始蒙昧的本初。寂靜而能沉思,會心就在不遠處,空無之中禪趣潺潺流蕩。

佛家以「離煩惱曰寂,絕苦患云靜」,去除執著和妄想,切斷煩惱痛苦的根源,則能寂能靜。處寂靜之中,心靈呈現自由澄明的狀態,幽然高遠,奏鳴天籟清音。〈睡蓮〉、〈菩提樹〉、〈落盡〉、〈涼意〉等作(分見《更換的年代》頁 253、255、259、260),皆有超塵脫俗、妙悟天機的趣味。蓮花、菩提樹為釋門象徵,它們都歷經

「熱風」、「火球」的熬煉，超脫凡俗乃能生起「涼意」。茲分別摘
錄詩句於下：

> 一株睡蓮緩緩張開手指
> 輕輕拈住一粒水珠
>
> 美麗的景象
> 世界如繪製的圖案
> 隨風吹來
> 蓮葉晃動
> 跌破了水珠的幻境
> 一株睡蓮
> 堅守在污泥水中
> 閉目睡去（〈睡蓮〉）
>
> 炙熱的火球滾來
> 樹們紛紛撐起綠傘擋住
>
> 感受那熱浪的襲擊
> 只有菩提樹
> 卸下承受煎熬的外衣
>
> 落髮的
> 菩提樹
> 走出夏日的煉獄（〈菩提樹〉）
>
> 我在眾相之中
> 沒察覺
> 我從色相裡

走出
你竟一眼望見

我的存在
乃百花中的
落盡（〈落盡〉）

一朵蓮花
迎著
六月的熱風微笑
心中有涼意（〈涼意〉）

從睡蓮「堅守污泥／閉目睡去」的持守虛靜，到「走出色相／百花
落盡」的刊落繁華，滌除塵慮，皆素淨絕俗，懂得放下。了悟色相
之空則能「容」，能容故能吸納萬象，能喚醒無窮智慧；從菩提樹
「落髮／走出夏日的煉獄」的犧牲，到蓮花迎熱風而「心中有涼
意」，意味必須通過灼熱的艱苦考驗，才能見到禪的微笑，此典出
自佛門問答：「僧問睦州，如何是禪？州云：猛火著油煎。」[33]從
入世到出世，憑心轉境，寂然寧靜中，詩心如梵心一片潔淨，乃能
苦中生樂，熱中生涼。謝輝煌認為這些詩富有禪趣清趣，「執簡馭
繁，創圓融之境，不黏不滯，而妙趣自成。」[34]

　　唐詩僧皎然有詩曰：「日敬諸天近，雨過三華潤。留客雲外心，
忘機松中韻。」（〈杼山上峰和顏使君真卿袁侍御五韻，賦得印字，
仍期明日登開元樓之會〉）因雨洗寰宇喚起禪思，才有泯滅世俗的

---

[33]　《大明高僧傳》卷第七〈睦州錄〉。

[34]　謝輝煌〈闌珊燈火裡的真趣——賞析岩上的「蟬聲」、「落盡」、「涼意」〉，《普
　　門》233 期，1999 年 2 月，頁 62-63。

「忘機」，以及飄然塵外的「雲外心」；岩上則在睡蓮「閉目」、菩提「落髮」、百花「落盡」，以至於蓮花的「微笑」中，有了禪家旨趣的參悟。這不禁讓人聯想到與「岩上」一詞有關的詩句：「回看天際下中流，岩上無心雲相逐。」[35]回看天際，只見山巖上白雲繚繞，自由自在的互相追逐；洗盡塵埃喧囂，消除名利濁熱，悠閒恬淡的脫俗趣味，已臻妙悟禪境。

　　岩上的詩富有莊嚴、靜定的氛圍，瀰漫佛意禪悅之境，尤其晚近之作，似已放下塵世糾葛，跨越了生命悲苦，處處可見歷波瀾而歸於平靜、由衝突而臻於和諧圓滿的滋味，[36]《更換的年代》壓軸詩〈不盲的世界〉允為範例，茲錄其後四節於下：

> 我的心
> 是否也有一個世界
> 遼闊
> 讓我思維可以自由馳騁
>
> 如果我心的世界
> 是一個深邃的世界
> 讓我繼續探險

---

[35] 柳宗元〈漁翁〉：「漁翁夜傍西岩宿，曉汲清湘燃楚竹。煙消日出不見人，欸乃一聲山水綠。回看天際下中流，岩上無心雲相逐。」丁敏〈試論佛家「空」義在中國詩歌中的表現〉說：「全詩藉漁父生活的寫意，而喻禪者契會真空妙有之境。……全詩顯示不住不捨，攝動攝靜，蕩蕩心無著之境。」又說：「『岩上無心雲相逐』總括真空妙有化之境，不住而相逐的雲，是妙有之動；然雲飄之天卻如如不動亦不捨雲，是真空之靜。」《中華學苑》第 45 期，1995 年 3 月，頁 259-287。

[36] 林政華〈詩衝突的相對面——讀岩上《更換的年代》詩集〉，《笠》詩刊第 223 期，2001 年 6 月，頁 108-109。

> 要了解我的人
> 也可以進來
>
> 那麼我就可以
> 和進來的人溝通
> 而後了解我看不到的世界
> 光的溫暖
> 花的美麗（《更換的年代》頁 272-273）

打開心靈與外在世界交通，才知道陽光的斑斕溫馨與繁花的燦爛芬芳；處於黑暗之中，便無法理解光明，此即《聖經》所言：「光在暗中照耀，而暗卻不明白。」[37]唯有走出黑暗，才能看見真實。佛經亦有言：「當精神覺醒的火炬點燃之時，窟窿裡的黑暗也將成為領悟時的光明。」[38]我的心遼闊而不荒涼、深邃而不幽暗，不是枯寂死滅，而是溫馨亮麗的。敞開澄澈的心房，迎納天地萬物，和天地自然冥合為一，流露出一種禪悅人生的生命體悟。

詩與佛禪一樣講求悟性，「禪不是文字，但它直指人心。……詩的極致境界很像禪境，無法用語言表達，詩境也是，偏偏詩必須要用語言表現。」[39]這是矛盾，但我們可以感悟它真實的存在，存在於精神世界。岩上又說：「詩，寫到最後，就如同佛法所說的空無。因為文字本身就是外在的東西，藉著它，讓人閱讀，那是一種方便，但最終，卻有一個非常核心的點，是文字無法表達的。」如同房子的牆壁、屋頂等硬體結構，它所圍砌起來的內部空間，才是

---

[37] 轉引自鈴木大拙《心理分析與禪》（台北市：幼獅文化事業公司，1979 年 7 月三版），頁 167。

[38] 轉引自鈴木大拙《禪》（台北市：世茂出版社，1990 年 11 月），頁 54。

[39] 岩上〈岩上的碧山岩禪想〉，《普門》244 期，2000 年 1 月，頁 86-87。

房子的真正意義，而文字就像是那些建材，架構了一個空間世界，「它不是空，是有，在佛法中，稱之為真空妙有。」[40]詩中的禪意趣味就存在那文字所「鏤空」的地方，試讀〈柳條天書〉的言外意、絃外音：

> 柳條飄盪
> 寫著無字的天書
> 風
> 抓不住揮灑的筆
>
> 一字一字
> 鬆沉圓整
> 一字一字
> 寫盡
> 人間滄桑（《更換的年代》頁256）

這不正是「不著一字，盡得風流」的詮解嗎？至於「人間滄桑」就是那飄渺模糊的「著」了！

結語

　　岩上詩作完全是生活的實際體驗、生命的內在沉思，是真情至性的流露，凡其回應命運、尋求位置、溯求血緣、情愛書寫之作，皆是「生命」本相的挖掘；現實社會的觀照、批判與悲憫，更是生活周遭耳聞目擊的種種感受；即便是天地萬物的頌詠、表達對詩的

---

[40]　潘煊〈訪岩上〉，見同註30，頁64。

情懷以及哲思感悟等，依然是源自於生活的觸發。岩上詩作的題材層面廣闊，展現出豐繁的主題，而能在質樸中煥發精神，在平淡裡撞見驚奇，每每引人深思，發人深省。

　　岩上說：「詩較能讓我們了解詩人生命的本體樣態，也就是詩人生命蘊匿的原型基素是很自然地在詩作品中流露出來的。」[41]從本章的論述中，我們可以欣賞到詩的美感，可以了解詩人最初的感動，並進而體會詩人生命的本體樣態與原型基素。

---

[41]　岩上〈談詩人的表徵及其他〉，見同註 28，頁 164。

第六章　凝定，通變：
岩上詩的表現策略與模式

引言

　　白萩論藝術的創造，最重創作者內在的感發，他說：「無感動而以知識寫詩，勢必流於虛偽，行屍走肉。無理知判斷而純以感動寫詩，勢必流於淺薄、宣洩。但是：在純感動與純理知之間，我們寧願選擇以感動寫詩。」[1]詩人必需忠實於自己的情感，有何種情感就寫何種詩，但有強烈真摯的感情貫注，仍須輔以藝術手法的匠心處理，才能充分且適當地展露詩人內在的感動。

　　「藝術手法」指的是作品的表現方式，亦即經由技巧的運用，藝術的處理，貼切而完整地呈現作品的思想性及意義性，從而形成特殊的美感與興味。陳千武嘗提及超現實主義技巧的魔術，曾經魅惑岩上；陳鴻森直言：「岩上多少帶有技巧主義的傾向。」[2]顯然岩上不只具有笠詩社「寫實」的集團性特徵，也重視詩的藝術呈現，講究詩的技巧性。以下分別論述。

---

[1]　白萩〈抽象短論〉，《現代詩散論》（台北市：三民書局股份有限公司，1972 年 5 月），頁 35-37。

[2]　陳鴻森〈評岩上詩集《激流》〉，《青溪》70 期，1973 年 4 月，頁 75。

第一節　奇幻超現實

　　超現實主義主張打破理性和現實的藩籬，企圖將現實經驗、潛意識、夢境結合，追求一種絕對且超越現實的真實。「企圖超邏輯與理智控制之覺知世界，從有意識（conscious）之現實進入下意識（subconscious）或無意識（unconscious）之領域，以期捕捉一種存在心中之無矛盾狀態，亦即領悟『生與死、虛與實、高與低、過去與未來、可言喻與不可言喻等皆不再對立』之『超現實性』（surreality）。」[3]一九五〇至六〇年代末，正是超現實主義在台灣風起雲湧的年代，岩上習染時代風潮，吸收當時各種前衛知性的寫作技巧，開展詩的鍛鍊、開發詩的語言，蕭蕭指出：「岩上以超現實的奇想開拓他的詩路。」[4]以超現實手法巧妙轉化、組合人與物或物與物的關係，締造嶄新的意象感受，每每令人驚豔。其成果主要集中在《激流》和《冬盡》兩冊詩集。如下列詩句：「只剩一顆乾癟的頭顱／沒入深邃的古井」（〈星的位置〉），「梵谷在赤道的河底／煮熟了一個／滾燙的紅球／而後從焦灼的雙手／拋出」（〈七月之舌〉），「一手提著月色／一手握住斷髮」（〈三月〉），都是虛幻的超時空想像。短詩〈正午〉僅二節四句：「當太陽墮入井底／賈利古柏正赴暴徒的挑戰／／箭針雙指待命的窒息／鐘擺敲響空腹的肚皮」，首句從井底看到太陽，引出「日正當中」時刻，隨即想像飛躍，聯繫到美國已故電影明星賈利古柏主演的電影《日正當中》情節，時空的跳躍性頗大，緊接下節兩句，「12 時」的鐘響呼應「日正當中」，既與現實連結，同時宛如重現電影場景，人人摒息以待，

---

[3] 董崇選〈從詩的四個創作空間談幾種西羊的現代詩〉，收錄於《第二屆現代詩學會議論文集》（彰化市：國立彰化師範大學國文系，1995 年 4 月），頁 51-68。

[4] 蕭蕭〈岩上的位置〉，《冬盡‧附錄》，頁 205。

那緊張的一刻，空氣都凝結凍住了。透過超現實想像，製造驚奇性的美學效果，散文詩〈教室的斷想〉最為經典：

> 一簇山巒突然岫出雲霧，從敞開的窗口飛衝進來，壓死了五十位正在聆聽上課的學生。

> 面對著學生們，我尖叫起來！
> 那是一陣暴雨之後，所有空白的面孔遽然蛻變碧綠。

> 我想逃跑，但我的腳根粘在講臺。
> 我聽到一陣陌生而又熟稔的聲響在山谷裡回盪，那震波有著山從前面走來的窒息……漸漸地我似乎看到一把火種從我的心口噴射出來，傳遍了山巒，瞬間蔚成滿山的花紅。

> 一陣花香飄來，我昏昏欲睡，而終於倒下。
> 風來了，我微細感覺襯衫被吹起來，飛呀！飛過群山，化成一隻悠然的白鶴消失在空茫的蒼穹。（《激流》頁76）

題目已暗示「切斷現實」、「打破理性」的特質，切斷教室的現況，即是超現實奇想的起點。雲霧衝進教室，「壓死了正在聆聽的學生」，想像奇特魔幻；接著「我尖叫，想逃跑，腳跟卻黏在講台」，「我聽到一陣陌生又熟稔的聲響……」「我似乎看到一把火種……」「一陣花香飄來，我昏昏欲睡，……」「風來了，我微細感覺襯衫被吹起來……」，動態畫面不規則跳躍，不合理的串接，呼應題意之「斷」，視覺、聽覺、觸覺、嗅覺交感共覺，是「想」的組接成果，營造詭譎的氛圍。詩的前半緊張急迫、令人屏息，直到「一陣花香飄來」，才趨於緩和鬆弛、悠然寧靜地進入夢境，所有的膠著、焦躁與恐懼不安，隨著風飄逝得無影無蹤。全詩色調由「白」色雲

霧而碧「綠」面孔而滿山花「紅」，最後再化為「白」鶴，形成一場豐富多采的視覺之旅，連結超現實的「斷想」，而以夢中潛意識的飛翔作結，留下無限開闊的想像空間。

《冬盡》時期手法更趨熟練，表現也更為精彩，〈切肉〉一詩堪稱奇特：

> 肉塊在我的手掌邊緣
> 沒有任何哀號
> 沒有一滴血
> 刀子急切急切而下
> 爆出悅耳的聲音
>
> 敏捷的動作成為自悅的法則
> 刀子機械地上下揮動
> 突然我發現
> 自己的手掌也在肉堆裡
> 早已切成了肉醬
>
> 由於取悅於敏捷的動作
> 我毫無痛苦的感覺
> 漸漸的
> 我的血液流乾了
> 且染紅了眼前的世界（《冬盡》頁 20）

「自己的手掌也在肉堆裡／早已切成了肉醬」，超乎現實的怪異行徑，人肉合一的魔幻意象，確實達到驚奇效果。對於切下自己手掌的聲音，竟用「悅耳」形容，以至於那被切成肉醬的手已毫無感覺，似乎耽溺於一種「痛苦的快慰」情境裡。李瑞騰解析說：「似暗喻

投身於自己所喜愛的工作者的一種自虐作為，亦可指一個自虐者殘害自我肉體所達成的一種瘋狂快感。」[5]一股無以名之的力量，驅使詩人瘋狂地投入，「劈自己為一塊塊柴薪／並以那斧頭迸濺的火星／點燃／／劈殺著冷風／在熊熊的烈火中／一陣狂笑」（〈劈柴〉，《激流》頁46），顯然是其內在的癮毒，不得不然的創作欲。

蕭蕭〈岩上的位置〉一文，以〈伐木〉第七節四句為例，論述岩上詩超現實奇想的特色。〈伐木〉原發表於《中外文學》第一卷第十期，收錄在《冬盡》裡，遺漏達十六行，茲將全詩移錄於下，藉存其真：

> 黑夜捲蓆的時刻
> 葉子們在一陣翻身之後
> 屏息凝聽
> 露珠
> 低落的碎聲
>
> 伐木者以鋸齒芒鞋而來
> 叩問切腹是什麼姿態
> 眾樹嘩然
> 搖昇了熟睡的羽毛
> 爬起來的　　飛翔
> 我倒下
> 飛起來的高歌
> 我喑啞

---

[5]　李瑞騰〈爬行在灰白牆壁上的影子──為岩上詩集《冬盡》的出版而寫〉，《冬盡・附錄》，頁231。

啊　黎明

血管
流出大地的乳汁
一片碎　一片碎
眼睛
望著流轉的蒼穹
一雲朵　一雲朵

碩大
我迎擊
矗立
我沉寂

啊　爆裂每一細部的軀體
山嵐燎原而來
我們聞到
腐臭的焦味
從山後的灰爐中揚起

太陽在乾涸的澗底
翻找自己的面孔
裂開的嘴盆
吞吐著乾紅的火舌

食屍鳥以飽食後的歡唱振翼而去
溫床在那裡
溫床在那裡

　　　天空寂然

　　　寂然（《冬盡》頁 65）

詩中情境的營造非常成功：首先黑夜登場，天地萬物屏息、萬籟靜止，醞釀不尋常的詭異氣氛，果然鋸齒切腹的丁丁聲響，劃開原本的寧靜，樹倒、鳥飛、獸散，繼之烈火焚燒、太陽曝曬，聲響與動作皆令人震懾、顫慄，最後一切復歸寂然。全詩將樹擬人，並以「被伐之木」的觀點陳述，運用「超現實的多樣組合，以達到『鋸齒』俯身而臨時那種死亡的感覺。」[6]

　　「手臂擠著手臂／手臂纏著手臂／手臂生出手臂」（〈那些手臂〉、「夜以孤獨的眼睛窺視著我的家」（〈愛〉）、「看蒼勁的禿鷹如何／從崗巒的睡態中拔出旭日的眼睛」（〈山頂上的木屋〉），同樣是超現實玄想的運用與表現。其他尚有〈凌晨三時〉在失眠中遐想神秘靈魂的潛行；〈青蛙〉一詩透過夢境與潛意識畫面的交錯出現，突出駭人的殘暴行為；更為驚悚的該是〈蚯蚓〉一詩超現實的插入：「一旦我活／掛在你的臉上／爬行著暮歸的歲月／任你／任他／都逃不了／深深來掘／掘一個墳墓」（《冬盡》頁 139），原本的平順鋪敘，至此乃激起驚訝之感。

　　《台灣瓦》中，依舊可看到超現實奇想的影子，如〈時光〉一詩，起首就很「超現實」：

　　　圓形的掛鐘漸漸酥軟

　　　終於沿著牆壁滑落下來

　　　跌墮在桌面

　　　濺出的滴點射到我的

6　蕭蕭〈岩上的位置〉，見同註 4，頁 207。

　　臉
　　如初春剛解凍的流水（《台灣瓦》頁24）

超現實主義畫家薩爾瓦多・達利（Salvador Dali 1904-1989）畫作
〈記憶的堅持〉，硬質的鐘錶像乳酪一樣成為軟體，被垂掛在樹枝
上，吐舌的奇怪男人臉上也披上一隻軟體的錶，主題就是「時間」
的變形。本詩靈感應該得自於這幅畫，表現出對於虛擲青春的強烈
恐懼與哀傷。〈蹉跎〉（《台灣瓦》，頁92-94）一詩也以超現實的奇
想點出過去的荒謬，且逼視「死亡」命題，傳達弔唁的心情。主題
同樣是「時間」，同樣有虛幻色彩，卻是更驚覺死神的追殺與召喚，
想像更為扭曲變形，營造了更多的魔幻空間。

第二節　寫實新即物

　　岩上詩觀建基於現實，創作視點聚焦於土地與社會，特別重視
與外在世界的互動聯繫，亦即詩多落實於現實人生，緊密地與時代
結合，再現生活、反映生活，以呈現寫實之美為務。《冬盡・後記》
題〈從生活裂縫中綻開的花朵〉，已清楚標誌寫實的特徵，文中且
自承：「鄉土情懷是我這段期間詩作的根源之一」，[7]集中多見鄉土
風物、農村生活面貌的現實描寫。《台灣瓦・後記》又說：「……作
品，是為自己的心路歷程留下點滴的痕跡；也為這時代紀錄些感
觸，不敢說能作為時代的見證，卻也表示一份關注。」[8]整本詩集
無論是題材的擷取抑或書寫的技巧，皆呼應社會、映照時代，相當
程度地呈現出台灣社會變遷的縮影。至《更換的年代》及《針孔的

---

[7]　岩上《冬盡》，頁199。
[8]　岩上《台灣瓦》，頁149-150。

世界》兩冊詩集，依然流露對時代社會的關懷，展現對土地的摯愛，寫實色彩相當濃烈。

新即物主義是第一次世界大戰後，一九二〇年代興起於德國的文學藝術流派，主要是源於對二十世紀初表現主義的反動。相對於表現主義主張抒發內在激情與狂熱的自我主觀傾向，新即物主義標榜的是冷靜的秩序和新的客觀性。[9]此一文學潮流在一九二六年導入日本，台灣詩壇則開始於一九六八年由陳千武介紹引進，他說：「（新即物）原來係美術用語，用於機能性、目的性樣式美為目標的建築。在文學上排除……缺乏洞察的表現主義的觀念和純主觀的傾向；而以即物性、客觀性極冷靜地描寫事物的本質，產生報導性要素頗強的作品。」[10]稍後，李魁賢詳予闡述道：

> 新即物主義……所強調的一些特質，例如：著重現實意義，排斥不著邊際和逃避時代的自虐及自戀，批判社會上一些偏差，但是以知性的分析而不作濫情的申訴和詰難。新即物主義採取明晰的語言，準確地傳達作者的意念，表現手法上力求純樸自然。……新即物主義即以事物本身做為與時代對抗的手段，即假藉物象來介入社會的變動。[11]

簡言之，新即物主義的「即物性」，就是立基於現實生活，即近事物加以觀察體驗、凝視思考，以見出事物之本質，挖掘其不平凡的意義；以至純至淨的感情加以窮視，並透過淺顯的辭彙語句予

9　林盛彬〈杜國清與新即物主義〉，《笠》詩刊第 242 期，頁 122。

10　轉引自杜國清〈笠詩社與新即物主義〉，《笠》詩刊第 241 期，頁 64。

11　李魁賢〈由新浪漫主義到新即物主義〉，收錄於《光復彩色百科大典》（台北市：光復書局，1982 年），頁 198。

以表現。同時，新即物主義以機智與反諷為主要表現手法，特重社
會性、意義性，乃至於強烈之批判性。

　　新即物主義被引進台灣後，隨即與一九七○年代應世勃興的
現實主義合流，蔚為風潮，且在「笠」詩社得到進一步的發展與
擴充。[12]他們主張對眼前景物作客觀直接的立體描述，去發覺事物
之理，並體現事物之理與詩人內在思想的共振互鳴；特別著重物象
的寄託與隱喻，強調詩的嘲諷性與挪揄性，賦予詩一種較為強韌的
力量。岩上身為「笠」社重要成員，對於這樣的藝術技巧不僅不陌
生，且能嫻熟地運用表現，例如〈水牛〉就是一首頗具象徵意義的
即物詩：

> 水牛總是埋怨自己灰黑的顏色
> 非常嫉妒天空的藍
> 有一次無意間
> 水牛低下頭來喝水
> 才發現自己的角是刺向天空的
>
> 天空是該殺的
> 然而天空高高在上
> 天空必也有俯身下來的時刻吧
> 於是水牛耐心的等待
>
> 天空終於垂下來了
> 在地平線上

---

[12] 笠詩社與新即物主義之關係及發展情形，可參閱丁旭輝〈笠詩社新即物主義詩
　　學初探〉一文，國立台灣文學館籌備處：「笠詩社四十週年國際學術研討會」，
　　2004 年 11 月，頁 197-239。

　　水牛狠狠的衝刺上去

　　倒下然後朗朗地笑了

　　原來我體內也有這樣鮮紅的血（《冬盡》頁 24）

詩中的水牛，讓人聯想到中國神話中「逐日」的夸父，及西洋神話
裡的薛西弗斯，三者都有知其不可而為之的性格。水牛先是被賦予
人的思維情感，因而懂得埋怨與嫉妒，偶然間發現雙角的功用，遂
興起刺殺天空的狂想，醞釀發動一次突擊，「演出類似『黑色荒謬
劇』的劇情」。[13]水牛乃台灣人民形象與精神表徵，天空成了霸權、
壓迫者的代名詞，而末句鮮紅的「血」，則是難解的命運，生命的
無奈。循此路徑揣摩詩意，並配合一九七〇年代台灣時空環境以
觀，則其中之「政治」隱喻，仿若有跡可尋。陳去非又從「原型批
評」（archetype criticism）的理論思考，認為水牛「代表著從『戰
士』轉進為『殉道者』的過程，亦即從『覺醒後的戰鬥』至『犧牲
生命』。」[14]向來溫馴的水牛變成戾氣十足的鬥牛，雙角作為防衛
和攻擊的武器，就是明顯的「戰士」原型。根據卡蘿・皮爾森博士
（Carol S. Pearson, Ph. D.）的說法，戰士原型的內在召喚是「對艱
巨困難的挑戰」，這樣的聲音鞭策著戰士展開不同層次的旅程，詩
中這頭刺天的牛，應該是屬於第二層次的「因理想而為自己或別人
而戰」及第三層次的「自我肯定、坦白直率，為真正重要的事而戰、
不只是為個人利益」；自我覺醒，勇敢面對挑戰，「承認失敗，並且
從中汲取教訓」，[15]具有高層次戰士精神的牛，所以能夠「朗朗地

[13]　陳去非〈站在草地上生活的人──讀《岩上詩選》〉，《笠》詩刊第 245 期，頁 80。
[14]　陳去非〈站在草地上生活的人──讀《岩上詩選》〉，見同註上，頁 81。
[15]　卡蘿・皮爾森博士《影響你生命的 12 原型》（Carol S. Pearson, Ph. D.
　　《AWAKENING THE HEROES WITHIN》），張蘭馨譯（台北市：生命潛能文化
　　事業有限公司，1994 年 4 月初版），頁 113。

笑了」。詩從即物出發，運用全知觀點描述眼前物象，進而賦予象徵隱喻意涵，沒有任何裝飾性的抒情文字，純以質樸淺白的文字營造出緊繃懸疑的氣氛，最後透過「黑色幽默」方式化解，詼諧中更有揶揄嘲諷的意味。

岩上概括式地總結《岩上八行詩》的表現技巧時說：「我採取較平易而穩定的形式來捕捉日常身邊極平常的事物，以新即物的手法表現了物項的特質及我的觀照。」[16]題材是再熟悉不過的日常周遭事物，透過新即物手法冷靜觀照，除了窮究事物之本義外，也表現了詩人的哲思與感悟。語言文字素樸簡約、直接準確（新即物主義向來不崇尚華麗、藻飾的文字），且更趨散文化敘述，卻不曾減損其內含的現實性、社會性與批判性。試看〈屋〉一詩：

> 你想進來
> 他想出去
>
> 進進出出
> 世間百樣的人
>
> 屋內的人喊：囚犯
> 屋外的人叫：流浪者；
>
> 台北的天空
> 讓屋內屋外都不是人（《岩上八行詩》頁 10）

借物象「屋」為喻，抒發感受，其中隱含批判。社會上形形色色的人，屋裡屋外進進出出，屋裡人如同囚犯失去自由，屋外人卻居無

定所，成為流浪者。結尾指涉眼下現實，並賦予「屋」或「台北」深層的意涵，它不單是客觀的「在場式」報導，不純指客體的存有，而包含著創作主體對客觀世界的省思與體悟。全詩除了「知性」地寫真進出屋內外的狀態，更「感性」地刻畫屋內外人們的心靈，藉事抒情、喻理於事，知性感性兼具，情趣理趣均衡，此即「新即物手法」的特質與價值所在。[17]

　　社會現實的觀察與批判是岩上詩作的主軸基調，「寫實」為其詩之大宗，新即物手法則為主要的表現技巧。直探物象本質，進而發揮想像力，賦予物象暗示、隱喻功能，藉此增加詩的藝術感染力及審美價值，如〈站牌〉一詩末二段：

> 連鎖的車輛綁著死亡的刑牌
> 像二次世界大戰的日本神風特攻隊
> 矢志效忠咻咻咻……
> 站牌的桿子被撞倒
> 站牌被移到水溝
> 站牌被釘在牆壁
> 站牌被看板遮住
> 站牌　灰頭土臉
> 看不見車子來打招呼
>
> 站牌已站不住自己的牌位（《針孔世界》頁99）

---

[17] 林盛彬〈杜國清與新即物主義〉說：「新即物主義非僅呈見社會題材，重點在窮盡、體悟事物的本質，這樣的作為既屬於知，也是一種愛；前者知性的、知識的、理解的，後者是介入的、熱情而非任情的。」新即物主義在「即近事物」時，不是歌唱社會現實或個人抒情，而是「見其本質」。見同註9，頁127。

前面一大部分都是「即物」的知性描寫，直到最後賦予站牌生命，感性抒情，看不見、站不住的站牌，宛如悲劇英雄的輓歌。全詩採用第三人稱視角作客觀描述，議論性質濃厚，加重了批判諷刺的力道，這是「新即物主義」的特色之一，其他如〈談判之後〉、〈浣衣〉皆然。

第三節　中心意象的經營

「意象」是一首詩的生命。「意」指詩人內在主觀的思想情感，「象」則指外在客觀的具體形象；藝術直覺的「物象」中潛藏著詩人們複雜微妙的「心象」，透過藝術的選擇組合、聯繫鎔鑄而成為「意象」。意象是詩人思想與感情靜慮之後的創造，是「作者的意識與外界的物象相交會，經過觀察、審思與美的釀造，成為有意境的景象。」[18]是創作主體意識投射的結果。現代詩人洛夫針對「意象」一詞，有精闢的分析，他認為一首詩是由「內在世界」與「外在世界」所構成，「詩的『內在世界』包含『詩情』與『詩意』，詩的『外在世界』就是由語言構成的圖畫，批評的術語稱之為『意象』，也就是我所謂的『詩象』。」接著又說：「詩人在創作時，首先心中出現一種『視境』（vision），或稱為『心象』，然後由文字表現出來，這就成了意象。」[19]詩人通過意象表現一切，它可以化抽象為具體，化靜態為動態，可以借感官奇妙的組合，製造立體感受；也可以疊映交叉、跳躍轉換，求其逼真飽滿，而讀者同樣要透過意象的橋樑中介，在心中重現詩人的視境，以掌握詩情詩意與詩想。

---

[18] 黃永武《中國詩學・設計篇》（台北市：巨流圖書公司，1976 年 6 月），頁 3。
[19] 洛夫〈詩的語言和意象〉，《孤寂中的迴響》（台北市：東大圖書公司，1981 年 7 月），頁 1-19。

　　「近體詩篇幅有限定，意象因之而高度密集，努力在每聯詩、甚至每句詩中安排盡可能多的象喻；古體詩篇式比較自由，常常採用點綴式的辦法在一篇之中穿插一些關鍵的意象。」[20]近體詩由於字數與對仗（即聲律）的嚴格限制，因此需以最經濟的筆墨，造成意象最高度的密集，以及致力於在相鄰兩句甚至本句之中形成種種層出不窮的組合變化，此與古體詩有明顯的不同。文學是發展的，現代詩在意象的經營上，當然是更見精鍊且緊密，在如此短的篇幅中，要容納最多的意涵，則意象的繁複、高密度是必然的。岩上認為：「意象可說是藝術的骨架和肌肉，在詩中在畫裡更是結構的主幹。」[21]他固以寫實為基調，卻不排斥現代主義各種技巧的吸收運用，擅長驅動想像力，將不存在於眼前的事物予以形象化，將最真實的形象展現在讀者面前，使用意象化的語言表達深入的思考，詩中多見「比興」而少「賦」筆。至於意象的呈現方式，或以一主要意象貫串全詩，穿針引線，逐步針縫綿密；或者意象環環相扣、重疊轉換，又或者虛實互應、動靜對比，總之是變化多樣，晶瑩呈現。這些意象擴散在所有的詩作裡，構成詩作的主色調、主旋律，其中，部分突出的意象群，且兼具象徵作用。筆者耙梳出幾個重要的意象群組，皆是自成系列的「中心意象」，透過此一歸納整理的呈現，可以了解詩人意象經營的用心。

---

[20]　陳植鍔〈意象的組合〉，《詩歌意象論》（中國：中國社會科學出版社，1990 年 8 月），頁 105。

[21]　岩上〈淺論詩與畫的語言交集與分歧〉，《台灣詩學學刊》1 號，2003 年 5 月，頁 133。

一、血

　　岩上喜歡以「血」傳達情感思維,「血」成為最突出的意象之一,單是《冬盡》詩集六十首中,出現血意象的就有近二十首,[22] 其他詩集中也經常出現,筆者試略加整理,拈舉一些較明顯者,製成下表。由於《愛染篇》中「卷二・海岸極限」全選自詩集《冬盡》,因而有重出情形,特以【】示之。

詩集	篇名
《激流》	葬列
《冬盡》	切肉、水牛、戀情、跌倒、愛、命運、昨夜、凌晨三時、伐木、我是我在、失題、清明、松鼠與風鼓、溫暖的蕃薯、日出日落、冬盡、髮白、無屬性的人、木屐
《愛染篇》	夜宴翡翠灣、【髮白】、【昨夜】、生命的箭頭、【愛】、手印、漂鳥、夕暮之海、羽化、傷口
《岩上八行詩》	血、楓、疤、秤
《更換的年代》	冬天的面譜、那是一口白煙、黑夜裡一朵曇花濺血、九頭公案、石像記
《針孔世界》	深沉的聲音

　　血表徵熱烈的情感,亦表徵深沉的傷痛,李瑞騰研究指出,岩上詩中「血」意象的表現,是「由具體物血而及於抽象的血緣認定,……由此出發可上溯生命之源,認清傳承的關係。」這種傳承關係,展現為「自我生命的血緣系流」及「觸及歷史文化的傳承」,

---

[22]　李瑞騰粗略統計說:「約有十五首,差不多每四首就有一首詩有血」;丁威仁則逐一列出謂:「得十八首詩廿三句出現血意象,佔總數的百分之三十。」分見李瑞騰〈爬行在灰白牆壁上的影子──為岩上詩集《冬盡》的出版而寫〉,《冬盡・附錄》,頁231。丁威仁〈岩上《冬盡》詩集裡「血」的意象研究──兼論此詩集的位置與價值〉,《笠》詩刊第220期,2000年12月,頁88。

不僅是對生命之源的認同意識，更提昇至民族文化傳統的擁抱。同時：「血是生命的泉源，當愛情與生命結為一體，血就成了愛之雙方心性交流的一種個人式的特殊象徵了。」[23]宏觀而扼要地勾勒，頗能契合詩心。丁威仁踵事增華，更發現「血」被岩上賦予多重指涉，略有六種象徵意涵：「1.愛與溫暖 2.難解的命運 3.生命的傳承與孤獨 4.專一的戀情 5.生存的規律與無奈 6.鄉土的回歸與關懷。」進而歸納為「感情、哲思與鄉土關懷」三大類，並提出「岩上此後的詩集均是三類象徵語境的深化與發展」[24]的結論，亦為有見之言。不過，丁氏對於部分詩作之詮釋，有待商榷，例如誤讀〈無屬性的人〉詩句：「流出我的血／掀開我的皮」，將它歸為鄉土關懷（同上）。實際上，岩上關懷的是妓女的悲慘命運。

　　「血」作為岩上詩最為重要的中心意象，它所蘊含的意涵豐富而廣闊，象徵的層面包括了生命情感、土地情懷以及民族文化。首先，以「血」表徵愛情的寒暑冷暖，有執著的熱戀，也有暴烈的殉情，如〈愛〉、〈手印〉、〈傷口〉、〈昨夜〉、〈戀情〉、〈夕暮之海〉、〈生命的箭頭〉、〈髮白〉、〈戀情〉等。血的鮮紅溫熱，及其主要來自於傷口、苦痛，這種苦痛和情愛密切契合，構成了情詩的深度及張力。「血」意象又表徵生命的真相與價值，如〈命運〉、〈水牛〉、〈伐木〉、〈切肉〉、〈算命〉、〈凌晨三時〉、〈我是我在〉等，血的意義就是「生命」；〈激流〉中的血更是「對理想與自我的一種堅持」；[25]〈跌倒〉則以血映射「血緣系流」，〈清明〉同樣在認清「血緣系流」的追尋

---

[23] 李瑞騰〈爬行在灰白牆壁上的影子——為岩上詩集《冬盡》的出版而寫〉，見同註5，頁233。

[24] 丁威仁〈岩上《冬盡》詩集裡「血」的意象研究——兼論此詩集的位置與價值〉，見同註22，頁89。

[25] 黃明峰〈嶢岩之上的劍客——論岩上詩藝的變化〉，《笠》詩刊第220期，2000年12月，頁98。

中，進行著生命傳承、延續之嚴肅課題。其次，以「血」意象表達詩人對於鄉土、國土的關懷，如〈溫暖的蕃薯〉、〈日出日落〉、〈松鼠與風鼓〉、〈冬盡〉及〈深沉的聲音〉等，還衍生出「貧血」意象，傳達出詩人對於鄉土的轉變或消失（不只景事物的變遷，同時也是情感的失落）的一種無奈感，如：「我是貧血的傢伙／沒有半點施捨」（〈松鼠與風鼓〉）、「貧血的四肢在八方垂落」（〈冬盡〉），丁威仁認為岩上是：「利用『貧血』表達對於鄉土與歷史澱積的無力，但這種無力往往來自於回歸時的困境。」[26]其所指稱的困境，顯然是對台灣這塊土地的深情回眸與呼喚。再次，人不僅僅在血緣上繼承著祖先的生命，在文化上也延續著祖先的傳統和歷史，於是，「血」又象徵著對文化傳統的回歸。除了〈失題〉一詩以外（見前章），〈木屐〉中「血崩」、「血」、「血跡」等意象，顯然包孕著濃烈的歷史情感，此處節錄第二、三段：

> 喋喋
> 喋喋夜黯了城鎮的夢境
> 踩踏
> 踩踏星芒斑斕的傷痕
> 路短
> 走來漫長
> 夜黑
> 摸不出方向

---

[26] 丁威仁〈岩上《冬盡》詩集裡「血」的意象研究——兼論此詩集的位置與價值〉，見同註22，頁95。

　　沒有彈性的木屐

　　如何學會躡足的沉默？

　　在笨拙的腳踝上

　　如鼓槌擊擊

　　撞斷了臍帶的

　　血崩

　　沒入啞然的陋巷

　　血使跫音輭化

　　夜令血跡模糊（（《冬盡》頁185）

李瑞騰將此詩歸類為「鄉間用物的關注」，並指出詩人透過「木屐」回顧一段暗無天日的歲月，今昔時空交錯雜揉，省思慘痛歷史，表達對於整個大鄉土的關愛。[27]「撞斷了臍帶的／血崩」，指母體血緣的割裂，木屐就是日寇鐵蹄象徵，它喋喋了惡夢，踩踏了傷痕，所以才有「我們倒提著一隻斷帶的木屐／如倒提著一段古老的故事」的結尾。詩人的無限感慨，不再侷限於生活的鄉土，而是擴及民族文化的聯繫，這是一首充滿歷史意識、蘊含深刻的佳構。丁威仁再凸顯岩上的「台灣本土關懷」意識，強調「『血崩』實際上是指與鄉土的聯繫在時空的變化中愈加薄弱，岩上感嘆的是歷史與鄉土意識的淡薄與斷裂，在這塊土地上居住的與自己有血緣關係的祖先，他們過往辛勤奮鬥所留下的斑斑血跡，是否會在未來的歷史中繼續傳遞血緣呢？或許這才是此詩所關心的命題。」[28]同樣置於「歷

---

[27]　李瑞騰〈爬行在灰白牆壁上的影子──為岩上詩集《冬盡》的出版而寫〉，見同註5，頁236-237。

[28]　丁威仁〈岩上《冬盡》詩集裡「血」的意象研究──兼論此詩集的位置與價值〉，見同註22，頁94。

史情境」詮釋此詩，二人對於「血緣母體」的認知卻產生分歧。衡酌此詩發表於 1980 年以前，詩旨在於感嘆被日本殖民蹂躪的悲哀，則對於中國傳統文化、歷史的認同當是切合實情的；唯若考量當時時空環境（台灣尚處戒嚴時期），則亦可能如前文（第一章）所言，其真正的回歸精神是指向立足的「台灣鄉土」。

二、臉

「臉」也是岩上詩的「中心意象」之一，唯「臉」意象較頻繁地出現在世紀末的詩作中，主要集中於《更換的年代》及《針孔世界》兩本詩集。

詩集	篇名
《激流》	語言的傷害、風箏
《冬盡》	冬盡、割稻機的下午、蚯蚓
《台灣瓦》	時光
《愛染篇》	掌紋、對飲、影子
《岩上八行詩》	夜、臉
《針孔世界》	站牌、電車上的表情、海洋的屋頂、天空的心、敦煌意象、鎌倉大佛

岩上長期研究命理，除了知悉手相奧秘（有〈反掌〉、〈掌紋〉、〈斷掌〉、〈手印〉、〈掌握〉、〈手〉等詩），更觀察「面相」的無窮變化，深知「人類的／面具，仿照海洋不安的／激情，覆蓋時時轉換角色的臉龐」（〈海洋的屋頂〉，《針孔世界》頁 106），「臉」也成為詩中主題意象，出現的頻率頗高。他不僅感傷〈油漆工人〉「成為無臉的人」、〈吸煙〉裡「眾人可踐踏而荒蕪的臉」、〈黃昏麥當勞〉中透露出蒼涼文化的「學童的臉」以及〈詩的垃圾〉中台灣詩人「汗

盡的臉」、〈聽你的歌〉中「滄桑流淌在臉上」；也注意路邊「檳榔
西施賣笑臉」(〈麻雀〉,《更換的年代》頁 137)、特種行業女子,「不
同的舞姿中／都印著同一款式的笑臉」(〈大雅路〉,《更換的年代》
頁 171),及〈站牌〉下「等候公路班車的／臉,老人斑已長滿洩
氣的表情」(《針孔世界》頁 99)、異國電車上那些冷板陌生的臉孔,
「沉默的／不同的臉孔／帶著同樣的表情／等待下車」(〈電車上的
表情〉,《針孔世界》頁 146),以至於:「對不同的人事妝扮不同的
臉／你需要很多臉嗎?不要臉」(〈臉〉,《岩上八行詩》頁 50)的
現實人生之省思與體悟。顯然,岩上的「面相學」並不流於玄奧的
空談,而是落實於人生的深刻觀照,因此也嘲諷了〈整型手術〉的
「變臉」,以下節錄末三段:

> 換一張臉看看吧
>
> ………………………
>
> 這個世界
> 誰不喜歡美的呢
> 即使表面的也好
>
> 你變你的臉
> 我變我的臉
> 這個世界
> 仍然可以維持
> 某種爭端的平衡(《更換的年代》頁 45-46)

社會上人與人之間的種種虛偽面具,政治舞台裡上台下台的不同嘴
臉,這些真實的紀錄,文字中潛藏的底蘊,仍是在暗諷人性的醜陋。

至於台灣原住民族,「刺青的圖騰／早已變臉」(〈日月潭斷想〉,《更換的年代》頁 68)、「刺青的顏面遠去褪色／而眼神留傳」(〈變景的日月潭〉,《更換的年代》頁 180),失去原音原貌,文化已成模糊一片,則是指涉時代政治;「跡痕斑深,涉過黑河／有白色臉部的恐怖」(〈石像記〉,《更換的年代》頁 206),其中寓意自不待言。

莊嚴的佛相,總是慈眉善目,「每一尊佛／都懸掛著自己的臉／從災難的驚懼／到祈福平安的肅穆」(〈敦煌意象〉,《針孔世界》頁 49),就算是老外畫筆下的「佛變臉」,成為西洋的形相,它靜默依然(〈鐮倉大佛〉,《針孔世界》頁 142),但由於社會的變遷,人性的墮落沉淪,甚至連宗教界都沾染塵埃,〈菩薩的臉〉已經消失不見了:

> 那個尼姑
> 已經　不見了
> 那張菩薩的臉(〈菩薩的臉〉,《更換的年代》頁 228)

以至於世界末日降臨,仍「看不到上帝的真面目」(〈飛碟升天〉,《更換的年代》頁 92),諷刺世俗的盲目迷信。

此外,岩上也刻畫自然大地的臉,寫〈大地翻臉〉的可怕:「他奪走了我們的家園／他奪走了我們的親人／他奪走了我們的財物／他奪走了我們的家庭／不／他什麼都沒有拿走／他只是翻臉／如翻身而已」(《更換的年代》頁 103),大地生氣了,世紀末的大災難,撲滅了所有一切,那慘遭山洪暴雨沖刷的山坡變成「一張張破碎的臉」(〈豪雨過後〉,《更換的年代》頁 120)、「露出一幅枯老乾瘺的面孔」(〈寂滅的山坡〉,《更換的年代》頁 126)。由於人類的破壞,美麗的山林只剩光禿禿的身軀、乾瘺的面孔,終究反撲向自作孽的人類,所以詩人悲憫地諭示:「當我們看不清／天空的臉

／天空就會以悲痛的心／看待我們」（〈天空的心・七〉，《針孔世界》頁196），人類無知，永遠無法了解天空的心、大地的愛。

三、海

覃子豪形容海：「豪放、深沉、美麗、溫柔的海，比人類的情感和個性更為複雜，……。它是複雜而又單純，暴躁而又平和，它是人類所有一切情感和個性底總和，它的外貌和內在含蓄有無盡的美。是上帝創造自然的唯一的傑作。……它充滿著不可思議的魅力；比森林神秘；比草原曠達；比河流狂放；比山嶽沉靜。」[29]海具有萬物之母，精神的奧秘及無限、永恆等的原型意義；有波濤洶湧的壯闊，更有神秘幽暗的深邃。岩上小時在海邊長大（朴子離布袋很近），對於大海情有獨鍾，卻居住在全台唯一不臨海的內陸縣──南投將近半世紀，「海」變成生命中的憧憬與想望，頻頻出現在詩中。

詩集	篇名
《激流》	憶
《冬盡》	啊！海、我是我在、海岸極限、海螺、海鷗
《台灣瓦》	靜夜、海洋夕色、瓦浪上一朵小花、午時海洋、龍洞岩場看海、笠、接大哥的信
《愛染篇》	夜宴翡翠灣、海岸極限、越防風林、邁入原野、凝視、手印、海誓、讀你的眼睛、夕暮之海
《岩上八行詩》	河、淚、岸、網、鹽、歌、鹽、眼
《更換的年代》	是與不是、白色的噩夢、失去海岸的島嶼、花車海岸、日本松島灣的海鷗、漩渦、曬穀場、隔海的位箋、詩寫陳千武、詩寫趙天儀、無人島
《針孔世界》	望安晨曦、觀音山、蘭嶼之歌（一）（二）、大海之子、海洋的屋頂、因緣、天空有一個海洋、橫濱港冰川丸

---

[29] 覃子豪《海洋詩抄・題記》（台北市：新詩週刊社，1953年），頁1。

首先，以「海」表徵愛的深沉廣闊及變幻莫測。浩瀚深情一如海的博大遼闊，艱難險阻有若海的洶湧澎湃，潮汐與波濤起伏暗示了詩人的擔憂，稍一動搖或意志薄弱，都將迷失愛的方向。不管是眼前的海、心中的海，或是延伸出去的浪花、沙灘、海螺等，詩人皆寄寓多層的意義。〈海岸極限〉裡，愛意如浪花湧動、如沙灘綿延；〈夕暮之海〉「以海作目」，刻畫燃燒的戀情；〈讀你的眼睛〉的「如讀一片沒有話語的海洋」，縷縷抽絲的心語，閃爍如浪花鱗光；以及〈海誓〉、〈海螺〉以千古長奏的潮汐海韻，象徵歷劫經災永不移易的情愛。

其次，滄海洪波的澎湃永恆，激發了向上的意志，海被賦予抽象的人生理想之意涵。如〈啊！海〉：

因為
海
波濤的持續
我才看清自己生活的不定
因為生命激盪的短促
我才抓住時間的雙槳

願望的海流和生活的海流
在我心中匯合

我注視
然後我凝定
我揚帆
然後我划動

啊！海（《冬盡》頁28）

以大海的持續湧動，對比人生的激盪短促，唯有不斷揚帆、划動，懷抱著理想，才能面對人生的諸種挑戰，此詩展現了詩人昂揚的生活態度。生命向來傾向「悲情」的岩上，在詩中幻化「海」的真實存在於抽象的心靈中，遂顯得積極且樂觀；〈龍洞岩場看海〉同樣是借海言志，充滿了希望。

四、太陽與火

　　根據丁威仁統計，岩上詩出現「太陽」與「火」意象，各有二〇次（從《激流》到《更換的年代》），其象徵意涵各有五種，而得其結論謂：「『太陽』意象通常偏於象徵環境與外在事物所造成的生命困境，『火』意象則偏於內部面對困境的掙扎與消耗。」[30]丁氏區隔太陽與火兩種意象本質之差異，強調太陽意象是傳達「由外而內」的生命思維，火意象則是「由內向外」的存在思考，前者屬外在世界，後者乃心靈動能，對於創作主體而言，有被動與主動之別，二者同屬「燃燒」意象，共同表現了詩人整體生命的存在意義與思維。論點頗有見地，唯詩篇詩句之歸納，失之瑣碎，且遺漏不少，筆者借其基礎，再逐一檢視岩上已出版詩集，詳加整理並製表如下：

---

[30] 丁威仁〈初論岩上詩裡「燃燒」類意象傳達的生命思維──以「太陽」與「火」為例〉，歸納太陽意象五種象徵意涵：「靜謐爆裂的外在環境、生命的挫折與困境、人們孤獨疲憊的生命狀態、人類失落的生命記憶與價值、愛情的專一與堅持奉獻。」火意象五種象徵意涵為：「具象物事的爆燃、希望的火種、生命的延續、存在價值的堅持、生命消逝的黑暗。」《台灣詩學季刊》第 38 期，2002 年 3 月，頁 145-160。

（一）太陽

詩集	篇名
《激流》	正午、黃昏、儘管、蔓草、夏天、七月之舌、語言的傷害、拉鏈、荷花
《冬盡》	我的位置、伐木、日出日落、蟹、海鷗、割稻機的下午、溫暖的蕃薯、那些手臂
《台灣瓦》	盛夏、笠、重登碧山岩、冬日無雪、台灣瓦
《愛染篇》	燃燒、夕暮之海、穿越防風林
《岩上八行詩》	葉
《更換的年代》	城市影子、舉手、古早厝巡禮、菩提樹
《針孔世界》	黃昏之惑、籠中鳥、農村曲、望安晨曦、六月、木棉花、木棉花開、流失的村落、天空有一個海洋、明月院的五月、鎌倉大佛、東京都涉谷驛前、冷氣機流出虛汗、警察與貓

（二）火

詩集	篇名
《激流》	不是垂釣、劈柴、無邊的曳程、教室的斷想
《冬盡》	冬盡、割稻機的下午
《愛染篇》	夜宴翡翠灣、燃燒
《岩上八行詩》	岸、火、燭
《更換的年代》	冬天的面譜、九頭公案、蜜蜂、孤煙火葬場、詩寫陳千武
《針孔世界》	雙龍山村、遠眺九九峰

　　先談「太陽」意象。在岩上詩裡，太陽意象是一個大系列，它並擴散為夕陽、夕暮、黃昏、落日、暮色等許多小系列，所佔篇幅甚多。其中，有部分是直賦自然景象，如〈夏天〉一詩：

　　　振翼而飛的

　　　啟口而叫的

　　　伐步而走的

　　　以及

紮根的　　以及

浮動的　　以及

流動的

都停止下來

以他們的眼睛凝視

以他們的耳朵靜聽

以他們的肌膚觸撫

一場烈火的

延

燒（《激流》頁 28）

令人幾近窒息的氛圍，炎炎蒸騰，「太陽」隱藏其間。原本焦躁的動植物，不敵焚熱侵逼，昏昏沉沉、慵懶地視聽觸撫。連續三個「以及」的並列，拉長炙熱焚燒的時間性，也浮雕了「延燒」二字單字成行的形象性、立體感。此外，如：「梵谷在赤道的河底／煮熟了一個／滾燙的紅球」（〈七月之舌〉，《激流》頁 30）、「太陽在乾涸的澗底／翻找自己的面孔／裂開的嘴盆／吞吐著乾紅的火舌」（〈伐木〉，《冬盡》頁 66）、「撚斷夕陽的火種／讓它迷惘的死去」（〈蟹〉，《冬盡》頁 137），皆是刻畫太陽的素顏本色，為純粹「即物」的描述。

　　岩上詩裡的太陽，常是困境的試煉與突圍的象徵。太陽既是重重的挫折、嚴酷的考驗，又代表抵抗與奮鬥的力量，突破困境的喜悅。如〈日出日落〉裡的面對太陽烤炙熬煉（銅色的履帶輾在發光的皮膚上），絕不退縮逃避，再如〈笠〉：

從山巔到海角

我們戴笠

> 笠的半圓,永不美滿的
> 陰影
> 我們仍然有太多的風雨
> 用我們銅色的背去灼傷太陽
> 用我們鋼筋的腳去踩爛大地(《台灣瓦》頁 38)

「用我們銅色的背去灼傷太陽」,主客體對換,太陽既是生活的艱難險阻,同時也是台灣子民胼手胝足、努力不懈克服困境的精神表徵,丁威仁說:「岩上以太陽作了雙重指涉,一方面暗喻生命的挫折與困境,一方面藉此透露出台灣百姓永不止息的奮鬥抗爭與不妥協的生命價值。」[31]是符合詩意的。至於「太陽的烈光/也被咬碎吞噬」(〈城市影子〉,《更換的年代》,頁 20),則象徵心靈的崩解、生命的失落,意味著記憶的消失與歷史的被遺忘。

與太陽相關的系列意象,如夕陽、夕暮、夕日等「黃昏」意象,可說是「夕陽無限好,只是近黃昏」的衍生渲染,既有空間上的溫馨愉悅(夕陽無限好),又有時間上的悲涼感傷(只是近黃昏),構成了獨具風韻的黃昏晚照感傷美學,這種溫馨與悲涼同在、愉悅與淒婉並存的感傷美學,也恰恰符應了岩上生命中最難排遣的、悲喜共構的愛情故事。

首先,「夕陽」蘊含生命的曾經輝煌,如〈儘管〉:「儘管夕陽在西方製造繁花/我們仍要拖著疲憊踏入夜」「然而我們總得上床/我們總得把軀體癱瘓」,似錦「繁花」的生命已燃燒欲盡、蒼老疲憊,總是需要休憩的,流露生存的無奈感。其次,表徵焦灼的愛戀。紅色意味著一種冷酷燃燒的熱情,夕陽殘紅象徵燃燒欲盡的

---

[31] 丁威仁〈初論岩上詩裡「燃燒」類意象傳達的生命思維──以「太陽」與「火」為例〉,見同註上,頁 155。

生命，顯示了蒼茫悲壯的生命韻律，岩上藉以刻畫愛戀的熱度，如
〈燃燒〉的專一與犧牲，〈斷掌〉的灼人熱情，其中，〈夕暮之海〉
則將夕暮與海兩個意象完美連結，表徵纏綿愛情的無可抗拒與無法
掌握：

> 夕暮展現了妳眼中的海洋
> 我的戀情乃一顆燃燒的
> 落日
> 瞄眪而投擲
> 妳以顫抖韻波之手相迎
>
> 我是妳肌膚上的一滴血
> 鮮紅而渾圓
> 那是全部心願的凝結
> 妳將從那一粒焦軸之珠
> 驚見自己以及纏輾不去的
> 影子
> ....
>
> 妳不理而潮湧
> 妳不應而浪嘯
> 夕暮之後
> 就是水溫風暖的夜晚
>
> 漁舟呀
> 想捕捉什麼？（《愛染篇》頁 107）

爆燃的、澎湃的情感，凝結於鮮紅而渾圓的落日裡，將抽象的、虛的戀情，轉化為具象的、實的落日，末兩句呼應夕暮的難以挽留，也委婉道出詩人內心的忐忑難安，憂慮愛情護持的不易。全詩「象徵敘述者放盡氣力的生命本質，也傳遞出敘述者對於感情的專一是無可取代的。」[32]

　　再談「火」意象。岩上以火意象傳達「由內而外」的存在思考，探索生命的起源與實相。「燃燒的火燼／藏在心裡」（〈冬天的面譜〉，《更換的年代》頁 5），生命如同無法捻熄的花火，將不斷地從心底深處爆射開來。〈火〉一詩謂：

> 生命的延續，就靠那一點
> 不熄的火種來傳遞
>
> 火在水中滅，火從水中生
> 火，不滅的慾望（《岩上八行詩》頁 58）

「火」是生命之源，是不滅的慾望，是「道」是「太極」，泛指任何的衝動、力量，包含著「創造」。所謂：「惟冬眠的冷血裡／燃燒一把不遜的火焰」（〈無邊的曳程〉，《激流》頁 78），那火種，那不遜的火焰，燃燒的是愛情、詩業，更是對生命的認知與堅持，這和周夢蝶：「從另一個新的出發點上，／從燃燒著絢爛的冥默／與上帝的心一般浩瀚勇壯的／千萬億千萬億火花的灰燼裡。」[33]有著同樣澎湃的能量蘊藏。

---

[32] 丁威仁〈岩上《冬盡》詩集裡「血」的意象研究──兼論此詩集的位置與價值〉，見同註 22，頁 91。
[33] 周夢蝶〈消息〉，《孤獨國》（台北市：藍星詩社，1959 年 4 月），頁 42。

　　早在《激流》時期，岩上就曾藉「火」表達熱誠溫慰，如〈教室的斷想〉裡的「一把火種從我的心口噴射出來」，火煥發教育愛與智慧之光，因而不斷點燃希望，追尋理想，在踐履中發現生命意義。一如「然後放一把火／來個野火燒不盡」（〈割稻機的下午〉，《冬盡》頁 106），火燒稻草成灰，埋入大地肥沃養分，孕育下一期豐收的希望、「葉子們也焚燒自己化為鬚根中的血球」（〈樹枝〉《激流》，頁 66），化作春泥始確立了生命的價值，蠟燭同樣因為「自焚」始發現存在的必要，〈燭〉一詩謂：

　　　刺破黑夜，有了洞孔
　　　如彗星把自己擦亮

　　　生命的斲喪才體驗存在的
　　　堅持，存有之中的空無

　　　我在這裡，握一撮清白
　　　你在那裡，射放影像

　　　燃燒的傷口，決泄精髓的油膏
　　　燦爛的火花，美了夜空的流亡（《岩上八行詩》頁 88）

燭火燃燒自己，擦亮了人間，「美了夜空的流亡」，因而肯定存在的價值。哪怕熊熊焚燒之後只留下一堆灰燼，「岸引燃希望之火／岸堆積著失望的灰燼」（〈岸〉，《岩上八行詩》頁 38），在浩瀚的人生之海傳遞希望的火種。丁威仁歸納《岩上八行詩》中三首有關「火」意象的詩作（即〈岸〉、〈火〉、〈燭〉），謂：「都指向一個訊息：希望的火種、生命的延續、存在的堅持。其實這就是一個由內在生命

層遞至存在命題的反省過程。」[34]火表徵了希望、延續與堅持的生命意涵。

生命短促如石火一閃，爆燃之後一縷孤煙歸於寂滅，火成為「生與死」、「滅與不滅」的對壘，如〈孤煙火葬場〉的首、尾兩段：

> 冰屍和火焰對決
> 長長一生風雲的殿宇
> 數分鐘就解體
> 一堆白骨由燙至冷
> 也沒一點閃電的光耀就廢墟
>
> 一具一具被樂音吹送的魂
> 都冥頑地從屋頂的煙
> 冒出一絲絲的孤絕
> 誰也無心去仰望
> 一列列進洞的人生列車
> 末站乃無底的黑
> 只有悶燒
> 不見光亮（《更換的年代》頁 165）

火的消失、光的隱去，象徵生命的結束；不論生命的過程如何，終站畢竟黑暗，這就是人生實相。本詩已擴大「生命」的沉思，延伸到「死亡」的嚴肅命題。

---

[34]　丁威仁〈初論岩上詩裡「燃燒」類意象傳達的生命思維──以「太陽」與「火」為例〉，見同註 30，頁 157。

五、髮

除了「血」、「海」、「夕暮」以外，岩上也常藉「髮」意象來傳遞愛與生命的訊息。濃密黑髮隱藏著綿亙情意，稀疏白髮則見證了愛的堅貞，「髮」成為天荒地老、山盟海誓的載體與詩情媒介。此類意象主要集中在《激流》及《愛染篇》等一些情詩裡。

詩集	篇名
《激流》	髮、髮、一九六四年四月六日、無邊的曳程
《台灣瓦》	思婦
《愛染篇》	往日戀情、髮白、海岸極限、夜與玫瑰、穿越防風林、欲仙石門水庫、草原、夕暮之海
《岩上八行詩》	髮
《更換的年代》	剃度之後——中台禪寺剃度出家風波有感、一列小火車

《激流》裡有兩首〈髮〉詩，敘寫甜蜜的愛情，分別節錄詩句如下：

> 當妳的髮
> 揉縐黃昏的天幕
> 請不需回頭
>
> 不要梳理妳的髮
> 讓我的靈魂在妳的髮鞭下飛揚（第一、三段，《激流》頁 19）
>
> 飄揚著妳的髮，在風雨中
> 那音階曾是提昇的方向
> 亮晶而雲捲的黑，我的神
> 我匍匐在妳的流砂裡（第一段，《激流》頁 22）

不論是「讓我的靈魂在妳的髮鞭下飛揚」，抑或是「亮晶而雲捲的黑，我的神／我匍匐在妳的流砂裡」，秀髮是情人心靈的依靠，是拯救沉淪的力量，我臣服、我匍匐，它是「我的神」。它讓靈魂飛揚、提昇，是情感的依附，包孕著愛的秘密，〈往日的戀情〉云：

> 你的髮總是一條鄉村的河流
> 我說：它從來就不是台北的下水道
> 把星星吟出歌的那些夜晚
> 你的腳步是涉過溪澗的水聲（《愛染篇》頁 11）

「那髮髮的柔情」（〈一九六四年四月六日〉，《激流》頁 11）總是情人最浪漫的想望，茲再臚列部分詩句，藉見其梗概：

> 髮
> 爆炸了忍不住的堤防（〈夜與玫瑰〉，《愛染篇》頁 54）

> 欣悅的浪波
> 草草徐風，妳的髮
> 花花舞步，妳的頰（〈草原〉，《愛染篇》頁 95）

> 髮翩飛了妳
> 妳蕩漾了心（〈夕暮之海〉，《愛染篇》頁 107）

至於結合「血」與「髮」兩類意象，進而讓愛與生命緊密繫連的如〈髮白〉一詩，血絲滴滴織染髮絲，以血紅印證滿頭花白，既傳遞了對愛的犧牲付出，也凸顯出愛情的殺傷力及毀滅性。以至於「三千煩惱」的醒覺與斷離，在〈剃度之後──中台禪寺剃度出家風波有感〉中可以得見，其首尾兩段云：

剃度之後
才發現
髮是一面飄揚著
多層涵意的
旗幟

……………………………

所以那面旗也飄晃著陰影
老和尚的當下
一手持著剃刀
一手指著光禿的頭顱
說：那飄去的髮絲
只是一朵突然來去的浮雲（《更換的年代》頁 77-79）

第四節　語言與修辭

　　劉若愚《中國詩學》謂：「詩人的工作是雙重的：為經驗的新境界尋求適當的字句以及為熟識的舊境界尋求新的字句。」成功的詩人，偉大的詩作，一定是能帶領讀者經驗到新的境界，或者引領讀者以新的方式經驗舊的境界，總之，它必須是現實的擴展。接著，他又說：「偉大的詩必然含有從未被發現的語言的用法，帶有新的表現，意義和聲音的新結合，字句、意象、象徵、聯想的新樣式。」[35]詩人的工作就在尋找新的語言，創造新的世界；選擇適切的、具體

---

[35]　劉若愚著‧杜國清譯《中國詩學》（台北市：幼獅文化事業公司，1977 年 6 月），頁 145、149。

的、精鍊的、含蓄的語言，以表現熟悉的經驗或是新的經驗，這也正是岩上一再強調的：「詩的原點是語言的創發」，「語言無新的關係，則處於平庸、無力狀態。」詩人永遠是語言的創造者、征服者，沒有發明性的詩語易於弛滯，將處於平庸、無力狀態，詩必須「不斷地追尋語言的新關係」。[36]

　　蕭蕭曾將岩上和林煥彰並置比較，認為兩人都有不少實驗性的作品，皆力求題材的多樣性，而「林煥彰在形式上與詩想上有尖銳的嘗試，岩上則在語言上有重大的突破。」[37]獨標岩上詩語言特色，誠為卓見。岩上嘗引用西脇順三郎《詩學》說：「所謂詩是想像，亦即意味發現新的關係。」繼又引愛倫坡（E.A.poe,1809-1849）論想像力之言謂：「想像力是一種近乎神的能力，它不用思辨的方法而首先覺察出事物之間內在的、隱密的關係，應和的關係，相似的關係。」接著闡釋道：「『關係』就是佈局，也是結構，更是框架。」因為這種種的「關係」，詩才發生了感染人的魅力，而「關係」的產生，端賴語言之運用，只有語言才能使關係凝定，詩人必須從日常慣性的語言中跳脫出來，施以技法，重組語言的新關係，就不至於因怠惰因循造成語言的毀滅。「語言的結構有：主從、對立、對比、重複、虛實、修飾、形容等等關係。」[38]所謂語言的創新關係，實際上也就是進行語言的破壞與重建，諸如字的特殊排列、詞的異常置換（詞序改變或主客易位）、句的異常截斷，甚至是反其道而行，以刻意齊整的句式有效地烘托內容，或以單簡的句式，運用類疊、排比、對偶等修辭手法，凸顯詩意、詩境等皆是。詩人必須有

[36] 岩上〈詩是語言的創發──關於詩語言的思考〉，《針孔世界‧自序》，頁 6-16。
[37] 蕭蕭〈岩上的位置〉，見同註 4，頁 203。
[38] 以上「」內之文字，皆見岩上〈詩是語言的創發──關於詩語言的思考〉，《針孔世界‧自序》，頁 6-16。

駕馭語言的能力，讓語言產生流動的、奔馳的生命，詩也才能煥發
精神。在這方面，岩上頗具心得且在詩作中有精彩表現。

一、對比，張力

　　文學張力的主要特徵首先顯現在它的多義性、意義的不確定
性；其次則是對矛盾衝突的包孕，這只要由悖論與反諷所構成；再
次，張力蘊藏於彎弓待發的運動感，[39]一如魯迅所說：「感情正烈
的時候不宜作詩，否則鋒芒太露，能將『詩美』殺掉。」[40]必須讓
情感回流、積澱，情感能「放」才有力度，能「收」張力才能完成。
岩上主張：「一首詩需要走鋼絲的張力」（〈鼓〉，《岩上八行詩》頁
112），在論張力之產生時說：「意象的對比、互稱、虛實、強弱、
起伏、流動、重疊交融等所產生的力學，使意象有了動向移位時，
就產生了藝術張力。」[41]又轉引林崇宏《造形・設計・藝術》一書
中提到的張力的四條件說，[42]進而闡述道：

> 張力不一定是視覺上的衝突，往往它是動力的延長，因為
> 不平衡所致，是位置正常性的偏離而回歸的力量，所以傾
> 斜性的動力是最基本最有效果的一種產生張力的方法。[43]

---

[39]　詳參胡和平《模糊詩學》（北京：社會科學文獻出版社，2005 年 8 月），頁 304-308。

[40]　魯迅《兩地書・三二》，《魯迅全集》第 11 卷（北京：人民文學出版社，1981
　　年），頁 97。

[41]　岩上〈淺論詩與畫的語言交集與分歧〉，見同註 21，頁 133。

[42]　林崇宏《造形・設計・藝術》第六章〈造形語彙〉引 Bell, Simon,《Ellements of
　　Visual Design in the Landscape》謂：「一、張力乃是發生在視覺力量衝突時；二
　　、張力能增加設計的生動性；三、張力可能是動態的，也可能是和諧的；四、
　　經過鬆懈的物理性張力，仍有可能形成視覺上的張力。」（台北市：田園城市文
　　化事業公司，1999 年 6 月），頁 176。

[43]　岩上〈淺論詩與畫的語言交集與分歧〉，見同註 21，頁 133。

意象的流動設計，不論是排列、組合、串接或並置，都將構成
藝術的張力，尤其是意象的「對峙衝突」或「傾斜偏離」，讓意象
有了擴張、展延的空間，必然增加力道。

岩上深諳此道，熟稔地運用變化，其中，最明顯的就是對比意
象的使用，往往在虛實、正反、有無交錯，在肯定與否定、是與不
是的對比衝突中，製造詩的張力，架構詩的魅力，所以李魁賢說他：
「以衝突架起了詩的張力和魅力網路。」[44]這不僅是詩集《更換的
年代》精神底流的主軸，即使是偏於人生感悟的《岩上八行詩》，
也是將大千世界的形形色色，通過清晰而單純的意象，在一關一
閉、一消一長、一陰一陽、一虛一實的對比中，達到物我交融的奧
妙境界。鍾文論「對比」藝術謂：

> 對比是趨向於對立衝突的藝術美中最突出的表現手法，也是
> 構成統一和諧的藝術美的基本因素，均衡、對稱、整齊等種
> 美都包含有某種形式的對比。對比這種手法是把生活中種種
> 對立的東西，生動鮮明地寫到文藝作品中去，使得藝術在矛
> 盾比較的狀態中，得到集中、簡潔、曲折變化的表現。[45]

由於詩本質上要求「寄繁於簡，以少勝多，決定著它必須加強
對比的力量。」（同上）對比是詩的生命力量，詩就是「對比關係
的尖銳化而已。」[46]兩種迥異的事物並置出現，交相映襯，往往予
人鮮明、強烈的印象及感人的力量。

---

[44]　李魁賢〈詩的衝突〉，《更換的年代‧序》，頁3。
[45]　鍾文〈詩的對比藝術〉，《詩美藝術》（四川：四川文藝出版社，1984年10月），
　　　頁238。
[46]　蕭蕭〈對比的力量〉，《現代詩學》（台北市：東大圖書公司，1987年4月），
　　　頁192。

　　岩上使用的對比意象，從內容上的以黑襯白、以假襯真、以醜襯美、莊諧互襯、天地上下互襯、哀樂悲喜互襯；形式上的前後、大小、虛實、色彩、文字等的相反相成。有句中相對，兩句相對，段落與段落相對，甚至是首尾相對等的巧妙變化，略可歸納為正反對比及映襯對比兩大類。正反對比詩例，俯拾皆是，如〈星的位置〉裡熟悉與陌生的對比；〈伐木〉中黑夜與黎明、屏息凝聽與眾樹嘩然、黎明的生機與伐木的蕭殺、飛翔與倒下、高歌與瘖啞等的對比；〈愛〉的「冷氣在屋外下降／我感到愛的溫暖從體內上昇」對比；〈鏡〉的內外、動靜、今昔之對稱；〈弦〉以拉緊、放鬆對比，藉見人生的高低起伏、悲喜榮枯；〈舉手〉的冷熱、久暫、眾寡等，皆在對抗性中形成對照，以凸顯強化正反兩個面向。

　　《岩上八行詩》最常見到的組合方式是對應頷頸，亦即透過正反的並列衝突，讓詩的張力更強，並延展出更大的意義空間，首先表現在行與行之間的安排設計上，如以下詩句：

> 你想進來
> 他想出去（〈屋〉）

> 從本質的強硬派
> 變成墊海綿的軟弱者（〈椅〉）

> 生的倒下
> 死的豎起（〈墓〉）

> 你說拉進
> 我說扯遠（〈橋〉）

　　類似這種相異互背的現象並列，藉由彼此間的矛盾對比，兩行一陰一陽的詩想結構，詩意因而延展拓寬；至於在節與節之間的對應變化，則〈窗〉、〈藤〉、〈火〉等皆屬之。另外，〈命運〉及〈更換的年代〉都是結尾和前三段的對比，強烈翻轉，造成巨大的震撼，較為特殊。岩上又經常結合排比手法，以造成連續對比，近年新作〈大樓與陰影〉，[47]全篇句型相似，句式齊整，表示都會大樓造型的畫一單調，詩中的「大樓」（你）、「陰影」（我），本是一體兩面，卻是對立迥異，透過單簡句式，反覆出現，高低主從、倨傲卑下及明亮灰暗的連續對比，在層層遞進中，予人深刻印象。

　　映襯對比是「取事物兩方面的互相對峙，又互相促進；互相對比，又互相加強的關係。它強調對峙中相得益彰，比較中展拓開闊。」[48]如〈流浪者〉一詩：

　　　　沒有故鄉的
　　　　給他一甕暢懷的燒酒
　　　　沒有歸期的
　　　　給他一罈擲杯的碎聲

　　　　我有故鄉
　　　　也有歸期
　　　　你要給我什麼

　　　　在沒有你消息的日子裡
　　　　我是個永遠的流浪者（《台灣瓦》頁3）

[47]　《笠》詩刊第253期，2006年6月，頁32-33。
[48]　鍾文〈詩的對比藝術〉，見同註45，頁243。

沒有故鄉的，或歸期遙遙的，都可以暢懷擲杯、借酒澆愁，而我呢？
既有故鄉也有歸期，獨獨失去了你的音訊。愛情失意，百無聊賴，
心靈漂盪無依，其悲愴絕望遠遠超過離鄉的遊子。詩人運用互襯互
映的對比手法，逼真而深刻地揭示幽微之情。再如〈遠不如一隻
死象〉：

> 動物園裡一隻象從生病到死亡
> 電視報紙大篇幅報導
> 還刊出他一生的檔案
> 包括結婚的照相紀錄
> 萬千民眾陸續前往繫上祈福的黃絲帶和祈禱的
> 隆重
>
> 一位詩友一生致力於文學創作
> 最近獲得文學獎
> 沒看到一位記者來採訪的
> 冷清
>
> 另一位文友不久前突然暴斃身亡
> 只有十幾位朋友送終的
> 淒涼
>
> 還有一位文友
> 已住進療養院多年
> 現在不知死活的
> 疏離
> 還會有人去讀他們被冷落的遺作嗎

　　　　一隻病亡的大象
　　　　半閉的眼睛裡模糊地
　　　　映照著臺灣文學麻木影像
　　　　從眾多的人群裡閃過（《針孔世界》頁 185-187）

現代詩的乏人問津，文友的淒涼景況，在在映射文學的被忽視冷落，相對於一隻大象從出生到死亡，受到何等的關注寵愛！同樣的一生，懸殊的境遇，映襯對比之下，台灣文學的麻木現象具體而微地呈顯。

　　就對比的表現型態分，又有明顯對比與隱蔽對比之不同。上面所舉詩例大多屬於明顯對比，有時因為它過於工整，較少變化，又太過外顯，因而減損文學的張力，喪失了部分藝術美感。隱蔽對比則注重內容上的對比，強調內在的彼此衝突，以產生張力。前文提及岩上慣以「衝突」造成佈局上的緊張關係，由於紊亂的社會、紛雜的萬象，與他所期待的一個秩序的、正常的、人文的生存空間格格不入，「現象」與「心象」內外衝突，經常發生在主體與客體、客體與客體之間，甚至是主體自我的矛盾辯證中；也正因為這種衝突「不平衡」的情感，透過語言與藝術處理，就使得其詩作有了如同戲劇般的張力。這類張力的產生，往往是透過隱蔽對比型態而表現的，例如〈警察與貓〉就是不動聲色地隱含「對比」，以凸顯角色的荒謬性──警察遠不如一隻貓的盡責與功能，傳達詩人的批判嘲諷、質疑與痛心。再如〈黑白〉一詩：

　　　　黑白分明的年代
　　　　我們
　　　　期待
　　　　彩色世界的來臨

　　彩色電視

　　彩色電影

　　彩色電腦

　　紛呈而目炫的年代

　　人們懷念黑白的

　　寫真（《更換的年代》頁 1）

黑白的時代大家期待彩色繽紛的世界，但當身旁的一切充斥著色彩時，又懷念起黑白；詩人透過期待彩色與懷念黑白的對比與轉折，批判「紛呈而目炫的年代」之虛妄浮誇。本詩用字遣詞明晰、精準，如「黑白分明」、「彩色世界」、「寫真」，且都具有多重指涉的意涵。彩色世界即色彩繽紛的繁榮富庶景象，所謂「五色令人目盲」，必然黑白不分、虛假失真，相較於如此「紛呈複雜」的彩色，人們自然懷念起黑白的單純。「寫真」一詞表面指「照片」，裡層說的是「真實」，簡單的詞彙產生多義性，就因為詩人巧妙地建立了語言的「新關係」。詩中黑白／彩色、目眩／寫真、期待／懷念的對比，可能寓指社會的動盪混亂、人性的迷失沉淪，或是政治遽變之前後景象，由於其時間跨度的拉長，其象徵的意涵因而更具廣度與深度。李魁賢認為這首詩：「不但有黑白對彩色的客體對客體的衝突，也有黑白時代期待彩色，彩色時代懷念黑白的主體對客體的衝突，其實更隱含著主體前後欲求變化的自我衝突。」[49]亦即揉合了複雜多樣的對立面向於一詩，使得此詩臻於「充滿戲劇性的相互激盪，讓詩的內容在多樣而隱蔽的對立衝撞中去產生詩的張力。」[50]

---

[49]　李魁賢〈詩的衝突〉，《更換的年代》，頁 2。
[50]　鍾文〈詩的對比藝術〉，見同註 45，頁 246。

其次，岩上也經常以「反諷」技巧，增加詩的張力能量。「反諷」（irony）源自希臘文，原為希臘古典戲劇中的一種固定角色類型，即「佯裝無知者」，在自以為高明的對手前說傻話證明是真理，從而使對方只得認輸，後來這個詞的意思轉為「諷刺」、「嘲弄」。十九世紀初，德國浪漫主義文論家又擴大這個概念，直到新批評派把反諷概念變成詩歌語言的基本原則，甚至詩歌中的基本思想方法和哲學態度[51]。文學作品中，一般是指正話反說、反話正說而寓嘲諷於其中。

岩上的詩冷嘲多於熱諷，反諷多過正刺。〈性愛光碟風暴〉批媒體八卦文化、社會次文化，夾帶詼諧筆調，卻是不折不扣的諷刺，尤其結尾三句：「台灣的新聞內涵／把這一局的高潮迭起／炒得最文化」，性愛的膽汁及叫床疊韻的遐思，構成「文化局」的聲色內涵，這不是極大的反諷嗎？〈針孔世界〉一詩，也是藉此社會事件入詩，而將「針孔」與「真實戲碼」連結，才能透過「那麼一丁點兒」小孔，窺見大千世界情慾氾濫的真實，凸顯人心的空泛、虛假。〈一切的禍害都無罪〉、〈鎮咳〉，以邏輯辯證的語言，諷刺社會的不公不義；〈世紀末流星雨〉結尾三句：「面對醜陋的人間／只有把自己毀滅／才能還給世界本來的面目」（《更換的年代》頁35），人類自作孽，自以為聰明，終究是自我毀滅；〈臥虎藏龍〉的：「夢醒後／才恍然大悟／那只不過是一場最佳外語片／不可能在本國留存」（《針孔世界》頁 169），感嘆國內電影工業蕭條景況，國片市場欲振乏力，曲折嘲諷台灣文化的淺薄。

---

[51] 詳參趙毅衡編選《「新批評」文集》（北京：中國社會科學出版社，1988 年），頁 333。

至於「悖論」（paradox）又稱矛盾語法，原是古典修辭學的一格，意謂：「表面上荒謬而實際上真實的陳述」。即「表面的不近情理而心理感受上卻甚神似的情境，就是使觀者驚服的起點（超現實主義表面無理但內含物之真象，實在可以說同源於『矛盾語法的情境』。）」[52]岩上甚少使用這種語法傳達情境，以下臚列僅見詩句：

> 立於風中而無風／立於雪地而無雪
>
> 　　　　　　（〈無邊的曳程・十步〉，《激流》頁 82）

> 乾涸的眼睛／燃燒著／你消失的影子
>
> 　　　　　　（〈我的朋友・消失的影子〉，《流流》頁 91）

> 這是七月／我冰冷
>
> 　　　　　　（〈我的位置〉，《冬盡》頁 54）

再次，岩上喜歡在行與行、節與節間，故意讓語意跨越，拈連上下小節，製造懸念或產生連綿不絕的效果，且有歧義性。如〈重登碧山寺〉第三段：

> 左手母親
> 右手孩子
> 我提攜跨過高高門檻的
> 步伐，卻留在發黃的相簿裡
> 我的雙手空蕩在秋日的斜陽中
> 母親啊

---

[52] 葉維廉《秩序的成長》（台北市：志文出版社，1971 年 6 月），頁 127。

　　　早已焚化為靈骨塔甕中的一束枯寂

　　　孩子搶先躍到殿前（《台灣瓦》頁 54-57）

第四行「步伐」提至行首，既是現實的景象也是遙遠的記憶，現在與過去瞬間交疊，詩的歧義性頓時豐富。其他如〈燈〉中第一節「燈」的跨行孤懸，並與次節「眼神」對照（《台灣瓦》頁 2）；〈冬日無雪〉第二段的四、五兩行，「牆」、「上」兩字單字成行一字橫排（《台灣瓦》頁 11），製造圖象效果。[53]三詩皆使用跨行技巧，製造詩的多義性、歧義性，增加詩的張力。

　　至於節與節之間的「斷連」設計，如〈暮色的平原〉第五、六兩節：

　　　由近而遠由低而高起的地平線的無邊的

　　　無邊的

　　　大

　　　地

　　　把那紅柿的夕陽切了一片一半而後

　　　完全吞噬（《冬盡》頁 92-95）

將「大」「地」兩字跨節切割，單字成行平行排列，恰似看一輪落日漸次西沉，終至完全被「地」平線吞噬一般。再如〈山谷〉三、四兩節：

---

[53]　有關此三詩的「跨行」技巧，可參閱丁旭輝〈試論岩上詩作的語言風格及其變化〉（上）（下），《國立中央圖書館台灣分館館刊》8 卷 2 期、8 卷 3 期，2002 年 6 月、9 月，頁 96-97，頁 108。

你茫然
我萎縮
在風雨中
默然
對望

對望
激情的洪水
奔流在記憶的夾谷（《冬盡》頁 156-157）

妙在「對望」一詞的換行跨節並置。還有〈墓園隨想〉中「彭祖」、
「夭殤」的跨節呈現，節「斷」而意「連」；〈一列小火車〉第二節
結尾與第三節開頭：「我來不及避開／／歲月的撞擊，我」（《更換
的年代》頁 204），語斷而意不斷。前後巧設兩個「我」字，頗有
連綿迴轉之效果，拉大「歲月撞擊」的毀傷性，因此後面的「驚愕
皺紋」、「蒼白散髮」便具體可感了。

二、暗示，隱喻

　　朱光潛在論及「詩與散文」時，嘗就文字的功用說：「在散文
中，文字的功用在『直述』（state），讀者注重它的本義；在詩中，
文字的功用在『暗示』（suggest），讀者注重它的聯想。」[54]散文重
在直接敘述、邏輯推理，詩則重在跳躍表現、含蓄蘊藉；詩的語言
不該是指涉性的、敘述性的、說明性或分析性的，而是象徵性的，
或暗示性的。詩的語言力避直說，貴在曲折迷離，要能「言有盡而

54　朱光潛《詩論》（台北市：國文天地雜誌社，1990 年 3 月），頁 378。

意無窮」，留有餘韻、有迴轉想像的空間，此乃古今詩人共同追求
的目標。岩上說：「隱喻，暗示，無非想盡方法發揮語言的力量讓
『無法形容的』藝術特質，具體地呈現它的意象。」[55]詩必須藉助
想像力及語言力量，將「無法形容」的殊相轉為共相，化「無法形
容」的抽象說明為具象的呈現，使得詩有著飽滿的擴張性、深度的
隱喻性，富有啟迪的功能，才有欣賞的趣味。

　　詩的美不在說明，不能一語道破、一覽無遺，要能千迴百轉、
隱約暗示，亦即詩必須有密度美、深度美。而詩美的獲得，端賴語
言的運用，詩的語言要求簡約、緊凝，要能在有限的文字中，儘可
能包孕繁複的內涵，因此就必須不斷地濃縮、壓縮，反覆錘鍊字句，
使得意象更為鮮明，意涵更加豐盈，達到「片言明百意」。岩上認
為：「詩的語言不是雕花語言，也非無中生有的假象，而是從觀照
萬象取得，由生活中提煉。」[56]語言來自於生活，取材自現實，絕
不是憑空捏造，更不會是雕鑿巧飾。岩上以鮮活自然的語言，描繪
真實的生活，刻畫真實的形象，卻能在平易簡潔之中，蘊藏豐富的
想像空間；他的詩語言充滿暗示性、隱喻性，如兩首〈台灣瓦〉就
很典型。藉著台灣早期處處可見的屋瓦，道盡台灣人民的脆弱與歷
史的不幸，用以擋風遮雨的瓦片，吸水虛胖、遇強烈陽光則乾瘦下
去，且容易碎裂，象徵島民不穩定、不堅定的被奴隸性格，而「雨」
便是殖民霸權的隱喻。台灣的上空，不論是荷蘭人、日本人登陸時，
所下的雨都是「淒厲的」，乃至於：

　　所謂祖國
　　唐山過台灣

---

[55]　岩上〈詩是語言的創發──關於詩語言的思考〉，《針孔世界‧自序》，頁 7。
[56]　岩上〈詩是語言的創發──關於詩語言的思考〉，見同註上，頁 15。

> 下的雨
> 仍然是淒厲的
> 雨是台灣海島
> 三百多年流淌不完的哭聲
>
> 我們在雨中
> 靠片片薄薄的屋瓦
> 擋住風雨
> 台灣的瓦是泥土做的
> 吸水虛胖
> 踩踏易碎（《更換的年代》頁 47）

這是台灣歷史的回顧審視，於今走過那慘白的歲月，接受西方民主浪潮的衝擊，又捱過了戒嚴、解嚴的變遷，台灣人民似乎仍然找不到主體性，不知何去何從！如此怪異現象、深沉悲哀，岩上喻之以肥胖與瘦弱：八十年代解嚴鬆綁腰帶，「一時氾濫多糖的自由」，造成九〇年代的虛腫虛胖，還記得六〇年代人人皆瘦，七〇年代大家想胖，「只是台灣人的奴隸性格／很多人已經遺忘／五十年代束緊的腰圍有多少／當時的執政者／秘密檔案應該有紀錄」（〈胖與瘦〉，《更換的年代》頁 27）。再如〈說與不說〉，詩旨仍圍繞著戒嚴、解嚴的「不可說」與「可以說」主題，尾節云：「說與不說／銅像們的英姿／仍然穩穩地站在廣場上／閃爍／太陽反射的亮光」（《更換的年代》頁 41），此處的「銅像」是集權時代的象徵，那逼人的反射亮光，正是對荒謬時代的極度嘲諷。另外，前文述及的〈水牛〉、〈日月潭斷想〉、〈變景的日月潭〉、〈石像記〉等，莫不是隱喻政治現實。此類具有濃厚社會意識、強烈政治暗示的詩篇，只要作者稍稍不慎或藝術技巧匱乏，不是流於淺薄的叫囂，就是陷於

粗俗的謾罵以及無聊乏味的口號吶喊，岩上的詩顯然避開了種種可能的缺失，使得詩作既蘊含深刻的歷史意識，又有撼動人心的現實書寫，不僅加強了詩的密度，同時保有濃稠的詩質，這完全得力於暗示性語言的運用。

　　岩上時時刻刻關懷斯土斯民，處處為辛勤踏實的台灣子民塑像，如〈笠〉一詩既代表「笠」詩社的文學理想，更是台灣精神的隱喻：

> 不是怕風雨打落臉上的花粉
> 才戴笠
> 不是怕炎熱的太陽曬昏頭顱
> 才戴笠
> 只因戴上了笠
> 才能聽清風雨鞭打大地的
> 聲音
> 只因戴上了笠
> 才能看清太陽龜裂大地的
> 痕跡（《台灣瓦》頁 38）

極度的自我肯定與信心之建立，以至於「遼闊天地呀／我們夾在中間／笠／護呵著我們的生／覆蓋著我們的死」。阻擋風雨、隔絕烈陽的斗笠，變成一種象徵，象徵台灣子民的頑強不屈，隱喻著台灣精神。

　　此外，岩上詩的暗示性，也經常表現在「雙關語」上，雖然是極盡淺白的語言，透過精心安排，便能使其產生歧義性，詩因而瞬間煥發異彩。例如：〈鷺鷥〉第一節：「天地已將混成一樣的顏色／我是飛進／黑中的一點／獨白」（《更換的年代》頁 139），天地烏

黑一片，所以我是「獨」是「白」，且「獨白」自成一行，一來凸顯，二來表示得不到回應，沒有知音的孤單。言在此而意在彼，暗示這是一個「眾人皆醉我獨醒，舉世皆濁我獨清」的混亂時代，給人以深刻印象。〈站牌〉結尾一行：「站牌已站不住自己的牌位」（《針孔世界》頁 99），「牌位」一語雙關站牌「現世」自我挺立的位置標示，以及它被棄置「死亡」後的誌銘。諷刺都會的污濁失序，而有人生悲涼的況味。

　　類此用字精確，使得一詞雙關兩義（甚至多義）的佳作不少，如〈針孔世界〉結尾三句：

> 那麼一丁點兒
> 影射
> 可以窺見大千世界吧（《針孔世界》頁 132-133）

文字雖然簡單，卻能引發廣泛的聯想，尤以「影射」一詞為最。「針孔」之功用在於「攝影」，而其「小孔得窺大千」的結果，「影射」除了是一花一世界的「暗指」意涵外，也可以是真實主角的「確指」。還有〈屋〉一詩末兩行：「台北的天空／讓屋內屋外的都不是人」（《岩上八行詩》頁 10），向陽以為此一「不是／不適的結論」，屋「轉喻了『台北的天空』」，指出都會導致人之不成為人。」[57]「屋」既隱喻台北都會，自然也可以擴大隱喻整個人生——在入世的濁熱及出世的寧靜之間，掙扎、矛盾，卻只能不停地前進。而其暗示或隱喻之媒介，就在於不是／不適的同音雙關。再如新作〈乘坐新營糖廠的小火車〉中間三句：

---

[57]　向陽〈冷凝沉鬱論岩上〉（嘉義：中正大學「第一屆嘉義文學學術研討會」論文，2004 年 12 月 17 日），頁 12。

> 牽動略有骨骼疏鬆的
> 關節，那曾是朝代更替又抽又砍的
> 痛叫[58]

「關節」本指老舊小火車鬆脫的骨頭，詩人將此二字提到次行開頭，因而聯繫了一個黯淡的朝代；既寓含個人的生命滄桑，也雙關台灣被殖民的歷史悲劇，詩義因而有了更多的聯想空間。

三、異質性，陌生化

　　所謂「異質性」，指切斷日常性的聯想地帶，造成意料之外的驚奇效果。「陌生化」理論，是二十世紀初俄國形式主義理論的代表，其觀點認為文學語言陌生化的結果，是「文學性」的具體體現；其審美的基本原則，就在於把日常生活中司空見慣的事物，用一種偏離或反常方式表達出來，以引起人們的注意。陌生化手法，在於去除語言的「熟悉性」，讓語言「變形」、「變得疏遠」，往往表現為語言意象的異質性、可感性及語言組合的反常性，藉此以打破慣常的閱讀經驗，從而獲得嶄新的語言感覺，同時留下蘊藉無限的滋味。

　　現代詩人經常以「方言」入詩，造成語言的異質性、陌生化，尤其若能契合詩中人事物特質，則更增親切趣味性。台灣在一九五〇、六〇年代的鄉土詩創作中，林宗源、趙天儀等人較早嘗試方言的使用，歷經七〇年代鄉土文學論戰的激盪，八〇、九〇年代臺灣文學蓬勃蔚起，有更多的詩人傾力開拓方言詩，形成詩語言的多元

---

[58]　岩上〈乘坐新營糖廠的小火車〉，《台灣日報・副刊》，2003 年 4 月 7 日。

化。期間，「笠」詩社扮演著樞紐角色，在部分詩人的推波助瀾下，台語詩成為鄉土文學的重要一環。

　　岩上並未自外於此一潮流，但不曾刻意寫作台語詩，僅在一些詩作中隨機變化，巧妙摻雜母語，卻常有令人驚喜的表現。諸如〈割稻機的下午〉中的「重叩叩」、「休睏」、「田水」、「厝腳」、「山腳」、「三輪仔」以及主角「阿吉仔」，都是方言的運用，在異質性之外，更橫生趣味。又如〈溫暖的蕃薯〉之「阿娘」、「土砂粉仔」、「這一冬」、「土腳」、「去做工」、「足無伴」等鄉土語言的穿插，使得環境、人物的寫實性因之倍增。一九九〇年代之後，岩上似乎才開始有計畫地寫作台語詩，如：〈少年的夢〉、〈秋別〉，[59]可惜並未收入詩集。一九九六年七月發表〈垃圾的目屎〉，寫城市的髒亂惡臭，後來編入《更換的年代》裡，其三、四段云：

　　　拭著垃圾的目鏡
　　　看著茫霧的景物
　　　一幢幢烏影的大樓
　　　灰暗的天頂
　　　逐工攏親像卜落雨
　　　又擱毋是卜落雨的款式

　　　汽車的烏煙　一直噴
　　　機車的烏煙　一直霧
　　　臭溝仔水一直流

[59]　〈少年的夢〉原載於《台灣時報‧副刊》，1992.9.20；〈秋別〉原載於《民眾日報‧副刊》，1995.4.15。二詩同時收錄於林央敏編《台語詩一甲子》（台北市：前衛出版社，1998年10月），頁121-122，175。

雨水一直落

目屎嘛一直流（《更換的年代》頁 122）

較為難得的是，岩上也以台語寫作情詩〈親像海湧〉，由於是目前僅見的一首，特抄錄於下：

寂寞的時

不敢想著伊

恐驚過去難忘的代誌

親像伊厝前潮汐的海水

湧到矼墘

矼墘，咱曾經坐落了

真濟圓又攔缺的日頭

汝講：日頭卜落海

我講：日頭卜落山

汝是海口人

我是山頂人

落山也好

落海也好

黃昏的海面

靜　　靜靜

干礁聽著

咱雙人呼吸的聲音

親像海湧

> 親像海湧中一隻小帆船
> 嗯知影卜靠岸[60]

日落的歸處，成為情人爭辯的話題，和其他醉人的情詩一樣，旋律優美，深深蕩漾人心。

岩上頌詠日月潭詩作共四首，兩首收入《更換的年代》中，其餘兩首考量「歌」的成分濃於詩質，而被排除，其中〈日月潭情景〉[61]一詩，標明是台語作品。2005 年 8 月發表〈古坑咖啡〉，第一節：「過去古坑的咖啡／有殖民地的酸澀／過去古坑的咖啡／有專制統治的苦楚／現在古坑的咖啡／有台灣土產的芳味／有家己生湠的醇真」[62]，加入許多現代詩的技巧，是道地的台語現代詩。至於童詩集《忙碌的布袋嘴》第四輯「台語囝仔歌」，計有九篇，皆有淡淡愁緒、濃濃詩情。其餘則是在詩作中刻意安排一兩句方言，藉以更貼切自然地傳達詩意，有時則是為了增添詩的詼諧性。茲依發表時間先後，摘錄部分詩句，藉見其一斑：

> 有影嘸？有影，真的／無影，假的
>
> （〈影〉，《岩上八行詩》頁 94）

> 風雅爽／包君滿意
>
> （〈大雅路〉，《更換的年代》頁 71）

---

[60] 岩上〈親像海湧〉，收錄於侯吉諒編《情詩手稿》（台北市：未來書城，2002 年 8 月），頁 62-63。

[61] 未收入的兩首是〈水聲與山影〉及〈日月潭情景〉。見《日月潭詩歌集》（南投縣：日月潭觀光發展協會，2003 年 12 月），頁 124-127。

[62] 岩上〈古坑咖啡〉，《海翁台語文學》44 期，2005 年 8 月，頁 42-43。

那一個地方／看不到我們酷帥的死人面

　　（〈玩命終結者──陳進興告白〉,《更換的年代》頁 83）

他們又要一一趄出來／滿街奔跑

　　　　　　　　　　（〈驚示〉,《更換的年代》頁 101）

戲,演入台灣的城市和莊腳每一個角落
繼續從透早搬到半暝

　　　　　　　　　　（〈平安戲〉,《更換的年代》頁 213）

揉著捏著數十年的／日頭光／日頭暗

　　　　　　　　（〈賣蔴糬的阿伯〉,《更換的年代》頁 230）

　　從上世紀九〇年代起,至今日二十一世紀的台灣詩壇,正充斥
著後現代的、拼湊的、碎裂的、無主體的浮華語言,各種無厘頭的
怪異詞句逐次氾濫,或許鄉土語言的加入,不但是一種自覺的意識
動作,也未嘗不能發揮凝定現代詩語言的作用。

　　除了藉方言的穿插造成詩句的異質性外,岩上更常在詞序安排
及修辭設計上,巧妙地變化,以達到詩的陌生化效果。首先,詞序
的置換,如以下各詩句:

夜的四周頓時凝結成塊狀的張緊

　　　　　　　　　　　　（〈人埋〉,《更換的年代》頁 99）

黑夜捲席的時刻

　　　　　　　　　　　　　　（〈伐木〉,《冬盡》頁 65）

在海浪與沙灘的捲席裡逐漸潛沒

　　　　　　　　（〈夜宴翡翠灣〉,《愛染篇》頁 30）

連夜捲席緝捕

　　　　（〈黑夜裡一朵曇花濺血〉，《更換的年代》頁74）

雨的瘟神攻城掠地捲席／大地

　　　　　（〈流失的村落〉，《針孔世界》頁111）

蠟燭麗亮相對的臉孔

　　　　　　（〈對飲〉，《愛染篇》頁89）

鳥與雲只是影投和客過

被風蝕的竅穴語曰再生的迴輪

　　　　　　（〈生命的箭頭〉，《愛染篇》頁109）

在妳光華的體溫裡麗亮翩爛

　　　　　　（〈羽化〉，《愛染篇》頁111）

夕暮之後／就是水溫風暖的夜晚

　　　　　　（〈夕暮之海〉，《愛染篇》頁107）

分別將緊張、席捲、投影、過客、輪迴、亮麗等詞序調換，如此「超常性」、「反常性」的詞彙組合，頗具新鮮奇特感，尤其是末一例，刻意調轉「溫水暖風」詞序，成為「水溫風暖」，而有「水漸溫風生暖」的流動感，更是巧妙。

　　其次，修辭技巧乃詩人基本能力，岩上擅長融通變化各種技巧，自由運用，尤其經常藉著排比、對偶、類疊等手法，鋪排反覆構成「單簡句式」（這種句型結構將在下一節討論），更常透過活用詞性，改變語氣，顛倒文法上順序的句子等手法，造成語言文字的異質性，達到陌生化的效果，亦即「轉品」、「設問」及「倒裝」等三種修辭方式。以下分別舉隅詩例並略作說明：

（一）轉品

　　藉由詞性調轉、變易，即放寬詞性之共同限制，以追求字意或句式在「走樣」狀態下產生的美感新境。例如〈春遊〉詩：「竹林／最為春筍／攜手／把那柔潤的手觸／咯笑一陣／山嵐」（《愛染篇》頁 52-53），情人的纖手如春筍細嫩，自然是從《詩經·碩人》：「手如柔荑」而出，此處又將名詞春筍變成了形容詞，有奇趣；後三句亦具創發性，將觸覺化作笑聲「聽覺」，又將聲音轉為「山嵐」，進入視覺層面，感覺挪移，意象鮮活，完全呼應「春遊」題旨，愉悅而而令人沉醉。又如〈穿越防風林〉：「在岸邊的盡處光燦」、「浮標了的／我們的手臂」（《愛染篇》頁 63），「光燦」、「浮標」皆轉為動詞，發揮了特殊的效果。再如〈蒙古之旅詩抄〉之 12〈蒙古野馬〉結尾：「蒙古曾經蒙古了世界的歐亞／野馬曾經野馬／歷史狂沙的一頁／蒙古最野馬／野馬最蒙古／美了天地的性靈」，[63]名詞、形容詞、動詞活用互轉，改變其原來詞性而出現，產生驚奇感，豐富了詩的意蘊。

　　《更換的年代》卷七「隔海的信箋」，全是寫「人」，其中，〈詩寫趙天儀〉一詩幾乎通篇運用轉品修辭，形象地浮雕了主角人物。詩分六節，茲摘錄二、三、四、六節部分詩句，見其梗概：

> 青春的秀髮
> 可以意識流的聯想

曾經台中繼光街很公園的年少
曾經很哲學很平易近人很論述
又曾經很爭辯

那一夜，星
空，很掌聲

真的，大度山的天空
很詩
很文學院（頁 235）

社會寫實詩〈性愛光碟風暴〉，則多處依據女主角的職業、身份，運用「轉品」修辭，進行審判與諷刺：

⋯⋯⋯⋯⋯⋯⋯⋯

穿過針孔
新聞了八荒九垓

在缺乏詩教學沉悶的台灣社會
很光碟地傳遍校園和家庭
成為教化的
薄本，性趣得電腦昂奮發燒
電視新聞和報紙報導流出的淫水
淹沒了台灣淺薄文化的
面霜（《針孔世界》頁 177-179）

事件女主角曾任新竹市文化局長，詩人由此而聯想到「詩」，謂：「詩，需要帶點遐思／璩美鳳的性技／也不過如此地把自己全裸披露／再加點叫床疊韻而已」，前面的「新聞」、「光碟」、「性趣」，及

此處的「疊韻」一詞，都已轉變詞性；淫水潮濕，「濕」、「詩」諧音，乃有「叫床疊韻」之妙語，令人拍案叫絕。

其餘，臚列詩句如下：

面目，在夜裡漩渦成龐大的磁場（〈憶〉，《激流》頁 23）

孟宗竹翡翠了春景

（〈登集集大山〉，《台灣瓦》頁 42）

一幅濕淋的寫意迷途了我們路徑的畫題

霧／迷離了主題的唇

（〈望過一片山林〉，《愛染篇》頁 71）

群山孤獨了一棵枯樹

（〈手印〉，《愛染篇》頁 85）

一陣細語／風聲就酣睡了山巒的松林

（〈法雲寺〉，《冬盡》頁 158）

霓虹燈都神經風騷起來

歌起來，很流浪

只有大雅頌／最國風

（〈大雅路〉，《更換的年代》頁 171）

成熟了／殷黃的臉色

（〈芒果〉，《針孔世界》頁 90）

一路風情了萬種的春天

（〈木棉花開〉《針孔世界》頁 102）

遙遠的事物談笑了屋宇

　　　　　（〈從貓的腳步傳來〉，《針孔世界》頁 108）

炮火很衛星的傳播」

　　　　　（〈恐怖主義〉，《針孔世界》頁 118）

風不死岳和支笏湖纏繞了山水／千古了傳奇

　　　　　（〈支笏湖畔〉，《針孔世界》頁 155）

黑白了紛擾的多元

　　　　　（〈黑白數位交點〉，《針孔世界》頁 211）

（二）設問

　　「設問」是明知故問，是為了突出強調、啟發引導或抒發感情而刻意改變語氣的一種修辭手法，它可以強化詩文的氣勢和語感，藉以引起讀者的注意，激起興趣與好奇心。《岩上八行詩》一字一世界，寫這大千世界的無窮變化，處處「設問」，諸如〈樹〉、〈臉〉、〈鞋〉、〈秤〉、〈河〉、〈燈〉、〈床〉、〈影〉……，計有二十八問，作暮鼓晨鐘之鳴，其命意乃在於：「以醒眼之姿，效拈花示眾。」[64]岩上以涵括宇宙的胸襟與俯視萬物的宏觀，揭示一些人生內在的本質和規律，將詩的思想境界提升到哲理高度，其中很多都是透過「設問」的強調與提示。例如〈花〉一詩，八行之中竟然出現四次提問：

花開花落
那是一生的璀璨？

---

[64]　謝輝煌〈疑問號裡醒眼——岩上《岩上八行詩》讀後〉，《笠》詩刊第 212 期，1999 年 8 月，頁 131。

生姿為誰
而忙碌的招展又為誰？

風的輕拂
雨的滋潤？

花花綠綠的世塵
清純的花那裡找？（《岩上八行詩》頁24）

其餘則部分設問，篇首、篇中或篇尾皆有，茲臚列詩句於下：

往兩頭伸延抓緊
而我在哪裡？（〈樹〉，《岩上八行詩》頁2）

你們說我是唱歌
還是哭泣？（〈河〉，《岩上八行詩》頁4）

燈亮燈熄
豈非生命瞬息的幻滅？（〈燈〉，《岩上八行詩》頁26）

這隻跨前那隻跟後
不斷追逐才是存在的理由？（〈鞋〉，《岩上八行詩》頁44）

岩上詩作鮮少使用標點符號，唯獨「問號」例外。他喜歡在詩中發問，或提問或激問或懸問，反正是處處可問，時時可問，除了《岩上八行詩》外，還有很多，諸如〈檳榔村〉、〈鐵骨冰心〉、〈空中解體〉、〈我是我在〉等，起始就是一問；〈三月〉、〈樹枝〉、〈歷史如果是一面鏡子〉、〈詩的垃圾〉等，於篇中提問；〈思鄉病〉、〈斷掌〉、〈兩極半世紀〉、〈選舉旗幟〉、〈移民加拿大〉等，以問作結；而〈書包〉、〈布鞋‧皮鞋〉則幾乎通篇皆問。

（三）倒裝

　　如果詩質稀薄、語言鬆弛，張力自然消失，倒裝可以化腐朽為神奇，避免平板爛熟之弊。蓄意破壞文法秩序，以引起讀者注意，製造變化滿足讀者的好奇心理，正是「倒裝」修辭的作用。如〈墓園隨想〉第一、二節：

> 各人的名字都不同
> 刻烙於此的
> 意義卻一樣
> 飛黃騰達的
> 卑微低賤的
> 王侯相卿
> 販夫走卒
> 彭祖
>
> 夭殤
> 都一齊臥倒

（《更換的年代》頁 186）

第一節前三句和後五句倒裝，後五句中的前四句又分別交錯對比，其匠心即在將「彭祖」藉與次節開頭的「夭殤」對照，於身份權位之外，再添時間長短的對比，歸結於人生終站都是一樣的定理。再如〈空谷迴響〉第二節：

> 對著山谷喊話
> 回聲震耳　我
> 多麼孤單的聲音呀

（《更換的年代》頁 201）

原本詞序應是「我對著山谷喊話／回聲震耳」，詩人刻意地將「我」孤立於山谷底部，藉以強調音聲的孤單。而〈夜與玫瑰〉第一節：「把夜雕刻一朵玫瑰／誰／夜裡縈迴的那個影子／伊／以薄薄的唇搔癢胴體每一方寸的土地／床／活活地播弄水成豐熟的琴聲／岸」（《冬盡》頁 114），也是兩兩前後句倒裝。其它詩句如下：

> 總要重操回憶的漁網／明知那是水中的明月（〈憶〉，《激流》頁 23）

> 招來山風的涼爽（〈欲仙石門水庫〉，《愛染篇》頁 25）

> 草草徐風，你的髮／花花舞步，你的頰（〈草原〉，《愛染篇》頁 95）

> 這是通往的小路青石（〈星〉，《愛染篇》頁 103）

第五節　形式的戲耍

一、單簡句式

　　蕭蕭認為「單簡句式」的使用，是「岩上的位置」之所以穩固的第四隻腳。他說：「意象的繁瑣曾經在現代詩史上形成浪費、淤積的現象，因此，岩上、林煥彰、喬林、辛牧等人，都曾試圖將自己的詩意約略為最簡單的句式，一以御萬，簡以御繁。」[65]蕭氏指出岩上等人企圖以「單簡句式」救「意象繁瑣」之弊，且「單簡句式」後來成為岩上詩作的一大特色。

---

[65]　蕭蕭〈岩上的位置〉，見同註 4，頁 202-220。

　　人總是期望生活在一個富有秩序的宇宙中，人天生具有追求簡單平衡和規則的心理本能，格式塔心理學家有一個結論：「每一個心理活動領域都趨向於一種最簡單、最平衡和最規則的組織狀態。」[66]在創作心理上，同樣會有這樣的追求，尤其是作為一九六〇年代詩壇風潮的反撥，單簡句乃時代的必然產物，也成為「岩記」標章。岩上以簡單的形式進行詩意的鋪排展延，詩思集中且結構完整，早在《激流》時期已現端倪，如〈夏天〉一詩：

> 振翼而飛的
> 啟口而叫的
> 伐步而走的
> 以及
> 　繫根的　　以及
> 　浮動的　　以及
> 　奔流的
> 都停止下來
> 以他們的眼睛凝視
> 以他們的耳朵靜聽
> 以他們的肌膚觸撫（《激流》頁 28）

以齊整相似的句型，類疊重複描述，又透過視覺、聽覺、觸覺共感夏日烈焰，「夏天」真的如「一場烈火的延燒」。再如〈林中之樹〉第三節的形容「春夏秋冬」，並列四句句型完全相同。《冬盡》時期逐漸增多，如〈命運〉、〈如果〉，皆是兩行一組的「同字領起建行」，

---

[66] 魯道夫著，滕守堯、朱疆源譯《阿恩海姆‧藝術與視知覺》（北京：中國社會科學出版社，1984 年），頁 37。

整首句式雷同，頗似《詩經》的「重章複沓」。其他如〈夢〉第二
節、〈林內〉第一節、〈暮色的平原〉第三及第七節、〈陋屋〉、〈那
些手臂〉、〈我是我在〉、〈海岸極限〉、〈浪花〉等，都是單簡句式的
鋪排，淋漓酣暢的表達詩人憎愛的強烈，往往有層層進逼的效果，
直到將情感推至高峰，茲以〈陋屋〉為例：

> 雨落在山巔
>
> 雨落在田野
>
> 雨落在溪底
>
> 雨落在道路
>
> 雨落在樹上
>
> 雨落在屋頂
>
> 雨落在棉被
>
> 雨落在
>
> 孩子
>
> （爸！這裡有水）
>
> 的嘴巴
>
> 雨落在黑夜（《冬盡》頁 50-51）

以類疊、排比句法，強調「雨落」不停，落了漫漫長夜。兼形兼聲
以烘托詩意，「陋屋漏雨」更有諧音之妙。「孩子喊了一聲『爸！這
裡有水』」，一語道破生活的艱困。全詩九個並列意象，由遠而近，
再由近而推向無邊的黑夜，而九個『雨落』並列，像雨落之形，復
言其雨落之聲，『落』字又緊扣詩題『陋屋』之『陋』。」[67]同樣的

---

[67] 李瑞騰〈爬行在灰白牆壁上的影子——為岩上詩集《冬盡》的出版而寫〉，見

句式，反覆重現，層層醞釀，語句質樸淺白，詩質濃烈感人，「單簡的句式卻有令人酸鼻的詩情」。[68]

〈浪花〉一詩，更是以單簡句式、簡鍊文字連結組合，加入回文設計，除了表現音樂旋律美外，還有浪舞花開的視覺效果。《台灣瓦》裡以〈冬日無雪〉一詩最為明顯，每節以「冬日無雪」一行領起，結尾刻意前後倒裝，使得整首詩「首尾圓合」，達到迴環流轉的律動之美；《愛染篇》中〈海岸極限〉、〈邁入原野〉三、四節，都是以相同形式反覆詠唱，盡情傾訴綿綿情意。再如〈凝視〉一詩：

> 當凝視遠遠的海波
> 我們飛離了現實的泥岸
>
> 是帆讓它張揚
> 是翼讓它飛翔
>
> 藍的水是你
> 青的天是我
> 沒有其他的顏色來塗抹
> 就是
> 海天一色
>
> 是船隻它不必靠岸
> 是海鷗它無須停板
>
> 連綿的波濤　海闊
> 無際的蒼穴　天空

同註5，頁235。

[68] 蕭蕭〈岩上的位置〉，見同註4，頁213。

　　沒有其他的雜紋來糾纏
　　就是
　　海天一線

　　我們飛離了現實的泥岸
　　當凝視遠遠的海波（《愛染篇》頁 82）

首尾二節同樣的句子，僅將前後行對調；中間四節，句型、語法相
似，且隔節幾近對偶形式，達到連綿、反覆的音樂性。意象相似的
句式反復出現，重疊環繞，成功渲染氣氛，達到韻味悠長的美學
效果。

　　《更換的年代》之後，「單簡句式」更是大量出現，顯然已是
岩上有意為之的「詩型」。如〈冬天的面譜〉每節皆以「冬天的面
譜漆白的」（頁 4-5）一行領起，屬「同語領起建節式」，最後結穴
於「淒苦的年代」，凸顯那個年代的寒冷與漆白；〈大地翻臉〉則是
於每一節穿插數行整齊類疊的句子，一層層地控訴人類對大自然的
破壞，以及大自然一次一次地反撲懲罰；〈大樓倒塌〉、〈豪雨過後〉、
〈語言〉（《更換的年代》頁 105、120、161），不論段數之多寡，
三詩每段皆分別以相同詩句開端，屬於「同行領起建節體」範作；
而〈隔海的信箋〉詩分七節，「大哥的信」一語出現在六節計七
次，則是此體的「變式」。〈重疊〉第一節十二句，兩句一組「類疊」
組成：

　　我重疊我的手
　　在妳的掌握
　　我重疊我的腳
　　在妳腳的步伐

　　我重疊我的眼睛

　　在妳眼睛的海域

　　我重疊我的口吻

　　在妳口吻的呻吟

…………………（頁 220）

同樣句式的複製延伸，暗合「重疊」題意，當然也考驗著作者的語言駕馭能力。再如〈行道樹〉寫樹的風霜，歷經歲月的滄桑，前三節皆以「遠去的路」（《更換的年代》頁 264）一行建節，絕妙的是也結束於「遠去的路」一句。樹的風霜即樹影、樹枝、樹葉、樹芽與落葉的總和，而光陰的變易亦即樹枝所歷，節節相扣，首尾綰合，一如圈圈年輪。

　　《針孔世界》中同樣習見這樣的詩型句式，如〈鄉野〉一詩重複「沒入」二字，所有一切都逐漸「沒入」，鄉野歸於寧靜，最後鄉野本身也「沒入／色彩繽紛中」（頁 55-56），傳達出緬懷鄉土的詩旨；〈望安晨曦〉更是結合單簡的句式及連綿頂真的手法，宛如和聲中的延留音（suspension）一般，拉長連接到下一句，順著詩句的延續，視線逐漸延伸，鏡頭由近推遠，直到海天交接處，而停格於一輪「旭日」：

　　木麻黃過去

　　是天人菊

　　天人菊過去

　　是土豆

　　土豆過去

　　是瓊麻

　　瓊麻過去

　　　　是沙灘

　　　　沙灘過去

　　　　是海浪

　　　　海浪過去

　　　　是海天一線的弧

　　　　從那弧線將要昇起的是

　　　　望安的

　　　　旭日（頁 47-48）

　　第一段是舞台布景，當一切鋪排就緒，準備迎接旭日登台的瞬間，詩人特以跨段方式處理，營造出「屏氣凝神」的氛圍，尤其「將要」二字，更見等待之切。整首詩如一幅畫，迤邐空間布列靜物靜景，但靜中包孕著旭日「昇起」的動態感。類似的作品還有〈陶之曲〉（一）可參見。這種語言反覆的節奏，有時如潮吼浪嘯，波瀾壯闊且勁健有力，有時又如沙灘之平靜、草原之綿延，纏綿婉轉而無窮無盡。岩上慣用，其他詩人則偶一為之，如余光中〈殘荷〉及〈春雨綿綿〉，[69]也是排比、類疊、反覆相同句式，以烘托時間流轉的漫漫及春雨的綿綿不絕。

　　此外，〈我是我在〉重複相同句式，如海浪波波連綿，詩共九節，除了第五節外，皆以「我」字領起建節，前四節每節前三行的頭字連讀成「我是在」；後四節連讀為「我在且」。實則各省略一個「我」字，原文應是「我是我在」、「我在我且」，有點「藏頭詩」的遊戲性質。類似的詩作，還有〈土石流〉，起始三行：「土已不能生根／石已不能盤立／流已不斷地流盡生命的」（《更換的年代》頁

───────────────

[69]　余光中《高樓對海》（台北市：九歌出版社，2000 年 7 月），頁 143、185。

118），暗藏「土石流」三字；〈點線面體〉分四節，依序嵌入「點、線、面、體」四字，但不是拆字、離字，倒像是解字，賦予每一字詩的意涵。這些詩作，詼諧有之，哲思有之，其共通處即皆隱「題」於其中。

二、具象圖式

一九二〇年代詩人宗白華，即主張新詩的「形」得有圖畫的形式美，他在〈新詩略談〉說：「我們想要在詩的形式方面有高等技藝，就不可不學習點音樂與圖畫（以及一切造形藝術，如雕刻、建築）。使詩中的詞句能適合天然優美的音節，使詩中的文字能表現天然畫圖的境界，況且圖畫本是空間中的靜的美，音樂是時間中的動的美，而詩恰是用空間中閒靜的形式——文字的排列——表現時間中變動的情緒思想。」[70]這段呼籲文字允為推動新詩「詩形」建設的濫觴。稍後，聞一多發表〈詩的格律〉一文，倡導詩的「音樂美」、「繪畫美」、「建築美」，[71]則成為新詩詩形建設的最大貢獻者。其後，新月派等詩人們，在這方面續有發展與創新，四〇年代張秀亞創作長詩〈水上琴聲〉，「以琴聲的高低和水波的起伏，形成文字的排列，詩韻以模仿琴聲和水聲為主。」[72]曾激起了不小波瀾。二十世紀的後半葉，重視節的勻稱、句的均齊的所謂「豆腐塊」式，以及講究排列對稱、和諧的所謂「樓梯體」等，也佔據了詩史的一

---

[70]　宗白華〈新詩略談〉，原載《少年中國》第 1 卷第 8 期，1920 年 2 月。《美學的散步Ⅰ》（台北市：洪範書店，1981 年），頁 220。

[71]　聞一多〈詩的格律〉，原載《晨報副刊·詩鐫》第 7 號，1926 年 5 月 13 日。收入在楊匡漢、劉福春編《中國現代詩論》上編（廣州：花城出版社，1985 年），頁 124-125。

[72]　舒蘭《抗戰時期的新詩作家和作品》（台北市：文成出版社，1970 年），頁 136。

段時期。不過榮景不長，受到現代、後現代主義的衝擊，固定的詩形漸被排斥、摒棄。[73]

六〇年代的台灣詩壇，有一陣子流行將詩行與詩段作幾何圖形呈現，將文字作了空間性的組織和排列，營造強烈視覺性，產生非文字串連性與述義性可以達致的美感意義，這就是所謂的「圖象詩」或「具體詩」（Concrete poetry）。[74]由於言不盡意，所以詩人們極力「挖掘語言及語言以外的圖象或者空白的潛能，營建出既有形體美，又能通過詩的形體更好地呈現出詩情詩意的詩的圖式。」[75]這種圖示詩「注重經驗的實在性，可觸的迫真性」，[76]要能達到多方暗示的氣氛才算成功，也就是說詩的幾何形狀的安排設計是可行的，但它必須配合聲音、節奏、字義和詩人的情感，白萩膾炙人口的〈流浪者〉一詩，洵為範作，而蘇紹連〈夫渡河去〉及管管〈冬夜〉，也是形式內容統一的佳作。[77]至於刻意地在形式上模仿（為形式而形式），排列成物象如林亨泰的符號詩〈房屋〉及詹冰的〈牛〉等，皆已感受不到詩的意境，後學者變本加厲，幾近氾濫地複製陳腐形式，則只能當作文字遊戲。

前文已論及詩的繪畫性是詩的內在風景，也就是「心象」，岩上說：「詩形式的排列如有助於詩的張力效果，外在的視覺與內在的心象達到渾成，那是最佳的選擇。」[78]岩上頗注重詩的空間疊景

---

[73] 有關新詩詩形建設的歷史，參見王珂〈論新詩的詩形建設〉，《台灣詩學學刊》9 號，2007 年 6 月，頁 87-122。

[74] 張漢良〈論台灣的具體詩〉說：「任何訴諸詩行幾何安排，發揮文字象形作用，甚至空間觀念的詩，我都稱之為具體詩。」《現代詩論衡》（台北市：幼獅文化公司，1977 年 6 月），頁 103-126。

[75] 王珂〈論新詩的詩形建設〉，見同註 73，頁 110。

[76] 葉維廉〈論現階段中國現代詩〉，見同註 52，頁 24。

[77] 張漢良〈論台灣的具體詩〉，見同註 74，頁 107-115。

[78] 岩上〈淺論詩與畫的語言交集與分歧〉，見同註 21，頁 138。

設計，早期就有許多匠心獨運的「視覺性」佳作，如〈暮色的平原〉（《冬盡》頁92），整首詩視點隨著斜陽移動，扣緊「平原」二字，字句迤邐鋪陳展開，在廣闊的空間裡轉換不同的顏色、各式的圖案，鏡頭拉遠拉近、忽大忽小，由清晰而模糊終至聚焦於家家戶戶溫暖的燈火，逐漸歸於一片寧靜。其第二、三、四節，不僅有強烈的視覺暗示，且配合詩思的進行展演，形式內容臻於統一。〈鼎〉一詩以物觀人，「而你們的目光不在我這裡」出現三次，皆獨立成節，質疑人們信仰的真誠，第三節以連串的長句狀膜拜跪求者之多及其心性意圖之繁雜，深具形式示意功能，第五節更以長短錯落的句子，形塑鼎並暗示其深廣包容的特質：

> 我的肚子因你們過渡的熱情而日夜炙痛
> 　　　　　　　　我忍受
> 我的大頭在烏煙瘴氣之中被薰得沒頭沒腦
> 　　　　　　　　我忍受
> 　　　　　　　　　　　（《冬盡》頁177）

而〈鷺鷥的飛行〉一詩，企圖最為明顯，其一、二節：

> 鷺鷥向曦亮的天空
> 排
> 成
> 一
> 字
> 形
> 飛
> 行

```
鷺鷥往夜幕將垂的天空
            排
          成
      人
    字
        形
          飛
      行（《更換的年代》頁 2）
```

雁群飛時，行列整齊，頗似兄弟友朋相隨相伴。本詩通過「一字橫排」及「人字」形式，達到了「形體暗示」、「狀態暗示」的視覺效果，同時傳達出無論是晨曦或黑夜皆孤獨「一」「人」的潛流底蘊。類此圖形和文字能互相觀照、輝映成趣，這樣的視覺詩才算成功。

　　具體詩又稱「空間詩」（spatial　poem）、「圖象詩」（pattern poetry），它「很多時候是一張可以展出的畫或雕塑，它有時甚至是一件可以演出的、或應該演出的音樂作品。」[79]換言之，它不是單純時間線性的發展，可能是立體的躍動，甚至是聲音節奏的律動，是融合視覺與聽覺於一體的「實感詩」。另一首同樣以鷺鷥為主角的詩〈往事〉，就有這樣精彩的表現：

```
沒入暮色的
    鷺
        鷥
沒入林間
```

---

[79] 葉維廉〈出位之思：媒體及超媒體的美學〉，《中國詩學》（北京：生活・讀書・新知三聯書店，1992 年 1 月），頁 147。

```
沒入蒼茫了的
                天
                    地
沒入繁複交錯
記憶裡的
一
    串
        白
夢裡
又掀然振翼飛起
璀璨了
夜
空（《愛染篇》頁36）
```

詩想的運行結合情感的起伏，文字隨之上下舞動飛翔，讀者目光被吸引著如攝影機鏡頭捕捉畫面。蒼茫的暮色，潔白的鷺鷥，璀璨的夜空，其色彩的間雜、光線明暗的對比，已是成功的畫筆；沒入記憶的「悄然」與振翼飛起的「聲波」，一靜一動，巧妙交錯，加上全詩刻意不分節的處理，一氣呵成如鷺鷥美麗的飛翔，暗示「記憶」的串連綿延，流蕩的旋律隱約在其中。

　　形式的追求，主要在呼應內容，要能配合感情波動而展現形式，達到形式內容和諧的統一，如〈更換的年代〉結尾，除了語勢的反轉突兀，造成與前面的衝突，使得全詩張力十足之外，其單字成行逐行低格的傾斜形式，也有助於詩旨的傳達：

```
孩子壞了
不能更換
```

　任

　　其

　　　作

　　　　惡（《更換的年代》頁 6-7）

以及〈龍頭山莊一夜〉第二節後半：

　山景：整齊的茶園

　　　　整齊的茶園

　　　　整齊的

　　　　　　　茶

　　　　　　　　園

　　　　　　還是

　　　　　　　　茶

　　　　　　　園（《更換的年代》頁 128）

詩人透過文字巧妙排列，將那階梯般綿延的青綠茶園推至目前，加強「視覺」延伸。類此於整首詩中，點染變化一、二詩句，而達到「視境」效果的尚有：

　窗外的

　落　　　　　日（〈天空有一個海洋〉，《針孔世界》頁 129）

　要我們一個個生

　一個個墜地而死

　蛋………………。

　被人擲蛋的混蛋（〈抗議的抗議〉，《針孔世界》頁 171）

　　水汶
　　　　影倒
　　橋吊
　　　　渡跨（〈法雲寺〉，《冬盡》頁 158）

例一狀日之「沉」；例二妙用標點，圖示蛋如雨下；例三則因人在橋上見水中倒影，故字序調換，激生趣味且不減詩意。此外，還有採用「鏡框視點」方式，一一呈現畫面的，如〈窗外〉（《激流》頁 64）一詩共四節，每節是一個「視點」，鏡頭由近及遠，從田野而墓碑而樹林而天空白雲，逐漸延伸拉長，視線由清晰而漸次模糊，四個「視點」連串成一幅窗外的風景畫。

三、類小說體

　　「類小說體」是指透過寓言故事或小說情節方式呈現的詩作。岩上顯然有意進行各種「文學體式」的融合實驗，試圖在詩的既定形式中擴增詩意的蘊含量，因此詩中不乏故事化、小說化的表現。以寓言方式呈現的如〈跌倒〉、〈水牛〉、〈冶金者〉、〈獅子〉等，前二詩本書已多次論及，不再贅述，此處僅錄後兩首：

　　　　我無意地陶鑄了一條項鍊
　　　　竟是思慕的象徵
　　　　你不自知地購買
　　　　把它送給了你的愛人

　　　　你的愛人
　　　　也不自知地天天配戴

> 漸漸地
> 你的愛人消瘦下去
> 因為她已浸染了我思慕的痛苦（〈冶金者〉,《冬盡》頁 182）

項鍊象徵思慕,「我」無意間的陷落墜入,因而神傷憔悴。愛情容易傳染,相思蝕人骨血,不得不慎。

> 從大草原到鐵欄
> 從叢林到石牆
> 我已失去了故國和家園
>
> 人間的存活
> 就是關來關去的遊戲
> 加上你看我,我看妳
> 愛看熱鬧的舞台
>
> 我的悲劇較單純
> 但很耐看
> 一批人潮看過
> 又一批人潮來
>
> 人類嘛
> 關起來
> 就沒什麼可看（〈獅子〉,《更換的年代》頁 133）

由獅子聯想到人類,思索關閉、囚禁之主題。石牆鐵欄圍成的動物園,對於來自叢林大草原的獅子,終究是荒謬的、悲劇的,但至少觀賞的人潮從不間斷,頗為「耐看」!相形之下,人類一旦身繫囹圄,必遭世俗冷眼,或者自我禁錮,則生命黯淡,只有陰影與頹敗,

毫無可觀。此詩顯然是以動物為敘述者，站在物之觀點，對人類彼此的爭奪詭詐與壓迫，提出警示與嘲諷。兩詩皆透過「故事」發展，而有寓言性質。再如《台灣瓦》中的〈蹉跎〉一詩，寫死神的追殺逼臨，認知生死，終能坦然接受，也類似寓言故事。

　　詩而有如驚悚小說的，以《台灣瓦》卷四「貓聲」七首之前四首：〈思婦〉、〈夜讀〉、〈貓聲〉、〈算命〉為代表。四詩皆以「自從」二字起筆，好似緩緩說著古老的故事，內容安排許多「情節」轉折，充滿戲劇張力。〈思婦〉（頁 78）乃由思入夢，生發浪漫遐想，不惜以生命換取一次的相見；〈夜讀〉（頁 80）為青春記事，有《聊齋》影子；〈算命〉（頁 85）是無知迷信的寫照，斥責神棍騙財騙色，村姑村婦人財兩失，其中〈貓聲〉最為典型：

> 自從懷孕那天開始
> 他就在臥房的牆上
> 貼了一張活潑可愛的嬰兒圖像
> 天天凝視觀賞
>
> 有一天
> 一隻黑貓突然撞進臥房
> 彼此嚇了一跳
> 那隻貓一時找不到出口
> 著急地跳來跳去抓著牆壁
> 眼看著就要抓到那張
> 嬰兒圖像
> 她順手從桌上抓到一隻花瓶摔過去
> 正巧打中貓頭
> 一擊斃命

從此

時時聽到貓叫的聲音

使他毛骨悚然

但不知聲音從何處傳來

直到分娩那天

孩子出世叫出第一聲

喵

把她嚇昏了

醒來

她看到那隻黑貓在她的身邊

張牙舞爪

她翻轉過去

迅速掐住貓的脖子

哇　聲隨之無力而消逝

此後

不再聽到貓叫的聲音（頁82）

以奇幻、靈異的畫面，曲折懸疑、驚悚恐怖的佈局，刻畫孕婦焦慮
不安的心理，線索依稀可辨，卻又沒有明確解答。孕婦敵不過殺貓
行為的自我譴責，乃在將嬰兒的初啼聲與幻聽的貓聲合而為一後，
親手「殺生」，最終亦無得救贖。人物在精神壓力下荒謬性的舉措，
對照前一節溫馨慈祥的母愛，形成強烈對比，凸顯了暴力的荒誕與
任意。詩的內在詩想是連續的，巧妙榫接人、貓叫聲，藉由情感牽
引二者關係，使其重疊而產生認同，再透過暗喻轉換，大大增強緊
張弔詭的迷惑性。語言以散文句法鋪排，似稍嫌鬆散，卻以小說的
情節、氣氛深深吸引讀者，留給讀者一個極大的想像空間。

結語

　　追求寫實主義詩風者，許多強調政治性、社會性、鄉土性的作品，往往因為充斥平鋪直敘、蕪雜說明的語言，令人一眼洞穿，稀釋了詩質，美感蕩然了無趣味；服膺超現實主義者，又強調技巧甚於一切，因此隔絕了詩的主體生命。岩上先後受到超現實主義、寫實主義、新即物主義的影響，努力地汲取融蓄多方技巧，厚積各種表現手法，發展個人流動變易的詩想，而在詩質詩藝上頗有精彩的演出。從早期《激流》、《冬盡》中「超現實主義」瑰麗奇詭的想像，到《台灣瓦》中濃烈「寫實主義」色彩的轉折，及《岩上八行詩》中貼近事物、發掘本質的「新即物主義」手法之突起，再變為《更換的年代》、《針孔世界》的寓批判於象徵隱喻，精鍊簡約的語言風貌，以迄近年來的「數位」實驗，我們驚喜地看到年屆古稀、漸臻「隨心所欲」之境的詩人，詩藝上的凝定與通變——從認真地摸索試煉，到成熟圓融的交互運用，以至於一種典律創生的可能。

第七章　結論

第一節　岩上詩的特色與缺失

一、岩上詩的特色

陳千武認為岩上的詩作有兩個特色，其一，表現了超現實詩的現實性；其二，詩的思想具有真誠性與責任感。[1]所謂超現實詩指的是用超現實的玄想開創詩路，而現實性指的是對小我的體悟感觸，及對大我的關懷批判；刻畫真實生活，擁抱鄉土，關心國家民族文化，正是一種責任感、使命感的外射。岩上以詩指向自己、指向社會，既是內思也是外爍；前者多表現在生命意義、生存位置、人生價值等的探索與掘發，後者則多聚焦於鄉村變遷、社會混亂、文化沉淪及台灣主體意識的關注。岩上的詩是鄉土寫實、社會觀照及生命省思三者兼具，既能宏觀掌握外在環境劇烈變動，也能細膩觸及內在生命隱微，時有哲思感悟。要之，岩上詩的成就，略可從幾個面向考察：首先，題材展現方面，繁複廣闊，紀錄著台灣土地上的苦難與榮耀，建構了台灣詩的內在世界；其次，藝術技巧方面，結合現代主義與新即物主義，聯繫寫實與超現實手法，在具象與抽象之間，進行完美的展演；再次，風格形成方面，發揚「笠」的精

---

[1]　桓夫《激流‧序》，頁 7。

神，同時攝取「笠外」精華，揉合重鑄為一嶄新的創造性風貌。以下略分從三方面，概述岩上詩的特色。

（一）易理哲思，道禪機趣

岩上深受《易》理和老莊哲學的影響，用之於人生，映現在詩中，有著一貫的生命哲理思索：從《激流》時期即展開對命運的無盡探究與追尋；《冬盡》、《台灣瓦》雖側重鄉土物事及政治社會議題，依然賦予哲理的精神意涵；《岩上八行詩》表面詠物，實質上是變易理思的淋漓體現。岩上冷肅探自己生命，冷眼對複雜世界，頗近於林亨泰的「冷澈知性」。林亨泰對於《易經》鑽研甚深，《易經》思想擴散詩中，經常以「非陰即陽」的太極原理、非黑即白的對比方式，類似電腦二進位的數理邏輯，追索萬物根源，沉思人生本質，如〈非情之歌〉五十首之〈序詩〉[2]即是。岩上有《岩上八行詩》的《易》理哲思，以及〈黑白數位交點〉中黑白的對比而生、對比而存，兩人的創作思維如出一轍；岩上的詩是抒情的哲理，或觸景生情，由情入理，或直抒胸臆，蘊含智慧，或無意為之，卻自然流露，總之，是感情的噴發與哲理的啟迪互為作用，兼情攝理，融合無間無痕。就此而言，亦詩亦哲的岩上，洵足以接續林亨泰「台灣詩哲」桂冠，再創風華。

道的超越及佛的靜定智慧，不僅改變了岩上對人生的觀點與探求，更使得他的詩作流露出出塵之思、空靈韻味，最精彩的當是《更換的年代》卷十「菩提樹」。〈睡蓮〉、〈菩提樹〉、〈柳條天書〉、〈呈現〉、〈落盡〉、〈涼意〉等，皆若奏響天籟，聽聞潺潺清音，又如老

---

[2]   林亨泰〈非情之歌〉五十首，原載《創世紀》19 期，1964 年 1 月。《林亨泰詩集》（台北市：時報文化出版事業公司，1984 年 3 月），頁 63-163。

僧入定，通體透脫舒暢，別有一番清涼滋味。此外，像〈茶〉、〈茶道〉之機趣橫生，〈天空的眼〉之澄明清澈，〈大地的臉〉之無私慈悲，以至於〈不盲的世界〉之寧靜和諧，幾已臻於覺性圓滿的境界。唯此類作品在岩上近千首詩篇中，所佔的比例甚低，尚有待積極開拓。

（二）形式凝定，結構完整

詩存在於詩人個性化了的藝術語言之中；內容則存在於和它相適應的形式結構之中，因而詩人既要追求獨創性的語言，也要尋求藝術形式的凝定。岩上重視現實，也愛非現實之想像，其詩由個人到鄉土抒懷，由鄉土到國族認同，由人性剖析到政治批判，由自我鑑照到哲思的提升，在在顯示出層面的深廣，以及探勘的深刻。可貴的是，岩上特別注重語言的組織性，及形式內容的和諧統一，不論是任何題材的書寫，總能賦予適當的裝載形式，而組織以完整的情感結構。

於「形式的凝定」上，首先表現在「單簡句式」的大量使用。以簡約的句型類疊、排比、反覆，渲染詩情詩思，最能搖曳人心，蕩漾人意，例如情詩集《愛染篇》裡的絕大部分作品，以及眾多鄉土、政治抒情詩的淋漓披露。此外，有更多詞句語彙相似、形式齊整規律的「同字領起建行」、「同語領起建節」、「複沓建行組節」等詩型體式，於岩上詩作中亦處處可見，這些全屬「單簡句式」的變異、變形。

其次則凝定於「八行」模式。有關現代詩的「形式」問題，歷來爭訟不已，其中，「八行詩體」曾引發廣泛討論。周策縱首先提出了「太空體」的主張，每首詩選用八行，每行字數不超過十字，

因採五三結構，所以又稱「五三體」。[3]游喚〈從《易經》看現代詩的形式定位〉一文，對此提出強烈質疑，且從「易卦為八，易卦爻辭為七句，以及易數有生成之別，而九為陽極」等諸觀念，並參酌民族生活習俗、文化傳統、語言系統等，結論式地說：「我以為現代詩的行數最佳可為七行，其次八行。至於九行為陽數之極，十行則為滿數，這二種甚不合文化習俗的語言習慣，殆可勿論。」[4]此說似無視於「冰心體」等六行以下小詩的存在，又否定向陽《十行集》之成果，近乎武斷，唯「八行」尚合乎其要求。《岩上八行詩》在有限的形式牢籠中進行無限的突圍，追求詩想運行的多樣變化，以開展詩的內在生命，達到語近而情遙，含吐而不露的小詩美學特質。王灝嘗將它與傳統詩對照比較，充分肯定岩上之用心，他說：「八行世界，可以說是十分完整的內在空間，詩想在八行的結構中既能完整而有機的交錯運行，又不致於影響到詩意的繁複呈現，所以八行的選擇是很周全的形式選擇。」[5]《岩上八行詩》雖然和傳統律詩結構無關，也捨棄了平仄或押韻，但它更講究精鍊且緊密的意象聯繫，詠物而包孕豐富。這種平穩平易的八行選擇，顯然是詩人刻意的經營，試圖建構一種新的「詩型」。

　　發展近百年的新詩，向來為人所詬病者即「缺乏結構」，尤其是一九九〇年代起，競相標榜後現代主義，徹底顛覆語言、瓦解形構，拼湊堆砌碎裂的符碼，詩的美感蕩然無存。反觀岩上詩作，意象集中具體，詩思脈絡清晰，邏輯性特強。王灝就慧眼獨具的觀察

---

[3]　周策縱〈定形新詩體的提議〉，瘂弦、梅新主編《詩學》第三輯（台北市：成文出版社，1980 年），頁 147-199。

[4]　《第三屆現代詩學術會議論文集》（彰化市：國立彰化師範大學國文系，1997年 5 月），頁 1-19。

[5]　王灝〈試說岩上八行詩中的形式意義〉，《笠》詩刊第 220 期，2002 年 12 月，頁 127-128。

到此一特色說：「他的詩節奏感往往是跳動的，衝擊性的，往往有一種層層逼進的內在力量，把整首詩緊扣成一個緊密堅實的結構體。」[6]指出岩上經常以層層進逼的方式，形成一首詩的結構；李瑞騰更是精闢地析論〈跌倒〉的內在情感云：「在結構上此詩首尾圓貫，無懈可擊：全詩由首段三行引發而出，第二段承一、二行，第三段由第三行的血而來，末段則是詩意發展的結果，又回映首段的情緒表現。」又剖釋〈失題〉謂：「首段是現在的事實及其感知，二段是過去的追憶與肉體之痛，三段是今昔的混融和一種心靈的哀傷，末段則是對於往後的一種期盼。結構嚴謹，脈絡分明。」[7]讚賞岩上詩具有首尾圓貫、謹嚴分明的結構。筆者再以〈睡蓮〉為例詳予說明：「細雨霏霏／一株睡蓮緩緩張開手指／輕輕拈住一粒水珠／／世界很遼闊／細雨濛濛下／晶瑩的水珠／睜開注視的眼睛／／遠山含黛／林木蒼翠欲滴／溪水潺潺隔岸可聞／美麗的景象／世界如繪製的圖案／隨風吹來／蓮葉晃動／跌破了水珠的幻境／／一株睡蓮／堅守在污泥水中／閉目睡去」（《更換的年代》頁253）。將睡蓮擬人化後，推衍拓展詩想，表現道家「萬物一體」、「天地與我並生」之思。首節描繪實景，蓮葉張開「手指」、「拈住」水珠，一片溫馨寧靜的氛圍；次節移情轉化水珠，透過水珠的睜開「眼睛」，見天地之廣袤；第三節乃鋪陳所見所聞，呼應前節「世界很遼闊」一句，直到風吹蓮動，始醒覺這一切是水珠的夢中「幻境」，暗合「睡」字；末節再述實境，回映題旨，睡蓮捨「晶瑩」、「潺潺」，堅守「污泥」，「閉目」而睡。詩思動向由「開」至於「閉」，由「動」

---

[6]　王灝〈我乃欲嘯的螺殼──初探「海螺」〉，《詩脈》季刊第 9 期，1979 年 3 月，頁 38。

[7]　李瑞騰〈爬行在灰白牆壁上的影子──為岩上詩集《冬盡》的出版而寫〉，《冬盡‧附錄》，頁 224、229。

趨於「靜」，由「繁複」歸於「簡單」，傳達出「對世界已滿足，已無所求，已和天地宇宙冥合，物我一體」[8]的契合境界。虛實融合，動靜交錯，情感結構秩序井然。

　　岩上鑽研易經哲理，深悟陰陽相生相剋，特重詩的對比和平衡，更將「易變」原理，巧妙運用在詩思的進行上。《岩上八行詩》外在形式固定，內在結構靈動變化，意象的組合排列，端視情感的流動隨機轉換，王灝發現其方式有：「由單點入詩，然後層層推演，或多線牽引，在小千世界中經營出詩的繁複意趣。」[9]丁旭輝更指出其中有三種隱藏結構，即「單線深入，層層逼進」、「多線擴張，深刻收束」及「平緩前進，高潮結尾」。[10]顯見其內在結構並非制式單一、凝滯呆板。此外，有時一首詩中隱藏著兩種或兩種以上的結構，例如〈耳〉一詩，從「聲之必要」到「彼此傾聽」的即物描寫，第三段逆筆敘述「雜音干擾」，最後再回到「無聲不聞」，以反思作結。單點直線刻畫、逐層深入究底，且能深刻收尾。岩上詩作注重形式組織、結構完整緊密，如〈籬笆〉一詩，起筆就是「瓜莖昂奮」的飽滿活力；二段承接蓬勃朝氣，乃有「纍纍果實」的盎然榮景；第三段出現轉折，以「斑灰而腐朽的籬笆」對比瓜籐的繁衍糾纏；結尾則加入緩行的蝸牛，依序向籬笆內的嫩葉匍匐，象徵不絕的生機。起承轉合的傳統模式，首尾相映，脈絡清晰。還有〈刺青，身體神秘的語言〉，詩意由「疑問」起始，二、三節承接鋪陳以「釋疑」，第四節翻轉宕開，檢視刺青之流行現象，而有失語症

8　林政華〈詩衝突的相對面──讀岩上《更換的年代》詩集〉，《笠》詩刊第 223
　　期，2001 年 6 月，頁 108-109。

9　王灝〈試說岩上八行詩中的形式意義〉，見同註 5，頁 128。

10　丁旭輝〈試論岩上詩作的語言風格及其變化（下）〉，《國立中央圖書館台灣分
　　館館刊》，第 8 卷 3 期，2002 年 9 月，頁 113-115

之焦慮，結尾生發感慨，憂心主體文化的陷落與荒涼。多線擴張發
展，中途激起高潮，又能深刻收束，結構嚴密堅實。

（三）客觀展示，冷凝沉鬱

　　根源於人性之愛，以及入世責任感的驅使，岩上始終無法置身
度外，無法冷漠以對錯綜複雜的環境。他積極扮演著社會的觀察
者、批判者、探索者角色，以知性理性觀照現實人生，不但把世間
真相攝入筆底，提出冷靜的批判，同時，內在精神與外在現實互相
滲透，灌注感性的情懷。由於素材的廣博、挖掘的深刻，避免了無
病呻吟、淺薄吶喊；由於有龐沛的真情實感，自然不會流於單調的
鋪陳、枯燥的議論，乃成為深具厚度、頗有勁道的「社會詩」。

　　岩上面對現實生活中目擊耳聞的事件，憂心文化道德的急遽淪
喪，以及在繁榮外表包裝下逐漸腐蝕的精神本體，感嘆世風污濁，
人性墮落，但仍秉持一貫的冷肅，避開宣洩性的情緒，將澎湃吶喊
消彌於冷嘲熱諷之中，抒情而不濫情、矯情，更不見激情的起伏跌
宕。《台灣瓦》、《更換的年代》、《針孔世界》中的大部分詩作，語
言內斂節制，文字乾淨俐落，如〈無屬性的人〉、〈油漆工人〉、〈拾
舊報紙的老婆〉、〈賣麻糬的老阿伯〉等，胸中抑悒填塞，沉鬱悲愴；
〈如廁〉、〈針孔世界〉、〈性愛光碟風暴〉、〈警察與貓〉等，發揮了
不凡的想像力，力透紙背的反諷，同樣出之以冷靜的筆觸。由於這
些詩做的意象多來自現實世界，經過詩人慧眼發現擷取，而非憑空
想像發明捏造，輪廓因而更為清晰可辨，在看似平淡無奇的字句
裡，卻具現了豐厚的人間情味。再如刻意創新的「動物生態集」:〈獅
子〉、〈蚊子〉照見人性的醜陋與人生的茫然無知，控訴蠶食山林、
鯨吞土地者的貪婪惡行；〈蜜蜂〉、〈麻雀〉、〈伯勞鳥〉洞穿台灣的

泡沫經濟與主權的不確定性；〈蟬〉、〈貓〉、〈畫眉鳥〉等，喻指政
治生態，暗批野心政客把台灣的天空搞得烏煙瘴氣；至於〈候鳥與
麻雀〉一詩，則選擇作土生的麻雀，認同溫沃的島嶼──台灣。藉
由物象進行嚴肅議題的反思，盡情嘲諷，宛如現代寓言。

　　噴發的激情──被撫慰消解，轉而冷冷地、緩緩地流露，這就
是客觀「偏冷」的「觀照式」詩的特徵。洛夫嘗解釋「觀照式」詩
謂：「就是詩人看這個世界時，心是熱的，眼睛卻是冷的；血是熱
的，話是冷的。這樣就不致使詩中的情感流於氾濫，也不會因時空
的變異而影響詩的價值，因為客觀而冷靜的意象具有普遍性與永恆
性。」[11]成功的詩人必須將主觀情感客觀化，讓情緒沉澱、回流，
然後「客觀投影」呈現為意象時，才能化殊相為共相，才能引起普
遍性的交感共鳴。岩上結合了現實人生中所累積的經驗之客觀性，
與詩學審美經驗的主觀性，包孕溫熱情懷於冷峻的文字之內，創造
了充滿暗示性、象徵性，且深具永恆性價值的觀照詩，流露出「沉
鬱頓挫」的鮮明特質。向陽認為岩上詩：「基本上都含帶一種悲憫、
哀怨的凝視，其中流露出他對人生變易本質的思考、對社會變遷亂
象的嘲諷，都非出於直接的控訴，而是通過詩的語言的頓挫、轉折，
寄託他的沉鬱、悲憫，在迴旋迂折、轉喻多義之間，表現用情極深
的沉鬱詩風。」[12]岩上的詩關懷現實，不離人間，客觀抒情，冷靜
展示，而展現為冷凝沉鬱的風格特色。

　　檢驗岩上所有詩作，發現他頗能自覺地追求語言的內涵性、外
延力，取象鑄意貼切深刻，詩意、詩藝涵容兼蓄；絕大部分作品皆

---

[11]　洛夫〈詩的語言和意象〉，《孤寂中的迴響》（台北市：東大圖書公司，1981 年
　　7 月），頁 7-8。
[12]　向陽〈冷凝沉鬱論岩上〉（嘉義：中正大學「第一屆嘉義文學學術研討會」論
　　文，2004 年 12 月 17 日），頁 27。

能透過藝術技巧的熟稔變化，及寬廣思維的馳騁飛躍，把現實的事物予以塑造、提煉、轉換，並融入生命哲思，既不排斥形式結構之美，更有冷凝曲折、含蓄蘊藉的盎然詩味。就此而言，岩上不僅是一位深具創意的寫實詩人，也是「笠」詩社中極少數有能力向現代主義挺進的詩人之一。

二、岩上詩作缺失舉隅

　　岩上詩作頗具獨特風姿，成就洵屬非凡，但並非篇篇無懈可擊。初涉詩壇時，就曾招致不少批評，例如〈談判之後〉一詩，被評為「缺乏深刻」，「顯現濃郁的情緒化」、「內面世界顯然十分空洞，形式魅惑，內在荒涼。」也有由此以概其餘，認為岩上是個「波動性極大、極難穩定的詩人。……意味著詩人實質把握自我能力的缺乏。」[13]陳鴻森在綜評《激流》詩集時，拈舉部分詩作缺失，略謂：〈風鼓〉表現得有些曖昧而草率、〈激流〉停留於概念的認識上、〈夏天〉僅止於感官的敘寫，以及〈埋葬〉、〈錦繡山河〉均欠缺「異質性」成分，流於一般性的感受。[14]以上的批評，主要圍繞在素材、主題的單調貧乏，及藝術手法的不夠純熟。

　　王灝、林鷺及趙天儀三人將批評的視角，拉長到《冬盡》時期，王灝說：〈風箏〉、〈埋葬〉之結尾，已落入「舊關係」的窠臼中，〈七月之舌〉、〈林中之樹〉、〈荷花〉等的詩意聯繫，在「新關係」的經營上顯有不足，以致於淪為陳腐的複製而已。[15]林鷺指出〈紫藤〉

13　以上依序為傅敏、陳明台及拾虹之批評，《笠》詩刊第 45 期「詩曜場」，1971年 10 月，頁 38-41。
14　陳鴻森〈評岩上詩集《激流》〉，《清溪》70 期，1973 年 4 月，頁 70-77。
15　王灝〈流變的聲音──讀《激流》集談岩上的詩〉，《笠》詩刊第 66 期，1975

一詩題材陳舊及描寫散文化，缺少詩的情趣，認為岩上在「題材的
創新上猶有少數陳腐的弊端。」[16]兩人看法一致，認為「既定觀念」、
「熟悉關係」的重複出現，是詩人警覺性的疏於嚴密。趙天儀則偏
重語言及意象之經營，認為《激流》時期，語言錘鍊尚嫌不足，不
夠圓潤渾厚；《冬盡》時期，「有流於抽象化的趨勢，而在準確地把
握詩的意象方面，似乎力有未逮。」[17]此外，獲得第四屆「吳濁流
文學獎新詩獎」的〈松鼠與風鼓〉一詩，也被批評：「結構不夠完
整，段與段的承接語『誰也管不了誰』完全概念化。」[18]普遍地認
為岩上在一九八〇年代之前的作品，往往受限於題材的褊狹、老
舊，意象的掌握與創發不足，不夠具體透明、缺乏陌生驚奇感，或
者是語言「太乾」[19]太直接了。此時的岩上還沒有走出自己的路，
詩友們的針砭提醒，雖不盡然深中肯綮，但大抵是符合實情的。

　　岩上的詩路初航顯然不太順利，不過，他默默地踩著平穩踏實
的步履，一次次的試驗與創新，終於為自己打開一條平坦的途徑，
以《台灣瓦》正式確立了個人的位置。《台灣瓦》的題材新穎，表
現技法益趨精熟，語言高度壓縮凝練，意象把握精準鮮活，先前的
瑕疵幾乎一一泯除。然而，在此同時岩上也在有意無意間滲透出
「笠」詩人的某種特質，部分詩句太過「粗糙」、「顯露」，偶現「說
明」與「議論」痕跡，如〈自己說〉一詩：「由開國至今從未改選

年 4 月，頁 74-75。

[16] 林鷺〈我讀岩上的詩〉，《台中一中青年育才街》43 期，1976 年 5 月，頁 65。

[17] 趙天儀〈激流的音響──評岩上詩集《激流》〉、〈冬盡春來的甘苦──評岩上
詩集《冬盡》〉，見《時間的對決──台灣現代詩評論集》（台北縣永和市：富
春文化出版社，2002 年 5 月），頁 213-229。

[18] 李勇吉〈談「松鼠與風鼓」〉，《台灣文藝》10 卷 38 期，1973 年 1 月，頁 20。

[19] 王灝〈流變的聲音──讀《激流》集談岩上的詩〉評〈溫暖的蕃薯〉謂：「作
者所用的語言太乾了，因此給人的感覺只是幾根銳利的線條交錯而成罷了。」
見同註 15，頁 74。

的萬年國會／所選出的總統／對國民說：我總統／由中央直接派任而沒經過民選的／省主席／對省民說：／我省主席……」(《台灣瓦》頁 107)，全篇推置雷同的句式，極盡淺白的語彙，暢快宣洩長期積壓的苦悶，意識形態的衝動，沖淡了文學的美感，降低了詩的共享性。又如〈股票市場〉結尾：「今天買什麼／報個明牌／又不是簽大家樂六合彩／也有內線？」(《台灣瓦》頁114)，以及卷六「根之蛙──國中放牛班導師傷痛詩」等，皆毫不遮掩地陳述、批判，文字枯燥乾癟。詩人的憤怒與失望充塞胸懷，未能讓它迴旋沉澱、回復平靜，就一股腦兒溢出，必然導致詩質貧乏，淡乎寡味。

　　簡政珍說：「強調本土意識型態，可能是以美學為犧牲品；強調前衛的戲耍，可能是想像力貧乏的遮掩。真正難能可貴的創意是，介於上述兩者之間的詩作，關懷人生而不流於吶喊，落實於現實而又展現想像力。」[20]屈從意識型態的要求，詩終將淪為政治口號，而過度強調迂迴技巧者，堆砌虛情與意象聯想來自我陶醉，又失之真誠，如何在意識與藝術之間取得平衡，將考驗著詩人的創造力。「笠」詩社堅持入世精神、寫實路線，往往疏於技巧的經營而稀釋了抒情；由於追求大眾化，過度標榜詩的「明朗」，遷就世俗口味而悖離詩的質素。換言之，將社會責任加諸詩人身上，企圖以詩作擔負起改造社會的責任，「笠」詩社同仁把社會責任看得太高了，為了社會責任而犧牲詩藝、詩美，岩上可能是「笠」集團裡面比較好的，或許也不免於此迷障，例如〈籠中鳥〉末三句：「用同樣的曲調／唱反覆的歌聲／只要不令人討厭就好」(《針孔世界》頁40)；〈內褲〉結尾：「我希望沒穿內褲／好笑／我更希望沒穿內褲

---

[20] 簡政珍〈去除裝飾性的抒情──評岩上的詩集《針孔世界》〉，《笠》詩刊第 245 期，2005 年 2 月，頁 68。

／好看」(《更換的年代》頁 30），皆停留於「說明」層次而乏「表現」，減損了詩質詩味，讀之無法獲得審美的愉悅感。再者，因為強調「新即物」鋪寫，堅持以淺俗口語入詩，作品不免落入陳腔濫調的窠臼之中，如：「我們是生命的共同體／大家一起來／伸出支援的手／伸向受難的同胞／伸向破滅的家園／從哪裡倒下／就從哪裡站起來」(〈如果你心中有愛〉，《更換的年代》頁 115)、「人心很小，幾吋而已／貪慾很大，無底洞壑」(〈或大或小〉，《更換的年代》頁 117)；有時又不免冗長拖沓，如〈摩天大樓〉末節：「夜晚／萬家燈火／大家都歡樂」(《更換的年代》頁 12)，原本摩天大樓凝聚的意象、聯想的張力，由於此「蛇足」而潰散鬆弛。

以上筆者的批評採用擷取詩行、摘錄詩句的方式，析離裂解詩的整體結構，不可避免地掉進詩人所言：「那會碰壁，鬆散瓦解」(〈磚〉，《岩上八行詩》頁 76) 的窘境，然而，這些散文化句子的空泛乏味，已嚴重地破壞整首詩的審美層次，也是不爭的事實。

第二節　岩上詩的價值及未來走向

一、岩上詩的價值

(一) 語言的創發與美學價值

岩上詩學強調語言就是詩的全部，詩即建立在語言的新關係上，語言的創發與否成為詩作的美學標準。詩的語言不能拋棄日常語言，必須從生活中提煉與轉化，「不是雕花語言，也非無中生有

的假象，而是從觀照萬象取得，由生活中提煉。」[21]岩上慣以極其素樸、毫無雕飾的語言，再現現實並盡其可能地做著超越現實的努力掘發，平淡而不單調，明朗而不淺露，例如四行小詩〈海〉：「沉潛到內臟的底層／屏息／／你就知道／真正的寧靜」（《針孔世界》頁 91），語言簡淨而蘊含深刻。情詩〈創傷〉，娓娓道出一段往事，沒有華麗的詞彙，沒有誇張的形容藻飾，卻有溫馨動人的詩情。寫景之作〈秋意〉：「被雲朵抱了又抱／吻了又吻／一點也不羞赧的／山脈　當秋俯身而來／卻面紅耳赤／細細地蕭瑟起來」（《針孔世界》頁 19），語言自然流暢，絕少贅詞裝飾；〈明月院的五月〉：「子歸鳥棲在孟宗竹林裡啼叫／不如歸去　不如歸去／也叫不動／我此時此刻的遊興」（《針孔世界》頁 138），文字純淨雅致，連翩想像，詩意清新可喜。詩集《岩上八行詩》，更是以最平淡、平常的語言，寓含耐人思索的人生哲理。這種本色語言的使用，貌似容易，其實是很大的冒險與挑戰，也是相當不討好的創作路程。語言缺乏華麗性與陌生感，乍看之下很容易被誤認為缺乏創造力，加上所描寫的生活對象，直指我們熟悉的尋常事物，極易失去吸引人的神秘性，倘若讀者不能慢慢咀嚼，或者放棄個人固有的直覺經驗，稍不留意，詩人的獨特創造性就被忽略。實際上，這些質樸明朗、內斂簡淨的語言，是大巧之樸、濃後之淡，有些是妙手偶得，質實、精要、自然，皆顯現詩人創發語言能力之不凡。

　　初期岩上以超現實的手法進行詩語言的雕琢；中期逐漸地溶入深層的、關懷的、寫實的手法，展現對整個大環境的愛，語言趨於生活化；而後以新即物手法，透過平實冷靜的語言，從日常生活中見其不尋常的生命意義，在衝突矛盾中進行社會批判；晚近則遊刃

---

[21] 岩上〈詩是語言的創發〉，《針孔世界·序》，頁 15。

於各式技法，語言變化流轉自如，刻意的雕鑿完全消弭於無形。岩上詩的獨一無二，就在於一次次地進行語言的破壞與重建，從而創造了一種風格鮮明的岩上式詩語言。丁旭輝嘗分析岩上各階段語言風格，認為到《更換的年代》時，「一種藏深情於理性冷靜之中、蘊張力於平易簡潔之內的穩定風格形成了。」接著詳細地剖釋謂：

> 在小我的體悟感觸中，往往能剃除物象，直探物象背後的心象，表現語言的最大承載力；在大我的關懷與批判中，則是將深情的關懷，藏在冷靜嚴峻的批判內，表現語言外冷內熱的假面；在都市的觀察與反思中，岩上仍舊維持他一貫的平易簡潔、冷靜理性的詩語言。[22]

充分掌握岩上詩語言「外冷內熱」、「冷靜理性」的特質。向陽也曾扼要歸納岩上詩語言的氣質，他說：「（岩上）採取平易簡潔的生活語言，不事雕琢，且在平易簡潔中透過語言的邏輯操作，試圖建構一個具備多重指涉和多義想像的符號世界。表現在具體的語言操作上，他喜愛使用不帶抒情意涵的乾燥語言，呈現冷靜凝定的氣質。」[23]同樣推許岩上詩語言甚少裝飾的「平實」及「冷凝」特色。岩上透過這樣的語言，對社會現實提供觀照、對生命哲理進行探索，這種去除裝飾性的質樸語言，使得詩作更能接近生命本質，更具人生堅實感，也正是其重要價值之一。

---

[22] 丁旭輝〈試論岩上詩作的語言風格及其變化（下）〉，見同註10，頁122。

[23] 向陽〈冷凝沉鬱論岩上〉，見同註12，頁26。

（二）鄉土色調及台灣精神之確立

岩上的詩雖然各階段呈現不同的風貌，但卻有一種共同的基調──呈顯生活的歷鍊、生命的軌跡；這樣的體驗與成長歷程，又與台灣土地緊密相連，也就是說，從他的詩作中，可以看到台灣近五、六十年間的變化。

岩上的詩扎根於鄉土，廣泛而深刻地刻畫農村人事景物，例如〈松鼠與風鼓〉、〈溫暖的蕃薯〉寫農村的貧窮與凋零，〈那些手臂〉、〈日出日落〉歌頌農民的辛勤堅毅，〈暮色的平原〉、〈割稻機的下午〉美化農忙景象及悠閒寧靜的農村生活，還有〈冬盡〉深深埋下「希望」的種子，孕育勃勃生機。這些全是鄉土記憶的切片，農村經驗的寫真，有著濃濃的鄉土色彩。

所謂鄉土色彩，並非侷限於鄉土或農村題材的採風，「或執迷於所謂『新田園牧歌』式的小情小調，或自閉於所謂『土風』、『鄉情』等社會學層面的詩形詮釋。」[24]鄉土性題材畢竟只是表現媒介之一，單純表象的再現，充其量僅等同於「鄉土誌」或「采風錄」，成功的鄉土詩作，除了鄉土情感的抒露及鄉土本質、美學的掌握，更要融入民族文化的格局及人性化、生命化的觀照，亦即：「一方面要能從鄉土事物的殊相中挖掘出普遍性的共相，另一方面在表達共相中又能保留住鄉土事物的情味。」賦予鄉土詩「更廣大更深邃的生命訊息，生命觀照及生命考察、生命感悟。」[25]岩上長久地與土地同在同呼吸，血脈緊密相連，得以不斷地挖掘與拓殖，真誠紀錄庶民生活，歌詠鄉野聲影，讓鄉土重新煥發生命活力；由於經歷

---

[24] 沈奇〈夢土詩魂──評詹澈《西瓜寮詩輯》〉，《拒絕與再造──兩岸現代漢詩論評》（台北市：三民書局，2001 年 2 月），頁 199-212。

[25] 王灝〈論詩的鄉土性〉，《詩脈》季刊第 3 期，1977 年 1 月，頁 29-39。

過現代主義的洗禮，間接促使其鄉土書寫具備了現代意識和現代詩美學品質，不但保留了人們的生活、情感樣態等無形文化意涵，也兼具鮮活的藝術魅力與感染力，迥異於一般的浮面、蒼白、高蹈與濫情；同時，「往往在即物寫景的筆觸裡，延伸出深刻的人情事理，賦予現實形象以歷史的滄桑感，使得作品含蘊著智慧與經驗的光華。」[26]如〈風鼓〉、〈竹竿叉〉、〈鼎〉等，皆屬佳作，允為現代鄉土詩的典律。

岩上詩的另一重要價值，在於書寫台灣經驗，描繪這一塊千瘡百孔、苦難備嘗的土地，頌詠土地上受苦的靈魂，凸顯台灣主體精神。如〈笠〉足以作為群體徵象：「笠／護呵著我們的生／覆蓋著我們的死／沒有抉擇／不懂圓不懂滾不懂混／只有陀螺般地旋轉而站立起來／流我們的血汗」（《台灣瓦》頁 38），台灣人民以古銅的背接受太陽的試煉，用鋼筋的腳踩爛大地，不論是風雨交加，或是烈日猖狂，總是默默地接受生命的考驗，絕不退縮，如此堅毅的形象，就是真正的台灣精神。

岩上立足台灣本土，熱情介入人間，流露無比的焦灼憂懷；以詩為時代之眼，審視滄桑遞變，印記台灣悲慘的歷史及其轉捩過程，使得他的詩兼具有「社會實錄」及「歷史意識」之價值。社會實錄方面，所重在「人」，舉凡農人、油漆工、賣麻糬的、撿拾破爛的、遊民、妓女等，皆給予深情關懷，或浮雕其形象，或悲憫其境遇，閃耀著人道主義的光輝；而高官權貴、巨商富賈及作奸犯科者，則難逃嚴厲的筆伐。另外，農村轉型、都市畸形發展，導致物欲橫流、人性沉淪，以及自然的破壞、地震與土石流的肆虐等，無

---

[26] 陳去非〈站在草地上生活的人──《讀岩上詩選》〉，《笠》詩刊第 245 期，2005年 2 月，頁 89。

所不包。從《台灣瓦》以降,至《更換的年代》、《針孔世界》,有
浮世圖繪的慨嘆,也有世紀末生死的悲情。

在歷史意識方面,〈水牛〉展現覺醒知識份子對威權壓迫的唾
棄與抗議,隱喻台灣子民「反抗」的潛在因子;台灣歷經荷據、日
治殖民,慘遭欺凌蹂躪,充滿悲情的〈命運〉一詩,透過各種形式
的侮辱、挑戰,歌頌台灣人民不屈不撓的群體意識;兩首〈台灣瓦〉,
是典型的「台灣主體」書寫,透顯台灣文學中的「傷痕」原型。這
些詩作都發表於「不能說」的年代,不得已乃迂迴轉喻,隱約暗示。
台灣的歷史命運黯淡淒涼,迄今仍普遍存在認同的模糊,主體飄搖
不定,屬性位置不明,一如漂流木的無根無依。[27]

岩上許多「兩岸」糾葛牽扯關係的離析,及鄉愁、回歸意識的
湧現,莫不是為了喚醒台灣人民的自覺,尋找台灣文化的主體性精
神。岩上多年前接受專訪時,曾發出殷切的期盼與呼籲:「詩文學
的根在於文化,我們必須從經濟與政治的衝擊中漸漸建立自己安身
立命的文化,詩文學的發展方有自己的面目。」[28]主張台灣文學必
須呈現台灣共同意識,必須有其現實存在經驗的特殊性,否則永遠
是擺盪於大洋與大陸之間的邊陲文學,充滿了不確定性,看不到自
己。台灣不能隨著世界性流風起舞,必須努力建立「台灣味的詩文
學」,故而不能拋棄社會、疏離現實,要能反映、表現生活的一切,
尤其應該重構台灣的歷史記憶,還原歷史的真相,呈現島國居民的
生存意念和精神內涵。岩上詩文學的實踐,就充滿著記憶與認同,
不但呈顯台灣土地的印痕刻記,散發濃濃的台灣情味,也確立了「台
灣詩」精神,為台灣文學帶來一股提振的力量。

---

[27] 岩上〈漂流木〉,《臺灣現代詩》創刊號,2005 年 3 月,頁 9。
[28] 莫渝〈十問岩上〉,《岩上的文學旅途》(台北市:財團法人榮後文化基金會,
2001 年 2 月),頁 30。

（三）興觀群怨的淑世功能

　　儘管岩上詩中所關注的天地八荒九垓，語言形式、題材主題變動不居，然而不變的是對「人」的關懷、對「生命」的熱愛。岩上始終堅信，一個詩人能用熱情去感受現實，就不會麻木於嚴峻的現實而一味地幻想。他說：「人生的整體才是詩創作的實體，多一點風霜雨露，少一些虛無縹緲的幻境，有血有肉，有人間味的詩，才能感人肺腑。」[29]他的詩是屬於生活的、生命的，有人情的真、人性的善、人心的美，相當人性化，深具人間情味。更可貴的是在他的作品中，輕易地發現到一股「生命的流動」力量，幾乎「可以聽到血液的呼嘯，並且感覺它在不斷地生長。」[30]岩上醒覺地抵抗陸沉，明知宿命地無奈，仍堅持從事精神事業，在《激流》後記裡，強調那些涓涓滴流，完全出自「易變命運的推演」；《針孔世界》自序中，再次提到：「詩是生命爆開的火花，也是生活體驗的精髓；更是生存的位置。」[31]生命、生活與生存之關係，正是岩上詩心之所寄。以生命為詩，詩成為生命的投射、煥發與外顯；生命伏流頑強地顫動，詩創造的同時，也完成了生命。如此看來，岩上詩作不正具備啟發、鼓舞、振奮的「興」之作用？

　　岩上雖然深受《易經》與老莊影響，屢有「出世」之想，但緣於「性之所近」，使他無法擺脫「入世」的牽引；一旦深情介入，卻發覺處處是衝突、對峙，社會日益惡化，人心快速腐敗，詩人在

---

[29]　岩上〈詩語〉，鄭炯明主編《穿越世紀的聲音：笠詩選》（高雄市：春暉出版社，2005 年 8 月），頁 86。類似的觀點又見於〈詩是語言的創發──關於詩語言的思考〉一文，見同註21，頁 6-16。

[30]　洛夫〈中國現代詩的成長〉，《洛夫詩論選集》（台北市：開源出版公司，1977年 1 月），頁 50。

[31]　岩上〈詩是語言的創發──關於詩語言的思考〉，見同註21，頁 14。

憤怒、失望之餘，不得不痛下針砭、嚴予諷刺。如《台灣瓦》記錄社會的劇烈變動，時代政治的混亂；《更換的年代》針對那個不斷更換的、荒謬的年代，揭發醜陋與不堪；《針孔世界》直刺失序的大千世界、迷途的人心。這就使得岩上的詩作在「興、觀、群」之外，多了一種「怨」的作用。

　　岩上詩作所批判的現象，含括爭奪地盤、廢氣戰爭、剖腹生產、整型手術、飛碟升天、盲從剃度等光怪陸離的事件，以及環境污染、經濟起伏、飛彈試射、兩岸關係等與生活息息相關的議題。尤其是官員的貪贓枉法，巧取豪奪，罔顧人命，還有九二一地震暴露出政客的無恥之惡、商人的鑽營醜態，以及人性的爭奪欺詐，由悲憫而至憤怒，痛斥人類心底的惡源深淵。再如《針孔世界》中的〈性愛光碟風暴〉，偷拍行為及其衍生的風暴，反映出道德觀的式微，以及新聞倫理的蕩然；光碟事件本身，更嚴重違反善良風俗，戕害大眾心靈。詩人的滾燙肺腑，忡忡憂心，一一化為良知的思考批判，試圖扭轉世俗的價值觀，滌淨遭受污染的心靈。詩人明知改造的力量薄弱、效果有限，仍懇切的呼籲，無非是想盡一點責任罷了。這些詩作是現實主義的珠玉，可謂為今之「樂府」，它不僅可以淨化人心、提升人性，對於社會亦有淑世的功能。

二、岩上詩未來可能的走向

　　岩上書寫手法多元，在歷經五十年的藝術審美追求以及人生的修為之後，無論是形式表現、意象經營、詩質意涵等方面，皆更趨飽滿圓融；愈至晚近，愈見其詩作理性與感性、深度與廣度、主體與客體的和諧交融。多元卻和諧的交融下，我們可以感受到岩上以簡鍊而機智的文字，創生新境，如〈黑白數位交點〉，大膽演練各

式語言實驗，寓諷刺於詼諧，演繹抽象哲理，蘊深刻於淺白。〈混濁〉亦以「黑白」對立辯證成詩，由於黑白的互染對換，人間污濁一片，「人們無感不覺地／陷入混濁中／比行走在黑夜／更辨不出方向」[32]，嘲諷台灣主體的認同模糊。詩人透過抽象的詩序，巧妙鋪排「極簡」文字，賦予既寫實又超越現實的批判性意涵。其次，在題材及內容的展現方面，從寫意而寫實，從自我出發、走出自我，關注社會現象、揭露社會問題，到生活的苦難感受、生命的悲情感悟，終又返歸自我，自照本性，一切自適自在，和諧欣喜。

詩是存在的表徵，就詩作予以整體的考察，歸納特色、勾勒價值，則詩人位置自然彰顯。岩上一生逐詩，為詩蒼老，以詩劃出了個人生命的方位，試圖建構台灣現代詩的理想國，雖然未臻圓滿究竟，但雛形已具。不管是將他放在「笠」詩社聚焦微觀，或置於整個台灣詩史鳥瞰宏觀，岩上皆有其座標存有。洛夫說：「以文學觀點來評斷一個詩人是否偉大，應從兩方面來看，一是他擴展境界的才能，一是他創造語言的才能。」[33]岩上詩有清新素樸的語言，豐富的鄉土人情，真切的當下關懷，引人深思的生命哲理，以及淡淡散發的冷靜美感，既不能簡單地以「現實主義」概括，更不能以「本土」或「笠」集團標籤範限；且他駕馭語言文字，彈性跳躍，靈活而不沾滯，時有令人驚奇的創發。準此以觀，岩上兼具「擴展」與「創造」之能力，稱得上是成功的詩人。縱然他沒有氣勢磅礡、壯闊浩瀚的「史詩」型作品，無法躋身「大詩人」行列；他不是詩人

---

[32] 岩上〈混濁〉，《台灣日報·副刊》，23 版，2003.4.7。
[33] 洛夫〈波撼岳陽城——談兩首詠洞庭湖的古典詩〉，《孤寂中的迴響》，見同註 11，頁 22。

星空光譜裡最亮的星座，但他一直孤獨地閃爍著，「明亮的清輝，足以穿透暗雲重重的人寰。」[34]

　　《岩上八行詩》第六十一首〈岩〉，當為刻意的「歧出」，其中有詩人身世的回想、生命的回應，也有詩的風姿及存在之肯定：

> 風雨浪濤烈日焦旱的侵蝕
> 龜裂肌膚深切入骨
>
> 命運變景在山上或海邊
> 根的故鄉永遠蟠踞大地
>
> 有泥土的實質，我存在
> 有冥想的天空，我存在
>
> 冰冷的容顏雕刻世俗的面具
> 火山的熱情依然在體內沸騰（頁 122）

岩上對詩的堅持，不言可喻。印證已出版的七本詩集，確實看到岩上在不同時期，或因時空環境的變遷，或因個人的成熟練達，其詩意的輻射與潛流，都發揮了敏銳冷靜的觀察力與一貫對臺灣土地的認同情感，且在生活化、人間味的樸實包裝下，蘊含著堅毅真實的台灣精神。然而，岩上並不囿於原有風格，不甘於停滯不前，他不斷地開拓延展，雖年值「古稀」，詩心猶澎湃不已，往後的進路該如何？相信詩人已了然於胸。近年來，詩人生活更懂得隨緣放曠，生命情調更顯雲淡風清，詩作漸多老莊的超脫與佛禪的趣味，也許

---

[34] 陳去非〈站在草地上生活的人──《讀岩上詩選》〉，見同註 26，頁 92。

是再一次境界的開拓與發展之預示。由此觀之，詩人未始不可能另闢蹊徑、再創高峰，岩上未來的詩作，值得吾人拭目以待。

附錄

一、岩上文學簡歷

一九三八年

九月二日生，本名嚴振興。

本籍嘉義縣朴子（出生於今台南縣永康市，旋即因尊親工作遷徙，歸籍嘉義朴子）。

一九四二年

父親不幸逝世。

一九四五年

第一次世界大戰結束，日本投降，台灣光復。

一九四六年

入嘉義崇文國民學校就讀。

一九四七年

小學一年級下學期，台灣發生二二八事件。

一九五二年

入嘉義縣立華南商職就讀，曾獲全縣國語文競賽初中組第三名。

一九五五年

　　入省立台中師範學校讀書，對文學與美術產生濃厚興趣，開始
接觸現代詩，並習畫。

一九五六年

　　發表第一首現代詩於《奔流》文藝一卷三期，題為〈孤影〉。

一九五七年

　　發表第二首現代詩於《新新文藝》月刊，題為〈黃昏〉。
　　參加全省學生美展獲大專組特選第三名。

一九五八年

　　台中師範學校畢業，八月，派任南投縣草屯鎮中原國小教師。
　　設籍南投縣草屯鎮至今。

一九六一年

　　十二月，入伍服兵役，於士林衛勤學校受訓。

一九六二年

　　調鳳山陸軍某基地當下士文書，精忠報特約通訊員。
　　詩作品開始發表於軍中刊物。

一九六三年

　　十二月，退伍。返回原校服務。

一九六四年

　　九月，考入逢甲學院財稅系夜間部就讀。

一九六五年

　　二月十八日，與胡瑞珍結婚。

因母親病重住院六個月，沒錢繳納學費，逢甲學院暫時輟學。

一九六六年

詩作首次在《笠》詩刊登載，因而認識詩人桓夫先生，經介紹加入「笠」詩社。

通過中學教師檢定考試（國文科），十二月，應聘草屯中學任教。

一九六七年

逢甲學院復學。

一九七〇年

〈正午〉、〈黃昏〉兩首詩，選入《華麗島》詩集（日文版）。

一九七一年

逢甲學院畢業，入成功大學中文系修學分。

一九七二年

十二月，處女詩集《激流》面世（收錄四十一首詩，不分卷，桓夫序）。

一九七三年

四月，以〈松鼠與風鼓〉一詩獲吳濁流文學獎第一屆新詩獎。

七月，〈論詩想動向的秩序〉一文發表於《龍族詩刊》第九期評論專號。

一九七四年

六月，〈清明〉一詩發表於《中外文學》詩專號。

十一月起，開始研練太極拳，浸淫拳法剛柔虛實變化的魅力之中，從而體悟到詩蘊層漸的張力與詩思動向脈絡，以及縱放不失厥中的道理。以拳喻詩，影響了往後的詩創進路。

一九七六年

四月，應聘《南投青年》月刊主編（計五年），當選中國青年寫作協會南投縣分會理事長。

七月，與王灝、鍾義明等創立「詩脈社」，主編《詩脈》詩刊（共九期）。

〈詩・感覺與經驗〉一文發表於《主流》詩刊評論專號。

〈冬盡〉等詩四首選入《八十年代詩選》（紀弦等編）。

〈任性的春天〉等詩三首選入《當代情詩選》（王牌主編）。

一九七七年

撰寫〈愛染篇〉於《詩脈》詩刊連載。

〈攜手三章〉發表於《中華文藝》詩專號。

一九七九年

五月，獲第二屆中興文藝獎章新詩獎。

〈伐木〉、〈星的位置〉選入《現代詩導讀》（張漢良、蕭蕭編選）。

〈星的位置〉等詩四首選入《台灣現代詩集》（日文版）。

一九八〇年

五月，詩集《冬盡》出版（收錄六十首詩，分七輯，自序〈詩的來龍去脈〉）。

擔任台中市、彰化縣幼獅文藝營講座。

一九八一年

〈暮色的平原〉選入《大家文學選·詩卷》（李進發、廖莫白編選）。

〈影子〉等詩四首選入《中國當代新詩大展》（蕭蕭、陳寧貴、向陽編選）。

〈海螺〉等詩五首選入《當代中國新文學大系·詩卷》（瘂弦編）。

一九八二年

〈細線〉一詩選入《情詩一百》（喻麗清編）。

〈切肉〉、〈海岸極限〉二詩選入《感月吟風多少事》（張默編）。

一九八三年

〈午時海洋〉一詩選入《七十一年詩選》（張默編）。

《中華民國現代名人錄》介紹（張朝桅主編）。

六月二十日，接受《台灣時報》專訪，林仁德撰文介紹寫作歷程。

〈山與海〉刊登於《布穀鳥》第十四期（林煥彰主編），是第一首童詩作品。

一九八四年

〈貓聲〉一詩選入《七十二年詩選》（蕭蕭編）。

〈暗房〉、〈蹉跎〉選入《當代台灣詩人選·1983年卷》（郭成義主編）。

參與國立中央圖書館舉辦之「現代詩三十年詩集詩刊詩人資料特展」。

參與《台灣日報》主辦之「詩的饗宴」座談會（台中、南投、彰化）。

一九八五年

〈吊橋經驗〉一文選入《開放的心靈》（向陽等著）。

一九八六年

十一月，應台灣省政府新聞處邀請訪問金門，詩人白萩同行。

一九八七年

獲第二十一屆中國語文獎章。

〈葬列〉、〈夜〉、〈香爐〉三詩分別選入《旅遊》、《情念》、《憧憬》三書（李敏勇編）。

〈蹉跎〉一詩選入《台灣詩集》（世界現代詩文庫・日文版）。

於「南鯤鯓鹽分地帶文藝營」演講〈詩的虛與實〉。

一九八八年

一月，出席「88'亞洲詩人會議」（台中）。

〈星的位置〉一詩選入《亞洲現代詩集》（日文版）。

〈冬日無雪〉一詩選入《七十六年詩選》（張漢良編）。

一九八九年

八月一日，獲准提早退休，離開國中教職。潛心研究易經、老莊。

十一月十三日起，於《台灣時報》發表〈根之蛀──國中放牛班導師傷痛詩〉，每日三首，計十五首。

〈台灣瓦〉等詩三首選入《續台灣現代詩集》（日文版）。

〈割稻機的下午〉等詩八首選入《中華現代文學大系・詩卷》（張默主編）。

〈拾金〉一文選入《人間情分》（張曼娟等著）。

一九九〇年

五月四日，獲中國文藝協會新詩創作獎章。

七月，詩集《台灣瓦》出版（收錄五十九首詩，分六卷）。

出席韓國漢城主辦的第十二屆世界詩人大會。

〈醒來的喊聲〉、〈海岸極限〉二詩選入《台灣當代愛情詩選》（上海文化版）。

〈細線〉一詩選入《情詩1990》（杜十三編）。

為王輝煌畫展配詩四十幾首，於台中市文化中心展出。

〈傷口〉一詩轉譯韓文，登載於韓國《竹筍》詩刊。

〈陋屋〉、〈水牛〉二詩選入《亞洲現代詩集》第五集。

一九九一年

五月，《愛染篇》問世（收錄四十五首詩，分四卷）。

應聘為第一屆台灣詩獎評審委員（榮後文化基金會）。

〈蹉跎〉、〈木屐〉二詩選入《台灣現代詩選》（非馬選）。

一九九二年

〈獅子〉一詩選入《八十年詩選》（李瑞騰編）。

開始撰寫「八行詩」，發表於聯合報、中國時報、聯合文學、中外文學等。

一九九三年

十月，南投縣文化中心出版《岩上詩選》（南投縣文學作家作品集第一輯。收錄六十首詩，分四卷，自序〈詩的來龍去脈〉）。

〈松鼠與風鼓〉等詩十七首選入《混聲合唱：笠詩選》（趙天儀等編）。

〈夢〉一詩選入《八十一年詩選》（向明、張默主編）。

一九九四年

一月，出任《笠》詩刊主編，至二○○一年六月止，計八年。

應聘為第四屆台灣詩獎評審委員（榮後文化基金會）。

當選第三屆台灣省兒童文學協會常務理事，並與陳千武、錦連共同主持「新詩童詩作品研討會」（每月一次）。

參加第十五屆世界詩人大會（台北）。

〈火〉一詩選入《一九九三台灣文學選》（李魁賢等編）。

〈三月〉一詩選入幼獅文藝四十年大系新詩卷《半流質的太陽》（張漢良、蕭蕭主編）。

〈日出日落〉一詩選入《港澳台詩歌精品》（郭銀星選編）。

〈芒草〉一文選入《散文的創造》（瘂弦編）。

一九九五年

八月，假日月潭舉辦「95'亞洲詩人會議」。會後並編輯《95'亞洲詩人會議台灣日月潭大會詩專集》，刊於《笠》詩刊189期。

參加「台灣現代詩史研討會」（文訊雜誌主辦），講述〈現代詩史成長的軌跡〉。

應聘為第五屆台灣詩獎評審委員（榮後文化基金會）。

〈燭〉一詩選入《一九九四年台灣文學選》（彭瑞金等編）。

〈那些手臂〉一詩選入《新詩三百首》（蕭蕭、張默編）。

一九九六年

八月，《詩的存在——現代詩評論集》出版（分四輯）。

擔任「第三屆全國童詩徵選」評審委員。

應聘為財團法人賴和文教基金會第二屆董事。

應聘為第六屆台灣詩獎評審委員（榮後文化基金會）。

〈火〉一詩選入《台灣文學英譯叢刊》（美國加州大學出版）。

〈更換的年代〉、〈拾舊報紙的老婆〉二詩，由日本詩人今辻和典日譯刊於日詩誌《quel》46 期。

一九九七年

八月，詩集《岩上八行詩》出版（收錄六十一首詩，不分卷，自序〈詩的語言與形式〉）。於台中市舉行「岩上八行詩作品研討會」，陳千武主持，趙天儀引言。

十月，獲第二屆中國詩歌藝術學會編輯獎。

擔任「南投縣文學家作品集」稿件評審委員。

應聘為第七屆台灣詩獎評審委員（榮後文化基金會）。

《聯合文學》150 期「作家臉譜」刊出相片及〈鬱卒年代〉一文。

參加第一屆東亞詩書展於韓國首爾。

接受綠色和平台灣文化電台「文藝沙龍」訪問，談新出版詩集《岩上八行詩》。

主編《笠下影：笠詩社同仁著譯書目集・1997》。

〈水牛〉、〈菊貌〉等詩七首選入《當代名詩人選》第三集（麥穗主編）。〈手絹〉、〈手印〉二詩選入《卡片情詩選》（葉紅、陳謙主編）。

〈動物生態四首〉、〈椅〉、〈墓〉三詩，由日本詩人今辻和
典日譯刊於日詩誌。

〈拾舊報紙的老婆〉一詩選入《1997 年版中國詩歌選》（文
曉村、潘皓主編）。

〈築路〉一詩選入《裕隆新詩路》（嚴凱泰總編輯）。

一九九八年

一月，膺任台灣省兒童文學協會第五屆理事長。

擔任一九九八年「賴和文學獎」評審召集人。

應聘為「南投縣文化基金會」第四屆董事會常務董事。

擔任「南投縣第一屆文學獎」現代詩評審委員。

擔任「南投縣文學家作品集」評審委員。

擔任「台灣省第十四屆巡迴文藝營」指導老師（暨南大學）。

擔任「台灣省兒童文學創作研究夏令營」營主任。

擔任「彰化師範大學文學獎」決選評審。

參加第二屆東亞詩書展於日本北上市「日本現代詩歌文學館」。

〈建築〉一詩選入《一九九七年台灣文學選》（李欽賢等主編）。

一九九九年

〈少年的夢〉、〈秋別〉二詩選入《台語詩一甲子》（林央敏
主編）。

〈風動石〉一詩選入《一九九八現代漢詩年鑑》（中國文聯
出版）。

〈天空的眼〉一詩選入《中國詩歌選》（劉建化、莊雲惠主編）。

〈建築〉一詩選入《天下詩選II》（瘂弦主編）。

〈獅子〉、〈夢〉二詩選入《九十年代台灣詩選》（瀋陽春風
文藝版）。

九月二十一日，台灣大地震，南投受損慘烈，撰寫有關災情詩文十幾篇，並於《笠》詩刊製作專輯。

九二一大地震發生後百日，南投縣政府於十二月二十九日舉行「告別世紀災難」百日祭音樂詩歌之夜，應邀朗誦〈如果你心中有愛〉一詩。

擔任「台灣省兒童文學創作研究夏令營」營主任（日月潭）。

台中有線電視台「人文台灣」錄製「詩人岩上」專輯。

二〇〇〇年

七月，於台中市成立「台灣現代詩人協會」，當選理事。白萩擔任理事長。

十月，《台灣詩人一百》第一輯訪問錄製 VCD（行政院文建會出資，黃明川電影視訊公司策劃）。

十二月，詩集《更換的年代》出版（收錄一五七首詩，分十卷，李魁賢序〈詩的衝突〉）。

十二月，《笠》詩刊 220 期推出「岩上詩作評論專輯」。

〈大地翻臉〉、〈大地震，世紀末生死悲情〉選入《九月悲歌》（南投縣文化局編印九二一大地震詩歌集）。

擔任第二屆南投縣文學獎評審。

參加第三屆東亞詩書展於台中市立文化中心。

二〇〇一年

五月，參加第四屆東亞詩書展於韓國首爾。

六月，辭卻《笠》詩刊主編工作。

九月，參加「二〇〇一台北國際詩歌節」活動，相片及介紹文刊印於《向歲月致敬——台灣前輩詩人攝影集》一書（台北市文化局出版）。

十月一日，應邀參加「高行健文學座談會」（文建會主委陳郁秀主持）。

十月六日，獲南投縣第三屆文學獎文學貢獻獎。

擔任「全國巡迴文藝營」指導老師（成功大學）。

擔任「台灣省兒童文學創作研究夏令營」講師。

〈整型手術〉一詩選入《八十九年詩選》（蕭蕭編）。

〈大樓倒塌〉一詩選入《台灣文學英譯叢刊》（美國加州大學出版）。

〈細線〉、〈讀妳的眼睛〉二詩選入《薔薇不知──台灣情詩選》（莫渝編）。

〈兩極半世紀〉一詩選入《中國詩歌選》（文曉村編）。

〈獅子〉、〈夢〉、〈建築〉、〈更換的年代〉等選入《九十年代詩選》（辛鬱等編）。

二〇〇二年

二月，獲第十一屆榮後台灣詩人獎。

《岩上短詩選》中英對照本列入《中外現代詩名家集萃》（香港銀河出版）。

〈手〉一詩選入《新詩隨筆》（莫渝編著）。

〈愛〉、〈親像海湧〉二詩手稿選入《情詩手稿》（侯吉諒編）。

〈流失的村落〉一詩選入《九十年詩選》（焦桐主編）。

〈土石流〉一詩英譯載於 The Chines Pen (Taiwan). summer 2002,Contemporary Chinese lierature from Taiwan《當代台灣文學選譯》（朱炎等編）。

《台灣詩學季刊》第 38、39 期刊載「台灣詩人專論──岩上篇」。

六月八日，參加第五屆東亞詩書展於日本扎幌北海道文學館。

之後，發表〈旅日詩抄〉十一首。

擔任「第一屆玉山文學獎」評審。

擔任「全國巡迴文藝營」指導老師（雲林科技大學）。

擔任「台灣省兒童文學創作研究夏令營」講師。

擔任彰化縣「礦溪文學作家作品集」徵集審查委員。

二○○三年

十二月一日至九日，由臺灣筆會組臺灣詩人代表團參加「印度文學之旅」，六日，在班格洛參加第八屆印度「國際詩歌節」活動，並遊德里、阿格拉、馬德拉斯、孟買、奧蘭卡巴等地。

臺灣筆會編印《嚮往和平 Longing for peace》一書（中英對照本），收錄〈阿富汗少女〉、〈戰後的戰爭〉等二詩。之後發表〈印度之旅〉詩抄十一首。

十二月，詩集《針孔世界》出版（南投縣文學作家作品集第十輯。收錄七十六首詩，分七卷，自序〈詩是語言的創發〉）。

十二月，編《日月潭詩歌集》。

〈舞〉等詩五首選入《中華現代文學大系·詩卷》（白靈主編）。

參加第六屆東亞詩書展於台中，出席「東亞現代詩創作國際研討會」。

擔任彰化縣「礦溪文學作家作品集」徵集審查委員。

擔任「二○○三全國巡迴文藝營」指導老師（雲林科技大學）。

全數作品提供國立中正大學製作「嘉義庶民文學與作家文學」數位化專輯。

二〇〇四年

一月十四日，擔任彰化縣文化局「第六屆兒童第三屆青少年詩畫創作比賽」評審。

二月一日，王宗仁為《笠》詩刊四十週年慶來做詩人專訪。

二月十七日起，應聘為國立中正大學駐校作家，並講授「身體、環境與創作」課程。

三月廿七日，草屯鎮草溪路「詩燈石雕」造型，採用〈花豔鳳凰木〉一詩。

四月，為「歌詠日月潭」寫作歌詩〈日月潭情景〉、〈水聲與山影〉（分別由陳亦彗、陳宏譜曲），CD 由日月潭國家風景區管理處監製發行。

五月七日，應聘為「南投縣文學作品集第十一輯」評審委員。

五月，主編《日月潭詩歌集》（台日韓詩集），由日月潭觀光發展協會印行。

五月十三日，應聘擔任東海大學文學獎決選評審。

五月廿六日，應聘擔任國立中正大學第二屆清園文學獎決審。

六月十二日，應聘擔任台中市第七屆大墩文學獎評審。

〈一切禍害都無罪〉一詩選入《二〇〇二臺灣詩選》（向陽主編）。

七月，參與「少年十五二十時作家年輕照片展」，岩上相片為就讀台中師範時。（文訊雜誌社策劃，地點：台中市文化局）

七月，「二〇〇四台中文化季──閱讀城市」主題活動「詩人身影展」，展出三十位臺灣當代重要詩人，岩上為其中之一。（地點：台中市中友百貨誠品書店）

八月六日，擔任「南投縣第三屆玉山文學獎」評審。

八月廿四日，擔任「台中文化季──閱讀城市」活動之「尋找優質詩作」網路徵詩評審。

九月十二日，擔任文建會主辦的「二○○四臺灣文學獎」決審委員。

九月，遊西歐，之後發表〈西歐之旅〉詩抄二十首。

十月三日，參加〈笠詩社四十週年國際學術研討會〉，擔任座談會引言人。

十月，策劃並執行「二○○四南投國際風箏節系列活動」之一「風箏少年詩兒童詩徵詩競賽」。

十一月七日，於真理大學主辦「臺灣文學家牛津獎及錦連詩作學術研討會」上，發表論文〈錦連詩中的生命脈象訊息與意義〉。

二○○五年

〈臺灣瓦〉等詩四首選入《國民文選・現代詩卷》（林瑞明選編）。

〈愛河〉一詩選入《水都意象──高雄》（雨弦主編）。

〈德里街頭〉等詩十一首及〈黑皮膚的亮光〉一文，選入《印度的光與影》（李魁賢編）。

〈更換的年代〉一詩選入《臺灣現代文選・新詩卷》（向陽編著）。

〈歷史如果是一面鏡子〉等詩八首選入《穿越世紀的聲音：笠詩選》（鄭炯明主編）。

〈舞〉一詩選入《臺灣文學讀本》（曾進豐等編著）。

一月十八日，擔任彰化縣「第七屆兒童、第四屆青少年詩畫創作比賽」評審。

二月，參與「雕塑與詩的對話」活動，有詩三首配合雕塑作品展出並發表〈詩與雕塑的共鳴〉一文。

三月十五日，擔任台中縣兒童文學徵文比賽初複審工作。

三月，參加「二○○五高雄世界詩歌節」活動並朗誦詩作。

五月三日，受曾進豐邀請至中正大學台文所演講：〈岩上詩的歷程〉。

五月卅日，擔任「彰化縣第七屆礦溪文學獎」評審。

六月十五日，擔任「南投縣文學家作品集第 12 輯」徵稿評審。

六月廿六日，參與靜宜大學舉辦之「第九屆全國兒童文學與兒童語言學術研討會」，擔任論文討論人。

七月十三日，隨台灣詩人訪問團出席於蒙古國首都烏蘭巴托舉辦之「二○○五年台灣蒙古詩歌節」活動，包括會議、座談、詩歌朗誦等。並出版《台灣詩人作品選集》（蒙、漢文對照），收錄〈更換的年代〉等詩九首。之後，發表〈蒙古之旅詩抄〉十二首於《笠》詩刊 249 期。

八月三日，擔任「南投縣第四屆玉山文學獎」評審。

九月三日，擔任教育部「大學院校教師人文及社會科學研習營」講座，講題：「笠詩社與詩人」。

九月廿一日，擔任南開技術學院「作家演講」講座，講題：「詩中的物觀」。

十一月廿六日，參加「二○○五南投文學：巫永福與張文環創作學術研討會」擔任論文討論人。

十一月廿九日，由國家臺灣文學館策劃「臺灣詩人影音計劃」之電視節目「詩人部落格」，介紹「詩人岩上」。中華電視教育文化台播出，許悔之主持。

二〇〇六年

〈漂流木〉一詩選入《二〇〇五臺灣詩選》（蕭蕭主編）。

〈少年的夢〉一詩選入《台語詩一世紀》（林央敏編）。

日本詩誌《詩と創造》54期（2006冬季號），今辻和典日譯〈鏡〉、〈印鑑〉詩二首。

〈蟬〉、〈水牛〉、〈命運〉等詩三首選入《花與果實》（李敏勇編）。

一月，出版兒童詩集《忙碌的布袋嘴》（臺北縣富春文化出版）。

一月廿六日，發表〈家族小詩十三帖〉（台灣日報副刊一次刊出）。

二月廿五日，國家臺灣文學館「週末文學對談」──「孤吟岩上和獨行郭楓的另類交響」。

三月，為台中監獄受刑人開授寫作班，每兩週授課一次。

三月十六日，擔任台中縣「第廿屆兒童文學甄選」評審。

三月十七日，受中山醫學大學台語文學系之邀，演講「岩上八行詩的創作與結構」。

三月廿一日，應聘擔任臺灣省政府主辦之「中興新村第一期駐村藝術家」甄選委員。

五月七日，擔任高雄縣「第五屆鳳邑文學創作獎」評審。

五月十二日，擔任彰化師大「第十二屆大白沙文學獎」評審。

五月廿二日，擔任「第三屆中臺灣聯合文學獎」評審。

五月廿四日，擔任暨南國際大學「第五屆水煙紗漣文學獎」評審。

五月卅一日，參加「第九屆東亞詩書展暨現代詩國際研討會」，並主持詩歌朗誦會。

六月一日，擔任彰化縣「第八屆磺溪文學獎」評審。

六月，高雄市政府文化局策劃「阿勃勒花季」活動，〈阿勃勒花舞〉一詩選入《黃色迷戀詩選》（路寒袖主編）。

七月，〈大地震，世紀末生死悲情〉詩組選入《優游意象世界》（蕭蕭主編）。

七月十五日至廿六日，南投縣文化局舉辦「詩絲入扣——嚴月秀視覺設計創作展」（以《岩上八行詩》中廿二首詩句融入設計作品中）。岩上並撰寫〈詩與視覺傳達設計交感藝術〉一文。

十二月廿日，受曾進豐邀請至高雄師範大學國文系演講：〈詩意與詩藝——兼對台灣現代詩一些省思〉。

二〇〇七年

一月，〈七月來蒙古〉等十二首詩，收錄於《戈壁與草原——台灣詩人的蒙古印象》（李魁賢編）。

三月，參與日月潭九族櫻花祭「櫻花・詩情・日月潭」藝文活動徵詩評審。並於日月潭朗誦〈日月潭之美〉詩作。

三月，〈杯〉收錄於《小詩・床頭書》（張默編）。

三月，擔任台中縣兒童文學徵文決審評審。

五月，參與台灣現代詩人協會「五月・讀詩天」活動座談，講題〈直覺・體悟與詩〉。

五月，「葉笛文學學術研討會」在國家台灣文學館舉行，發表論文〈論葉笛詩中的主題與詩藝技巧〉，評論人向陽。

六月，參與「草鞋墩端午詩歌之夜」活動策劃，並朗誦台語詩〈台灣肉粽〉。

《滿天星》兒童文學雜誌60期製作「岩上少年詩專輯」，有趙天儀等7篇評論及岩上兒童詩11首、〈兒童詩的原點與想像〉一文，並以岩上近照為封面。

參與靜宜大學策劃「兒童文學與兒童語言學術研討會」座談，並發表〈如何發展兒童詩的創作〉。

七月，〈刺青，身體神秘的語言〉收錄於《二〇〇六台灣詩選》（焦桐主編）。

八月，草鞋墩鄉土文教協會承辦文學創作班，擔任教席。

九月，整理資料發現第一首發表於一九五六年《奔流》文藝雜誌 1 卷 3 期的詩作〈孤影〉原稿。

十月，參加「二〇〇七台蒙詩歌節」活動於高雄。

應國立台中教育大學「通識教育講座」邀請，主講〈我的詩觀我的詩〉。

〈土石流〉、〈更換的年代〉兩首詩選入《二〇〇七世界詩年鑑》英文版，蒙古國出版。

擔任南投縣文化局「文學創作班」講師。

十一月，詩評論集《詩的創發》列入南投縣文學作家作品集，由文化局出版。

二、岩上未結集作品篇目纂輯（散文、評論）

〈筆名的數理〉、〈詩的難懂是詩人的悲哀〉，《笠》詩刊第 21 期，1967 年 10 月。

〈岩上致桓夫書〉，《笠》詩刊第 21 期，1967 年 10 月。

〈詩的貝殼〉，《笠》詩刊第 47 期，1972 年 2 月。

〈天窗下的汗痕〉，《自立副刊》，1984 年 7 月 15 日，收入《人生船》（台北市：爾雅出版社，1985 年）。

〈詩與酒──記張子伯二三事〉，《笠》詩刊第 122 期，1984 年 8 月。

〈關愛與鄉情——我讀康原「最後的拜訪」〉，《文訊雜誌》
112 期，1985 年 2 月。

〈吊橋經驗〉，《中國時報・副刊》，1985 年 3 月 9 日。

〈驛站與鏢客〉，《自立副刊》，1987 年 11 月 19 日。

〈生活裂縫中綻開一些花朵：我的筆墨生涯〉，《文訊雜誌》
35 期，1988 年 4 月。

〈鉛筆盒的故事〉，《台灣日報・副刊》，1989 年 4 月 14 日，
收入《在心靈深處發音》（台北市：希代出版公司，1990 年）

〈拾金〉，收入《人間情分》（台北市：漢光文化出版，1989
年 12 月）

〈出生地〉，《臺灣春秋》16 期，1990 年 1 月。

〈青澀的柿子〉，《台灣時報・副刊》，1990 年 8 月 27 日，
收入《他的最初：第一次交女朋友》（高雄市：派色文化出版
社，1990 年 7 月）

〈半價新娘〉，《文訊雜誌》63 期，1991 年 1 月。

〈捉蟲與割草〉，《台灣日報・副刊》，1991 年 2 月 21 日。

〈詩的覆葉〉，《台灣日報・副刊》，1991 年 3 月 22 日。

〈日本北陸四國之旅〉，收入《異國情調》（台北市：漢光文
化公司，1991 年 8 月）

〈有娘的孩子最幸福〉，《文訊雜誌》72 期，1991 年 10 月。

〈芒草〉，《聯合報・副刊》，1992 年 10 月 7 日，收入《散
文的創造》（台北市：聯經出版事業股份有限公司，1994 年）

〈流水意象〉，《台灣日報・副刊》，1993 年 4 月 9 日。

〈濁水車站認養〉，《台灣時報・副刊》，1993 年 5 月 10 日。

〈我小小的家鄉：草屯〉，《中國時報・副刊》，1993 年 9
月 15 日。

〈對詩選編輯的一些看法〉,《台灣詩學季刊》第 6 期,1994 年 3 月。

〈談童詩的創作〉,《滿天星》兒童文學雜誌 35 期,1995 年 3 月。

〈從鄉土教材認識台灣談起〉,《滿天星》兒童文學雜誌 35 期,1995 年 3 月。

〈「詩脈社」風雲〉,《美哉南投》第 4 期,1995 年 12 月。

〈木訥與純情──我讀蕭翔文詩集「相思樹與鳳凰木」〉,《笠》詩刊第 194 期,1996 年 8 月。

〈現代詩史成長的軌跡〉,收入《台灣現代詩史論:台灣現代詩研討會實錄》(台北市:文訊雜誌出版社,1996 年)

〈夢裡的現實──序濮雲詩集「夢者 1997」〉,《民眾日報》,1997 年 1 月 20 日。

〈偷渡〉,《台灣時報‧副刊》,1997 年 3 月 28 日。

〈赤腳與皮鞋〉,《聯合報》,1997 年 4 月 9 日。

〈鬱卒年代〉,《聯合文學》150 期,1997 年 4 月。

〈山林與溪水對嘴〉,《中國時報‧人間副刊》,1997 年 5 月 16 日。

〈《笠》的風雲──笠詩刊社的位置與進程簡述〉,《台灣史料研究》9 號,1997 年 5 月。

〈穿牆的蝴蝶──莊柏林詩學歷程〉,《自立晚報》,1997 年 7 月 13 日。

〈詩的語言與形式〉,《笠》詩刊第 200 期,1997 年 8 月。

〈期待森林中的悅音──讀陳晨詩集《黑森林》〉,《民眾日報》,1997 年 8 月 27 日。

〈一個臺灣詩人的使命——莊柏林訪問記〉，《民眾日報》，1997 年 9 月 11 日。

〈鳥巢驚魂〉，《聯合報‧副刊》，1997 年 10 月 27 日。

〈不再踟躕的文學旗手——詩人林央敏訪談記〉，《自立晚報》，1998 年 2 月 22 日。

〈燃燒而木訥的鳳凰花——蕭翔文詩文學與生活〉，《笠》詩刊第 207 期，1998 年 10 月。

〈解讀林豐明的「囚」〉，《笠》詩刊第 208 期「林豐明詩〈囚〉合評」，1998 年 12 月。

〈貓樣的詩——讀陳明克「貓樣歲月」一詩〉，《笠》詩刊第 209 期「合評陳明克的詩〈貓樣歲月〉」，1999 年 2 月。

〈無岸之愛——讀李勤岸的詩〉，《民眾日報》，1999 年 3 月 6-8 日。

〈詩境與謎語的區別〉，《笠》詩刊第 211 期「賴欣〈蟲〉作品合評」，1999 年 6 月。

〈秋收的反諷——羊子喬《三十年詩選》序〉，《笠》詩刊第 212 期，1999 年 8 月。

〈大地震，臺灣閃了腰〉，《聯合報‧副刊》，1999 年 10 月 8-9 日。

〈瓦礫堆下愛與淚——災區詩人留寫最前線〉，《新臺灣新聞周刊》191 期，1999 年 11 月。

〈虎頭蜂災殃變〉，《臺灣新聞報》，1999 年 12 月 30 日。

〈岩上的碧山岩禪想〉，《普門》244 期，2000 年 1 月。

〈飽滿的果實——詩人李魁賢介紹與訪問〉，《笠》詩刊第 218 期，2000 年 8 月。

〈人宅相扶──敬鬼神求平安兼談建築風水〉,《自由時報‧副刊》,2000 年 8 月 15 日。

〈文昌帝君辛苦啦!〉,《臺灣新聞報》,2000 年 9 月 29 日。

〈誠誼與詩的探險──談與日本詩人今辻和典交往並欣賞他兩首詩〉,《笠》詩刊第 219 期,2000 年 10 月。

〈《笠》的存在──兼為笠詩刊一百二十期重印而寫〉,《笠》詩刊第 220 期,2000 年 12 月。

〈開自己文學之花〉,《台灣新聞報》,2000 年 12 月 23 日。

〈淺談詩與散文〉,《笠》詩刊第 221 期,2001 年 2 月。

〈詩的現實性〉,《笠》詩刊第 222 期,2001 年 4 月。

〈再談詩的語言〉,《笠》詩刊第 223 期,2001 年 6 月。

〈不再踟躕的文學旗手──林央敏〉,《海翁台語文學》第 4 期,2001 年 8 月。

〈詩的邊緣〉,《笠》詩刊第 225 期,2001 年 10 月。

〈淺論詩與畫的語言交集與分歧〉,《臺灣詩學》學刊一號,2003 年 5 月。

〈詩人的角色〉,《笠》詩刊第 235 期,2003 年 6 月。

〈成長中的側影〉,《自由時報‧副刊》,2003 年 7 月 28 日。

〈日月潭的光與美〉,《台灣日報‧副刊》,2003 年 10 月 6 日。

〈淺論詩的思考與精神生活〉,《笠》詩刊第 237 期,2003 年 10 月。

〈白鴒鷥唎寫十四行詩──論黃勁連的囡仔詩〉,《自由時報‧副刊》,2003 年 10 月 19 日。

〈黑皮膚的亮光──印度文學之旅散記〉,《文化視窗》第 60 期,2004 年 2 月。

〈詩的塗鴉〉,《文訊雜誌》225 期,2004 年 7 月。

〈錦連和他的詩〉，《文學台灣》第 54 期，2005 年 4 月。

〈詩與雕塑的共鳴──對「詩與雕塑的對話」展覽一些思索〉，收入《雕塑與詩的對話》（苗栗縣：苗栗縣文化局，2005 年4 月）

〈珍惜擁有〉，《文訊雜誌》235 期，2005 年 5 月。

〈詩的可解與不可解──讀《台灣現代詩》第二期一些作品〉，《台灣現代詩》第 2 期，2005 年 6 月。

〈詩的跨領域表現〉，《台灣現代詩》第 2 期，2005 年 6 月。

〈淺談臺灣現代詩教養〉，《大墩文化》31 期，2005 年 7 月。

〈江自得的詩藝表現技巧〉，《笠》詩刊第 251 期，2006 年2 月。

〈詩與現實生活〉，《台灣現代詩》第 5 期「詩與社會現實專題研討」，2006 年 3 月。

〈詩與視覺傳達設計交感藝術──關於嚴月秀視覺設計創作展〉，《南投報導》，2006 年 7 月。

三、岩上答客十三問（曾進豐提問，2007/10/31）

（一）

曾：首先請教筆名「岩上」有否特殊意涵？除了本姓「嚴」「岩」同音外，與「回看天際下中流，岩上無心雲相逐。」（柳宗元〈漁翁〉）相關否？

岩：「岩上」這個筆名是我一九六二、三年在軍中服役時自取的。不少人問過為何取這個名字。

　　我喜歡海的變動不居，更愛穩定的生活，這種狀態只有站在海邊的岩石之上看海，最能呈現。我當兵在高雄的時間有一年半，很有機會在岩石上看海。

　　個性影響人的命運，我自幼命運多舛，族人個性軟弱。自覺如無堅強的意志，這一生終將庸碌度過。只有堅定如石，才能脫離命運的擺弄。「岩」的字形有「山」的前進符象，「上」字一橫，則無退路。字形上，只有往前，不後退。岩石之本質，又能接受浪濤的沖襲。

　　我十八歲時就懂得姓名學，「岩上」兩字筆劃十一數，代表發榮滋長、穩健著實。這個數，符合我的希望和個性。

　　「嚴」字本姓筆劃太多，不好配筆名，又不想去本宗，剛好「岩」字同音可代替。至於柳宗元的詩句，是後來才讀到的，非常驚喜。中晚年以來，我喜道家思想，更覺〈漁翁〉詩句，很能呈現我的心境，令我嚮往。

（二）

曾：詩創的淵源為何？有沒有哪一位或哪幾位詩人對您影響較大？當今台灣詩壇，哪些是您心儀的詩人？

岩：對於現代詩的喜愛和創作，可以說是一種自發性的行為。在就讀台中師範時，用僅有少量的零用錢去買當時覃子豪編的《藍星詩刊》和紀弦編的《現代詩》和詩集。在那時親友與同學之間，沒有一位同好，我孤獨年少的心靈默默地去讀詩，學習塗鴉。在當時詩壇兩個陣營之間，我比較喜歡覃子豪穩健典雅的詩風，但也算不上什麼影響；也讀過徐志摩等人的作品，手抄

過冰心的《繁星》；剪貼不少當時報紙發表的詩；外國讀過歌德的作品最多，還有印度的泰戈爾《漂鳥集》等。

　　臺灣成名的詩人，各有他們的詩風和特色，都會去閱讀他們的作品，但並沒有特別受到影響。

（三）

曾：將近五十年的寫作歷程，雖倍感孤獨卻始終不間斷，請問支持您不得不寫的動力是什麼？

岩：對於藝術的愛好，可以說是天生的，雖然我不被認為是天才型的，但現實環境影響一個人的成就很大。因為家境太窮，使我選擇就讀師範學校和放棄美術。其實我的興趣很廣，都是因為生活環境的關係，無法完成心願，有些只好留給孩子代為完成，四個孩子都承續我一部份的興趣。

　　因為我總是存有一股不斷學習和創作的衝動，並希望有一種創作能呈現我生命歷程的軌跡，在思想精神領域中代表自我存在的意義。

　　詩的創作，不一定是最好的選擇，卻花費我一生最多的心力，也許這是宿命。基本上，我認為人生如果美滿，詩就可以不寫了。詩的創作是從填補自己人生的裂縫開始；詩也是語言的創作，因詩語言的創作而呈現生命的意義和存在的位置。漸漸地，詩成為我孤獨寂寞的歲月裡慰安的良藥。

　　寫詩無名利可得，一位年輕詩友卻反駁我說，那只是我如此，有人寫詩能名利雙收，真令人羨慕。

　　基本上，我用詩指向自己；也用詩指向社會。指向自己是對生命存在的呈現與修為；指向社會是對生存環境的批評與關愛。

　　因寫詩而發現；因發現而寫詩，因此在孤獨的詩途上繼續
走下去。

（四）

曾：迄今已出版七本詩集（另有一本《岩上詩選》及中英對照本《岩
　　上短詩選》），題材變化豐富，技巧精進純熟，關心的議題層面
　　亦廣，請概述各階段特色及其轉折。
岩：我的詩，一方面呈現個人生命成長過程對人生的體認；另方面
　　表現生活閱歷與生存環境給我的感受。因此，我的詩在不同年
　　齡時段各有不同的內容，以我已出版的詩集時間，約略可依每
　　十年劃分一個階段。
　　　　一九五五年接觸到現代詩，五〇年代後半段是我閱讀和塗
　　鴉期，有少量的練習曲的東西都遺失了，那時還不想真正去寫
　　詩，只是年少的一股對文學的興趣而已。從六〇年代開始，依
　　詩集的出版很清楚地可以把個人創作的歷程依年代劃分四個
　　階段和不同的風格與內容。
　　　　《激流》詩集，六〇年代作品，一九七二年出版。
　　　　《冬盡》詩集，七〇年代作品，一九八〇年出版。
　　　　《臺灣瓦》詩集，八〇年代作品，一九九〇年出版。
　　　　《岩上八行詩》詩集，九〇年代作品，一九九七年出版。
　　　　《更換的年代》詩集，九〇年代作品，二〇〇〇年出版。
　　　　《愛染篇》詩集，收錄六〇至八〇年代所寫的愛情詩作，
　　一九九一年才出版，以早年的作品為多，而非八〇年代的作品。
　　　　《針孔世界》詩集，收錄一部份九〇年代和新世紀的作
　　品，二〇〇三年出版，它也可以歸類到九〇年代作品和新世紀

作品，而這幾年我的作品尚可出版一本詩集，內容有些延續九〇年代的風格，也有不少作品是新的嘗試，或可另闢一個階段，成為五個進程階段。

在我生命的成長中，常面對現實生活的風霜和心靈的淒苦以及心志的踔越飛揚，在現實與心靈的激戰裡，激勵自己，尋找自我。《激流》詩集中有不少自視、自省的作品，〈激流〉一詩堪為代表，〈星的位置〉一詩也是尋求自我存在的徵象作品。

一九七〇年代臺灣本土意識逐漸抬頭，我詩的視野也漸從自我解放，呈現觀照生存環境的種種現象。因為我居住鄉下小鎮，農村的事物、景象與農民生活入詩是很自然的，這些作品收錄於《冬盡》詩集。七〇年代臺灣工商經濟開始起飛，農村舊生活遭到嚴重衝擊而逐漸轉型。〈松鼠與風鼓〉一詩就是寫臺灣農村遭破壞轉型的作品，此詩因而獲一九七三年第一屆吳濁流文學新詩獎。

一九八〇年代是臺灣經濟富裕、政治改革、社會變動、物慾橫流等，臺灣整體性變動激烈的年代。《臺灣瓦》詩集內的作品是對當時的社會、政治、文化、教育、經濟、道德……強烈批判的產物；同時也讓我深入去思考作為臺灣人的文化特質何在？

詩集卷六〈根之蛀──國中放牛班導師傷痛詩〉為國中教育的傷痛現象留下第一手見證；〈接大哥的信〉為海峽兩岸的開放留下個人與時代傷痕的切身感受；〈臺灣瓦〉一詩以象徵的手法，表現臺灣民族性格的脆弱與淺薄，是一種自覺性的反思。八〇年代我的作品在《臺灣瓦》詩集中，呈現了我對臺灣現實的關注，詩語句更趨淺白，釋放自我，以詩指向社會更為明顯。

　　我一向喜愛易理的格物析理和老莊哲思的道體，九〇年代開始，我以易學的陰陽虛實變易美學，融入我的詩想，以八卦的形象來架構八行詩，是九〇年代有計劃完成以新即物手法，對人生哲思感悟的《岩上八行詩》詩集。《更換的年代》以更多的詩章指向九〇年代臺灣的現實，李魁賢說：「岩上以冷言嘲諷以及逆向思考的手法展現詩的魅力。」

　　新世紀以來，我寫了一些到過日本、中國、印度、蒙古的旅遊見聞的詩，另外以短章組詩的方式所寫的〈黑白數位交點〉、〈鐵窗意象〉、〈眼睛與地球的凝視〉等，都是新的嘗試，不知是否能構成新世紀以來新的風貌，有待詩評論家的批評指教。

（五）

曾：「笠」詩社及其詩人群落，強調本土性、寫實性、社會性，卻往往犧牲了詩味、詩質，針對這點，您個人的看法如何？又怎樣的詩，才真正是有台灣味的詩，足以標誌台灣精神？

岩：我認為詩味、詩質是詩的基本要素，不能為了強調這個那個，而失去了詩味、詩質。

　　《笠》的早期和現在都一樣，只有幾位樣板詩人被注目貼上標籤而或可引領風騷，其他的人都在其高樓的陰影下不見面目。臺灣詩壇太偏鋒兩個極端，近年來更覺允執其中之可貴，而真能不偏不倚者，實不容易。

　　這是一個很重要、值得省思的問題，我早有覺悟，但無人理會。這些我說的只點到為止就好，不願多說。

　　至於怎樣的詩，才真正是有臺灣味的詩，足以標誌臺灣？這個問題本來不難回答，但現在牽涉到「臺灣」的認同和認知的問題，可能有不同角度的解說。基本上，要認同這塊土地和這個島嶼的歷史，表現了臺灣現實經驗或臺灣文化背景的詩。而這樣子的話，這些臺灣詩味的作品將摻合不少臺灣的悲情和不幸，因此美文式的或歌頌式的作品，將和臺灣尚未成為正常的一個國家，有一段距離。

　　以前臺灣被認為沒有文學，不敢也不可使用「臺灣」兩字，現在「臺灣文學」已漸成氣候，大家搶著要代表臺灣文學，「臺灣精神」被弄模糊了。簡單地說，我認為寫出具有臺灣現實經驗的詩，是重點。不少人生活在台灣，但心不在這裡，詩心也不在這裡，如何會有臺灣味的詩！

（六）

曾：一首詩的好與壞，該從哪些角度予以分析？換言之，關於詩的鑑賞與批評，您有何看法？

岩：分析、鑑賞、批評一首詩，最起碼要從三方面去著手：語言、結構、詩意及詩意之外的詩味。

　　詩是語言的藝術。詩從語言開始，最終仍要回到語言。所以詩的語言要簡鍊、表達準確，更要新鮮，避免陳腐。結構應包括語詞、詩句、和章節與整首詩的組織。詩句有散文不同的飛躍性和切斷的聯想，但不能成為無秩序的亂石，詩思的發展與方向是結構體的內在部分。

　　詩貴創作，創意還不夠，須在詩意之外有詩味。我強調人間味，而非天馬行空的虛幻之美。詩味即言外之意；弦外之音，

它撼人於無形。此外，如有音樂性、繪畫性、社會性、時代性……，將加深詩的內涵。

　　臺灣詩評界，也是兩個極端。一邊只重詩意不談技巧；一邊重技巧不涉及詩意，都是偏頗之見。

（七）

曾：《岩上八行詩》的創作，靈感或源自於《易經》八卦，不知和傳統律詩有關否？亦即在「哲思」之外，是否也強調詩的內在節奏感與音樂性？

岩：《岩上八行詩》是我五十五歲到六十歲之間，斷續寫成的作品。那時心想年紀已不小，馬齒漸長，多少對人生也有些許的體驗，或可寫一些具有人生哲思意味的詩作。而我喜讀易經和老莊哲學，這些基本思維在我實際應用於堪輿風水和命理以及演練的太極拳中，尚能融會貫通。因此日常生活中，目之所視，心之所想，而觸發了靈感。

　　八行詩之兩行為一對，共四對成八行的形式，主要取之於太極生陰陽、陰陽生四象、四象生八卦的結構，和傳統律詩的結構無關。詩題目取一個字，因漢字每一字都是完整的意象。一物一太極；一砂一世界。透過一字之事物，來觀照人間的變化與物象的本體，和莊子的「天地一指也；萬物一馬也」同一觀點，希望「總一切語言為一字，攝大千世界於一塵」。

　　老子的「道常無為而無不為」；易經的「剛柔者立本者也」；「一陰一陽之謂道」的變化，給了我很多詩思的啟開。

在八行詩中，我有意採取固定的表面形式；在內容上則相摩相盪，變化很多，那是易理的基本條件：化繁為簡；由簡御繁。

我的詩，也注重音樂性節奏，八行詩也是，但不是傳統詩的平仄或押韻。就以這一首〈樹〉為例：「上身給了天空／下體給了大地。風風雨雨／朝朝夕夕。往兩頭伸延抓緊／而我在那裏？春夏的蒼綠／秋冬的枯白。」唸起來，節奏感有抑揚急緩不同的變化。

（八）

曾：「新即物手法」是一種怎樣的表現方式？又這種手法運用在創作上，有沒有題材的限制？

岩：上面已經談過，在八行詩裡我受易經與老莊哲學的影響和啟開比較多，在八行詩集的後記裡，我這樣寫道：「我採取較平易而穩定的形式來捕捉日常身邊平常的事物，以新即物的手法表現了物項的特質及我的觀照。我的詩想較接近於對人生哲思的感悟。」

這個「新即物手法」，在其後記的第一部分我也有說明：「我與物的對流或換位，在詩中處處有我的存在，但不做太多個人性的殊相的奇想，而儘量還原物項的本體共相特質」；「抱持與萬物共存的觀念，則一草一木，一花一果均可入詩」；「我希望物中有我，也希望物中無我」。

所以我的「新即物手法」較接近莊子齊物的「物無非彼，物無非是」的觀念，捕捉物象的本質，加以移位聯想澈悟人生的道理，而入於詩。

　　因此，我的「新即物手法」不是完全根據起源於德國，經日本而引進臺灣的「新即物主義」；也不是因循傳統詠物詩，寓喻自己的遭遇或影射官場的失意，如李商隱的〈蟬〉。但基本上，即物性，即面對事物的本質，這一點應該是共通存有的。

　　不少人把「新即物主義」認為是《笠》詩觀的代表，據我觀察，《笠》同仁作品中並沒有特別標示這類的作品。戴寶珠的〈「笠詩社」詩作集團性之研究〉碩士論文，其中一節〈即物性的演示〉；和丁旭輝教授在「笠詩社四十週年國際學術研討會」上發表的論文〈笠詩社新即物主義詩學初探〉是一篇資料齊全又相當嚴謹的論述，都值得參考。以及陳千武的譯文、李魁賢和杜國清等的論述都有介紹。我的八行詩或可說是岩上式的「新即物手法」而已。僅取手法之用，不據主義之體。

（九）

曾：您的繪畫和音樂素養，對於詩作影響如何？繪畫的理論方法，融入於詩的創作中，可能達到怎樣的結果？

岩：因為我讀過師範學校，當過小學老師，所以美術和音樂多少懂一些，但我偏向於美術的興趣較多，有兩個女兒專修美術，可說受我影響。我現在是不會畫了，對美術只純欣賞而已，不能算什麼素養。不過詩與美術共通點很接近，美的原創性可說是一樣的。我可以從超現實主義的美術作品發現詩的創作靈感，因為美術作品可以直接述之於視覺，不必經過語言的翻譯。美術有形象映應於心中，沒有語言轉折的障礙，對於捕捉詩的意象有很大的幫助。

　　我的詩，有些是觀察得來的，不是用想像的，這得力於美術觀察的訓練。美術的構圖法和透視法原理，在唐詩中有非常精彩示例的演出，現代詩在這一點上只弄個外形的圖象詩，其詩藝實難望其項背。

　　多欣賞美術作品，可提昇觀察能力；涉獵一點美術原理有助於詩的意象經營。不少詩作，陷落於散文的說明，西洋的美術不會在作品上填加詩文，讀美術作品可悟出不說明的表現技巧。詩有了繪畫性則加深一層境界，更能寓抽象意念於具象的意象中。

（十）

曾：近幾十年的台灣詩壇，始終在各種主義間實驗擺盪，尤其是現代主義、寫實主義及超現實主義等的消長，您受影響的程度如何？

岩：依臺灣本土立場來說，臺灣文學走的是寫實主義的傳統，因為臺灣的悲情和命運，不得不以寫實的手法表現。現代主義是二十世紀以來世界性的主流，沒有一位作家或詩人不去重視。超現實主義一九五〇、六〇年代衝擊臺灣詩壇，我年輕時好奇受一點影響，但我很快就跳開了，因為臺灣的超現實走上了歪路。當時他們是為了疏離臺灣的現實所激發出來的路徑，和原來法國超現實主義創發的用意不同。

　　超現實主義注視夢境與潛意識而豐富了現代詩的內涵，所以它不是完全負面的影響。我不懂法文，詩的翻譯已盡失原味，但我可以看懂超現實主義的繪畫和雕塑品，我喜歡達利的作品，它增加了我詩的想像力。

　　基本上，我的詩都是從寫實轉換的，我的詩多數取材於現實的觀察和經驗，卻用現代主義的手法表現，有時也不排斥超現實主義的手法和想像，但絕不使用「自動語言」，因為我的寫作都在意識清醒中進行。

　　我所說的寫實不是報導，現實是我詩的根，它長了葉、開了花，已不再強調它原先是什麼主義。

（十一）

曾：散文詩雖是散文形式，卻是詩的本質；相對地，是否有「詩的形式」呢？您認為好的散文詩，應具備怎樣的條件？

岩：現代詩自來採取自由的形式，但相對於散文或小說，它也自成一種非固定的形式。我讀過的波特萊爾的〈巴黎的憂鬱〉和屠格涅夫、王爾德的散文詩，都是散文的形式，有些也有對話和故事，好像極短篇的小小說。散文詩它的形式應該是散文，而沒有「詩的形式」。

　　我認為散文詩要具備三個條件：

　　要能達到有詩的效果，如果沒有詩的效果，它只是散文而已。

　　它要採用散文的語法，不能使用詩句的切斷跳脫手法。

　　散文詩要有聯想的空間，如水墨畫中的空白處。這個聯想的空間替代了詩語句跳脫的飛躍性。這一點是關鍵，所以有些散文詩故意隱匿小說的懸疑性，是為了製造效果。

（十二）

曾：《易學》及太極拳的浸淫研究，對於詩創作的影響，主要表現在哪幾方面？

岩：太極拳的拳理來自道家思想和易學原理。三十多年的演練經
　　驗，它影響了我思維的模式，使我更清澈去探索生命的本質和
　　命運的動態：不會單方面去看一件事物。

　　　　老子的「反者道之動」的觀念和蘇東坡的「詩以奇趣為宗，
　　反常合道為趣」一樣，影響啟示我詩思的動向。

　　　　莊子的「心齋」、「坐忘」讓我體悟回歸到童心的「純粹經
　　驗」世界去看世相的本體，而觸發了詩心。

　　　　「易」含有三種意義：簡易、變易、不易。

　　　　簡易，說明乾坤陰陽變化規律的本質的簡明性；宇宙本體
　　及世界萬象，化作陰陽兩個符號來代表象徵。

　　　　我的詩，語言愈來愈簡單清明，受其影響。

　　　　變易，體現宇宙萬物永遠變動的本質。

　　　　我的詩，隨年齡成長和環境遞演，各階段有不同的體現，
　　不能不說是受變易觀念的影響。

　　　　不易，說明宇宙奧秘的難解；另方面也說明有其不變（易）
　　的規律法則。

　　　　我的詩歷程的發展，向不可知的境地推演；卻也可看出軌
　　跡脈絡的紋路，那是「不易」的雙面含意。

　　　　我的詩盡力去實踐我的理念，《八行詩》是具體想實踐由
　　易學所影響的一本詩集。在《更換的年代》詩集裡，〈黑白〉、
　　〈更換的年代〉等詩作，語言都力求冷澈清明，而結尾的逆轉
　　和反常的思考，是《易》的變與不變的應用。在《針孔世界》
　　的〈黑白數位交點〉詩組，黑白正反的辯證，也想從簡單的意
　　象求得易數變化的詩想效果。

（十三）

曾：從早期〈星的位置〉開始，您一直在尋找詩人的定位；又說：
　　「我的詩／乃生命歷經風霜的絕句」，感嘆「沒有人正眼注視
　　／一首詩的存在」。五十年過去了，對於目前詩壇滿意嗎？自
　　己的座標是否已了然於心？

岩：我幼年失怙，又適逢戰亂，兄弟姊妹離散，陪著年輕的寡母度
　　過坎坷窮苦的歲月。懂事以後，一直想建立避風雨和精神上安
　　身立命之所在。詩成為年輕時苦悶吶喊的窗口，漸漸對文學瞭
　　解以後，詩不再只限於個人情思的抒發，希望詩的創作也是我
　　的志業。

　　　　《激流》時期的〈星的位置〉代表年輕時的企盼；一些
　　感嘆除了個人的感懷，也指涉臺灣詩文學環境的低迷。曾經
　　有多次想放棄寫作，不是自己遇到寫作的瓶頸而是因為現實
　　的生活以及詩況的失落感，但每每有一些知音的鼓勵又會點
　　燃詩的火把。

　　　　詩壇和社會一樣，主流不一定是清流；公理正義不一定能
　　左右社會，但畢竟仍有公理正義的存在。只要仍有一股清流存
　　在，我就不會死心，將繼續筆耕，至於是否成為一顆閃亮的星，
　　早已不是我所在意的了。

主要參考資料

（岩上詩集、文論，皆為本書主要研究資料，已見扉頁及附錄二，不再重複列舉。）

甲、岩上研究資料彙編

一、評論

（一）綜論

柳文哲〈笠下影：岩上〉，《笠》詩刊第 43 期，1971 年 6 月，頁 40-42。

趙天儀〈現實與超現實的結合——論岩上的詩與詩論〉，《笠》詩刊第 190 期，1995 年 12 月，頁 91-104。又見《靜宜人文學報》第 8 期，1996 年 7 月，頁 65-73。

黃明峰〈嶢岩之上的劍客——論岩上詩藝的變化〉，《笠》詩刊第 220 期，2000 年 12 月，頁 97-103。

蔡秀菊〈八〇年代的台灣社會縮影——論岩上現代詩中的現實性格〉，《笠》詩刊第 220 期，2000 年 12 月，頁 104-125。

莫渝〈人間的詩人——岩上小論〉，《岩上的文學旅途》（台北市：財團法人榮後文化基金會，2001 年 2 月），頁 4-8。

王灝〈從激流到更換的年代——岩上的詩路小探〉，《台灣詩學季刊》第 38 期，2002 年 3 月，頁 140-144。

丁威仁〈初論岩上詩裡「燃燒」類意象傳達的生命思維──以「太
　　陽」與「火」為例〉，《台灣詩學季刊》第 38 期，2002 年 3
　　月，頁 145-160。

丁旭輝〈試論岩上詩作的語言風格及其變化（上）〉，《國立中央
　　圖書館台灣分館館刊》8 卷 2 期，2002 年 6 月，頁 87-97。

丁旭輝〈試論岩上詩作的語言風格及其變化（下）〉，《國立中央
　　圖書館臺灣分館館刊》8 卷 3 期，2002 年 9 月，頁 108-123。

向陽〈冷凝沉鬱論岩上〉，嘉義：中正大學「第一屆嘉義文學學術
　　研討會」論文，2004 年 12 月 17 日。

陳康芬〈詩的現實與超越──試從《笠》的文學精神與歷史軌跡評
　　論岩上詩的實踐意義〉，《笠》詩刊第 245 期，2005 年 2 月，
　　頁 94-111。

（二）分論

1.論《激流》

陳鴻森〈評岩上詩集《激流》〉，《青溪》70 期，1973 年 4 月，
　　頁 70-77。

王灝〈流變的聲音──讀「激流」集談岩上的詩〉，《笠》詩刊第
　　66 期，1975 年 4 月，頁 67-77。

林鷺〈我讀岩上的詩〉，《台中一中育才街》43 期，1976 年 5 月

趙天儀〈激流的音響──評岩上詩集《激流》〉，收入《時間的對
　　決──台灣現代詩評論集》（台北縣永和市：富春文化出版公
　　司，2002 年 5 月），頁 212-217。

2.論《冬盡》

蕭蕭〈岩上的位置〉，收入《現代詩縱橫觀》（台北市：文史哲出
　　版社，1991 年 6 月），頁 201-220。

李瑞騰〈爬行在灰白牆壁上的影子──論岩上詩集《冬盡》〉，收
　　入《詩的詮釋》（台北市：時報文化公司，1982 年 6 月），
　　頁 262-283。

丁威仁〈岩上《冬盡》詩集裡「血」的意象研究──兼論此詩集的
　　位置與價值〉，《笠》詩刊第 220 期，2000 年 12 月，頁 87-96。

趙天儀〈冬盡春來的甘苦──評岩上詩集《冬盡》〉，收入《時間
　　的對決──台灣現代詩評論集》（台北縣永和市：富春文化出
　　版公司，2002 年 5 月），頁 220-229。

3.論《台灣瓦》

康原〈詩的時代精神──小論岩上詩集《台灣瓦》〉，收入《岩上
　　詩選》（南投市：南投縣立文化中心，1993 年 10 月），頁
　　183-188。

4.論《愛染篇》

王灝〈點亮慰藉的星芒──小論岩上情詩中的詩情〉，收入《岩上
　　情詩集‧愛染篇》（台北市：台笠出版社，1991 年 5 月），
　　頁 113-129。

康原〈《愛染篇》主題初探〉，收入《岩上情詩集‧愛染篇》（台
　　北市：台笠出版社，1991 年 5 月），頁 130-152。

丁旭輝〈《愛染篇》與岩上的情詩〉，收入《左岸詩話》（台北市：
　　爾雅出版社，2002 年 11 月），頁 51-57。

5.論《岩上詩選》

潘亞暾〈情滿青山意溢滄海──喜讀《岩上詩選》〉，《笠》詩刊
　　第 186 期，1995 年 4 月，頁 112-114。

陳去非〈站在草地上生活的人──《讀岩上詩選》〉，《笠》詩刊
　　第 245 期，2005 年 2 月，頁 72-93。

6.論《岩上八行詩》

陳千武主持、蔡秀菊紀錄：〈岩上八行詩作品研討會紀錄〉，《笠》
　　詩刊第 203 期，1998 年 2 月，頁 151-180。

古繼堂〈充滿生活哲理的詩篇──評岩上詩集《岩上八行詩》〉，
　　《笠》詩刊第 204 期，1998 年 4 月，頁 90-95。

古遠清〈對人生哲思的感悟──評《岩上八行詩》〉，《笠》詩刊
　　第 204 期，1998 年 4 月，頁 96-98。

謝輝煌〈疑問號裡醒眼──岩上《岩上八行詩》讀後〉，《笠》詩
　　刊第 212 期，1999 年 8 月，頁 131-133。

黃明峰〈觀物取象的智慧──論《岩上八行詩》〉，《笠》詩刊第
　　213 期，1999 年 10 月，頁 99-111。

民風〈從《易經》觀點來讀《岩上八行詩》〉，《書評》47 期，
　　2000 年 8 月，頁 12-19。

王灝〈試說岩上八行詩中的形式意義〉，《笠》詩刊第 220 期，2000
　　年 12 月，頁 126-132。

丁旭輝〈論《岩上八行詩》的內在結構〉，《台灣詩學季刊》第
　　39 期，2002 年 6 月，頁 153-159。

7.論《更換的年代》

李魁賢〈詩的衝突〉,《笠》詩刊第 220 期,2000 年 12 月,頁 84-86。

謝輝煌〈黏死在牆壁,活在世上的詩行──岩上《更換的年代》讀
　　後〉,《文訊雜誌》186 期,2001 年 4 月,頁 26-27。

林政華〈詩衝突的相對面──讀岩上《更換的年代》詩集〉,《笠》
　　詩刊第 223 期,2001 年 6 月,頁 108-109。

蔡秀菊〈時代之聲‧歷史之眼──我讀岩上詩集《更換的年代》〉,
　　《笠》詩刊第 223 期,2001 年 6 月,頁 110-111。

陳康芬〈台灣現代鄉土的詩眼與詩心──試論《岩上八行詩》與《更
　　換的年代》的書寫意義〉,《台灣詩學季刊》第 39 期,2002
　　年 6 月,頁 144-152。

8.論《針孔世界》

林政華〈對土地的摯愛──岩上詩集《針孔世界》的重要主題〉,
　　《笠》詩刊第 245 期,2005 年 2 月,頁 63-67。

簡政珍〈去除裝飾性的抒情──評岩上的詩集《釓孔世界》〉,《笠》
　　詩刊第 245 期,2005 年 2 月,頁 68-71。

9.論《詩的存在》

陳千武〈詩的存在──看岩上著《現代詩評論集》〉,《台灣日報‧
　　副刊》,1996 年 10 月 2 日。

向陽〈為現代詩把脈──評岩上「詩的存在」〉,《聯合文學》144
　　期,1996 年 10 月,頁 165。

王常新〈現實主義的大眾化詩學──評岩上的《詩的存在》〉,《笠》
　　詩刊第 198 期,1997 年 4 月,頁 123-128。

（三）單篇作品析論

陳鴻森、傅敏、朱沙、拾虹、陳明台〈詩曜場：評岩上〈談判之後〉〉，
　　《笠》詩刊第 45 期，1971 年 10 月，頁 38-41。

陳明台〈宿命的自覺——岩上的詩「星的位置」〉，《文化一周》，
　　1972 年 3 月 28 日。收入《抒情的變貌：文學評論集》（台中
　　市：台中市文化局，2000 年 11 月），頁 77-79。

李勇吉〈談「松鼠與風鼓」〉，《台灣文藝》第 10 卷 38 期，1973
　　年 1 月，頁 20。

王灝〈孤寂的歌——談岩上的兩首詩〉，《學生文庫》半月刊第 3
　　期，1975 年 8 月，頁 21-27。

王灝〈論詩的鄉土性〉，《詩脈》季刊第 3 期，1977 年 1 月，頁 29-39。

林鷺〈從鄉土性作品談岩上的「竹竿叉」〉，《詩脈》季刊第 3
　　期，1977 年 1 月，頁 40-43。

鍾義明〈詩中的色彩效果〉，《詩脈》季刊第 7 期，1978 年 3 月，
　　頁 42-47。

王灝〈我乃欲嘯的螺殼：初探「海螺」〉，《詩脈》季刊第 9 期，
　　1979 年 3 月，頁 34-38。

蕭蕭〈「伐木」、「星的位置」導讀〉，張漢良、蕭蕭編著《現代詩
　　導讀・二》（台北市：故鄉出版社，1979 年 11 月），頁 161-168。

文曉村〈評析「香爐」〉，《新詩評析一百首》（台北市：黎明文
　　化事業公司，1981 年 3 月，頁 421-423。

張默〈徐緩與急速——談現代詩的節奏〉，《無塵的鏡子》（台北
　　市：東大圖書公司，1981 年 9 月），頁 68-69。

蕭蕭〈賞析「割稻機的下午」〉，《現代詩入門》（台北市：故鄉
　　出版社，1982 年 2 月），頁 286-289。

張默〈「午時海洋」按語解說〉，《七十一年詩選》（台北市：爾雅出版社，1983 年 3 月），頁 292-294。

蔡忠修等〈岩上作品「蹉跎」合評〉，《詩人坊》第 7 期，1984 年 1 月，頁 77-84。

蕭蕭〈「貓聲」按語解說〉，《七十二年詩選》（台北市：爾雅出版社，1984 年 3 月），頁 161-163。

李瑞騰〈「冬日無雪」按語解說〉，《七十六年詩選》（台北市：爾雅出版社，1988 年 3 月），頁 54-55。

李瑞騰〈「獅子」按語解說〉，《八十年詩選》（台北市：爾雅出版社，1992 年 4 月），頁 166-168。

張默〈「夢」按語解說〉，《八十一年詩選》（台北市：現代詩季刊社，1993 年 6 月），頁 172-173。

李敏勇〈賞析「海」〉，《詩情與詩想》（台北市：業強出版社，1993 年 8 月），頁 133-134。

菩提〈談岩上的「切肉」〉，收入《岩上詩選》（南投市：南投縣立文化中心，1993 年 10 月），頁 165-168。

向明〈也是一面鏡子──淺談岩上的「割稻機的下午」〉，收入《岩上詩選》（南投市：南投縣立文化中心，1993 年 10 月），頁 169-174。

尹曙晨〈「讀妳的眼睛」鑑賞〉，收入《岩上詩選》（南投市：南投縣立文化中心，1993 年 10 月），頁 175-178。

韓升祥〈「流浪者」鑑賞〉，收入《岩上詩選》（南投市：南投縣立文化中心，1993 年 10 月），頁 179-182。

張默〈鑑評「那些手臂」〉，《新詩三百首》（台北市：九歌出版社，1995 年 9 月），頁 522-526。

張香華主講，葉毓蘭賞析〈岩上：移民、思鄉、笠〉，《笠》詩刊
　　第 199 期，1997 年 6 月，頁 87-96。

莫渝〈賞讀「籬笆」〉，《笠》詩刊第 200 期，1997 年 8 月，頁
　　120-122。

莫渝〈在手掌開合之間〉，《國語日報》，1998 年 3 月 12 日。收
　　入《新詩隨筆》（台北縣板橋市：台北縣文化局，2001 年），
　　頁 156-158。

陳千武〈「椅子——岩上的詩」〉，《上智》雜誌 8 卷 2 期，1998
　　年 4 月。收入《陳千武全集・詩走廊散步》（台中市：台中市
　　文化局，2003 年 8 月），頁 209-211。

商禽〈「詩寫陳千武」賞析〉，《八十六年詩選》（台北市：現代
　　詩季刊社，1998 年 5 月），頁 140-144。

周華斌〈賞析岩上的「寂滅的山坡」〉，《笠》詩刊第 209 期，1999
　　年 2 月，頁 128-130。

謝輝煌〈闌珊燈火裡的真趣——賞析岩上的「蟬聲」、「落盡」、
　　「涼意」〉，《普門》233 期，1999 年 2 月，頁 63。

蕭蕭〈品賞「建築」〉，《天下詩選 II》（台北市：天下遠見，1999
　　年 9 月），頁 29-33。

李敏勇〈閱讀「台灣瓦」〉，《台灣詩閱讀》（台北市：玉山社，
　　2000 年 9 月），頁 97-99。

林亨泰作，林巾力譯〈岩上的「舞」〉，《笠》詩刊第 220 期，2000
　　年 12 月，頁 81-83。

柳易冰〈晦澀迷宮讓人憂——讀岩上詩「一夜不眠」〉，《笠》詩
　　刊第 222 期，2001 年 4 月，頁 134-136。

蕭蕭〈「整型手術」按語解說〉，《八十九年詩選》（台北市：台
　　灣詩學季刊雜誌社，2001 年 4 月），頁 206-208。

焦桐〈「流失的村落」按語解說〉，《九十年詩選》（台北市：台
　　灣詩學季刊雜誌社，2002 年 5 月），頁 174-175。

落蒂〈舞出變易幻滅──析岩上「舞」〉，《詩的播種者》（台北
　　市：爾雅出版社，2003 年 2 月），頁 108-111。

陳幸蕙〈「愛」、「獅子」芬多精小棧解說〉，《小詩森林》（台
　　北市：幼獅文化出版社，2003 年 11 月），頁 112-114。

向陽〈「一切禍害都無罪」賞析〉，《2003 臺灣詩選》（台北市：
　　二魚文化，2004 年 6 月），頁 76-78。

曾進豐〈「舞」賞析〉，《台灣文學讀本》（台北市：五南圖書出
　　版公司，2005 年 2 月），頁 213-217。

向陽〈「更換的年代」賞析〉，《台灣現代文選‧新詩卷》（台北
　　市：三民書局，2005 年 6 月），頁 136-139。

蕭蕭〈「漂流木」賞析〉，《2005 臺灣詩選》（台北市：二魚文化，
　　2006 年 2 月），頁 57-60。

二、訪問、述介及座談

白雲生〈草鞋墩的詩人‧岩上〉，《中華文藝》124 期，1981 年 6
　　月，頁 44-48。

林仁德〈觸鬚伸進鄉土，培養關懷人事熱情／觀照天地深微，融入
　　心靈化成詩作〉，《台灣時報》，1983 年 6 月 20 日。

嚴方佩〈我的爸爸：岩上〉，《笠》詩刊第 139 期，1987 年 6 月，
　　頁 86-87。

高惠琳報導〈岩上接掌《笠》詩刊〉，《文訊雜誌》112 期，1995
　　年 2 月，頁 100。

潘煊〈訪岩上〉，《普門》233 期，1999 年 2 月，頁 64。

莫渝〈十問岩上——專訪岩上〉，《岩上的文學旅途》（台北市：
　　財團法人榮後文化基金會，2001 年 2 月），頁 18-30。

林政華〈以本土為起點與時俱進的詩人岩上〉，《台灣新聞報》，
　　2002 年 12 月 6 日。

郁馥馨〈對整體生命的探問和思考——訪問岩上先生〉，《文訊雜
　　誌》215 期，2003 年 9 月，頁 75-78。

王宗仁〈笠詩社與台灣現代詩發展——專訪岩上〉，《笠》詩刊第
　　241 期，2004 年 6 月，頁 53~58。

蔡依伶〈家在草屯，岩上〉，《印刻文學生活誌》23 期，2005 年
　　7 月，頁 138-144。

陳瀅州報導〈孤吟岩上與獨行郭楓的另類交響〉，《文訊雜誌》246
　　期，2006 年 4 月，頁 72-77。

乙、相關參考資料

一、專書（依作者姓氏筆畫順序排列）

丁旭輝《左岸詩話》（台北市：爾雅出版社，2002 年 11 月）

文曉村《葡萄園詩論 1962-1997》（台北縣新店市：詩藝文出版社，
　　1997 年 11 月）

卡蘿‧皮爾森博士著，張蘭馨譯《影響你生命的 12 原型》（Carol S.
　　Pearson, Ph. D.《AWAKENING THE HEROES WITHIN》）（台
　　北市：生命潛能文化事業有限公司，1994 年 4 月初版）

卡蘿‧皮爾森著，徐慎恕、朱侃如、龔卓軍譯《內在英雄》（Carol
　　S. Pearson《The Hero Within》）（台北縣：立緒文化事業有限公
　　司，2000 年 7 月初版）

白萩《現代詩散論》（台北市：三民書局，1972 年 5 月初版，1983年 8 月三版）

白萩《詩廣場》（台中市：熱點文化事業，1984 年 3 月）

白靈《一首詩的誕生》（台北市：九歌出版社，1991 年 12 月）

朱光潛《詩論》（台北市：國文天地雜誌社，1990 年 3 月）

羊令野《貝葉》（台北市：南北笛季刊社，1968 年 10 月）

向陽《十行集》（台北市：九歌出版社，1984 年 7 月）

向明《向明世紀詩選》，台北市：爾雅出版社，2000 年 4 月）

西脅順三郎著・杜國清譯《詩學》（台北市：田園出版社，1969年 12 月）

李瑞騰《詩的詮釋》（台北市：時報文化公司，1982 年 6 月）

李元洛《詩美學》（台北市：東大圖書公司，1990 年 2 月）

吳戰壘《中國詩學》（台北市：五南圖書出版公司，1993 年 11 月）

艾青《詩論》（北京：人民文學出版社，1980 年 8 月）

周夢蝶《孤獨國》（台北市：藍星詩社，1959 年 4 月）

周夢蝶《還魂草》（台北市：領導出版社，1978 年 1 月）

岩上主編《笠下影：笠詩社同仁著譯書目集・1997》（台北市：笠詩社，1997 年）

岩上主編《日月潭詩歌集》（南投縣：日月潭觀光發展協會，2003年 12 月）

林亨泰《找尋現代詩的原點》（彰化市：彰化縣立文化中心，1994年 6 月）

林明德編《台灣現代詩經緯》（台北市：聯合文學，2001 年 6 月）

沈奇《拒絕與再造──兩岸現代漢詩論評》（台北市：三民書局，2001 年 2 月）

洛夫《洛夫詩論選集》（台南市：金川出版社，1978 年 8 月再版）

洛夫《孤寂中的迴響》（台北市：東大圖書公司，1981 年 7 月）

洛夫《隱題詩》（台北市：爾雅出版社，1993 年 3 月）

盛子潮、朱水涌《詩歌形態美學》（廈門市：廈門大學出版社，1987
　　年 12 月）

張漢良《現代詩論衡》（台北市：幼獅文化公司，1977 年 6 月）

張少康《中國古代文學創論》（台北市：文史哲出版社，1990 年
　　8 月）

張默《台灣現代詩編目：1949-1995》（台北市：爾雅出版社，1996
　　年 1 月）

張默《台灣現代詩概觀》（台北市：爾雅出版社，1997 年 5 月）

張默《台灣現代詩集編目：1949-2000》（台北市：台北市文化局，
　　2001 年 9 月）

笠詩刊編輯委員會《時代的眼，現實之花：《笠》詩刊 1-120 期影
　　印本》（台北市：台灣學生書局，2000 年 9 月）

惠特曼著，吳潛誠譯《草葉集》（台北市：華新出版，1976 年 12 月）

黑格爾著，朱孟實譯《美學》（台北市：里仁書局，1983 年 3 月）

黃永武《中國詩學・設計篇》（台北市：巨流圖書公司，1976 年
　　6 月）

黃永武《中國詩學・鑑賞篇》（台北市：巨流圖書公司，1976 年
　　10 月）

黃維樑《中國詩學縱橫論》（台北市：洪範書店，1977 年 12 月）

黃維樑《火浴的鳳凰──余光中作品評論集》（台北市：純文學出
　　版社，1979 年）

瘂弦、簡政珍主編《創世紀四十年評論選 1954-1994》（台北市：
　　創世紀詩雜誌社，1994 年 9 月）

莫渝《臺灣新詩筆記》（台北市：桂冠圖書公司，2000 年 11 月）

莎綠琴尼‧奈都（Mrs. Sarojini Naidu）原著，糜文開譯《奈都夫人詩全集》（台北市：三民書局，1975 年 10 月三版）

聞一多《聞一多全集‧一》（台北市：里仁書局，1993 年 9 月）

廖蔚卿等《文學評論》第一集（台北市：巨流圖書公司，1975 年）

趙天儀《台灣現代詩鑑賞》（台中市：台中市文化中心，1998 年）

趙天儀《台灣現代詩評論集》（台北市：爾雅出版社，1998 年）

趙天儀《台灣文學的週邊——台灣文學與台灣現代詩的對流》（台北縣永和市：富春文化出版公司，2000 年 12 月）

趙天儀《時間的對決——台灣現代詩評論集》（台北縣永和市：富春文化出版公司，2002 年 5 月）

彰化師範大學國文系主編《第三屆現代詩學術會議論文集》（彰化市：彰化師範大學國文系，1997 年 5 月）

彰化師範大學現代詩學研討會編輯委員主編《現代詩的語言與教學》（彰化市：彰化師範大學國文學系，2001 年 11 月）

劉若愚著‧杜國清譯《中國詩學》（台北市：幼獅文化事業公司，1977 年 6 月初版）

葉維廉《秩序的生長》（台北市：志文出版社，1971 年 6 月）

葉維廉主編《中國現代文學批評選集》（台北市：聯經出版事業公司，1976 年 8 月）

葉維廉《中國詩學》（北京：生活‧讀書‧新知三聯書店，1992 年 1 月）

陳啟佑《渡也論新詩》（台北市：黎明文化事業公司，1983 年 9 月）

陳植鍔《詩歌意象論》（中國：中國社會科學出版社，1990 年 8 月）

陳慶輝《中國詩學》（台北市：文史哲出版社，1994 年 12 月）

陳千武《臺灣新詩論集》（高雄市：春暉出版社，1997 年 4 月）

陳千武《陳千武全集》（台中市：中市文化局，2003 年 8 月）

陳明台《抒情的變貌：文學評論集》（台中市：台中市政府文化局，
　　2000 年 11 月）

鍾文《詩美藝術》（四川省：四川文藝出版，1984 年 10 月）

簡政珍《紙上風雲》（台北市：書林出版，1988 年 9 月）

簡政珍《歷史的騷味》（台北市：尚書文化出版，1990 年 12 月）

簡政珍《詩的瞬間狂喜》（台北市：時報文化公司，1991 年 9 月）

簡政珍《意象風景》（台中市：中市文化局，1998 年 5 月）

蕭蕭《現代詩學》（台北市：東大圖書公司，1987 年 4 月）

蕭蕭《現代詩縱橫觀》（台北市：文史哲出版社，2000 年 2 月）

鄭烱明編《台灣精神的崛起——笠詩論選集》（台北市：文學界雜
　　誌社，1989 年 12 月）

鄭烱明編《笠詩社四十周年國際學術研討會論文集》（台南市：國
　　家台灣文學館籌備處，2004 年 11 月）

龔剛《錢鍾書：愛智者的逍遙》（北京：文津出版社，2005 年 1 月）

二、詩刊

《笠》詩刊，1-260 期，1964 年 6 月-2007 年 8 月

《創世紀》詩刊，1-61 期，1954 年 10 月-1983 年 5 月

《創世紀》詩雜誌，62-152 期，1983 年 10 月-2007 年 9 月

《詩脈》季刊，1-9 期，1976 年 7 月-1979 年 3 月

《台灣詩學》季刊，1-40 期，1992 年 12 月-2002 年 9 月

《台灣詩學》學刊，1-5 號，2003 年 5 月-2005 年 6 月

《台灣現代詩》，1-6 期，2005 年 3 月-2006 年 6 月

三、單篇論文（依發表時間先後排列）

梅祖麟、高友工合撰，黃宣範譯〈論唐詩的語法、用字與意象〉，《中外文學》1 卷 10 期，1973 年 3 月，頁 30-63。

李魁賢〈「笠」的歷程〉，《笠》詩刊第 100 期，1980 年 12 月，頁 36-53。

陳千武〈笠的語言問題〉，《笠》詩刊第 110 期，1982 年 8 月，頁 11-12。

戴寶珠〈笠詩社詩作集團性之研究〉，台北市：政大中文所碩士文，1995 年。

李魁賢〈詩人童年中的二二八經驗〉，《笠》詩刊第 198 期，1997 年 4 月，頁 105-122。

趙天儀〈論林亨泰的詩與詩論——現實主義與現代主義的對話〉，《台灣詩學季刊》第 37 期，2001 年 11 月，頁 9-16。

蕭蕭〈台灣現實主義的美學特質——以林亨泰為驗證重點〉，《台灣詩學季刊》第 37 期，2001 年 11 月，頁 45-64。

簡政珍〈詩與現實：早期台灣現代詩的現實觀照〉，《興大人文學報》33 期，2003 年 6 月，頁 261-287。

簡政珍〈詩化的現實——八○年代以來詩的現實美學〉，《文與哲》4 期，2004 年 6 月，頁 521-547。

杜國清〈「笠」詩社與新即物主義〉，《笠》詩刊第 241 期，2004 年 6 月，頁 63-81。

丁旭輝〈笠詩社新即物主義詩學初探〉，鄭炯明編：《笠詩社四十週年國際學術研討會》（台南市：國家台灣文學館，2004 年），頁 197-239。

曾進豐〈論羊令野「貝葉」組詩的象與意〉,《高雄師大學報》20
　　期,2006 年 6 月,頁 21-38。

四、其他

岩上主持,利玉芳記錄〈二二八事件詩作品討論會〉,《笠》詩刊
　　第 195 期,1996 年 10 月,頁 131-142。
岩上主持,吳夏暉記錄〈周華斌「生命之歌」作品討論會〉,《笠》
　　詩刊第 219 期,2000 年 10 月,頁 112-129。
林鷺記錄〈林鷺個人作品合評〉,《台灣現代詩》5 期,2006 年
　　3 月。
林鷺記錄〈黃騰輝個人作品合評〉,《台灣現代詩》6 期,2006
　　年 6 月。

國家圖書館出版品預行編目

經驗與超驗的詩性言說：岩上論 / 曾進豐著.
-- 一版. -- 臺北市：秀威資訊科技, 2008.01
　　面 ； 公分. -- (語言文學類 ; AG0081)
參考書目：面
ISBN 978-986-6732-69-0 (平裝)

1.嚴振興　2.新詩　3.文學評論

851.486　　　　　　　　　　　　97000759

 語言文學類　AG0081

經驗與超驗的詩性言說
——岩上論

作　　者 / 曾進豐
發 行 人 / 宋政坤
執行編輯 / 賴敬暉
圖文排版 / 黃莉珊
封面設計 / 李孟瑾
數位轉譯 / 徐真玉　沈裕閔
圖書銷售 / 林怡君
法律顧問 / 毛國樑　律師
出版印製 / 秀威資訊科技股份有限公司
　　　　　台北市內湖區瑞光路 583 巷 25 號 1 樓
　　　　　電話：02-2657-9211　　　傳真：02-2657-9106
　　　　　E-mail：service@showwe.com.tw
經 銷 商 / 紅螞蟻圖書有限公司
　　　　　台北市內湖區舊宗路二段 121 巷 28、32 號 4 樓
　　　　　電話：02-2795-3656　　　傳真：02-2795-4100
　　　　　http://www.e-redant.com

2008 年 1 月 BOD 一版
定價：430 元

讀 者 回 函 卡

感謝您購買本書，為提升服務品質，煩請填寫以下問卷，收到您的寶貴意見後，我們會仔細收藏記錄並回贈紀念品，謝謝！

1.您購買的書名：_____

2.您從何得知本書的消息？

　□網路書店　□部落格　□資料庫搜尋　□書訊　□電子報　□書店

　□平面媒體　□ 朋友推薦　□網站推薦 □其他_____

3.您對本書的評價：(請填代號　1.非常滿意 2.滿意 3.尚可 4.再改進)

　封面設計____　版面編排____　內容____　文/譯筆____　價格____

4.讀完書後您覺得：

　□很有收穫　□有收穫　□收穫不多　□沒收穫

5.您會推薦本書給朋友嗎？

　□會　□不會，為什麼？_____

6.其他寶貴的意見：_____

_____

_____

_____

讀者基本資料

姓名：_____ 年齡：_____ 性別：□女 □男

聯絡電話：_____ E-mail：_____

地址：_____

學歷：□高中(含)以下　□高中　□專科學校　□大學

　　　□研究所(含)以上 □其他_____

職業：□製造業 □金融業 □資訊業 □軍警 □傳播業 □自由業

　　　□服務業 □公務員 □教職　□學生 □其他_____

- -

(請沿線對摺寄回,謝謝!)

秀威與 BOD

BOD（Books On Demand）是數位出版的大趨勢，秀威資訊率先運用 POD 數位印刷設備來生產書籍，並提供作者全程數位出版服務，致使書籍產銷零庫存，知識傳承不絕版，目前已開闢以下書系：

一、BOD　學術著作—專業論述的閱讀延伸
二、BOD　個人著作—分享生命的心路歷程
三、BOD　旅遊著作—個人深度旅遊文學創作
四、BOD　大陸學者—大陸專業學者學術出版
五、POD　獨家經銷—數位產製的代發行書籍

BOD 秀威網路書店：www.showwe.com.tw
政府出版品網路書店：www.govbooks.com.tw

永不絕版的故事・自己寫・永不休止的音符・自己唱